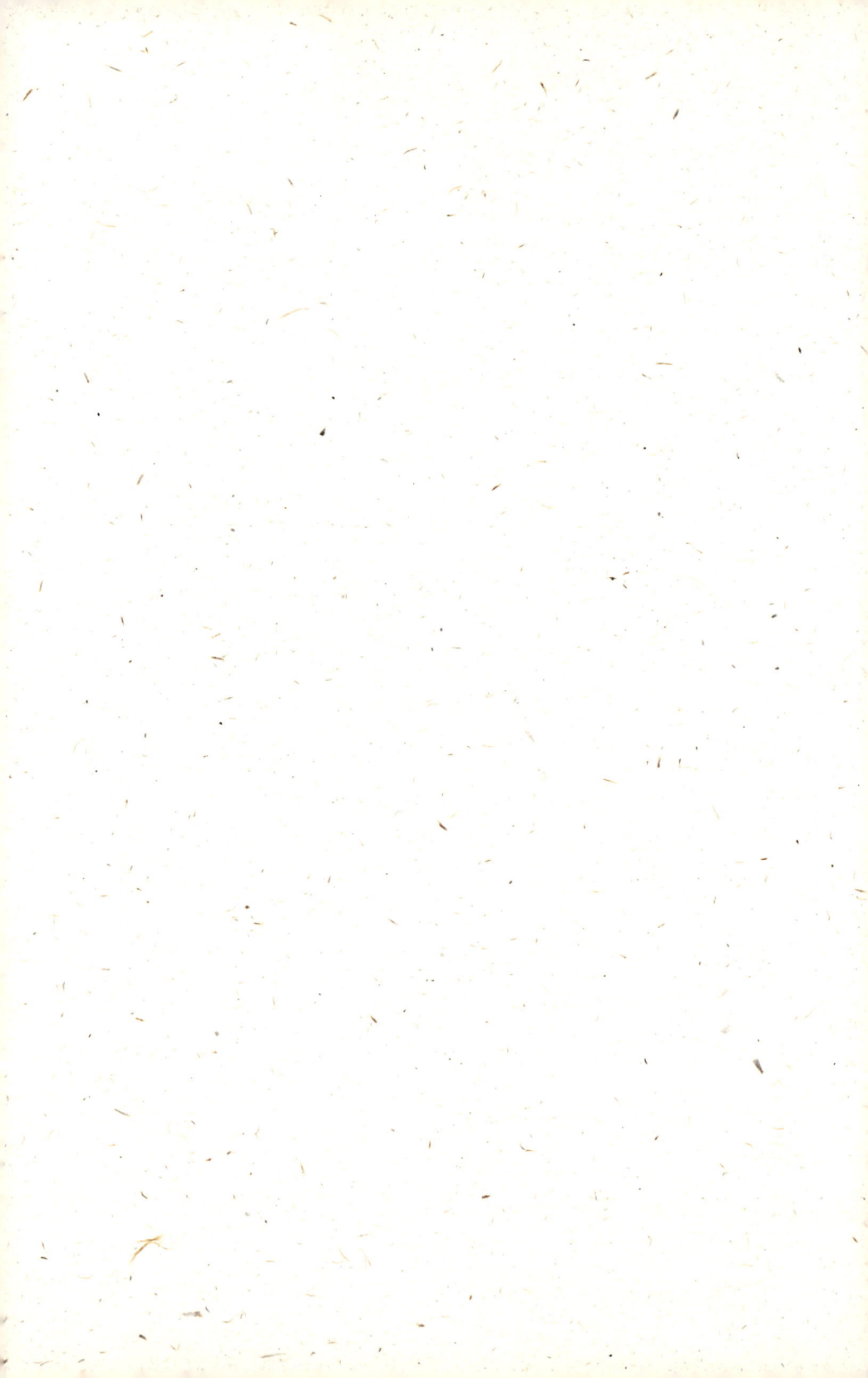

小學文獻序跋彙編（整理本）

中

李國英　魯一帆　劉麗群　孟躍龍 點校

中華書局

音韻類目録

音韻日月燈

音韻日月燈自敘

吕維祺

説者曰:圖書出,八卦畫,六書作,而渾沌日死,天地之元氣日薄。然乎哉? 蓋天地之不得不開闢,渾沌之不得不文明,猶之日月不得不麗乎天,薪火之不得不傳,而大人之不得不繼明照于四方也云爾。是故六書之道,實與圖書、八卦相表裏,非小數也。宋司馬氏之言曰:"備萬物之體用,莫過於字;包衆字之形聲,莫切於韻。三才之道,性命道德之奥,禮樂刑政之原,皆繫于此。"而宋文憲亦言:"推十二律以合八十四調,將大樂之和在是。"繇是言之,六書非小數也。昔者河出圖,雒出書,聖人則之,而字肇乎其間矣。包犧氏之畫卦也,其初特一奇一耦以象陰陽,二生四,四生八,八之而六十四,而三百八十四,而四千九十六,極之百千萬億,變化無窮,而字行乎其間矣。邵堯夫先生之作《經世》也,以日月星辰象平上去入,以水火土石象開發收閉,而以陰陽剛柔相乘,因之得一百一十二,得一百五十二,得一萬七千二十四,得二萬八千九百八十一萬六千五百七十六,極之動植之用數、通數,而字神乎其間矣。神哉乎! 開物成務,以前民用。洩圖書與羲畫之奥而廣之,其道一也。字單出爲聲,聲成文爲音,音員爲韻,聲叶諸天,音胚諸地,叶者爲父,胚者爲母,在人爲牙、舌、脣、齒、喉，在天地之元音爲宫、商、角、徵、羽。牛鐸鳴而宫聲應，蕤賓奏而金鐵飛，陰陽剛柔之情，律吕聲音之變，飛走動植之數，鬼神幽明，皇帝王霸，道德功力之故，其道一也。書契而後，繫《易》删《詩》，實爲音韻鼻祖。後世如《訓纂》《説文》《玉篇》《字統》《字林》《集韻》《韻畧》《廣韻》，皆自成一家。迨唐以沈約《類譜》取士，諸家遂廢，而説者曰："是知縱有四聲，不知横有七音，猶子之不知有母也。"又如吴棫、毛晃、劉淵之倫，各所增省，而鮮信從者。宋司馬氏作《音韻指掌》，自謂天造神授，而説者曰："是知横有七音，不知縱有四等，猶母之不知有異子也。"噫！此道晦蝕久矣。學者既鮮兼綜諸家，探源會微，司馬之學，若存若亡。即我聖祖製爲《洪武正韻》，如日月之中天，亦鮮有從者，獨斤斤沈韻，尺寸不敢踰。即有疑其非者，亦固曰"姑爾爾"。嗟乎！孰正之哉？且夫五方之人，各異其音，各異其承學，吴楚剽疾，燕趙重濁，秦隴去聲爲入，梁益平聲似去，將與其同者正之乎？將與其異者正之乎？既已同矣、異矣，又孰能正之？予獨曰："不有天地之元音乎？天之五行，地之五方，性之五常，其傳于人爲五音，加以半徵、半商爲七音，有開闔，有清濁，有開發收閉，皆以宫商自然之律吕調之，非强而然也。故夫圖書也，八卦也，經世之律吕也，等子之三十六母，二十四攝，三千四百五十六聲，其道皆一也。"予潛心此道，薄窺作者之原。家仲吉孺闇修無悶，深抉玄微，兼以門人、執友多所考訂，凡二十年，數易草，始成書，曰《韻母》，曰《同文鐸》，曰《韻鑰》，凡六十卷，而總繫之曰《日月燈》。蓋三書自相表裏，皆本原於圖書、八卦、《經世》諸書，而總以我聖祖所定《洪武正韻》爲宗，亦間取裁於《集韻》《集成》《貫珠》《廣韻》《指掌》諸書。其仍分一東、二冬，非獨以其相承久也。蓋聖祖曾謂《正韻》猶未盡善，而於《韻會》一書稱善刊行，賜名《洪武通韻》。《韻會》固分一東、二冬矣，亦可想見聖祖之意，非必以一百六韻爲非也。但恭繹聖祖，所謂韻學起於江左，殊失正音之意，反切字畫釋義皆本《正韻》，以正沈韻之失。至東冬、清青之類，雖不得不分，而仍註于古韻下，曰“古通用”，分而未始不合也。虞模、麻遮之類，雖不得不合，而仍分爲虞之模、麻之遮，合而未始不分也。蓋必如是，而後可以導今之爲《唐韻》者，使因唐而之明也。魯人獵較，仲尼不止獵較，而先簿正祭器，其心苦哉！至以開口、合口見一等字署於首者，蓋以牙舌之五調宫商之七，而陰陽之義、清濁之辨、開發收閉之等，皆於天地之元音始有領會，而復分衆獨之音與？凡字之異形異義者，胥爲指點分屬，斯則羽翼《正韻》之所偶未及而休明之也。猶之日月麗天，能照窮山幽谷，或不及暗室，則日月窮，窮而有燈以繼之，斯無窮矣。故删《詩》繫《易》，仲尼之日月也；圖書出，八卦畫，以成變化而行鬼神，《易》之日月也。蓋《易》者，日月之象也；明，亦日月之象也。知《易》者無如仲尼，能用《易》者無如我聖祖，豈非煌煌乎中天之日月也哉？日月既出，而爝火不熄，予何以異此？雖然，其以爝火禪日月之窮於暗室也，使大人繼照四方，終不可窮也。天地之不可無日月也，其又可無燈也乎哉？堯夫嘗云：“須信畫前元有《易》，自從删後更無《詩》。”此蓋言渾沌未嘗死，天地之元氣未嘗薄，而欲人於圖書、八卦、六書之外有會心焉者，故曰六書之道非小數也。時明崇禎六年，歲在癸酉，八月之穀，賜進士第、資政大夫、奉勅參贊機務、南京兵部尚書，雒社居士吕維祺介孺甫題於白下之鍾雨軒。

音韻日月燈序

畢懋康

吾何以知聲氣之元哉？而獨不聞之調調之翏翏乎？人生而有聲，孩時笑啼，莫不有自然之韻焉，此合之華夷聖凡，未有異也。聲既無盡，字亦相生，以至音義互循，方語各異，乖謬拗僻，愈正愈繁，真如吴越夷貊之子，生而同聲，長不相喻矣。後之欲攷正音律者，又多知字而不知聲，其于升降陰陽、反切標射之法，率從而意之，意之而不得其元，于是聽撰韻者之所爲，若東冬、清青任其分别，而莫能得其離合之故矣。然而元聲出於自然，固自人人具也。今試矢口而成一音，直調之而其聲有四，不得不從而四之也。横切之而其聲亦四，又不得不從而四之也。因是而求之脣齒牙喉舌之間，各具宫徵商羽角之辨，其節奏音響，莫不自然而然。即執途之人訊之，未有不隨口輒應者也。且五音加二而爲七，七音通攝而爲三十六母，一母之中，仍具四聲七音，則是子母相生，孳息不已。真如律之娶妻，吕之生子，相生相娶，愈無窮焉。雖極天下之不能言者，皆可于一母之中備之矣。此足見元聲之妙，大無不包，小無不攝。而邵子《皇極》之書，直以聲音倡和，盡天地間之理也。但音聲不窮，而非字以形其義，人亦不能以虚聲相往來，此六書作而韻學所繇成。使學者因聲以求義，因義以求字，復因字以求聲，二者相藉相成，循環求之，而推衍于不盡耳。惟是天下有無字之聲，未有無聲之字，則六書之所及狹，而五音之所攝廣矣。若國朝《正韻》及元人《韻會》諸書，其於字學音律非不犂然備具，至于定聲氣之元而收之數十字之内，視彼《等子》字母之書，猶爲缺如。近時所見，惟《字彙》一書前列圖以辨其聲，後分彙以詳其字，其于字與聲則辨矣，而於韻學則又缺焉。識者欲合《韻會》《等韻》之書通彙爲一，以盡聲字之全，而復以中州韻分附其間，以盡五方聲氣之出入，則幾矣。大司馬新安吕公稟粹天中，潛心韻學，嘗夢文昌授以符籙文字，蓋得之性成，兼以神牖。曩以忤璫家食，閉户十載，勒成此書，首以《韻母》，次以《韻鑰》，又次之以《同文鐸》，總標之曰《日月燈》。前列圖以考韻，已盡横直交切之方，後分類以辨聲，兼撮韻府陰陽之妙。展閱之際，疑難冰釋，補諸書之缺陷，作《正韻》之功臣，使讀之者因字知韻，因韻知聲，而遂以得聲氣之元，以諧律吕之正，綜激謞之變，括吹萬之殊，可一以貫之。繇是以通于道術事功、文章禮樂、天下之事理，孰有外于斯者？學者得是書存之，名諸無制。羣有可以神器，亦以器神，便如仰天庭而睹靈曜，非堇堇守窔奥之熒燭已也。

日月燈敘

吕維祺

家南司馬介孺先生著《韻學日月燈》，凡三種：曰《韻母》，曰《同文鐸》，曰《韻鑰》。命其弟吉孺氏詮次之，癸酉告成，行於世。越明年甲戌，吉孺氏適來白下，復命重加訂正，兩閲月而定。吉孺氏乃言曰：羲畫以前，渾然一圈耳，一畫肇起，奇耦生而動静形，爻象立而理數殽。是故開物成務，以前民用，冒天下之道者，《易》也。字，《易》道也，包羅天地，苞孕萬物，聲音之道通乎律吕，達于神人上下。司馬氏以宫商叶聲韻，而邵堯夫氏以日月星辰、水火土石配聲音之妙合，故曰："字，《易》道也。"世之知《易》者鮮矣，此道不明，兼以切法未諳，聲氣不齊，非讀半邊，即囿方語。畧舉之，如"羅"讀爲"螺"，"沿"讀爲"延"，幾無翕闢矣。"洞"讀爲"凍"，"叛"讀爲"半"，幾無清濁矣。"弓"讀爲"公"，"遵"讀爲"尊"，幾無上下等矣。又如"繩"讀作禪母下字，"承"讀作牀母下字，而兩母淆。支韻之"宜、移"同讀，尤韻之"牛、尤"同讀，而二音雜。以及屋韻之"穀、哭"或讀作"孤、枯"，質韻之"吉、訖"或讀作"基、欺"，而平仄溷。灰韻之"傀、恢、回、隈"皆讀似支，尤韻之"浮、桴、謀、牟"皆讀似虞，而諸韻亂。先生曰："是不可以弗正也。"爲之本宫商七音，以分開合之呼，探清濁之徵，次上下之等，以母認子，以音定韻。而或有一字獨音，或一字數音，或一字數形，或數字可同音同義者，復啟其鑰，俾得其門而入也。而其大義，則一以我太祖高皇帝賜刊之《正韻》《通韻》爲之鐸，曰今天下書同文也云爾。如是則如日之升，如月之恒，大明中天，亘古常耀。無論司馬、堯夫，皆可佐日月之照，即沈隱侯亦藉删補訂正，永作昏衢之一炬，而又煩知縱不知横之齟齬哉！先生方倡明伊雒之學，自任以天下之重，中立不倚，知希無悶，每以霧縠組麗爲女紅之蠹戒士也，豈其導天下以聲韻之數？而其自言曰："聲音之道非小數也。"故曰："字，《易》道也。"先生，深于《易》者也。是書成，以憲章昭代，庶幾高皇帝之功臣，而以啟佑後學，厥功當不在司馬、堯夫下，其於隱侯，夫亦益友歟！學者誠善觀之，天地萬物，奇耦爻象，律吕神人上下，無非是物。若從畫前理會，仍是渾然一圈，是故日月也，燈也。是書也，雖萬古不夜焉可也。崇禎甲戌秋，門下弟吕維祜吉孺謹書於白下之志清堂。

音韻日月燈序

鄭　鄤

天不愛道，聖人則之。河洛點圓而圖方，羲文之卦畫方而圖圓，方圓縱横，範圍天地而不過，六書之學，實本於此。凡字有畫有形有數，其出之有聲有音有韻，皆《易》道也。聖人之教人書也，童而習之，及其成也，用與樂相表裏。故堯夫《皇極經世》，精藴全在聲音，而後儒不解，宜乎童習而白紛也。余嘗憶外大父吴後庵翁極論書學，見後生書畫之譌，必痛叱之，今一再傳，鮮有能得其意者。童子不識字，質之塾師，師不能應，教之讀偏旁而已。至於點畫疑似，混然無稽，土音相承，不可出里，清濁莫辨，有同鳥語，而教與學者，皆習而安之。夫天下之患，莫大乎以苟且之心，行其混淆之實，又何怪夫生心害政、世道靡靡，而不可問也。大司馬吕豫石先生以中原之正音，究六書之奥義，溯源滌流，訂今稽往，恍然如揖史皇氏而與之上下。乃著《日月燈》，象三光也；《同文鐸》，覺民之義也；《韻鑰》，如入門者之得鑰也。書以《洪武正韻》《通韻》爲宗，其微旨原本於《易》，而取裁最廣，傳義最核。沈隱侯《類譜》，知子而不知母；司馬氏《指掌》，知母而不知子，以方公瞠乎後矣。余少嘗習《等韻》，而微有窺焉。然必正其心，調其氣，則清濁開發，隨口而合，五音高下，有不得不然之玅。若其叫噭喧囂之時，雖故業在心，語不成節，乃知《虞書》聲音之教成，而獸舞尹諧，良不偶也。先生之爲是書也，非直釐近代苟且混淆之弊，抑有感人心而天下和平之思也夫！余不佞，十三年塵土面目，息影銷聲，不能脩筆墨餘職，而先生儼然示以同文大觀，且命之言。鄤則陋矣，雖然，其不敢苟且混淆之心，夙於先生若有同也。爰不辭而爲之序。崇禎甲戌七月，毘陵鄭鄤題於深柳讀書堂。

以上明崇禎六年（1633）志清堂刻本

等音聲位合彙

等音聲位合彙自序

高奣映

今天子休聲春和,文恬武熙,萬物咸遂。當癸丑,一夫負德,毒我南裔,凡有所知,莫不窺其脅偪,勢難久逭,私相臆計,蚤知天討之攸克也。當其時,馬子槩什、林子益長居父兄時地之厄,各以文翰求志,託音聲之道,究其性情之正焉。箕子當屯雷習坎之難作,其治《洪範》曰:"法授聖也。"今馬子、林子之祈精於一藝,固不敢望箕子堂陛而蹈高躅,然猶之曰:刑之既平,秋肅底績,冀春膏而播淑氣,則動植之暢於陽和,皋壤之悦夫藹煦。有生雖微,其幸以一節鼓吹聖明,不在斯乎?不在斯乎?奣映竊心予二子之用心於久於遠,曾兩爲序,以待傳其二子者矣。今天子實恫南服文化,特簡翰苑儒臣,來兹啟運,爰是恒齋先生金背心懸,公忠校士,凡先之陋習,一一盡洗,曰:"得真才,抒士氣,報聖人乃心萬里外,亦將以開南中世世風會。"於是搜山林於碩果,問石室之藏珍,無一而非法古人,用心世道,闡明理學,求敦厚信讓以救正其人心。一日,檄姚郡伯衛君淇,命讗讗訂讐等音,兼纂成《雞足山志》暨《理學西銘》諸補述恒齋先生,意將以明古人用心用世用人之至意。猶謂曰:若舍是,無以振南服,而移其風易其俗也云爾。匪此,胡以不遺遠陋之人,而用之教之,有如是之篤哉？文禮既備，聘典優貽，辭不獲命，勉筮日以塞責從事。越三月，《山志》告成。趨其暇，復取馬氏《等音》，與林子《聲位》合而彙之，乃更爲之序曰：心平氣静而後五音調，臍呼鼻吸而後折攝應。蓋音有定聲，字隨填入，此未有天地，先有音聲，自然之義也。不觀闢翕律天，清濁吕地，其自然而然，不待勉强，以故君子正人，聲與氣諧。《音義》曰："聲氣不壞，則音聲自轉。"誠有然矣。今天下推而即萬世萬國，嬰兒初生觸地，呱呱咿哇之聲，莫不同也，何也？以一絲不鑿之初心，遂自然得其中也。中之聲渾融以與天地合，豈非一無所鑿於壞以至於此哉？故能大同於天下，萬世萬國如此。及其漸長，習漸相遠，舉諸人而慾焉，漸以壞其天焉，求元聲夫本始，其可得乎？今之欲移其風焉，而必欲反其始焉，不於聲律自然之義以察求焉，恐習遠之性未易復，而今日之風未可遽移耳。先生果有意於斯，寧二子之幸，滇之幸，傳之廣，則亦天下之幸。夫馬子减母以便學，昔張洪陽之定母二十字，李如真之存影母而檃括於二十一字，已倡其端矣。林子之開承轉縱合，昔郝氏京山先已言之矣，然未如二子之便人習耳。昔吴幼清、陳晉翁、熊與可、趙凡夫，皆欲加母明聲韻者也，何如此近情以呼捷？吕獨抱、吴敬甫之廢門法，又欲即體以㥯變者也，何如此自然協天地之律吕。又况鄭漁仲、章道常、劉鑑廣、宣智騫之徒，辯説聚訟配位，究莫通其幾微，自韻考之成，均均鍾於一絃，分九，分十二，即隋、唐《志》之載寧外《華嚴》之字母耶？迨是神珙之圖，邵子之衍，沈韻唐韻，徽州之傳，朱子之譜，以至金尼閣中原音，至《洪武正韻》，編之宋濂、王僎、趙壎、孫蕡諸手，而若定焉者，以不求之自然而然，不免仍紛拏之不一，奇映故曰：心平氣和，五音自調，鼻臍神滿，折攝任意。得天厚完吾真，則音聲之道，自然而合。宜求師於天下萬世萬國之赤子，則莫不有同之者在焉。今一德日新，九功惟敘，璿樞運四氣以相均，金軸抒萬方而静謐，堯舜禹湯文武之治，不違顔於咫尺也。正始之風，久已滿野滿家，斯聲音之復，其在是乎？璘山小隱高奣映謹拜手撰。

1914年雲南叢書處刊本

音學五書

音學五書自敘

顧炎武

《記》曰:“聲成文,謂之音。”夫有文,斯有音,比音而爲詩,詩成然後被之樂,此皆出於天而非人之所能爲也。三代之時,其文皆本於六書,其人皆出於族黨庠序,其性皆馴化於中和,而發之爲音,無不協於正。然而《周禮》大行人之職:“九歲屬瞽史,諭書名,聽聲音。”所以一道德而同風俗者,又不敢略也。是以《詩》三百五篇,上自《商頌》,下逮陳靈,以十五國之遠,千數百年之久,而其音未嘗有異。帝舜之歌,皋陶之賡,箕子之陳,文王、周公之繫,無弗同者。故三百五篇,古人之音書也。魏晉以下,去古日遠,辭賦日繁,而後名之曰韻。至宋周顒、梁沈約而四聲之譜作。然自秦漢之文,其音已漸戾於古,至東京益甚,而休文作譜,乃不能上據《雅》《南》,旁摭騷子,以成不刊之典,而僅按班、張以下諸人之賦,曹、劉以下諸人之詩所用之音,撰爲定本,於是今音行而古音亡,爲音學之一變。下及唐時,以詩賦取士,其書一以陸法言《切韻》爲準,雖有獨用、同用之注,而其分部未嘗改也。至宋景祐之際,微有更定。理宗末年,平水劉淵始併二百六韻爲一百七。元黄公紹作《韻會》因之,以迄於今,於是宋韻行而唐韻亡,爲音學之再變。世日遠而傳日訛,此道之亡,蓋二千有餘歲矣。炎武潛心有年,既得《廣韻》之書,乃始發寤于中而旁通其説。於是據唐人以正宋人之失,據古經以正沈氏、唐人之失,而三代以上之音,部分秩如,至賾而不可亂。乃列古今音之變,而究其所以不同,爲《音論》三卷。考正三代以上之音,注三百五篇,爲《詩本音》十卷。注《易》,爲《易音》三卷。辨沈氏分部之誤,而一一以古音定之,爲《唐韻正》二十卷。綜古音爲十部,爲《古音表》二卷。自是而六經之文乃可讀。其他諸子之書,離合有之,而不甚遠也。天之未喪斯文,必有聖人復起,舉今日之音而還之淳古者。子曰:"吾自衛反魯,然後樂正,《雅》《頌》各得其所。"實有望於後之作者焉。東吴顧炎武敘。

音學五書後敘一

顧炎武

予纂輯此書幾三十年,所過山川亭鄣,無日不以自隨,凡五易稾而手書者三矣。然久客荒壤,於古人之書多所未見,日西方莫,遂以付之梓人,故已登版而刊改者猶至數四。又得張君弨爲之攷《説文》,參羣書,增辯正,酌時宜而手書之。二子叶增、叶箕分書小字,鳩工淮上,不遠數千里,累書往復,必歸於是。其著書之難,而成之之不易如此。然此書爲三百篇而作也,先之以《音論》,何也?曰:"審音學之原流也。"《易》文不具,何也?曰:"不皆音也。"《唐韻正》之攷音詳矣,而不附於經,何也?曰:"文繁也。"已正其音,而猶遵元第,何也?曰:"述也。"《古音表》之别爲書,何也?曰:"自作也。”蓋嘗四顧峙躇，幾欲分之，幾欲合之，久之然後臚而爲五矣。烏呼！許叔重《説文》始一終亥，而更之以韻，使古人條貫不可復見。陸德明《經典釋文》割裂删削，附註九經之下，其元本遂亡。成之難而毀之甚易，又今日之通患也。《孟子》曰：“流水之爲物也，不盈科不行。”《記》曰：“不陵節而施之謂孫。”若乃觀其會通，究其條理，無輕變改其書，則在乎後之君子。李君因篤每與予言《詩》，有獨得者，今頗采之，以答書附於末。炎武又書。

音學五書後敘二

顧炎武

此書自搦始至於卒業二十年，所過山川亭障，無日不以自隨，凡五易稾而手書者三，亦已勤矣。然而久客荒壤，於古人之書多所未見，日西方莫，遂以付之梓人。而《詩本音》十卷，則李君因篤不遠千里來相訂正，而多采其言。若夫本《説文》正字體，酌古今之間而手書之，則張君弨與其二子叶增、叶箕，若二君者，亦儒林之罕覯者也。其工費則取諸鬻産之直，而秋毫不借於人，又區區之素志也。復懼末俗儇惡，好改竄人書以自賈衒。刻成，藏版名山，以待後之信古者。炎武書。

顧氏音學五書敘

曹學佺

世言韻書本於沈休文,不知六朝時作者固不一矣。自孫愐集爲《唐韻》,其書皆廢,宋真宗改爲《廣韻》,亦仍舊貫云爾。後來人各以意分合增減,譌舛實多,予每病之。而《廣韻》之書,久無刻本,能通其大指者尤尠焉。吴門顧寧人,家傳《詩》學,天才淵悟,一日出其所著《詩本音》示予,喟然爲之歎服,惜三百篇以來無能發其覆者,而始遇之今日也。往者吾鄉陳君季立依吴才老之書,爲《毛詩古音》一編,焦澹園先生以爲獨得古人之傳,而一字數音,未有條理,至寧人則秩然不紊,而博學旁通,至當歸一。三代之元音,其在是乎?百世以下,豈必無后夔之教,尼父之删,將有取於斯焉。而在今之學者,離經辨志,尤爲切要,實《詩》學之權輿云。崇禎癸未易月之朔,石倉居士曹學佺書。

音學五書跋

徐秉義、徐乾學、徐元文

舅氏顧寧人先生年逾六十,篤志五經,欲作書堂於西河之介山,聚天下之書藏之,以貽後之學者。昔李公擇於廬山五老峰下白石庵,藏書九千餘卷,名曰“李氏山房”。江自任以官守之暇,築閣於麻姑山,購經史諸書藏之,李惟寅、鄧本受二道士寔共成其事。此二賢者，或寓諸蘭若之居，或佐以黄冠之力，豈若鄭公禮堂、劉瓛學舍，而又不爲一家之蓄，俟諸三代之先達名公。好事君子，如有前代刻板善本及抄本經史有用之書，或送之堂中，或借來録副，庶傳習有資，墳典不墜，可勝冀幸之至。崑山徐秉義、徐乾學、徐元文謹啟。

重刊音學五書敘

郭慶藩 附識

書契之作，由聲音而生文字。訓詁之學，審文字以定聲音。自篆籀改隸，字失其形，因失其聲，傳寫遞譌，而聲音故訓隨之以失。又況古今異世，楚夏殊方，欲强執今音與其方語殊俗以繩古訓，而謂不戾於古，蓋其難矣。古無所謂韻書也，周彦倫、沈約之流始定《四聲》之譜，陸法言作《切韻》立爲二百六部，自是聲與韻分，後人争改舊音，專從新切，古音日以澌微。宋吴棫定通、叶二例，强今以合古，而音韻全非。鄭庠之《古音辨》，亦第合於漢、魏、杜、韓所用，而不合於周秦，是仍不免牽合。他如劉淵、韓道昭、陰時夫諸人，時有損益，離析合併，展轉百變，不顧義理之安，適以歧惑來學。明三山陳第《毛詩古音攷》，取《毛詩》、屈宋賦，以求三代周秦之音，其論叶音即古本音，實爲篤論，然於古音部分茫如也。國朝亭林顧氏，博稽古籍，精極攷覈，又折衷諸家之書，辨其繆誤，箸爲《音學五書》，曰《音論》，曰《詩本音》，曰《易音》，曰《唐韻正》，曰《古音表》，列古今音之變，而明其所以同。又取周秦兩漢有韻之文及《説文》諧聲之字，以辨《唐韻》誤合之由，而深得其條理。使學者因以攷知古音之正，而推究前人論説之得失，其記覽之富，蒐討之勤，實先儒所未逮。雖其後婺源江氏、休甯戴氏、曲阜孔氏、金壇段氏、歙江氏先後遞有糾正，要皆從顧氏而窮其藴，以益求精密，而終無能出其範圍。然則顧氏之於音學，非集羣儒之大成者哉？慶藩少不好學，長更奔走，於古音正轉通叚之説，漠焉尟知。顧竊維古者童子入學，必教以審文字、辨聲音，于是雙聲、疊韻與夫輕重、緩急、斂哆之異讀，錢宫詹曰："雙聲、疊韻，天地之元音；輕重、緩急、斂哆，古今之異音。"涣然能自得於心，塙乎無悖於古。今求審聲知音，顧氏其祖矣。第其書傳刻者少，舊本漫漶，幾難辨識，讀者惄焉。因籌貲重刊其原本，徵引譌誤處，頗爲校正。經始於光緒甲申四月，迄乙酉十月成書。會余以服闋赴官，迺屬吾友李佐周明經爲卒其業。其間補訂疏闕，則佐周之力爲多云。光緒十有一年歲在旃蒙作噩嘉平月朔，湘陰後學郭慶藩謹敘。

謹案：顧氏音學，美矣備矣！而慎修江氏，猶或於其審音少之。蓋百密一疏，儒者不免。齋居多暇，嘗取其書讀之，有不能無疑者。竊謂古人詩歌有正音，有轉音，錢宫詹曰："文字偏旁相諧，謂之正音；語言清濁相近，謂之轉音。正音可以分别部居，轉音則只就一字相近叚借，不通於他字。"凡讀音相轉，韻即從之，有隨聲轉者，有隨義轉者。如"躳"之義爲身，即轉"躳"之音爲"身"，《詩·文王》"無遏爾躳"，與"天"韻；《易·震》"不於其躳"，與"鄰"韻是也。"集"之義爲就，即轉"集"之音爲"就"，《詩·小旻》"是用不集"，與"咎"韻，《韓詩外傳》正作"是用不就"是也。顧氏謂東冬鍾江四韻無入聲，非也。《説文》"襱"从龍聲，重文作"襩"。《易》"童蒙"，馬融云："童猶獨也。"《爾雅·釋詁》："董、督，正也。""童、獨、董、督"皆雙聲。《詩》"烈祖鬷格"，《禮·中庸》引作"奏格"，"奏"轉爲"族"。《漢書·嚴安傳》："調五聲，使有節族。"蘇林音奏。《律厤志》："太族，族，奏也。"《荀子》："文久而滅節，族久而絶。"亦是"奏"字。《左傳》："卜不襲吉。""襲"訓爲"重"。"齊之丙歜"，《水經注》作"丙戎"。《莊子》："緣督以爲經。"司馬訓"督"爲"中"。"青"音苦江切，而從"青"之"殼"音苦角切。"容"从谷聲，古讀"谷"如"浴"。"充"从育省聲，"訟"古文作"䜭"，皆四韻入聲之證。又於《詩·女曰雞鳴》"來、贈"爲韻，闕以爲疑，并謂"來"字或可讀入聲，"贈"字不可讀入聲，此未深攷之故也。江氏改"贈"爲"貽"，戴氏從其説，段氏以爲合韻，孔氏謂之咍爲蒸登之陰聲，若"乃"之與"仍"、"疑"之與"凝"，"徵"訓五音則音"祉"。《上林賦》"葴持"，韋昭云："持音懲。""螣"字在登部爲螣蛇字，在德部爲螟螣字。"能"字四收於登、咍、等、代各部，《詩》惟一與"又"協，一與"忌"協，《樂記》"人不耐無樂"，注以"耐"爲古"能"字。"能"可以讀"耐"，"螣"可以讀"䘌"，則"贈"可以讀"載"，何足爲異？"曾"之言"則"也，"則"之言"載"也，此六書轉注之説也。案諸家説此韻皆失之，孔氏援"能"字取例，尤非。"能"從"以"聲，在之部。《樂記》注云："古以能爲三台字。""台"从"以"聲，以聲之字古音皆在之部，後世音變，"能"始入蒸部也。案《集傳》讀入聲，可補韻書之闕。《音論》云："一人之身，而出詞吐氣，先後之間，已有不能齊者。其重其疾則爲上爲去爲入，其輕其遲則爲平，是謂每字皆有四聲也。""贈"讀爲"則"，與"來"讀六直切無異。"來"讀六直切，竝於《大東》《靈臺》《常武》三詩見之。"贈"从"曾"聲，曾，則也，以第四聲爲義，即以第四聲爲音，在後人謂之通轉，在古人不過重讀疾讀而已。段氏《古音表》以職德二韻爲之咍部之入聲，蒸登部無入聲。攷《公羊傳·隱五年》："公觀魚于棠，登來之也。"何休注："登讀爲得。"《楚辭·大招》："天白顥顥，寒凝凝只。”“凝”魚力切,與“絶、測、極”爲韻。《廣韻》“螣蛇”入德韻,音“特”。《轉注古音略》“冰”入職韻,音“偪”。此皆蒸登部之入聲。然則《鄭風》正以同部之字相韻也。又案“來”字古有“乘”音,“贈”字古有“承”音,亦有“增”音,正相爲韻。《漢書·古今人表》:“晉船人固來。”師古曰:“即固乘也。”《説苑·尊賢篇》亦作“古乘”。《禮記》“承含”,後鄭注:“承讀爲贈。”《崧高》傳:“贈,增也。”音即可从義轉爲“增”。崔靈恩云:“增益申伯之美。”皆其證也。又於《新臺》二章謂“鮮”本音“西”,於《谷風》三章謂“怨”爲無韻。江氏《韻讀》俱以爲脂元借韻,孔氏謂《谷風》三章續二章之韻。於《瞻卬》四章謂“鞏”不入韻。江氏《韻讀》謂爲未詳。案“鮮”从美省聲,讀如“美”。説見苗夔《説文聲訂》。與“泚、瀰”正同部爲韻也。“怨”之轉音讀如畏,與“嵬、萎”正爲韻也。“怨”元部字,“嵬、萎”脂部字,二部古相通轉。《説文》“韢”萑聲,又讀若“綃”,“趨”夐聲,又讀若“繘”,皆元脂轉音之證。又案《春秋》桓六年“薳子馮”,《釋文》“薳”于委反,聲轉與此同例。“鞏”之轉音讀如“固”,與“後”“後”讀如户。正爲韻也。“鞏”東部字,“後”侯部字,二部古相通轉。《説文》“襱”或作“襩”,《漢志》孟康音“襱”爲“紂”。《説文》“輌”同聲[1],讀若“絝”,“軵”从車从付,讀若“茸”,皆東侯轉音之證。又《詩》傳云:“鞏,固也。”“鞏”有固義,音亦轉而爲“固”,顧氏未能審也。此皆審音之有未能盡合者也。又於《斯干》五章謂“裼”不入韻,三山陳氏疑“地”與“裼”爲今音,段氏以爲合韻。於《思齊》四、五章謂爲無韻。今案“地”从也聲,在歌部,“也”古作“它”。“裼”从易聲,在支部,“裼”,《説文》本作“禘”,“禘”从帝聲,亦支部字。二部古相通轉,故《説文》“鬄”或作“髢”,“鬄”或作“髢”。《漢書·丙吉傳》以“地”爲

---

① 輌,當據《説文》改作“銅”。

"第",《廣雅》:"地,諟也。"《釋名》:"地,底也。亦言諦也。"《春秋元命苞》曰:"地者,易也。"皆"地、裼"相韻之證。《説文》"芰"杜林作"茤","鞕"或作"鞬","柴"或作"祷"。《周語》彪溪引《詩》"支、壞"爲韻,《楚辭·少司命》"離、知"爲韻,《涉江》"知、螭"爲韻,《莊子》接輿歌"地"與"避"爲韻,《秦瑯琊臺刻石》文"地"與"帝、懈、辟、易"爲韻,皆二部通轉之證。顧氏謂司馬相如賦"揜草蔽地,絶乎心繫",始讀"地"入至韻,前人多議其非。又案"地"籀文作"墜",《繫傳》"墜"从土隊聲,"隊"從彖聲,《説文》"彖"讀若"第"。《思齊》四章"疾、殄、假、瑕"爲句中韻,"疾"脂部,"殄"真部,二部對轉爲韻,孔氏《詩聲類》辨之甚家。所謂轉韻也。"假、瑕"皆从叚聲,魚部,"式、入"皆之部,"入"《廣韻》列二十六緝,故江氏疑不與"式"韻。五章"德"从"悳"聲,"悳"從直聲,案"德"與"置"同。《易·繫辭》:"有功而不德。"釋文:"'德',鄭、陸、蜀才作'置'。鄭云:'置當爲德。'"《荀子·哀公篇》:"言忠信而心不德。"《大戴禮·哀公問五義篇》作"不置"。與"士"首尾句韻,皆之部字,所謂正韻也。"造"从告聲,幽部,"斁"从睪聲,魚部,二部古通,如《民勞》二章"休、逑、憂",在幽部。韻"怓"在魚部。也,"牖"从甫聲,"牡"从土聲,"貈"从舟聲,及古文以"臭"爲"澤",《周禮》注:"今文杍爲梓。"皆二部相通之證。所謂通韻也。孔氏曰:"古人用韻有三:曰正韻,曰轉韻,曰通韻。"似不得或指爲不入韻,或指爲無韻也。又於《抑》六章謂首二句無韻,江氏《標準》、孔氏《詩聲類》、江氏《韻讀》皆以下二句"舌"與"逝"起韻。今案此章經文皆韻,何以首二句不韻?竊謂"苟"當作"苟",桂馥《札樸》説苟敬字甚家。張彦惟曰:"丹徒嚴保庸謂'無曰苟矣',當是'苟'字,非从艸句之'苟'。""苟"古音同"亟",轉音若"折",正與下文相韻。《説文》:"逝,往也。从辵,折聲。"《説文》:"苟,自急敕也。从羊省,从勹,从口。"勹口猶慎言也。各本作"从羊省,从包省,从口。口猶慎言也",今據段氏本改正。《詩》曰:"無曰苟矣。”言無謂己苟敬也，正合武公自警之意。案“苟、敬、亟”三字同義，“苟”訓急敕。《説文》：“急，褊也。”“敕，誡也。”“誡”古通“悈”。《釋言》：“悈，急也。”《釋文》：“悈，本或作極，又作亟。”《説文》：“亟，敏疾也。”《廣雅·釋詁》云：“亟，敬也。”《方言》：“自關以西，秦晉之間，凡相敬愛謂之亟。”《書·洪範》：“敬用五事。”古文作“茍”，用此“苟、敬、亟”音義相通之證。後人僅識從艸從句之“苟”，不識己力切之“茍”。金壇段氏至謂此字不見經典，惟《爾雅·釋詁》釋文云：“亟字又作茍。”豈知《儀禮》“賓爲苟敬”，古文作“茍”，當訓急敕，《玉篇》有《茍部》，《廣韻》《集韻》職部俱列“茍”字，訓爲急敕，與《説文》正同邪？鄭《箋》誤作从艸从句之“苟”，以“無曰苟且”爲訓，顧氏因之，遂指爲無韻，失其恉矣。以上略舉數條，皆就平日疑慮所及，攷之衆家之説，塙而有徵者辨之。顧氏之書，精極博極，而簡略仍多，亦千慮之一失也。乙酉嘉平慶藩謹坿識。

音學五書版本源流

韓履卿

此書字樣爲淮南張力臣書，摹勒既工，紙墨亦俱上選。李安溪相國以五百金購去。歷年久遠，不知尚在閩中否？辛丑夏五曝書偶記，履卿隨筆。

以上清康熙六年（1667）山陽張弨父子符山堂刻本

元音統韻

元音統韻序

陳藎謨

律吕聲音之學，至《皇極經世》稱精微矣。宋儒祝氏泌亦知其天聲百十二爲唱，地音百五十二爲和，經緯之法，於斯密矣。然休文二百有六之韻，缺而未該。夫梁、唐之韻，如穴居木處之後搠爲上棟下宇，而未及層樓複閣、鳥革翬飛也。後世韻學屢變，漸進高明，因其所長，見其所短，因其所短，生其所長，合之而韻出矣。鄭樵之言曰："四聲爲經，七音爲緯。江左諸儒，知縱有平上去入爲四聲，而不知衡有七音以成緯，經緯不交，所以失立韻之原。"然鄭但知一聲一經、四聲四經而止，未知一韻一經、七音緯之錯綜變化，而統自一也。昔人謂曆與律相表裏，余謂韻學與律法相表裏。夫曆在天，律在器，似不相關。律效人，韻播音，自是一事。虞聖之命典樂者曰："詩言志，歌永言，聲依永，律和聲。"余攷樂原本於此，《統韻》一書，亦原本於此。聲在樂屬器，通於人，則古今四方萬籟不同之響也。聲之在器與在人不同，其有清濁、高下、長短，無不同也。器之有金石絲竹、匏土革木，一一依人之永，是八音之能也。無宫商角徵羽以和之則樂紛，律則不紛矣。人之有牙舌齒脣喉，一一和律之聲，是八方之能也。無開齊撮閉合以和之則韻紛，統則不紛矣。

古今之言樂者，求律於其器，而不求律於其人，非不幾幾近之，而統無律也。古今之言韻者，求統於其方，而不求統於其人，非不幾幾近之，而統無律也。統之所以律之，律之所以統之也。開齊撮閉合之敘，角徵商羽宫也；角徵商羽宫之敘，春夏秋冬中也。樂有五音，而附以變徵、變宫，是爲七音；韻有五音，而附以半舌、半喉，是爲七音。律有十一，一律爲經，七音緯之，而成一均，古"韻"字。均則七調，十二均而成八十四調。統有三十六，一韻爲經，三十六統緯之而成一目，目則三十六，各以三十六統緯之而成四聲百四十四目、五千一百八十四聲，舉天地間羣籟之有字無字，盡該焉矣。若夫古今字體，三萬三千有奇，其分讀四萬一千有奇。既列經緯以組織夫四聲，因提韻母以調引夫喉舌。既挈韻綱，帥先其位置，又呼條貫部署，其七音博而約、繁而簡矣。復遡諸蒼頡鬼哭之前，羲皇畫卦之始，而取其形，取其聲，取其義，以統萬有不齊聲音歸之於一。音基。一者，奇也。昔人謂是萬世文字祖，余謂是萬世聲音祖也。舉一音基。爲唱，聲無不歸綱，韻無不歸統，約之約，簡之簡矣。天聲爲唱，止三十六母；地音爲和，止百四十四目。以聲音祖提之，凡聲凡音，不俟求索，猶之環拱垣星，俱自北辰分度，無絲秒爽。乃定通釋以明理，定類音以檢字。唐功令不能廢古，明功令不能廢唐。爰疏古韻唐韻，以便流俗共趨，亦以證統韻畫一。凡此者，一一皆天然之聲，同然之音，毫無矯强于其間也。憶焦弱侯之言曰："《爾雅》津涉九流，標正名物，講義莫不先之，於是有訓故之學。文字之興，隨世轉易，譌舛日繁，《三蒼》之説，始志字灋，而《説文》興焉，於是有偏傍之學。五聲異律，清濁相生，孫炎、沈約始作字音，於是有音韻之學。"弱侯此言，謂前人未有兼之者。余乃集三家之所長，發皇極之所秘，歸於天然同然，成兹《元音統韻》，七音經緯，與律吕相表裏，又豈特穴居木處之後，上棟下宇也哉？苟睹之者，有得而統於一音基。焉，其亦皇極之津筏云。檇李陳藎謨自序。

題古韻疏

陳藎謨

上古無韻，夫人而爲韻也。帝臣一堂，士女村夫，矢口數言，謌嘯盡被管絃，是性情所獨鐘[①]，天籟所共發也。詎止入人之深？格天地，享鬼神，率鳥獸，皆以焉。無韻書而自成韻語，依于和聲者如此。迺三分損益，隔八相生，高下清濁以出。納五言，察治忽。老師宿儒畢世未之究者，彼矢口得之易易何哉？天地之元音在也，本具也，非勉强也。後世有韻書，遂多韻語，其于天人治亂之際何如耶？手韻書一編，而元音若見若否，手韻書多編，而元音之見者寡矣。性情爲韻書轉，天籟爲韻書鳴。稍知論韻書者，某某是，某某非，果出自元音否乎？今之古韻，吴才老集《古韻語》成書，晦翁以爲葩經音叶，人遂執之曰：古三百篇迄六朝，爲韻爾爾，爲音爾爾。余又不知乎上古之音之韻果爾爾否乎？或曰：然則《統韻》指爲天地元音，是駕出古人之韻之音，其于天人治亂之際，又何如耶？曰：愚衰奚足以知此？第按《統韻》成法而出之，兒童走卒與知與能，其于矢口得之，古亦不過如此。因就古韻而

①鐘，據文意當作“鍾”。

疏之，以便今之優孟古音者。亦曰非疏古韻也，疏《統韻》焉爾。礦庵陳藎謨題。

題唐韻疏

陳藎謨

唐無韻書，因梁《四聲類譜》而併之。至宋頒自宗伯作取士科條，至于今，不曰禮部韻，猶曰沈約韻，是四聲創自休文，韻學創自休文，文字之宗匠也。漫然指之曰：吴音安足以槩天下？不知夫子取十五國風，於何國爲正與？不有梁韻，後世定有韻譜者出。余竊謂去古彌遠，紛然者恐益甚于中原雅音也。是《韻畧》九千言者，古韻于兹藴其渾樸也。爰别標目之多韻，使混合者自分；序七音之條貫，使後先者循等。注釋用簡契其要，釋煩取逸也；異體用廣擴所見，酌古準今也。標目爲子，序音爲母，唱和當矣。多韻列而七韻分，條貫序而七音辨，清濁明矣，夫豈獨尊《統韻》哉？礦庵陳藎謨題。

元音統韻序

潘應賓

《虞書》曰："詩言志，歌永言，聲依永，律和聲。"《毛詩》三百篇，類以方言叶韻，要皆出乎天聲地音之自然，雖未有韻書而已，有韻語則韻之所從來遠矣。後世學士大夫出其智巧，各自成書，互有得失。自邵子出而《皇極經世》昭然發蒙，條理精密，實爲音韻之宗。獻可陳先生《統韻》一書，蓋本邵子天聲地音之法，而統古韻、唐韻以集其成者也。雖然，今天下人類日繁，文字日新，四方之音不同，古來之書雜出，而韻烏乎統？先生則研究天人，洞達陰陽，而知聲之在人者，有五音焉，有七調焉，敘之以綱，唱之以母，和之以子，舉天地間萬籟之有字無字，莫不標諸韻圖，而調諸喉舌之間，其四方之音於是乎統。韻依休文《四聲》而較定更嚴，字用三十六母而條貫特密。上溯蒼頡，下綜百家，原其形，探其義，酌定其法，靡不燦然備舉，而秩乎可誦，俾古來之韻書，於是乎統。今字文幾及五萬，而聲音不過五千，尚有有聲無字者，共六千有奇。先生首列《韻綱》，分領七音，東西同經，南北同緯，以隻字爲祖，唱之韻無弗叶，而音無弗辨，使約則無有遺漏，廣則不覺其繁。又定《通釋》以明其理，定《類音》以檢字，學者無字不可以統而識，無音不可以統而知，天下後世之言字者，莫不於是乎統。故《統韻》一書，先生真能得邵子之心法，更推而廣之，神而明之者也。當先生書成時，年已垂耄，未獲剞劂公世，幸其門人含一胡君面承先生之訓，俾令訂正。於是北走燕齊，南遊閩粵，積精多年，踵事辯訛，而其書始大備。憶曩在史館時，余通家沈學士芷岸爲余言，幼時曾受業於陳先生，得其學而惜失其書。繼蒙皇上以韻學召問，訪其書，竟不可得。嗚呼！迄今去先生纔三十年，而知者罕矣。使無人，焉輯其書而紹其學？其不即於《羽陵蠹》而同於《廣陵散》也幾希矣。丁亥冬，余採藥羅浮，晤胡君於湞江，挾其書講論浹旬，因益嘆是書之廣大精微，必能傳世。在粵之士大夫思表章絶學，謀付剞劂，以公諸海内。吾知是書一出，海内必翕然知音韻之有統，而歌詠可以播之樂章，則簫韶雅頌之盛，益有助於聖世矣。是爲序。時康熙戊子閏月朔，翰林院侍讀學士山左潘應賓譔。

元音統韻序

范廷瑚

檇李有陳獻可先生者，乃明季宿儒，今我朝《通省誌》中備載其槩，素爲海内文人所推重者。其著作頗多，獨《元音統韻》一書本乎《皇極經世》，究悟其原，編輯纂彙，實太古迄今未有之書。闡明聲音字學之元，會集大成，無字不入韻中，無韻不歸於統，命名制字，確皆有本，可令不識字人統識古今之字，真有功於天下後世也。陳先生壽臻大耋，未及梓就而歿，幸有同里門人胡含一深得其傳，復精研三十餘載，斟酌參考，竇笥帙中凡五種：曰《通釋》，曰《類音》，曰《統韻》，曰《古韻疏》，曰《唐韻疏》。其書可分可合。惜胡先生亦年逾中壽，久客粤中，思繼成功，因時事多阻，齎志而歿。先生與余知交，卒之日，將其傳稾盡付與余，囑成其業。受書之日，即延請宿儒，共爲輯理，纂集成編，閉户三年，幸獲成功。其《字彙補》者，乃仁和吴任臣所輯，其例凡三種：曰補字，曰補音義，曰較譌。仍分地支十二集，以補《字彙》未有之字，雖奇誕不經，固原集所遺，然稽古無徵者，亦削而不録。因付剞劂行世，公之天下，傳之來兹，爲讀書識字人闡揚聲音字韻之源流，以畢前人苦心。惟願高明夙學，賜之鍼砭，正其譌謬，俾不悖戾先賢，迷誤後學，是所望也。時康熙歲次甲午仲春上浣，三韓後學范廷瑚謹識。

以上清康熙五十三年（1714）范廷瑚刻本

類　音

類音敘

周振業

歲丙戌,振業授經潘先生家塾。於時,先生方抄撰《類音》,嚴寒盛暑,手不停筆。振業頗聞緒論,知音之一二。先生謂書成,循敘口授,即無字之音,可盡通而得其全。閱歲而振業館他所,遂未卒業。今先生胄子刊是書,招同校對,始得讀全書,而又嘆先生不可作,竟不獲口傳耳受,以悉通其學也。夫人生而有聲,稍長知言能識字,皆由音達,而或限于方隅,或移于時代,遂有偏而不全、窒閡而難通者。昔人音韻之書,非不繁多,而至當不易者實少。先生少于音有神解,後爲四方之遊,深察南北音之異,復參稽載籍,識古今音之遞變,於是窮紐切之微奥,探聲音之原本,斟酌會通,晚始成書,先之以論,繼之以圖,又繼以切音,而終之以韻。譜使無字之音,皆可以切得,而音之有字者,皆以類著,悉破從前拘牽之見,而部分一出于天然,確指當然之法,而并言其所以然之故,洵爲音學從來未有之書,其足以信今傳後何疑焉?振業于音亦有夙好,乃遇先生而未盡其傳,豈天于人之學,顧亦有所靳耶?於其刻之成也,書數語于簡端,表其體要,且以誌懷舊之感云。康熙壬辰秋八月,周振業撰。

清雍正三年(1725)遂初堂刻本

音韻集注

音韻集注自序

高明直

余集此書，非能深通音義，別有註解，亦非能精嫻反切，獨出心裁。因在昔都門，偶得有《五方元音》二卷，繙閱久之，紙既柔脆，字漸模糊，欲自操管，録作袖珍。熟思原本僅分同音，未注反切；祇分某音，未詳何韻，并雜入韻内未收之字，鄙心稍有未愜。以故每公餘輒遵《字典》《佩文詩韻》二書，一一考校，凡音切分韻，概爲增補，且删繁就之簡，歷寒暑而草本成。急欲繕真，忽奉檄之滇，途觸瘴癘，一病數年，精神大減，而怠於把筆矣。私衷自揣，謂既便於己，或亦便於人，乃遂付諸剞劂氏。倘游藝之君子，於此復能正誤指非，以廣余見之未及，俾文固陋，不更幸乎？嘉慶四年仲春，浮山高明直序。

清嘉慶四年（1799）竹園刻本

韻學源流

韻學源流跋

楊恩元

余以辛酉春赴京採訪通志局應需書籍，於姚君一蕚處得莫子偲先生《韻學源流》鈔本，亟録一通，又於姚君儷桓處得印本校對，尚無譌字，今在貴陽文通書局印出，以廣流布。夫聲韻之學，在試帖盛行時，人人習之，而迄不知聲韻之源流端委。欲得一論韻之書，首尾賅貫，一目了然者，實自來所無。先生此書，博稽載籍，擷其精要，誠藝林之鴻寶也。顧試帖可廢，詩學則決不可廢，亦以其根於天籟之自然，生民性情所寄託。而聲韻者，即順其自然以導之者也。自世運衰微，浪漫一派欲廢聲韻以便其不學，甚至以聲韻爲枷鎖銬鐐。推其極，則衣冠帶佩，亦拘束人身之具，必返諸上古，裸身而遊，穴居野處，然後爲自適矣，可乎？不可乎？先生此書，如萬古之江河，行天之日月，非特習詩學者所應知，抑亦凡識字者所宜讀。其論西域梵音一段，持論平允，尤足以破尊己卑人之陋習。嗚呼！天下惟能驕者能諂，以抑外之時風一變而爲媚外，使子偲先生生於今日，不知又當作何感想也？民國癸亥五月，安順楊恩元謹識。

1923年文通書局貴陽石印本

韻學發原

韻學發原敘

車永和

韻學之法，由來久矣，自唐陸德明始有反切，及宋朱晦翁夫子衍爲《新安韻圖》，但有音無字者頗多，故悉以空圈代之，以致後世學者，皆畏難而不能讀也。張子書田先生不能釋然于心，因博覽小學《説文》諸書百有四十餘部，乃集爲《字學全書》，於有音無字處一一填實，學韻者讀之，一閲了然。又將反切歷歷序明反字法，如真奇真奇奇真知，於琴於琴琴於音，子盈子盈盈子精，禹訓禹訓訓禹韻。先以知音精韻四字爲例。切字法先從四十四韻、三十二音位，誦讀圖書，有經有緯。經以切韻定音於位，緯以調聲照位定聲取字，如真奇切，上一字郎經定音於位，下一字即緯定聲於字。經緯之道，縱横之學也。如真奇切，誦巾韻十八位齒音，讀基韻十八位平聲知字；如於琴切，誦居韻二十五位喉兼牙音，讀金韻二十五位平聲音字。如子盈切，誦貲韻十三位上聲牙音，讀京韻十三位平聲精字。如禹訓切，誦居韻二十六位喉兼牙音，讀君韻二十六位去聲韻字。韻法反切之學，皆能類推矣。余素嗜韻學，苦無門徑，得是書而熟讀之，覺反切之法不易得，亦非難學焉。校畢付梓，公諸同好云。同治三年孟春甲子，車永和序。

韻學發原敘

張　煒

車君鑑堂,吾契友也,精堪輿,設書肆於南院門,好延接名流,其尤契者,蒲城張書田先生。先生品端學粹,不慕利名,惟具苦口熱腸,啟迪後輩,生平著作甚夥,而韻學爲尤精也。今屆大比,槐花已黄,車君先將韻學鋟諸梨棗,俾廣其傳,願以佐吾人之讀書欲識字者,至披讀訣竅,原序已條分縷晰,余不敏,不敢贅一辭。同治十有二年歲在癸酉閏六月上澣,張煒理齋氏拜序於灞陵官廨。

韻學發原敘

德　豐

學者誦讀,首以字音爲要。予閑常訓課子弟,讀一字一音,惟恐舛錯而失,於是遍覽字學全種,竟有口能誦出音而不能知其字者亦多。雖朱晦翁先生《等韻》一書猶爲詳明可讀,於有音無字之處,悉以空圈代之,究不能詳出某字。故教子弟,非殫精竭慮不明。予深患後學日畏其難,日見其疎也,兹於友人車鑑堂處,見堯陽張書田先生所撰《字學小引》《發原》兩種,於前人用圈代之處,廣搜羣書,以探其真,並皆用某字填實,俾後世學者了然於目,並能了然於心,日見其易,日樂其從也。惜雖有此書,尚未能鐫,而世終無覯。予友鑑堂以爲既受書田先生之傳，必使後世童蒙深獲其益，奈分力不濟，來商於予。予既覩是書，又承其命，雖屬困阨，見於世有益之事，不能不傾囊以助之。校畢，付諸棗梨，可以承二先生之美志，終無湮教世之深心。至於參酌之盡善，考訂之真切，有原序在，特書數語，以誌其時與事云。同治十二年歲次癸酉仲夏之初，陝西補用知縣長白德豐識。

韻學發原敘

吕　申

仰視空長嘆，天道何茫茫。茫茫宇宙間，古道日淪亡。憶昔先生存，儒林賴表章。開口辨義利，精心嚴聖狂。每奪貪夫魄，克振吾道綱。兢兢丹書訓，凛凛白圭防。雞鳴爲用慎，鳳至哀嘆長。獨尋陋巷樂，早窺宣尼墻。然其博稚懷，迴異腐儒腸。六經備甲胄，五典助笙簧。百氏無不達，兵家尤精詳。少壯嗜縱横，踈通畧文章。惜哉不一遇，希道同自疆。窮老力《説文》，心苦食或忘。書探娑羅門，夢見倉史皇。問字滿揚子，叶韻合沈郎。執業走其門，紐圖達八荒。温温春風裏，朗朗秋月揚。坐久不忍倦，清談偕宫商。耽樂奬後進，誘腋殊多方。對之矜躁釋，胸裹日汪洋。道大容無能，韞櫝韜圭璋。嗚呼濟時心，未嘗忘帝鄉。往者海氛起，腥風神州颺。大運偶剥否，關内不護康。桓桓陳茂經，義旂舉西邦。茂經，字緯山，事詳顧祖香《孟晉齊文集》中。無衣誰振作，先生實主張。同懔有同气，名族張龍驤。奇兵不在衆，義气雪搶欃。二子固壯哉，運籌藉匡襄。夙習陶侃甓，今脱毛君囊。幹旋人不知，隱隱迴春光。沉憂終未竟，哀謌自悽愴。伊昔中宵起，披衣鳴鶴堂。余家别墅。更深月已落，天高夜未央。抵堂侃侃談，分明辨角亢。慘淡定真論，絶不言災祥。忽瞻紫垣内，獨立時悲傷。九州半戎馬，列宿故不臧。煌煌中宫裏，宵旰常栖煌。少微漸明大，聖母無或遑。何時珠聯奏，指日掃天狼。四海偃武庫，六符炳文昌。一覩復曰景，永熄長星芒。幽憂我獨知，極目窺蒼蒼。每依北斗望，竟夕不安牀。以兹怨憫意，二竪侵膏肓。旅館自皓月，孤墳滋秋霜。子孫甚式微，詩書久芬芳。先生永不没，賤子涕濕裳。嚮也追悼師友，有倣杜工部《八哀》之作，《哭先生詩》其一也。今因車君梓先生《韻學發源》，屢促申爲文以敘，而期迫槐黄，心緒既紛，筆亦鑿枘，雖義弗可辭，又何敢率爾以重滋罪戾？爰録是詩代之，有遇於目者，亦可以見先生之梗概也夫。同治癸酉閏六月，臨潼吕申慎吾甫書並識。

以上清同治三年（1864）明誠堂刻本

聲　類

小學搜逸·聲類敘

龍　璋

《隋書·經籍志》:"《聲類》十卷,魏左校令李登撰。"《唐志》同。登與孫炎同時,炎注《爾雅》盛用反切,登此書名《聲類》,蓋以聲音比類相從也。聲韻之學,其自此盛昌歟？攸縣龍璋。

清光緒十年（1884）龍氏刻本

韻　集

小學搜逸·韻集敘

龍　璋

馬國翰曰:《韻集》一卷,晉吕静撰。江式《上古今文字源流表》云:晉世義陽王典祠令、任城吕忱表上《字林》六卷。又云:忱弟静别放故左校令李登《聲類》之法,作《韻集》五卷,使宫商角徵羽各爲一篇,而文字與兄便是魯衛,音讀楚夏,時有不同。《隋志》六卷,與江《表》言五卷者異,或併《序目》數之與?《唐志》五卷,與江《表》合。四聲分韻,始於沈約,吕在沈前,其韻以宫商角徵羽,已萌四聲之漸,然其詳莫究。惟《顔氏家訓·音辭篇》有云:成、仍、宏、登合成兩韻,爲、奇、益、石分作四章。韻首可見者僅此。《隋志》於吕静《韻集》上復出《韻集》十卷,不著姓名,下列有《韻集》八卷,段弘撰,皆無可考,附存其目焉而已。又《釋文》屢引吕静,《爾雅釋文》有引郭、吕、沈、吕者,蓋吕即吕静《韻集》也。别補爲存疑,附於後。攸縣龍璋。

清光緒十年(1884)龍氏刻本

音　譜

小學搜逸·音譜敘

龍　璋

《隋書·經籍志》:"《音譜》四卷,李槩撰。"《唐志》不著録。《隋志》李槩又有《修續音韻決疑》十四卷,《唐志》亦不著,其書已久佚。今惟《廣韻》有引《音譜》數條,他書亦未之見也。攸縣龍璋。

清光緒十年(1884)龍氏刻本

切　韻

切韻序

陸法言

昔開皇初，有儀同劉臻等八人，同詣法言門宿。夜永酒闌，論及音韻，以今聲調既自有别[①]，諸家取捨亦復不同，吴楚則時傷輕淺，燕趙則多傷重濁，秦隴則去聲爲入，梁益則平聲似去。又支章移切。脂、旨夷切。魚語居切。虞遇俱切。共爲一韻，先蘇前切。仙、相然切。尤于求切。侯胡溝切。俱論是切。欲廣文路，自可清濁皆通，若賞知音，即須輕重有異。吕静《韻集》、夏侯該《韻略》、陽休之《韻略》、周思言《音韻》、李季節《音譜》、杜臺卿《韻略》等，各有乖互。江東取韻，與河北復殊。因論南北是非、古今通塞，欲更捃選精切，除削疏緩，蕭、顔多所决定。魏著作謂法言曰："向來論難，疑處悉盡，何不隨口記之？我輩數人，定則定矣。"法言即燭下握筆，略記綱紀，博問英辯，殆得精華。於是更涉餘學，兼從薄宦，十數年間，不遑修集。今返初服，私訓諸弟子，凡有文藻，即須明聲韻。屏居山野，交游阻絶，疑惑之所，質問無從。亡者則生死路殊，空懷可作之歎；存者則貴賤禮隔，以報絶交之旨。遂取諸家音韻、古今字書，以前所記者定之爲《切韻》五卷。

①"今"前當據敦煌本（P.2129）補"古"字。

剖析豪氂，分别黍累。何煩泣玉，未得縣金。藏之名山，昔怪馬遷之言大；持以蓋醬，今歎楊雄之口吃。非是小子專輒，乃述羣賢遺意，寧敢施行人世？直欲不出户庭。于時歲次辛酉大隋仁壽元年。

切韻注序

長孫訥言

訥言曰：此製酌古沿今，無以加也。然古傳之已久，多失本源，差之一畫，詎惟千里。見“炙”從“肉”，莫究厥由，輒意形聲，固當從“夕”。及其晤矣，彼乃乖斯，若靡馮焉，他皆倣此。頃佩經之隙，沐雨之餘，楷其紕繆，疇兹得失，銀鉤創閲，晉豕成羣，盪櫛行披，魯魚盈貫。遂徵金篆，遐泝石渠，略題會意之辭，仍記所由之典。亦有一文兩體，不復備陳，數字同歸，惟其擇善。勿謂有增有減，便慮不同，一點一畫，咸資别據。其有類雜，竝爲訓解，傳之不謬，庶埒箋云。于時歲次丁丑大唐儀鳳二年。

刊謬補缺切韻序

王仁昫

大唐龍興，廉問寓縣，有江東南道巡察黜陟大使侍御平侯嗣先者，燕國鼎族，京兆冠蓋，博識多才，智周鑒遠，觀風俗[1]，政先肅令清[2]。持斧理輸而鸇逐隼擊[3]，古雖銓異，今也何殊？爰届衢州，精加采訪。昫驅務守職，絶私奉公，每因以退食餘閑，莫不以修書自悦，所撰《字樣》《音注》《律》等，謬承清白之譽，叨眷註撰之能。蒙索書看，曲垂幽旨，遂顧謂昫曰："陸言法《切韻》，時俗共重，以爲典規。然若字少[4]，復闕字義，可爲《刊謬補缺切韻》，削舊濫俗，添新正典，并各加訓，啟導愚蒙，救俗《切韻》，斯便要省。既字該樣式，乃備應危疑。韻以韻居，分别清切。舊本墨寫，新加朱書；兼本闕訓，亦用朱寫。其字有疑，亦略注所從，以決疑謬，使各區析，不相雜厠。家家競寫，人人習傳，濟俗救凡，莫過斯甚。"昫沐承高旨，課𡢃下愚[5]，謹依《切韻》增加，亦各隨韻注訓。仍於韻目具數云爾。

刊謬補缺切韻序

長孫訥言

訥言謂陸生曰：此製酌古沿今，榷而言之，無以加也。然若傳之已久[6]，多失本源，差之一點，詎唯千里。弱冠常覽顔公《字樣》，見"炙"從"肉"，莫究厥由，輒意形聲，固當從"夕"。及其悟矣，彼乃乖斯，若靡憑焉，他皆倣此。須以佩經之隙，

①"風"下當據故宫本《王三》補"察"字。
②《王三》"肅"前無"先"字，當删。
③理輸，當作"埋輪"。事见《後漢書·張綱列傳》。
④若，當據敦煌本（P.2129）改作"苦"。
⑤𡢃，當據《王三》改作"率"。
⑥若，敦煌本（S.2055）作"苦"，當是。

沐雨之餘，揩其紕謬，疇兹得失。銀鈎捌閲，晉豕成羣；盪櫛行披，魯魚盈貫。遂乃廣徵金篆，遐泝石渠，略題會意之詞，仍記所由之典。亦有一文兩體，不復備陳；數字同歸，惟其擇善。勿謂有增有減，便慮不同，一點撇[1]，咸資别據。又加六百字，用補闕遺。其有類雜，並爲訓解，但稱按者，俱非舊説。傳之弗謬，庶埒箋云。于時歲次丁丑大唐儀鳳二年也。

以上南宋紹興（1131～1162）刻本

内府藏唐寫本刊謬補缺切韻成書小記

項元汴

女仙吴彩鸞，自言西山吴真君之女。太和中，進士文蕭客寓鍾陵，中秋夜見於踏歌場中，伺歌罷，躡蹤其後，至西山，彩鸞見蕭，偕往山椒，有宅焉。至其處，席未暇煖，彩鸞據案治事。蕭詢之再四，乃曰："我，仙子也，所領水府事。"言未既，忽震雷晦冥，彩鸞執手版伏地作聽罪狀，如聞謫詞云："以汝洩機密事，罰爲民妻一紀。"彩鸞泣謝，謂蕭曰："與汝自有冥契，今當往人世矣。"蕭拙於爲生，彩鸞爲以小楷書《唐韻》一部，市五千錢爲糊口計。然不出一日間，能了十數萬字，非人力可爲也。錢囊羞澀，復一日書之，且所市不過前日之數。由是彩鸞遂各乘一虎仙去。《唐韻》字畫雖小，而寬綽有餘，全不類世人筆，當於仙品中别有一種風度。予偶得此本，遂述其本末行實，使有所徵云。墨林山

①"撇"前當補"一"字。長孫訥言《切韻注序》："一點一畫，咸資别據。"

人項元汴敬題。時萬曆壬午仲冬八日。

唐吴彩鸞寫本

唐寫本切韻殘卷跋

王國維

巴黎國民圖書館藏唐寫本《切韻》殘卷,計三種。第一種存上聲海至銑十一韻,四十五行,韻字視他二種爲少,注亦最簡,當是陸法言原書。第二種存平聲上東至魚凡九韻,前有陸法言、長孫訥言二序。陸序前有"伯、加、千"一字一行。長孫序云:"又加六百字,用補闕遺。其雜□並爲訓解[1]。凡稱"案"者,俱非舊説。"今《廣韻》前所載長孫序無此語。故此種中有新加字,如東韻蒙紐、洪紐下皆注"十一加一",蘔紐下注"二加一"是。又注中稱"案"者甚多,如東韻"東"字注云:"桉《説文》:'春,方也,動也。從日。'又云:'日在木中。'""銅"字注云:"桉《説文》:'青鐵也。'""中"字注云:"桉《説文》:'和也。'"皆據《説文》《雅爾》以正字形[2]、説字義,而據《説文》者殆十之九,與長孫序中稱"案"之語相合,此長孫訥言箋注本也。第三種存平上入三聲,而平聲又闕東、冬二韻,入聲闕廿八鐸至卅二乏五韻。中間復稍有闕佚,餘均完具。此種有長孫訥言本所加字,而紐首不注加厶字,又不存長孫案語。然平聲下二仙卷紐下"鬈"字,六豪高紐下"膏"字,十六青

①雜□,長孫納言《刊謬補缺切韻序》作"類雜"。

②雅爾,當爲"爾雅"之誤倒。

寗紐下“蜜”字，廿一鹽銛紐下“思”字，上聲卅九静静紐下“彭、靖、竫”三字，入聲九月伐紐下“瞂”字，十没“歆”字，十五薛列紐下“鴷”字、輟紐下“𠜾”字，十六錫的紐下“㕩”字，十七昔“碧”字，廿合鍣紐下“謺”字，廿一盍“罨”字，皆注云加“新加”①。又有稱“案”者，如平聲下二仙“鮮”字注云：“案《文》爲䲜。”八麻“虵”字注云：“案《文》作蛇。”十一陽“暘”字注云：“案《文》崵。”“萇”字注云：“案《文》羊桃。”“疘”字注云：“案《文》作莊。”十七尤“杴”字注云：“桉《説文》原無點。”“裘”字注云：“案《文》求無點。”“鼽”字注云：“案《文》病寒鼻塞②。”廿侵“針”字注云：“案《文》作鍼。”廿三蒸“興”字注云：“案《文》作興。”上聲五旨“兕”字注云：“案《文》野牛而青③。”八語“所”字注云：“案《文》户斤爲正。”十姥“虎”字注云：“案《文》山獸之君，足似人足，故足下安人。此‘儿’即是古‘人’字。”十六軫“軫”字注云：“此類合，從㐱。”廿三潸“版”字注云：“案《文》判。”廿二馬“馬”字注云：“案《文》有四點，象四足。”廿三感“萏”字注云：“案《文》作藺。”卅五養“兩”字注云：“案《文》廿四銖爲兩。”卌一有“美”字注云：“案《文》從久。”入聲五質“𦚧”字注云：“案《文》作郲④。”十二黠“豽”字注云：“《説文》作貀。”十四屑“截”字注云：“案《文》作䳘⑤。”“嵲”字注云：“案《文》作𡾟。”“奊”字注：“案《文》從主作奊⑥。”十五薛“竭”字注云：“《説文》作渴。”“揲”字注云：“案《文》思頰反，閲持。”“𠜾”字注云：“案

①“云”字後“加”字衍，當删。

②塞，《説文》作“窒”。

③“野牛”前《説文》有“如”字。

④郲，據《説文》當作“膝”。

⑤䳘，據《説文》當作“截”。

⑥主，據《説文》當作“圭”。

《文》刊新加。"十六錫"柘"字注云:"案《文》百廿斤。""役"字云:"案《文》作役。"十八麥"麥"字注云:"案《文》從來作麥。"十九陌"戟"字注云:"案《文》作戟。"廿一盍"鰈"字注云:"案《文》作魼。"廿四葉"曄"字注云:"案《文》作此燁。"皆稱"案"字,又皆據《説文》爲説,與長孫訥言箋注體例相同,疑亦鈔長孫氏本而删去長孫氏注,僅鈔陸注。上所舉數十條,乃删之未盡者也。又此三種中以字跡言之,第一種爲初唐寫本,第二、第三種較後,然亦在開天之際,亦足證前者爲陸氏原本,後者爲長孫氏箋注本,或其節本也。

法言《切韻》,《隋書》及《舊唐書·經籍志》、《唐書·藝文志》均未著録。惟兩《唐志》均有陸慈《切韻》五卷,日本源順《倭和名類聚鈔》引陸詞《切韻》五十四條。日本僧信瑞《净土三部經義》引陸詞《切韻》十六條,又作陸詞。日本狩谷望之《倭名鈔箋》謂詞即法言。案詞與法言名字相應,又隋唐間人多以字行,則狩谷之言殆信,中土書籍多云法言,罕有云陸詞者。惟《集韻》二冬"苳"字曹刻作"笗",然今本奪笗字注及苳字,正文注中仍作苳不誤。注引陸詞曰:"苣苳,冬生。"此本二冬有"苳"字,注云"草名",而無"苣苳冬生"四字。其源順、信瑞所引七十條見於此本中者,亦劣得其半。蓋由此本注或有删節,彼所據本,亦或經後人增加,未可據以定詞與法言非一人,彼所據者與此本非一書也。

法言事跡,史不概見,前人亦無考之者。案《隋書·陸爽傳》:"爽字開明,魏郡臨漳人。自齊入周,隋時爲太子洗馬。開皇十一年卒官,年五十三。子法言,敏學有家風,釋褐承奉郎。"據此,則開皇初法言與蕭、顔諸公論韻,年甫逾冠,而諸公多顯於梁、魏、齊、周之世,蓋均法言丈人行矣。其受成書之託,蓋即以此。《隋書》又云:"初,爽之爲洗馬,嘗奏高祖云:

'皇太子諸子未有嘉名,請依春秋之義,更立名字。' 上從之。及太子廢,上追怒爽曰:'我孫製名,寧不自解,陸爽乃爾多事,扇惑於勇,亦由此人。其身雖故,子孫並宜廢黜,終身不齒。法言竟坐除名。" 考太子勇之廢,在開皇二十年九月,次年即改元仁壽,法言除名當在此時。其序《切韻》云:"今反初服,私訓諸弟,凡有文藻,即須音韻。遂取諸家音韻、古今字書,定之爲《切韻》五卷。" 是法言撰《切韻》,著手於開皇、仁壽間,而成於仁壽二年也。

先儒以《廣韻》出於陸《韻》,因謂陸《韻》部目及其次序並與《廣韻》同,此甚誤也。余曩考《唐韻》,已謂《廣韻》部次出於李舟,而陸《韻》次第必與《唐韻》相近。今見陸《韻》,足證前説不誤。其與《唐韻》異者,則平聲無移、諄、桓、戈四韻,上入二聲準之,上聲無率、緩、果三韻,入聲無術、曷二韻。至其次序,則全與顏元孫《干禄字書》、吴縣蔣氏所藏《唐韻》、徐楚金《説文解字篆韻譜》原本、夏英公《古文四聲韻》相同。具詳余《續聲韻考》,兹不贅云。

光緒戊申,余晤法國伯希和教授於京師,始知伯君所得敦煌古書中有五代刻本《切韻》。嗣聞英國斯坦因博士所得者更爲完善,尚未知有唐寫本也。辛壬以還,伯君所寄諸書寫照本亦無此書。戊己間,上虞羅叔言參事與余先後遺書伯君,索此書景照本。今歲秋,伯君乃寄羅君於天津,羅君擬付工精印入《石室佚書》中,以選工集資之不易,余乃手寫此本,先以行世。原本書跡頗草草,訛奪甚多,今悉仍其舊,蓋其誤處,世之稍讀古書者,類能正之,至其佳處,後人百思不能到也。因記其大略如右。辛酉冬十一月初十日,海甯王國維書於海上寓居之永觀堂。

1922年王國維鈔寫影印巴黎國民圖書館唐寫本

唐　韻

唐韻序

孫　愐

蓋聞文字聿興，音韻乃作，《蒼頡》《爾雅》爲首，《詩》《頌》次之，則有《字統》《字林》《韻集》《韻略》，述作頗衆，得失互分。惟陸生《切韻》，盛行於世，然隨珠尚纇，虹玉仍瑕，注有差錯，文復漏誤，若無刊正，何以討論？我國家偃武修文，大崇儒術，置集賢之院，召才學之流，自開闢以來，未有如今日之盛。上行下效，比屋可封。輒罄謏聞，敢補遺闕，兼習諸書，具爲訓解，州縣名號，亦據今時字體，從木從才，著亻著亻，施殳施攴，安尒安禾[①]，竝悉具言，庶無紕繆。其有異聞、奇怪傳説、姓氏原由、土地物産、山河草木、鳥獸蟲魚，備載其間，皆引凴據，隨韻編紀。添彼數家，勒成一書，名曰《唐韻》，蓋取《周易》《周禮》之義也。及案《三蒼》《爾雅》《字統》《字林》《説文》《玉篇》《石經》《聲韻》《聲譜》、九經諸子、《史》《漢》《三國志》《晉》《宋》《後魏》《周》《隋》《陳》《宋[②]》、兩齊《書》、《本草》《姓苑》《風俗通》《古今注》、賈執《姓氏英賢傳》、王僧孺《百家譜》、周何澀集《文選》諸集、《孝子傳》《輿

①尒，據文意當作“示”。

②前已有“宋”，此當作“梁”。卞永譽《式古堂書畫彙考》所録開元本《唐韻》字即作“梁”。

地志》及武德已來創置迄開元三十年[1]，並列注中。等夫輿誦，流汗交集[2]，愧以上陳天心。又有元青子、吉成子者，則汝陽侯榮之曾孫，卓尔好古，博通内外。遁禄巖嶺，吐納自然。抗志鈐鍵，棲神梵宇。淡泊無事，希夷絶塵。倏忽風雲，靈𧨏怡懌。考窮史籍，廣覽羣書，欲令清濁昭然。學之上，有終日而忘食，有連宵而不寐。案《搜神記》《精怪圖》《山海經》《博物志》《四夷傳》《大荒經》《南越志》《西域記》《西壑傳》《漢纂藥論》《證俗方言》《御覽字府》及九經、三史、諸子中遺漏要字，訓義解釋，多有不載，必具言之。子細研窮，究其巢穴，澄凝微思，鄭重詳思，輕重斯分，不令啚糅。緘之金篋，珍之寶之而已哉。寧辝阻險，敢不躬談，一訴愚心，克諧雅況，依次編記，而不别番。其一字數訓，則執優而尸之，劣而副之。其有或假，不失元本，以四聲尋譯，冀覽者去疑，宿滯者豁如也。又紐其脣齒喉舌牙部，件而次之，有可紐不可行之及古體有依約之，並采以爲證，庶無壅而昭其凴。起終五年，精成一部，前後總加四萬二千三百八十三言，仍篆、隸、《石經》，勒存正體。幸不譏繁于時。歲次辛卯，天寶十載也。

論曰：《切韻》者，本乎四聲，紐以雙聲疊韻，欲使文章麗則、韻調精明於古人耳。或人不達文性，便格於五音爲足。夫五音者，五行之響，八音之和，四聲間迭在其中矣。必以五音爲定，則參宫參羽，半徵半商，引字調音，各自有清濁。若細分其條目，則令韻部繁碎，徒拘桎於文辞耳。

---

① 開元止二十九年，下録“三十”作“廿”，當是。

② 流，下録作“戰”。

唐寫本唐韻殘卷後序

蔣　斧

隋陸法言撰《切均》五卷，至唐儀鳳二年長孫訥言爲之注，且正其繆訛。天寶十載，陳州司法孫愐復訂正之，更名《唐均》。宋景德四年，真宗以舊本譌誤，乃命儒臣陳彭年等校讎增損，及大中祥符元年書成，賜名《大宋重修廣均》。自《唐均》行而《切均》廢，《舊唐書·經籍志》止有陸慈《切均》，《新唐書·蓺文志》有陸慈、李舟二家《切均》，及僧猷智《辨體補修加字切均》，而皆無法言原書。《廣均》行而《唐均》又廢。《崇文總目》《通志·藝文畧》《宋史·藝文志》雖均載《唐均》，而晁、尤、陳諸家書目，則皆僅有《廣均》而已。魏鶴山嘗得《唐均》，詳載其所得之處於後序中，可見南宋時其書已不易覯。蓋音均之書，時人止求便於詩賦之用，新本既行，舊者即無人藏弆矣。此唐寫册子本《唐均》四十四頁，用白麻紙寫，每葉高慮俿尺一尺一寸七分，寬一尺七寸五分，每葉二十三行，皆界烏絲闌，每行字數不一。大字每行約十六七，小字每行約廿六七。凡去聲一卷，缺一送至八未之前半，又缺十九代之後半至二十五願之前半。入聲一卷。全。每均之首一字皆朱書，其序次與《廣均》不同。書中“世”字、“旦”字皆缺筆，代宗以後之諱則否，玄、肅二宗之諱皆在平均，不能考。知爲初唐寫本。按孫愐《唐均》序云：“州縣名號，亦據今時字體，從木從才，施殳施支，並悉具言，庶無紕繆。”又云：“《輿地志》及武德已來創置迄開元三十年，並列注中。”今以此本校之，宥均之“籀”字《廣均》从才，此本从木；桥均之“桥”字《廣均》从木，此本从才；《未均》之“毅”字《廣均》从殳，此本从攵；宥均之“救”字

《廣均》从攵，此本从殳，是偏傍之尚未改正者也。又未均之“暨”字，《廣均》注云“諸暨縣在越州”，此本云“在會稽”；霽均之“薊”字，《廣均》注云“縣名，又州。開元十八年以漁陽爲薊州”，此本直云“縣名”；代均之“代”字，《廣均》注云“州名”，此本云“郡名”；緝均之“汲”字，《廣均》注云“縣名，在衛州”，此本云“郡名，在衛”，是郡縣之沿用隋名者也。又泰均之“會”字、證均之“勝”字、緝均之“壁”字、德均之“德”字，《廣均》皆注明唐時建置，或改置之年代，此本皆不言地名，是唐代創置之未列注中者也，則此本爲孫氏未改正以前之本矣。又按長孫訥言《切均》序云：“見炙从肉，莫究厥由，輒意形聲，因當从夕。及其晤矣，彼乃乖斯。”是《切均》舊本“炙”字从夕，今《廣均》“炙”字从肉，注云：“《説文》曰：炮肉也。从肉在火上。”即長孫氏改正之本也。而此本則正从夕，且注云：“《説文》从肉。”則此本尚是長孫氏初注之本矣。蓋寫録雖在睿宗以後，而祖本尚沿儀鳳之前。然則此本雖名爲《唐均》，實是陸氏《切均》元本。有唐一代，均書盛行，雖訂正之書已行於世，而民間相傳之舊本仍襲用不廢，不過更易新名，以便衒鬻耳。此等舊本，在當時則以未加刊正，譏爲珠纇玉瑕，而至今日，則正喜其太璞渾金，未經雕琢，得覩先唐真面也。鶴山魏氏《唐均》後序云：“今書升藥鐸於麥陌昔之前，置職德於錫緝之間。”其所云“今書”，即重修本《廣均》也。則鶴山所獲之《唐均》，其序次與此本正同。惟鶴山又言於一東下注云：“濁，滿口聲。”自此至三十四乏皆然。而此本則每均之下，並不載調之清濁。蓋鶴山所得爲孫氏本，孫氏序中因有“欲令清濁昭然”之語，則陸氏舊本不注清濁明矣。據此，則是本出孫氏以前，更無疑義。此册爲都門故家舊藏，册中有宣和御府二印，鮮于一印，晉府及項子京諸印，柯丹邱觀款一行，杜樫居詩一首，無本朝人一跋一印。蓋自入晉府以後，即未嘗寓賞鑒家之目矣。吾友羅君叔言於廠肆見之，爲余作緣，以重資購得，適客囊羞澀，乃悉索閨人匳具，付質庫以充之。自南宋魏氏以後，小學家從無見《唐均》者，況《切均》耶？斧生魏氏後又千載矣，乃忽得此空前絶後之孤本，豈非古今之大快、平生之至樂哉？而叔言介紹之惠，尤可感也。展讀數過，職其大畧如此，其詳，俟他日寫刻時，別爲札記云。得書之日，光緒三十四年二月晦也。吴縣蔣斧記於宣南僦舍之看雲亭。

以上南宋紹興（1131～1162）刻本

大宋重修廣韻

大宋重修廣韻跋

張士俊

從常熟毛丈扆借得《大宋重修廣韻》一部，相與商榷行世。延其甥王君爲玉館於將門東莊，摹寫舊本字畫，校讎再四，而後鏤諸版。復因吴江潘先生耒假崑山故相國徐公元文家藏善本，勘對詳審。自康熙癸未歲之夏五，訖於甲申秋孟，迺克竣功。是書頒於宋初，悉辨聲律，博據精解，非曲學所可增損。蓋韻學流布，去古寖微，顧亭林先生炎武所刻《廣韻》，猶病其略而不備。間嘗從秀水朱先生彝尊遊，先生欲彙鈔前賢聲韻之書，刊示學者。今姑録《宋修廣韻》，悉仍其故，聞弦賞音，足徵雅曲，庶幾證之好古君子。襄其事者，家孝廉大受與間丘顧孝廉嗣立均有功焉。吴郡查山六浮閣主人張士俊敬識刻書本末於後。

重刊廣韻序

朱彝尊

聲韻之學，盛于六代。周捨以“天子聖哲”分四聲，而學者言韻悉本沈約,顧其書終莫有傳者。今之《廣韻》源于陸法言《切韻》,而長孫納言爲之箋注者也。其後諸家各有增加,已非《廣韻》之舊,然分韻二百有六部,未之紊焉。自平水劉淵淳祐中始併爲一百七韻,于是合殷于文,合隱于吻,合焮于問,盡乖唐人之官韻。好異者又惑于婆羅門書,取《華嚴》字母三十有六,顛倒倫次,審其音而紊其序。逮《洪武正韻》出,脣齒之不分,清濁之莫辨,雖以天子之尊,行之不遠。則是非之心,人皆有之矣。曩崑山顧處士炎武校《廣韻》,力欲復古,刊之淮陰,第仍明内庫鏤板,緣古本箋注多寡不齊,中涓取而删之,略均其字數,頗失作者之旨。吴下張上舍士俊有憂之,訪諸琴川毛氏,得宋時鋟本,證以藏書家所傳抄,務合乎景德、祥符而後已,抑何其用力之勤與。嗟夫! 韻學之不講久矣。近有嶺外妄男子僞撰沈約之書,以眩于世,信而不疑者有焉。幸而《廣韻》僅存,則天之未喪斯文也。吾故序之,俾海内之言韻者,必以是書爲準。康熙四十有三年六月,秀水朱彝尊書。

重刊古本廣韻原序

潘　耒

吴門張氏刻古本《廣韻》成,余亟稱其書之善,謂古音之條理猶可攷見者,獨賴此書之存,文人學士,宜家置一編,而人或未喻。有問余者曰:韻爲詩設也,詩人用韻,樂寬而苦狹。今世俗通行之譜僅一百七韻,此書乃分爲二百六韻,得無繁碎而窘於押用乎? 答曰:韻本乎聲,聲之自出,有脣舌齒牙喉之異,有輕重清濁陰陽之殊。其播爲音也,有宫商角徵羽之辨。昔人精於審音,條分縷析,如冬鍾必分爲二,支脂之必分爲三,删山先仙必分爲四,豈好爲繁瑣哉?亦本其自然之音,使各得其所而已。後世讀字失其本音,不曉分韻之故,遂舉而併省之,使古音之相近而不相侵者,雜然混而爲一,失莫甚焉。賴有此書,而最初立韻之部分,犁然具在。蓋自陸法言等數人斟酌古今南北,勒成一書,歷代增修,雖有《切韻》《唐韻》《廣韻》之異名,而部分無改。唐宋用以取士,謂之官韻,與九經同頒,無敢出入。宋末元初,始加改併,名爲併其所通用,實則非通而併,且闌入他韻者多矣。今學詩者必宗唐宋,而用韻不從唐宋,其可乎?從此書所標之通用者,韻固未嘗狹也,而無訛濫之失,不亦善乎?客曰:部分則聞命矣。書中收字太多,不盡適於用,且有一字而三四韻並收者,於義何居?曰:此書之作,不專爲韻也,取《説文》《字林》《玉篇》所有之字而畢載之,且增益其未備,釐正其字體,欲使學者一覽而聲音文字包舉無遺。故《説文》《字林》《玉篇》之書不可以該音學,而《廣韻》一書可以該六書之學,其用宏矣。若夫一字而具數音,或有異義,或無異義,此即轉注、假借之法。屈宋以降迄唐,名人率多用之,自後世删去複字,而古人有韻之文多不可讀,一披《廣韻》而其字具在,非出韻也,非叶韻也。夫韻書之作,非專爲詩,非專爲近體也,以爲賦頌箴銘,以爲長篇古體,惟恐其字之易盡也,而何嫌於繁乎?曰:本文之浩博可也,小注則粗明字義可矣,而何姓氏、地理、物類、方言之旁羅曲載乎?曰:此正古人之善著書也。其人既博極古今,而爲書之意,欲舉天地民物之大,悉入其中,凡經史子志、九流百家、僻書隱籍,無不摭采。一“公”字也,而載人姓名至千有餘言;一“楓”字也,而蚩尤桎梏化楓、楓脂入地千年變虎魄之説，無不備録。不惟學者可以廣異聞資多識，而《世本》《姓苑》《百家譜》《英賢傳》《續漢書》《魏略》《三輔決録》等古書數十種不存於今者，賴其徵引，班班可見，有功於載籍亦大矣。而近代刻《廣韻》者盡删去之，此古本之所以尤可貴也。先師顧亭林深明音學，憫學者泥今而昧古，實始表章此書，刻之淮上。然其所見乃内府刊本已經删削者，久而覺其書之不完，作《後序》以志遺憾。近歲耒始見宋鋟本於崑山徐相國家，借録以歸。張子士俊孜孜好古，得舊刻於毛氏，而缺其一帙，余乃畀以寫本，精加校讎，梓之行世，因以告客之語書於簡端。若夫極論古今音之異同得失，而折衷之以經，則有先師之《音學五書》在，學者究觀焉可也。舊史氏松陵潘耒書。

以上清康熙四十三年（1704）張士俊澤存堂五種本

草書禮部韻寶

草書禮部韻寶序

陳　汶

臣汶仰惟高宗皇帝釋去萬幾，游戲翰墨，朝夕不倦，聖心沖澹，不累於物，合於道矣。宜其超妙入神，不可摹擬。御書《禮部韻寶》真草兼備，凡二萬二千一百九十六字。臣與懃得而祕藏之。臣汶刊置墨妙亭，以爲萬世之寶。承議郎、發遣湖州軍州事、借紫，臣陳汶謹識。

日本延享四年（1747）東都書林小川彦九郎影印本

集　韻

集韻韻例

丁度等

昔唐虞君臣，賡載作歌，商周之代，頌雅參列，則聲韻經見，此焉爲始。後世屬文之士，比音擇字，類别部居，乃有四聲。若周研、李登、吕静、沈約之流，皆有編箸。近世小學寖廢，六書亡缺，臨文用字，不給所求。隋陸法言，唐李舟、孫愐，各加裒撰，以裨其闕。先帝時，令陳彭年、丘雍因法言韻就爲刊益。景祐四年，太常博士直史館宋祁、太常丞直史館鄭戩建言：彭年、雍所定，多用舊文，繁略失當。因詔祁、戩與國子監直講賈昌朝、王洙同加脩定，刑部郎中知制誥丁度、禮部員外郎知制誥李淑爲之典領。今所撰集，務從該廣，經史諸子及小學書，更相參定。凡字訓悉本許慎《説文》，慎所不載，則引它書爲解。凡古文見經史諸書可辨識者取之，不然則否。凡經典字有數讀，先儒傳授，各欲名家，今竝論箸，以粹羣説。凡通用韻中同音再出者，既爲冗長，止見一音。凡經史用字，類多假借，今字各著義，則假借難同，故但言“通作某”。凡舊韻字有别體，悉入子注，使奇文異畫，湮晦難尋，今先標本字，餘皆竝出，啟卷求義，爛然易曉。凡字有形義竝同，轉寫或異，如“坪、垩；㕣、叽；心、忄；水、氵”之類，今但注曰“或書作某字”。凡一字之左，舊注兼載它切，既不該盡，徒釀細文，況字各有訓，不煩悉箸。凡姓望之出，舊皆廣陳名系，既乖字訓，復類譜牒，今之所書，但曰“某姓”，惟不顯者，則略著其人。凡字有成文相因不釋者，今但曰“闕”，以示傳疑。凡流俗用字，附意生文，既無可取，徒亂真僞，今於正文之左直釋曰“俗作某，非是”。凡字之翻切，舊以“武”代“某”，以“亡”代“茫”，謂之類隔，今皆用本字。述夫宫羽清重，篆籀後先，總括包并，種别彙聯，列十二凡著于篇端云。字五萬三千五百二十五，新增二萬七千三百三十一字。分十卷，詔名曰《集韻》。

刊修集韻奏書

宋祁、鄭戩

景祐元年三月，太常博士直史館宋祁、三司户部判官太常丞直史館鄭戩等奏：昨奉差考校御試進士，竊見舉人詩賦多誤使音韻，如“敘、序；坐、坐；氏、氏”之字[①]，或借文用意，或因釋轉音，重疊不分，去留難定。有司論難，互執異同，上煩聖聰，親賜裁定。蓋見行《廣韻》《韻略》所載疎漏，子注乖殊，宜棄乃留，當收復闕，一字兩出，數文同見，不詳本意，迷惑後生。欲乞朝廷差官重撰定《廣韻》，使知適從。詔祁、戩與國子監直講王洙同刊脩，刑部郎中知制誥丁度、禮部員外郎知制誥李淑詳定，又以都官員外郎崇政殿説書賈昌朝嘗纂《羣經音辨》，奏同刊脩。至寶元二年九月書成上之。

①上“氏”字誤，當作“氏”。

汲古閣影宋鈔本集韻跋

段玉裁著，莫繩孫過録

凡汲古閣所鈔書散在人間者，無不精善，此書則精乎精者也。書成於宋仁宗寶元二年，故太祖、太宗、真宗諱及太祖以上諱，及其所謂聖祖諱，皆缺筆。"禎"字下云："知盈切，上所稱。《説文》：祥也。""上所稱"者，猶言"今上之名"也，故空一格。不言諱者，嫌於名終則諱也。"禎"字不缺筆，蓋影寫失之。或云"禎"字本空白不書，但注云"知盈切，上所稱"，以别於他諱也。自英宗以後，諱皆不缺筆，則知此所影者的爲仁宗時本。但其版心每葉皆云某人重刊、某人重開、某人重刁，則亦非最初版矣。丁度等此書兼綜條貫，凡經史子集、小學、方言、音釋之存者，采擷殆徧，雖或稍有紕繆，然以是資博覽而通古音，其有用最大。自明時已無刻本，亭林且以不得見爲憾。康熙丙戌，楝亭曹氏即刊之。今年居蘇州朝山墩，從周君漪塘許借此本校曹本舛錯，每當快意，似倩麻姑癢處爬也。凡曹本缺處，此本皆完善，而曹所據本與此本時有不同。上聲十四賄此本以"梁益謂履曰屣"六字綴於"隧"字注，曹本則無此六字，而空白二寸弱，蓋最初本當大書"屣"字，注云："梁益謂履曰屣。"正在曹空白處耳。余復以己所見正兩本之誤，書於曹本上方，他日有刊此書者，可以假道。汲古閣子晉、斧季印章重重，當時愛寶至矣。百數十年而周君珍藏，可謂傳之其人。周君學問淹雅，又復能作荆州之借，流布善本於天地間，以視世之扃鐍善本不與通人借讀者，其度量相去何如也。乾隆五十九年歲次甲寅六月，金壇段玉裁跋。

集韻跋

陳慶鏞著，莫繩孫過録

凡曹缺處，宋本皆完善，而曹所據本與宋本時有不同。上聲十四賄宋本以“梁益謂履曰屦”六字綴於“隧”字注，曹本則無此六字，而空白二寸弱，蓋最初版當大書“屦”字注云“梁益謂履曰屦”，正在曹空白處耳。餘十四太“糲、痸、籟、祋、兑、税、剈”各注，曹本皆缺，賴此得以證之，是真可寶哉！慶鏞記。

集韻跋

段玉裁

毛子晉影抄宋本，每葉板心之底，皆有某人重開、某人重刊、某人重刁，某人者，刻工姓名也。每誤處用白墨涂之，乃更墨書之。每卷前後皆有毛晉子晉圖書、毛扆斧季小圖書。余既爲之跋，還濟塘，又書於此，欲令子孫寶之，傳之其人。玉裁。

曹寅揚州使院刻本嘉慶十九年重修本集韻跋

周錫瓚

汲古閣毛氏影宋鈔本，余向年所藏，已歸海寧查小山名有圻家。此書段茂堂先生曾借去，精心校勘，可謂毫髮無遺憾。今借來照段本臨校，此書雖失，猶不失也。校畢，書此以誌欣幸。嘉慶二十三年歲在庚寅，仲漣周錫瓚識。行年七十有七。

補刊集韻序

顧廣圻

《集韻》爲卷十，爲凡十二，爲字五萬三千五百二十五，因隋陸法言而新增者二萬七千三百三十一，蓋自宋以前，羣書之字略見於此矣。元明之際，鮮究小學，此書僅存。幸逢國朝右文，秀水朱檢討彝尊從毛扆斧季家得其傳鈔本，於康熙丙戌歲屬曹通政寅刊之，由是與同時所刊《廣韻》各書並行於世。《集韻》以無他刻，學者尤重之。版存江寧榷使署，百餘年來，漸已損泐，是誠不可不亟爲補完也。桐城方葆巖尚書謀之，榷使雙公屬廣圻與同志諸君經營其事。今凡重雕者少半，而還舊觀矣。朱氏傳鈔本，未免筆畫小譌，俱仍而不改者，恐失其真也。其北宋槧本尚在揚州某家，又吳門有影鈔宋槧本，陽湖孫淵如觀察、全椒吳山尊學士每欲訪借斯二者而别刊之，不更善之善者歟？輒爲牽連附記，以期他日者接是舉而有成也。嘉慶十有九年十二月，元和顧廣圻書。

周香嚴臨段校本集韻跋

葉景葵

乙亥仲冬，假得九峰舊廬王氏所臧李柯溪臨段校本《集韻》，缺平聲卷一、卷二。比晤余友陳君澄中，知新得周香嚴臨段校本，許我借臨，乃勝王氏臧本遠甚。驟觀之，朱墨雜遝，大有山陰道上之概。細心展玩，并擇要迻寫一過，始有綫索可尋，試約畧言之。

周香嚴臨段懋堂校本，先是段借周臧毛斧季影宋鈔本，校於曹本之上。越數年，周以毛鈔本歸海寧聽雨樓查氏，遂借段校本臨於顧修曹本之上，即此本也。凡段校均朱筆，其用墨筆者，乃段校采取嚴鷗盟、鈕匪石諸家之説。何以知之？因周校作墨筆者，李臨本均有之，往往與此本莫氏所録嚴、鈕諸校重複，是其證也。惟"膊"字《太玄》用《攷工記》一條，李臨無之，係漏寫。莫子偲收得此本，復借黄子壽臨各家校本。黄氏除臨校外，又以己意增校。

黄氏所臨各家：一、陳元禄臧袁綬階校本。二、鈕匪石校本，袁綬階先臨段校，鈕借袁本臨校，又以己意增校。三、旌德吕氏臧瓠息主人凌氏校本，凌本内有吕侍郎及其子書堂孝廉錦文增校，又有夾籤。許印林校語。子偲借得黄本，照臨於此本之上，未盡一卷，命其子繩孫補録畢。復借得晉江陳泰吉侍御慶鏞臨各家校本，陳氏除臨校外，又以己意增校。

陳氏所臨各家:一、汪小米臨嚴鷗盟校宋本,小米以己意增校,皆至卷五而止。二、吴崧甫少宗伯校本,卷中有署“仁壽”者,是否崧甫之名,俟攷。亦從毛氏影宋本校出。

繩孫續録於此本之上,録畢,又以己意增校。卷中有引甘泉師者,疑是江鄭堂。有稱奂案者,是陳碩甫。有署馬校、錢校者,未詳。有署鄭字、珍字者,是鄭子尹。必從他家校本或著述内札録。繩孫又親見影宋本,書中夾籤亦繩孫所書,蓋皆引而未定之説。其致力之勤,爲後來所勿及。自乾隆甲寅迄咸豐庚申,綿歷七十載,羣儒精力,萃於一編,莫楚生詡爲國内無二,良有以也。

此本浮沈滬肆亦已有年,故友宗耿吾曾爲余言,訪而未得,澄中於風塵中物色得之,可稱巨眼,殆懋堂所謂傳之其人者。跋而還之,以志一瓻之雅。夾籤務須保存。臘月初三,杭縣葉景葵識。

以上清康熙四十五年(1706)曹寅揚州使院刻本,
嘉慶十九年重修

影宋鈔本集韻跋

顧廷龍

《集韻》雖修於宋人,而故書雅記所載奇字異音甄采臻備,其賅博超越前修,當爲韻書之總匯。顧其書元明之際不甚顯,顧亭林作《音論》疑其不傳。清康熙間,朱竹垞始從毛氏汲古閣得傳鈔宋本,屬曹楝亭刻於揚州,其書始爲从事文字、音韻、訓詁之學者所必讀之書。

昔戴東原與桂未谷談文字，每取《集韻》互訂，嘗曰："《集韻》《增韻》不背《說文》，差可依據。"段茂堂注《說文》，亦頗事采用，嘗曰："丁度等此書兼綜條貫，凡經史子集、小學、方言采擷殆徧，雖或稍有紕繆，然以是資博覽而近古音，其用甚大。"王石臞久欲董理《集韻》，顧以致力《廣雅疏證》成，日月既邁，未克如願。陳碩甫亦因丁度雖宋人而《集韻》爲音詁之大總匯，願終身誦之，但亦未及操觚而期之及門。溯自段氏於乾隆五十九年得毛氏影宋鈔本與曹楝亭所刻相校勘，洎後展轉傳録，或增補，直至近代，百餘年間知名者衹五六十人。惟方雪齋（成珪）成《集韻攷正》一書，刻入《永嘉叢書》中。馬遠林（釗）著《集韻校勘記》，有傳鈔本，未見刊行。故《集韻》詳校之業，尚有待於今之學人。

《集韻》是一部承先啟後，蒐羅廣博之韻書，但傳本不廣，楝亭刻本越百又八年顧廣圻始修補重印，又越六十餘年而姚覲元據以重鐫。楝亭本因與它書同刻，統一行格，别定版式，已失宋本原貌。曹據係傳鈔本，自易致誤，而顧氏修補亦難免無掛漏之處。此曹刻所以未能視爲善本。

建國以來，文化昌盛，珍本疊出。段氏據校之毛氏汲古閣影鈔宋本入藏於今寧波之天一閣，錢氏述古堂影鈔宋本今已歸之上海圖書館，此兩本皆出于北宋慶曆原刻。田世卿于南宋淳熙重刻之本，亦尚有兩帙，一爲北京圖書館所藏，一爲日本宫内省圖書寮所藏。即此南宋覆本，已屬人間瓌寶矣。

今就毛鈔與錢鈔言之，兩本版式行款完全相同，應爲从同一底本所出，但錢鈔字畫不完，缺漏空白，而毛鈔則否，何也？竊謂缺字缺畫，審係原雕板片之漫漶，非印本紙張之殘損。毛鈔已經重修，所以不缺不殘。段校云："但其版心每葉皆云某人重刊,某人重開,某人重刁,則亦非最初版矣。”諦審錢本缺字及殘存筆畫,以意度之,錢本尚出於修補以前之印本。例如:平聲四“十八尤”毛鈔“周”字塗口,錢鈔作“周”;上聲五“五旨”:“䛗,《説文》:訐也。”段校改“訐”,注:“宋本作許,誤也。”按錢鈔作“訐”不誤。上聲六“四十三等”“緪”字注:“一曰大索。”段云:“宋本少一索字。”按錢鈔有“索”字。去聲二“二十七恨”“艮”字注:“引《易》艮其限,□匕目爲㫐,目爲真也。”曹本“限”下空格,段校云:“空處宋作其。”按錢鈔作“其”,是也。據此,可知祖本則一,印本有先後耳。

錢氏影宋鈔本當據家藏宋本影鈔者。按《述古堂書目》,《集韻》下注“宋板”二字,入《宋板書目》。又《絳雲樓書目補遺》著有“宋板十册”。想見遵王所藏宋本得之牧齋者。錢氏影鈔之本,當即據此,至其影摹之精工,蓋不亞於毛鈔。毛、錢兩鈔,異苔同岑,如驂之靳,宜視雙璧焉。

五十年前,龍負笈燕京,從事《集韻》之學,先後承葉揆初(景葵)丈以過録段校郵示,張仲仁(一麐)丈亦以許勉夫(克勤)校本相假,均經迻寫,未及研讀,而蘆溝事變,舉家南旋,此事遂廢。年來喜獲錢氏影宋鈔本,以爲校訂譌訛尤爲重要,因亟謀之上海古籍出版社影印問世,公之同好。此書第六卷第十頁、第十一頁、第十二頁錯寫葉碼,今裝訂時錯字不改,次序更正,以便觀覽。它日如能以淳熙本並予印傳,以供校勘,則更善矣。當今黨和政府重視古籍整理工作,倘能組織人力,參攷各家之校語,覆勘引書之原文,訂正字畫,辨析異文,成一《集韻》之定本,豈不盛歟!

一九八三年十二月,顧廷龍識于無錫大箕山華東療養院,時年八十。

清初錢氏影宋鈔本

集韻考正

集韻考正自序

方成珪

文莫古于《説文》，韻莫詳于《集韻》。惟其詳也，故俗體兼收，譌字譌音亦不勝屈指。緣當時董其役者，既未必精通小學，而卷秩繇重，館閣令史又不能致慎於點畫之間。加以繇宋迄今，遞相傳録，陶陰宵肎，展轉兹多，固勢所必然也。珪㚃在武林，得汪君小米遠孫校本，内多坿嚴君厚民杰語，乃據宋槧本讎對，惜止半部，未覯其全。丙午萅，以手校本就正於吴姓方學使，因叚得學使與陳頌南侍御用毛斧季影鈔宋板同校本，知所見之册與厚民本大同小異。其中如去聲十四泰殘缺之字，藉以補足，餘亦拾遺訂誤，得所據依，誠此生大快事也。㚃校本，學使已爲作序，録其副以去，兹復重加研討，又增數百條，而㚃校所未精者，并因之更正。惟是校書如埽落葉，終無了期。況案少積書，疏舛自知不免，尚望博雅君子有以匡其謬而覺其迷焉。時道光丁未陬月望日，瑞安方成珪書於四明學舍。

集韻考正序

吴鍾駿

《集韻》在元明之際，其學不顯，書僅以傳。迨國朝秀水朱檢討彝尊從毛扆斧季家得傳鈔本，曹通政寅槑行於揚州。吴門向有影鈔宋槧本，與揚州刊頗異同，差稱善。今宋槧本猝不易遘。此書總字五萬三千五百二十五，具箸見司馬氏《類篇》，《類篇》少止三百六十字耳。惟即司馬之篇以研求丁氏之學，互鑑得失，指白是非，則《集韻》之宋本廬山面目既可以得其真，復參諸《經典釋文》《説文解字》《廣韻》《玉篇》《博雅》次第以究之，其於校讎之功過半矣。獨思此書源流雖美，時代匪遥，俗字俗音不知慎擇者，不一而足。若《楚辭·天問》獸名"魁堆"，《九歎》星名"九魁"，"魁"一本譌作"魁"，遂入微韻；《漢書》"酒泉郡樂涫"入桓韻矣，"涫"一本譌作"涫"，兼入東韻；"黟"一作"黝"，"黟、黝"竝收於脂；"渜"一作"濡"，"渜、濡"共載於桓。錯繆多乖，仍沿故習，瑕瑜莫辨，取舍需才。更有寫者亂真，淺人改竄，藉資《集韻》攷正羣書者，亦不一而足。若《尚書·堯典》"夤淺"見獮韻，今作"餞"；《盤庚》"遟任"見脂韻，今作"遲"；"如"字本有郍音，箇韻乃錮切下引《書》"如五器"鄭讀，今《釋文》不載。《釋文》經開寶中陳諤等删改，《集韻》據開寶以前未經删改之本，尋是根柢，識其條理，辨乎此而後可讀《集韻》，而後可讀秦漢晉唐一切聲音訓詁，此固在好學深思心知其意者也。方君雪齋服官暇日，嗜志於音韻，鑽思於讐對，即依據揚州槧本，以羣書校其譌字，成若干卷。雪齋不謂余不敏，而出所作相示，余乃嘉嘆其意之摯、功之密，竊自喜志願趨向之所同，爲録其副，而以原稾歸雪齋。因不自度檮昧，與大概校讀《集韻》之體例，綴諸卷端。道光二十六年歲在丙午秋七月，吴縣吴鍾駿序。

集韻考正序

黄式三

自文字聲音之學盛，由《説文》而《玉篇》，由《廣韻》而《集韻》，攷者遞詳。《集韻》載陸氏《釋文》之音讀與今本異者，可以證宋開寶以粛未改之本。段氏注《説文》，據之以定古音，辨古體；王氏疏《廣雅》，據之以補闕字、訂譌字，此書之可寶，亦已明矣。然而"烘、炡"經譌，"夂、夊"聲淆，"䢋、遉"體乖，"廾、外"字别，"淵"下之"㴱"爲回水，"𩖷"下之省天爲少昊，傳寫既差，校改爲要。引《山海經》合水之鰧魚入于來需，引《地理志》羑水之西山混于蕩水，引《方言》之"鍊鏅"爲"鍊鏅"、"鴅鶡"爲"鴠旦"，此由作者之疏，難從顢頇，書中固多類此者，不加校正，而後人之緟貤紕謬，爲害不少。雪齋淵博有識，因《集韻》之所引，尋求元本，并得各善本以校之，復得汪舍人、吴侍郎所校之本以參攷之，爲是書訂其譌謬，補其奪漏，名之曰《集韻攷正》。書成于乙巳，以粛續改于丙午，以後用功勤而校讎精，《集韻》自是成完書矣。式三從事此書亦有年，所書成命讀，用弁數言。道光丁未冬日，定海薇香黄式三序。

集韻考正跋

孫詒讓

《集韻》雖修于宋人，而故書雅記所載奇字異音，甄采郅備，較之《廣韻》，增字至二萬七千有奇，自李登《聲類》以來，音韻書之晐博無有及之者。且其時唐以前古籍存者尚衆，其所徵引，若吕忱《字林》、蕭該《漢書音義》之屬，今竝亡失，采輯家多據以鉤沈補逸，誠韻譜之總匯也。顧其書元明之際不甚顯，亭林顧氏作《音論》，遂疑其不存。康熙間，朱檢討彝尊始從汲古毛氏得景宋本，屬曹通政寅槧于揚州，其本彫鋟頗精，而讎校殊略，文字譌互，濅失本真，治小學者弗心慊也。乾嘉以來，經學大師皆精孯《倉》《雅》，其于此書率多綜涉，以詒讓所聞，則有余仲林蕭客、段若膺玉裁、鈕非石樹玉、嚴厚民杰、陳碩甫奐、汪小米遠孫、陳頌南慶鏞諸校本，無慮十餘家。顧世多不傳，其傳者又皆展轉迻録，未有成書。且諸家所校，大都馮據宋槧稽譔同異，于丁叔雅諸人修定之當否及所根據之舊籍，未能盡取而覆宷之也。吾邑雪齋方先生，博綜羣籍，研精覃思，儲臧數萬卷，皆手自點勘，而于《集韻》致力尤深，既録得段、嚴、汪、陳四家校本，又以《經典釋文》《方言》《説文》《廣雅》諸書悉心對覈，察異形于點畫，辨殊讀于翻紐，條舉件系，成《攷正》十卷。蓋非徒刊補曹本之譌奪，實能舉景祐修定之誤一一理董之，是非讀《集韻》者之快事哉？詒讓束髮受書，略窺治經識字之涂徑，竊聞吾鄉修學之儒，自家敬軒編修外，無及先生者。徒以白首校官，名位不顯，身後子姓孤微，遺書不守，梑失者不可勝數。嘗見邑中李氏所臧《東萊讀詩記》，胡氏所臧《困學紀聞》，皆先生校本，旁行斜上，丹黄爛然。又見海昌蔣氏《斠補隅録》，知先生嘗校王定保《唐摭言》，其所攷證，多精塙絶倫。此書手槀本，先生没後亦散出，爲先舅祖項几山訓導傅霖所得，幸未隃隊。家中父從項氏寫得福本，而詒讓又于林子琳丈彬許得先生所箸《韓昌黎集箋正》，平議精寀，迥出方崧卿、陳景雲諸書之上。深幸先生遺箸，後先踵出，不可不爲傳播，遂請家大人先以此書栞之鄂中。而工匠拙劣，所刻不能精善，修改數四，乃始成書。項氏所弆手槀，間有剌舉元文而缺其校語者，殆尚未爲定本。今輒就管窺所及，略爲補注，詒讓檢覈之餘，間有條記。又嘗得錢唐羅鏡泉以智校本及長洲馬遠林釗景宋本校勘記，其所得有出先生此書之外者，行將續輯之，以竟先生之緒焉。光緒己卯二月朏，後學孫詒讓記。

集均考正校記序

陳　準

丁氏《集均》本《廣韻》增益而成書，載籍極博，學者求聲韻訓詁之道，舍此書不能總其衆匯，且書經後人改易，非深思研討不能究其崖際。吾邑雪齋方先生精文字訓詁之學，以段、嚴、汪、陳四家校本外，又以《經典釋文》《方言》《説文》《廣雅》《玉篇》等書證其異同，一一理董之，成《集均攷正》十卷。孫琴西先生即以此書列入《永嘉叢書》中，刻於鄂。書成，修改數四，方成定本。往歲余从方氏家得雪齋先生手鈔本原稿十卷，與刻本覆校一過，相去遠甚。如上平一東“錬”下注引《方言》"趙魏之間"脱"魏"字;"狪"下引《山海經》四,"四"誤"同","䮵"字誤作"𤝞"。此類甚多,不勝屢舉。又九、十兩卷約增百餘條,可知刻本非方氏定本無疑矣。原稿已不可復得,幸余傳録本尚存。適余友王岫廬先生熱心教育,闡揚文化爲己任,網羅羣籍,編纂《萬有文庫》,《集均攷正》亦採入其中。余即馳書相告,覆函囑余另撰校記,並許印行。乃以累月之功,成《校記》一卷,請於岫廬先生,亦聊以志平生服膺向往之私心云爾。民國二十五年三月,瑞安陳準識於湫漻齋。

以上清光緒五年(1879)瑞安孫氏詒善祠塾刻本

集韻編雅

集韻編雅自敘

董文涣

束髮授書，潛心音韻，偶有所見，輒筆簡端。《集韻》一書，余凡三校，雖有改正，尚多舛譌。嘗欲合《玉篇》《廣韻》《類篇》《説文》諸書參攷互證，爲校勘記，累年道途奔走，未遑成編。今年夏，謁選入都，閉關習静，因取舊校之本，犓爲攟採，即字審義，依韻類文，言惟擇雅，字不備載。歲月漸積，紙墨遂多，既不忍棄，仍輯録之，加以詮釋，付諸剞劂。雖飣餖摭拾，不免割裂，然施之鉛槧，以資華藻，或亦大雅不廢。若考究訓詁，研求聲音，則全書具在，奚俟是爲？同治十年十二月，洪洞董文涣。

清同治十二年（1873）洪洞董氏刻本

集韻聲類表

集韻聲類表自序

黄　侃

方《自序》得小米校本，内多附嚴厚民語，又得吴姓方鍾駿與頌南同校本。

《集韻考正》後孫仲容《記》稱，此書有余仲林、段若膺、鈕非石、嚴厚民、陳碩父、汪小米、陳頌南諸校本，無慮十餘家，世多不傳。方氏録得段、嚴、汪、陳此指頌南。四家校本，其餘無聞焉。仲容又稱，嘗得錢唐羅鏡泉以智校本及長洲馬遠林釗景宋本《校勘記》，將續輯之，今惜未見也。丙寅正月八日，黄喬馨記。

1936年上海開明書店據稿本影印

增修互注禮部韻略

擬進增修互注禮部韻略表

毛　晃

臣晃言:臣聞言出諸口,貫以清濁者,謂之聲;聲成諸文,第其輕重者,謂之韻。聲韻之作,其來久矣。自有天地,乃有人聲;自有書契,乃有文字。世謂蒼頡制字,孫炎作音,沈約撰韻,以爲椎輪之始,而不知書契既造,字生其間;文字既生,音傳其内;聲音既出,韻存其中。頡也、炎也、約也,豈能外三才之理而自爲也哉?嘗觀"立我蒸民,莫匪爾極"之辭,則堯之時固有聲韻也;觀"日月光華,洪于一人"之辭,則舜之時固有聲韻也。不然,舜命夔典樂,何以曰"詩言志,歌永言,聲依永,律和聲"也邪?古詩三千餘篇,孔子被之弦歌,定爲三百十一篇,其不合乎弦歌者去之,則字音聲韻未出之前,所以爲聲韻者,固自若也。擢本探先,始而終之,作者之謂聖,述者之謂明。不有作也,後何以述?頡也、炎也、約也,亦可謂有功於名教矣。增而修之,理若有待。臣晃誠惶誠懼頓首頓首。恭惟皇帝陛下,以上聖之資,撫重熙之運,出震接統,係天下之民心;乘乾有爲,主域中之大寶。繼明之初,厲精圖治,招徠俊乂,開納讜言。一日三朝,已極尊親之至養;繼志述事,將成卒伐之大功。誠帝王之大有爲也。臣晃生陛下淳庬之俗,三十有九年矣,自結髮受在三之教,始學箕裘。沐浴膏澤,左右圖史,力學不倦,窮而益堅,期於有成,以無負聖朝涵育之意。目此光華盛旦,竊思孔伋之言曰:"至治之世,車同軌,書同文。"今陛下以聖繼聖,方將混一區宇,海内喁喁,咸仰同文之治。臣在草茅畎畝中,苟有涓塵以裨助同文之萬一,則臣之志願足矣,故於螢窗雪案,博考載籍。竊見方今國子監刊行《禮部韻略》,自元祐五年博士孫諤陳乞添收,僅得一二,至紹興十一年進士黄啟宗隨韻補輯,所增不廣,尚多闕遺,音切謬誤,圈註脱略。如"群"之爲"羣","効"之爲"效",《韻略》不收"群、効"二字。三復三思,"三"音息暫反,又如字。純帛《禮》"純"音"緇"。純束,《詩》"純束"音徒本反。無所收附。以至饔飧之"饔",於容反。終辟之"辟",頻彌反。采薺之"薺",才資反。唯幾之"唯",夷隹反。脊令之"令",盧經反。渠搜之"搜",踈鳩反。摳衣之"摳",驅侯反。總統之"統",他總反。鼓擊之"鼓",鍾鼓之"鼓"从支,鼓擊之"鼓"从支。迨及之"迨",蕩亥反,又徒耐反。餅餌之"餅",必郢反。仁知之"知",知義反。會計之"會",古外反。寀地之"寀",倉代反,又此宰反,《韻略》有上聲,不收去聲。艙軒之"軒",許建反。孫順之"孫",蘇困反。美目之"盼",匹襉反。六鑿之"鑿",在到反。表貉之"貉",莫駕反。重穋之"穋",力竹反。偓趨之"趨",趨玉反。鞞琫之"鞞",補鼎反。蔡放之"蔡",桑葛反。撤去之"撤",直列反。足躩之"躩",丘縛反,又驅碧反。什佰之"佰",博白反,又莫白反。血脈之"脈",莫獲反。勑天之"勑",恥力反。諸如此類,不一而足。韻既不收,人不敢用。或此有而彼無,或此圈而彼否,或收一而遺二,或略要而泛存,或同出一韻而不圈者,若"痿、儒佳切。痿;於危切。杻、勑九切。杻"女九切。之類是也。或各傳兩韻而不圈者,若"蘢、班麋切。蘢;彼義切。祁、翹移切。祁"渠希切。之類是也。或本有其字,棄此而收彼者,若"銕"古鐵字。爲嵎峓之"峓","欹"於宜切。爲傾敧之“敧”，“歐”烏侯切，歐刀。又姓，於口切。吐也。爲擊毆之“毆”，“襘”黄外切。爲衣襘之“襘”，古外切。“執鋭”徒外切。之爲“執銳”是也，如此類亦不一而足。重以言語有五方之異，呼吸有輕重之殊，吴楚傷於輕浮，燕冀失於重濁，秦隴去聲爲入，梁益平聲似去，江東河北，取韻尤遠；魯魚一惑，涇渭同流，點畫偏旁，尤多訛舛。若乃“鼇、鼈；宐、宜；倉、𠓗；番、畨；鐵、䥫；富、冨；堇、菫”之差，俗所常用，其失未遠。至如“支、章移切。攴；普卜切。毋、微夫切。母；莫後切。殳、慵朱切。㱙；莫勃切。羑、與“羔”同。美；美惡之“美”。夲、他刀切。本；根本之“本”。商、宮商之“商”。啇；都歒切。舀、夷周切。臼；乎舊切。少、多少之“少”。𡭽；他達切。疋、山於切。疋；僻吉切。臼、巨九切。臼；居六切。王、須玉切。玉”魚欲切。之異。闔户、闢户之爲“丣、古“酉”字。丣”，古“夘”字。左戾、右戾之爲“丿、曳，又音瞥。乀”，音弗，右戾。“⺝、與“丹”同。⺼、與“舟”同。⺼、與“肉”同。月”日月之“月”。之不同，“戍、屯戍之“戍”。戊、戊己之“戊”。戌、戌亥之“戌”。戉”斧戉之“戉”。之不類。毫釐小誤，其義遂殊。《廣韻》以武移反渺瀰之“瀰”，當民卑切。以房脂反輔毗之“毗”，當頻彌切。以符羈反皮革之“皮”；當蒲麋切。陸德明以武巾反旻天之“旻”，當彌鄰切。以丁丈反長幼之“長”，當展兩切。以布内反悖禮之“悖”，當蒲昧切。以丁角反樸斲之“斲”。當側角切。至於音訓差誤，未易槩舉，士不精考，雷同從之，或遷就傅會，易以佗字。如禮部貢院所差試官，員數校多，尚可討論，即方州小郡，秋舉試官不過三四人，員既不多，書亦罕備。至有文理優長、援引深邃者，或以疑似暗行黜落，以謂“與其取之有疑，寧若黜之無罪”。臣每觀此，爲之大息。故以十年之力，增修四聲之譜，紬其端緒，貫穿經傳，貳以古今字書、諸儒音釋，互加考證。凡九經子史、《蒼》《雅》《方言》中遺漏要字，定其可否，參入逐韻。凡增入二千六百五十五字,圈一千六百九十一字,正四百八十五字。筆畫有害於義者悉正之,所正字畫唯傳寫經史、鐫刻金石,不可不正。若官府文書及科舉場屋,寸晷之下難以遽行釐改。如俗書"柬"爲"東"、"俞"爲"俞"、"宜"爲"宜"、"州"爲"州"、"羽"爲"羽"、"履"爲"履"、"留"爲"留"之類,皆從其便,庶使官吏士子不至疑惑。諸韻内逐字下"俗作某"並同。反切有礙於音者,悉易之。或一字數音傍韻失收者,亦皆增入。元不圈者,悉圈之。有字同義同,同在通用之内,其音雖異而不可雙押者,或舉其重,謂兩音各自有出處,雖不可雙押,亦不可去其一者,皆兩存之。或存其一,謂同一出處不可雙押,故去其一,仍註二音於其下。有同音互用、字異而元有圈者去之,謂音義雖同而字不同,不在當圈之例,如"肢"與"胑"、"跗"與"趺"之類,皆去舊圈。仍於字下互註音切及諸義訓,辯釋疑似,訂正是非。庶令新學士子開卷曉然,不至誤用,主司考校,亦無所疑。更有聖祖名、廟諱、舊諱、御名字同音異,准式不爲礙者,隨韻收入,陳乞許用,伏取進止。臣之精力,盡在此書,剖析毫釐,分别黍絫,魯魚晉豕,敢祛學者之疑;周鼓秦山,不失古人之意。昔孫愐爲陳州司法,尚能勒成一書,名曰《唐韻》;吴鉉爲餘杭進士,亦能重定《切韻》,親獻臨軒。以今觀之,隨珠多纇,虹玉仍瑕,雜以吴音,加諸俗字,其牴牾可知也。曾謂離明盛旦,無其人邪?臣所增修互註《禮部韻略》,總平、上、去、入四聲,共計五卷。謹繕寫新本,裝成五册,隨表昧死詣登聞檢院投進以聞,如蒙可采,乞頒下國子監雕印施行,冒瀆邦刑,仰干天聽。奏篇稱善,儻垂乙夜之觀;教學爲先,庶共九州之貫。臣黷犯宸嚴,無任惶懼戰汗激切屏營之至。臣晃誠惶誠懼,頓首頓首謹言。紹興三十二年十二月日,衢州免解進士臣毛晃上表。

元至正十五年(1355)日新書堂刻本

韻　補

韻補序

徐　蕆

吴才老棫與蕆爲同里有連，其祖後家同安。才老登宣和六年進士第，嘗召試館職，不就，除太常丞。忤時宰，斥通判泉州。紹興戊辰歲，蕆寓莆陽，才老所從造官，識之。長鬛豐頰，危冠大帶，進止閒暇，中和温厚之氣睟然見於色，仁義道德之旨藹然形於言。蕆退而嘆曰："古所謂君子儒者，非斯人邪？"才老從容爲蕆言：擢第後，數年不求官，築室三間，中設夫子像，古書陳前，謝外事，凝神静慮，以味古訓。是身侃侃然，常若游洙、泗間，而揖遜乎聖賢之前後也。則其言皃之可敬愛，固有所自哉！佐泉著能名，剛直而有謀，明恕而能斷。悍卒謀亂，一郡洶洶大恐，才老命戮數人，立定，蓋出於談笑也。其評論古人賢否優劣，如與之並時，率能察其緼奧。平生多著書，若《書裨傳》《詩補音》《論語指掌》《考異》《續解》《楚詞釋音》《韻補》，皆淵源精確，而歉然不敢自矜。曰"裨"、曰"補"、曰"續"云者，其謙可見矣。自《補音》之書成，然後三百篇始得爲詩，從而考古銘箴誦、謌謡謡諺之類，莫不字順音叶。而腐儒之言曰："《補音》所據多出於《詩》後，殆後人因《詩》以爲韻，不當以是韻《詩》也。"殊不知音韻之正，本諸字之諧聲，有不可易者。如"霾"爲亡皆切，而當爲陵之切者，由其以"貍"得聲；"浼"爲每罪切，而當爲美辨切者，由其以"免"得聲；"有"爲云九切，而"賄、痏、洧、鮪"皆以"有"得聲，則當爲羽軌切矣；"皮"爲蒲麋切，而"波、坡、頗、跛"皆以"皮"得聲，則當爲蒲禾切矣。又如"服"之爲房六切，其見於《詩》者凡十有六，皆當爲蒲北切，而無與"房六"叶者；"友"之爲云九切，其見於《詩》者凡有十一，皆當作羽軌切，而無與"云九"叶者。以是類推之，雖毋以它書爲證可也，腐儒尚安用譊譊爲？《補音》引證初甚博，才老懼其緐重不能行遠，於是稍削去，獨於最古者、中古者、近古者，各存三二條。其間或略遠而舉近，非有所不知也。才老以壬申歲出閩，别時謂蕆曰："吾書後復增損，行遽，不暇出，獨藏舊書。"又三年，蕆歸吴，而才老死久矣。訪諸其家，不獲，僅得《論語續解》於延陵胡穎氏云。乾道四年四月壬子，武夷徐蕆書。

重刊韻補序

陳鳳梧

盈天地間物，凡有形必有聲，乃自然之理也。仰觀于天，若雷霆之號令，風雨之吹噓；俛察于地，若江河之衝激，鳥獸之嘷鳴，無不有聲，亦無不有韻。況人靈于萬物，參乎三才，其言之出自中五聲，而文字又聲之精者。故上古聖人制爲律吕以諧五聲，使咸協音韻，可以被之管絃，用之家鄉邦國，其極至于動天地、感鬼神，而致雍熙太和之盛，良有以也。《詩》三百篇之有韻，固不待言矣。若夫《易》之爻象彖繫，《書》之明良賡歌，《儀禮》之祀醮嘏辭，《春秋左傳》之繇詞歌諺，句語短長，率皆協韻。雖或出于旁通假借，而實合乎音律之自然。下及《國語》《史》《漢》諸書，老、莊、荀、揚、韓、歐諸子，其敘述之詞間出韻語，亦皆脗合。世變既遠，經生學子役于詞賦聲偶，雖讀其書而不知其韻，識者病之。宋儒吴才老博學好古，迺采輯古經傳子史協韻，分爲四聲，各釋其音義，彙成一書，名曰《韻補》。其援引該博，考據精當，誠有功於文字之學。晦庵先生作《詩集傳》，悉本其韻，以協三百篇之音，其見信于大儒，蓋不苟也。嘉興郡舊有刻板，歲久漫漶，毁而未完，而集舉業者復視之爲長物，是以無傳焉。予讀書中祕時，見同館胡世臣購得一本，嘗假而録之，僅得其音而不悉其義，久而忘失。後宦游中外，往往求諸縉紳間，未得也。正德己卯，余以服闋北上，道經三衢，會提學憲副今光禄劉公德夫論及書籍，德夫曰："方伯何公道亨藏有善本，欲刻之以傳。"比至錢唐，首訪何公，遂假其書閲之，不啻如獲拱璧，公因屬余序之。既而公以入覲，未及梓。頃擢大中丞，巡撫河南，保釐之暇，迺成厥志焉。伻來以書速序，予既辭不獲，迺述《韻補》之源流暨重刊之顛末，以引諸篇端，使四方學者知是書之不易得，不可以忽焉而不之究心也。公名天衢，楚之道州人，與予同舉弘治丙辰進士，歷官中外，風節才望，推重當時，而力學稽古，汲汲不倦。觀于斯刻，足以見其志之所存矣。嘉靖改元夏五，賜進士出身、嘉議大夫、都察院右副都御史，奉敕巡撫山東地方、前河南按察使，廬陵静齋陳鳳梧序。

重刊韻補跋

徐　幹

宋吴才老撰《毛詩補音》十卷,朱子註《詩》,多用其説。又撰《韻補》五卷,以明古音。《韻補》雜引《黄庭經》、道藏諸歌,不及《詩補音》之純。顧《詩補音》不傳,賴此書尚存,可以窺見其用心。明嘉靖初,何道亨嘗刊於河南,年代稍遠,傳世蓋寡。故顧亭林《韻補正序》稱才老《韻補》僅見於後人之所引,而未得其全。後過東萊,甫假得是書。況康熙至今又二百餘載,宜其傳世益尠。往時楊墨林刊《連筠簃叢書》,嘗校以付梓,惜《叢書》流播未廣,汲古之士以未讀《韻補》爲憾。吴縣蔣君敬臣喜網羅古籍,一日以鈔本《韻補》見示,末題洪武辛未六月環翠閣寫校,紙墨甚舊,尚是明初寫本,比之嘉靖刊本,小有異同。蔣君慫慂付梓,余不敏於韻學,無能爲役。獨愛才老所採古書,如曹植、陳琳諸集,多今人所未見,碎金零璧,不獨張溥輯《漢魏百三名家》未及蒐羅,即嚴可均輯《全上古三代秦漢三國六朝文》,按其目録,亦多未引,於以知是書之有益藝林,而博覽如鉄橋,亦未見也,因假歸付梓。原鈔間有譌字,念是古本,不敢以膚受末學,妄爲改訂,俾讀者思而得之。嘉靖本有陳鳳梧序一首,因亦彙刻簡端,而以顧亭林《韻補正》附焉。武夷徐蕆序《韻補》,稱才老尚撰有《書裨傳》《論語指掌》《考異》《續解》《楚詞釋音》,今不可復覯,而此書巍然獨存,箸述之傳不傳,信有定哉! 按蕆與才老同里,序又謂其祖後家同安,而宋王明清《揮麈三録》謂是舒州人，或遂疑明清之誤。攷《宋史·地理志》，福建路泉州有同安縣，宜致後人之疑。而舒州有同安監，亦見《宋史·食貨志》。才老上世蓋自武夷遷舒之同安耳。《揮麈録》初不誤，因敘寫刊始末，併爲辨之。光緒癸未冬月，邵武徐榦識。

以上清光緒九年（1883）邵武徐榦重刻四庫全書本

韻補正

韻補正序

顧炎武

余爲《唐韻正》,已成書矣。念考古之功,寔始於宋吴才老,而其所著《韻補》僅散見於後人之所引,而未得其全。頃過東萊,任君唐臣有此書,因從假讀之月餘。其中合者半,否者半,一一取而注之,名曰《韻補正》,以附《古音表》之後。如才老,可謂信而好古者矣。後之人如陳季立、方子謙之書,不過襲其所引用,别爲次第而已。今世盛行子謙之書,而不知其出于才老,可歎也。然才老多學而識矣,未能一以貫之,故一字而數叶,若是之紛紛也。夫以余之譾陋,而獨學無朋,使得如才老者與之講習,以明六經之音,復三代之舊,亦豈其難? 而求之天下,卒未見其人,而余亦已老矣,又焉得不於才老之書而重爲之三歎也夫! 柔兆敦牂孟冬之二十日,東吴顧炎武書。

清光緒九年(1883)邵武徐榦重刻四庫全書本

續韻補

續韻補自序

凌萬才

宋吴才老《韻補》一書，朱子釋《詩》註《騷》悉本之矣。但古韻每多通用，即二三聲亦未之叶也。自叶音多而古韻反晦，余於此嘗不滿焉。然不叶則人且不知有韻，五經如《詩》，固不可無叶，而《易》之叶韻者亦復不殊，即《尚書》之明良喜起，及《禮記》《左傳》皆未嘗無叶也。才老之作《韻補》，亦即古人諧聲、轉註之義，正使人循流溯源，以得古韻之本。然則古韻之不亡，不可謂非才老一人之力也。顧其書卒不易得，嘗於玉峯書肆獲觀二本，壞爛幾不可讀，問其價，雖傾囊不足以償之也，余因笑而去之。迄今四十餘年，欲一借觀而無自，且憾且悔。及門徐璣亭出顧亭林先生《韻補正》一帙，其中分别去取，謂合於《五音表》者半，不合者半，《韻補》雖全，而既無切叶，又無引據，則不適於用矣。因即《佩文詩韻》，以字母爲總紐補之於前爲正韻；次列唐宋韻，而爲正韻所未收者爲副韻，中列《韻補》。凡《字典》所載《韻補》字樣者爲原註，其雜見他書者爲續註，後列《韻補》所應有而未及者爲續補。嗟夫！嗟夫！以數百年絶傳之書而妄續之，而妄註之，何不揣固陋若是？殆所謂老將智而耄及之者，其余之謂也夫！然而弗敢辭矣，則亦弗遑恤矣！乾隆歲次壬午陽月上澣，海虞後學凌萬才述。

續韻補識語

凌萬才

語云:秀才家衹識半邊字。知其一音而不知有二三音,知其一義而不知有二三義,謂非半邊字乎?余雖老,不甘自棄,獺祭摭拾,亦欲學識幾個完全字耳。宗伯之言,老人何敢當此?虞山硯北老人凌萬才又筆。

邵内翰上沈宗伯書

邵齊燾

晚生邵齊燾頓首,歸愚先生前輩閣下:頃者騶從遠賁,方欲維駒永夕,而旋旆匆匆,未獲信宿言侍,以增悵惘。比不審起居何如?天時寒燠靡常,惟勤加頤養爲望。敝鄉有茂才凌君者,名萬才,字顒若,篤志好古士也,閉門著書,不知老之將至。尤加意音韻翻切之學,其於五經、《左傳》《文選》諸書,皆嘗考求其音,有所補正。嘗見稱於柳南王丈,顧猶欿然不敢自是,欲求大人先生之有道能文、負天下之重望者,就而正焉。其仰止閣下欲聞名于左右者,爲日久矣。晚昔年曾與此君有研席之舊,因其足跡不入城市,不謀面者已三十年。今聞其裹糧入郡,將擕其所著以俟命於下風,竊壯其意,特爲道其所以。伏惟閣下以儒雅文字爲後進準的,四海之内,苟有片長一得者,皆將不遠千里,以自暴其所能於左右。矧在州里，能忘引領，儻少以閒燕，垂覽其書，而正其得失焉，則其幸也。晚比病體如常，秋涼入郡，諸當面賦不一一。四月二十一日，年晚邵齊燾頓首。

續韻補弁言

沈德潛

此爲有用之書，外間所無傳作也。甲申夏，余攜是書及《詩經直音》，請序於歸愚沈老先生，適因病不得見。候郡半月，令姪蘭初先生到寓，述其言如此，併出圖章，謂蘭初云：我病不能見客，豈能作序爲語？凌君即請縣中好古能文者代之可也。無如余貧且嬾，又僻處窮鄉，不獲與邑之學士大夫遊。因即以是言，弁諸卷首，簽記四條，見歌陽青三韻後。乾隆甲申夏五月下浣，長洲沈德潛。

以上清乾隆三十年（1765）正音閣刻本

九經補韻

九經補韻自序

楊伯嵒

字學湮廢已久,學者無以䆒疑辯惑。僕性耆古,癖書傳,因涉獵諸經訓釋,或同字殊音,或假音如字,若此者衆,韻書率多不載,竊有惑焉。如《禮部韻》一書,政爲聲律舉子設,紹興間,三山黄進士嘗補選進上,乃亦闕略弗備。近嘉禾吴教杜復申明,僅增三字,僕之惑滋甚。蓋若《禮記》"歛般請以機封"、《毛詩》"猗儺其枝"之類,庸可諉曰是喪制所出,非程文所當用,或音義弗順,非韻語所可押?至如《周禮》"舍采合舞"之爲"釋菜"、《毛詩》"鱣鮪發發"之爲"鱍鱍",皆足正後學之傳訛,助文場之窘步,一切置之,可乎?迺即經釋蒐羅,粹爲一編,非敢上于官以求增補,亦非敢淑諸人以侈聞見,姑藏家塾,以擊蒙昧。博識君子,幸毋我誚。嘉定十有七年冬十月幾望,代郡楊伯嵒彦瞻序。

九經補韻跋

俞任禮

《禮部韻》以略言，人多隘之，而議欲增也。自元祐國子博士孫諤陳乞添收，繼其後則黄啟宗有《補韻》，吴棫有《補韻》《補音》，毛晃有《增韻》，張貴謨有《韻略補遺》，近世黄子厚、蔣全甫則又各有論説。然疎者隨韻補輯，僅得一二，詳者至盡採子、史、《蒼》《雅》《方言》，欲增入二千六百五十五而難於行，此《禮部韻》之所以至今未備也。

泳齋先生治衢之暇日，揖任禮於柯山堂而語曰：子見吾所纂《九經補韻》乎？先生於書無不讀，而以經爲根源，《補韻》之作，凡九經中字之假借、音之旁通，考訂分彙，各疏其下，若星象之錯落於天，而燦然以明，平齋洪端明所謂杜門論著佳哉者，此也。平齋欲著語而後弗果。他日上之朝，而頒行於禮部，使後世知國家之淑士以經，則豈但爲聲韻之助？任禮敢寫平齋之志而繫於後。淳祐四年十一月初吉日，門生文林郎充衢州州學教授俞任禮謹題。

以上明弘治（1488～1505）中無錫華氏覆宋刻本

九經補韻考證

九經補韻考證跋

秦　鑑

宋仁宗朝詔丁度等修《禮部韻畧》,仿諸韻書,以經典借音之字載入各部,而採摭類多未盡,當時諸名公已不滿其書,以不能補輯,引爲學士大夫之咎。然自元祐時孫諤創議,而後作者紛起,殆有數家,稽之前人著録,則所爲裨纂,皆未能衷於一是。於是泳齋楊氏有《補韻》之編,所補字七十又九,別音義弗順、喪制所出之字八十又八,應添之韻爲部六十又一,舊刊《百川學海》中,題"明姚應仁閲",則應仁所校也。至明新安吴琯校栞之。今姚氏本流傳日尠,吴氏本又或舛譌錯亂,不可究詰,予每以未覯善本爲憾。錢君同人得影宋鈔本,悉心點勘,凡兩閲月,其所是正,皆有據依。原書所引之字,別見諸經暨六書假借、古音異同者,隨條攷證,互相發明。楊書韻無目次,補綴於前;吴本字半妄增,辨詳於後。要歸至善,羅抉靡遺。君於是書,可謂盡心爾矣。昔松厓惠徵君纘述舊業,撰《九經古義》十六卷,其中大半以諸書古字申證舊音,海内執經之士珍爲枕秘。君亦以經學承家,弟舅師友,年甫弱冠,著述日勤。即觀《攷證》之作,以方惠氏,何多讓哉?雖然,君尚有《十三經異音韻編》一書,凡漢魏晉唐音讀之異,秩然具載,屬稿蓋久矣,他日書成,吾知其搜討之富,商榷之精，當必更過於此，則覘君之學者，其以此爲霧豹之一斑可也。是役予實爲佐校讐，間亦以知聞所得疏記一二，君多韙其説，頃取而授梓。鳩工垂竣，爰書數語於後，并以質之。嘉慶四年四月，同里照若秦鑑書。

清光緒十年（1884）常熟鮑氏據《汗筠齋叢書》刻版補修本

押韻釋疑

押韻釋疑序

袁文焴

韻之有釋,尚矣。惟舉子獨拘焉,差之豪釐,繆以千里,故李文定學識《南宫》一賦,不免有落韻之失;范蜀公《聲詩》"彩霓"二字亦誤,爲主司所黜。甚矣!字釋不可不正也。廬陵歐陽德隆、余全升夢得貢士,研精聲律,卓爲儒宗,與其友易君有開輯爲一書,名曰《押韻釋疑》。字有其釋,釋有其義,義有闕[①],本之經史子集,參以省監程文。闕字同義異[②],義同字異,莫不印之古訓,斷以己見,使彈冠棘闈者無涉筆之疑,持衡藻鑑者免遺珠之恨。書成,屬予序之。余曰:今夫晚學後出,仄仄平平,稍叶詞人律吕,而中有司程度,摘髭收第,拾芥取青,視爲易然,奚暇究心於字義之正否?歐君以賈誼才,袖相如手,蜚場屋之英聲,而不爲專場利,乃祛衆惑以傳諸人,用心亦宏矣。雖然,是書之作,豈特爲進取計?若夫夜燈課兒,秋檠對簡,聽韓窗瑟僴之音,認曹娥剜鞣之字,載酒問奇,不必過子雲,其必之歐陽氏云。紹定庚寅中元日,辰陽冷官袁文焴謹序。

①底本注"闕",文淵閣四庫全書本《增修校正押韻釋疑》此處爲"其據"二字。
②底本注"闕",四庫本此處爲"其或"二字。

增修校正押韻釋疑自序

郭守正

歐陽先生《押韻釋疑》一書，惠後學至矣。書肆版行，漫者凡幾，一漫則一新，必增數註釋，易一標題，以快先覩，是非可否，不暇計焉，遂使先生是書爲有瑕之玉。字畫□□[①]，引事重複，音註脱漏，所以重形，先生□□歎也[②]。僕不揆膚學，輒因暇日，取先生元本與書肆本三復參校。先推字畫之本原，次明監註之無有，至於釋文之詳略、援引之是非，則又加考訂焉。誤者正之，疑者辨之，其不倫者次序之。筆者千餘條，削者亦如之。雖未盡善，視舊本稍精密焉，可以助場屋之一得，可以續先生之前志。索居討論，條焉三載，豈無違闕？改而正諸，實有望於當世歐先生云。景定甲子上元日，紫雲山民郭守正正已書於寓軒。

增修校正押韻釋疑跋

錢　恂

右紫雲《增修校正禮部韻畧釋疑》五卷，郭守正因歐陽德隆之書而重修者也。《永樂大典》所引《紫雲韻》即此，世無刊本。文淵閣據景宋鈔箸録，總目稱不載淳熙文書式及避

① □□，四庫本作“差訛”二字。

② □□，四庫本作“之三”二字。

諱之例。而此本所列,則較曹刊《禮部韻畧》爲詳,殆别一祖本歟? 郭敘作於景定甲子,而書中稱度宗爲今上,則成於乙丑以後。其於宋世功令、經史異讀,附載各字之下,在昔日爲便於程試,在今日則有關攷證,而尤可實者,莫如御名指揮一條。度宗於淳祐六年賜名孟啓,十一年改賜名孜,寶祐元年改賜名禥,見於史傳者如此,而不知其又賜名璇也。此書列禮部申請回避字旬宣切者共三十有四,又咸淳元年御筆"啓、孜、禥"三舊名不避,文甚明晰。攷《困學紀聞》云:卷十五。景定建儲更名,乃與蜀漢後主太子同。夫蜀太子名璿,璿璇字。不名禥也。故錢氏竹汀嘗疑之,見《養新録》卷七。謂與度宗名不同,厚齋仕于景定朝,不當有誤,豈《宋史》轉不足信云云。按《宋季三朝政要》云:景定元年十月,以弟榮王與芮之子祺爲皇太子,封忠王,賜名壡。此據粤雅堂本,而《學津討源》本空一格不字,守山閣本作"賜名禥","禥、祺"一字,此必校者據《宋史》誤改也。《文獻通攷·帝系門》云:度宗名叡。證以此書,皆當作"璿",蓋涉籀文"壡"而譌也。又《咸淳臨安志》於"璇、旋、漩、還"等凡五六十見,皆不出字,或注"御名",或注"御嫌名",或注"犯皇帝御名",舊鈔如此。而錢唐汪氏校刊時,多據他籍補之,見《札記》中,亦有補而不言所本者,於首條則言"御名",未攷。○又卷六十七云:楊子平名犯今上皇帝御名。子平,其字也。刊本如此。《札記》云:子平名璇,見《海寧縣志》。若"期、旗"諸字則否,與"棨、兹"等字一例。不然,宋諱嫌名,當盡避渠之切一紐矣。《志》又載乾道八年建殿,淳熙三年建觀,皆名"璇璣",舊鈔不出字,注云御名。汪刊出字,未言所本。咸淳三年改觀曰"臻福"、殿曰"北辰",與勑額寺觀奏取指揮之例正符,洵可補史文之缺。又趙宗追尊四祖,諱"眺、頲、敬、宏、殷"五字,慶元初,四廟畢祧,故郭氏悉收入韻,去聲四十三敬已復舊稱,惟平聲二十一欣未復耳。三十六桓作"歡",避欽宗諱也。二仙韻無"璇"字一紐,而他注偶見"璇"字不缺筆,亦不注御名,或傳寫失真,或景定時藁本已定,咸淳後但補指揮去璇紐,而他韻注釋未及徧改耶?光緒戊寅,錢恂跋於積蹞步齋。乙丑,男稻孫敬録。

以上清康熙四十五年(1706)揚州詩局重刻本

改併五音集韻

至元庚寅重刊改併五音集韻序

韓道昇

夫聲韻之術,其來尚矣,證群經之義訓,别使字之因由,辯五音之輕重,論四聲之清濁。至於天地之始,日月運行,星辰名號,人間姓氏,山川草木,水陸魚蟲,飛禽走獸,四方呼吸,全憑字樣,豈可離於聲韻者哉?嘗聞古者陸詞楙本,劉臻等八人隋朝進韻,抱賞歸家,人皆稱歎,流通於世,豈不重歟?又至大金皇統年間,有洨川荆璞字彦寶,善達聲韻幽微,博覽群書奥旨,特將三十六母添入韻中,隨母取切,致使學流取之易也。詳而有的,檢而無謬,美即美矣,未盡其善也。復至泰和戊辰,有吾弟韓道昭字伯暉,迺先叔之次子也。先叔者,諱孝彦,字允中,況於《篇》《韻》之中,最爲得意,注疏指玄之論,撰集澄鑑之圖,述門法《滿庭芳》詞,作《切韻指迷》之頌,鏤板通行,其名遠矣。今即重編《改併五音》之篇,暨諸門友精加衆字,得其旨趣,摽名於世也。又見韻中古法繁雜,取之體計,同聲同韻,兩處安排,一母一音,方知敢併。却想舊時,先、宣一類,移、齊同音,薛、雪相親,舉斯爲例。只如山、删,獮、銑,豏、檻,庚、耕,支、脂、之本是一家,怪、卦、夬何分三類?開合無異,等第俱同,姓例非差,故云可併。今將幽隨尤隊,添入鹽叢,臻歸真内沉埋,嚴向凡中隱匿,覃、談共住,笑、嘯同居。如弟兄啟户皆逢，若姪叔開門總見。增添俗字廣，改正違門多，依開合等第之聲音，弃一母復張之切脚，使初學檢閱無移，令後進披尋有准。僕因覽之，筆舌難盡，爲我弟伯暉《篇》《韻》之中，有出俗之藝業，貫世之才能，喜之讚之，美之歎之，興然爲序，以表同流好事者矣。時崇慶元年歲在壬申姑洗朔日，老先生姪男韓道昇謹誌。

至元庚寅重刊改併五音集韻序

韓道昭

聲韻之學，其來尚矣。書契既造，文籍乃生，然訓解之士，猶多闕焉。迄於隋唐，斯有陸生、長孫之徒，詞學過人，聞見甚博，于是同劉臻輩探賾索隱，鉤深致遠，取古之所有、今之所記者，定爲《切韻》五卷，析爲十策。夫《切韻》者，蓋以上切、下韻合而翻之，因爲號以爲名，則《字統》《字林》《韻集》《韻略》不足比也。議者猶謂注有差錯，文復漏誤，若無刊正，何以討論？則《唐韻》所以修焉。採摭群言，撮其樞要，六經之文，自爾焕然，九流之學，在所不廢。古人之用心爲如何哉？嘗謂以文學爲事者，必以聲韻爲心；以聲韻爲心者，必以五音爲本。則字母次第，其可忽乎？故先覺之士，其論辯至詳，推求至明，著書立言，蔑無以加。然愚不揆度，欲修飾萬分之一，是故引諸經訓，正諸訛舛，陳其字母，序其等第。以見母牙音爲首，終於“來、日”字，廣大悉備，靡有或遺，始終有倫，先後有别，一有如指諸掌，庶幾有補於初學，未敢併期於達者。已前印行音韻，既增加三千餘字，兹韻也，方之於此，又以《龍龕》訓字,增加五千餘字焉。是以再命良工,謹鏤佳板,學者觀之,目擊而道存。時崇慶元年歲次壬申長至日序。

重刊五音篇韻序

徐　熥

上古有音無字,出諸口者,皆天地之元聲也。自羲皇畫卦,蒼頡制書,形既立矣,音斯附焉。字者,音之形體;音者,字之名稱。類形始於許慎,而慎生於漢世,去古已遠,其所訓釋,不無牽合之病。至於《玉篇》諸書,則祖《説文》而潤色之,惟王與秘之《五音篇海》分其畫段,則字無遺形。類聲始於沈約,而約産於南服,間操吴音,其所分别,不無割裂之病。至於《廣韻》諸書,則祖唐韻而更置之。惟荆璞之《五音集韻》,隨母取切,則字無遺聲。此形聲之大較也。然篋笥嚴扃,匪鑰不啟;形聲無窮,匪瀘不通。有司馬公之《指掌圖》、韓彦昭之三十六母、勝國安西劉士明之《切韻指南》、國朝沙門真空之《貫珠集》,挈領提綱,開示門瀘,求聲音以歸母,攷偏傍以入部,字得韻而知,韻得字而顯。則凡大而典墳丘索、經史子集、三藏十二部之文,以至稗虞小説、重譯方言,如恒河沙未可更僕者,無不探賾索隱,鉤深致遠。畫無亥豕,音不聱牙,還天地之元聲,開萬世之襲韻,教闡同文,功靡細矣。此書流傳既久,梨棗漫漶。沙門如巖者,朗質觀空,精嚴戒律,曩朝落迦,得傳斯訣,蒲團之暇,字校音研。與支提寺僧鎮燦者,發大誓願,期鍥此書,流傳震旦,普濟群品。抄題募化,徧干十方,積之八年,始克竣事,可謂有裨教典而功德無量者矣。

熥根器朽鈍，識不反隅，驟加披閱，茫昧難明。巖師矜我愚蒙，詳譯屢譬，匝月之後，漸見一班，乃令不慧片言弁諸簡首。夫畫前有《易》，教取先天，有相皆虛，禪宗秘旨，故毘邪杜口，開不二之瀍門；摩竭歛心，啟無言之津筏。葢聲音俱屬浮塵，文字同歸理障，惟一切萬法，不離自性，則三藏之文，皆如來之幻迹；羲皇一畫，實綺語之濫觴。矧辨清濁，審浮沉，出入於口耳之間，精研於指掌之上，與叔重、休文之流炫奇鬬博，其於西來之旨何如也？昔蒼頡書成而鬼爲夜泣，悲渾沌之已鑿，世與道而交喪耳。巖師賞予之言，遂書於篇端，以告夫同志者。萬曆旃蒙協洽之歲月中無射，閩中徐熥譔。

以上明成化七年（1471）大隆福寺首座文儒重刊本

新刊韻略

新刊韻略序

許　古

科舉之設久矣，詩賦取人自隋唐始，厥初公於心，至陳書於庭，聽舉子檢閱之。及世變風移，公於法以防其弊，糊名考校，取一日之長，而韻得入場屋。比年以來，主文者避嫌疑，略選舉之體，或點畫之錯，輕爲黜退。錯則悮也，悮而黜之，典選者亦不光矣。近平水書籍王文郁攜新韻見頤庵老人曰："稔聞先《禮部韻》，或譏其嚴且簡。今私韻歲久，又無善本。文郁累年留意，隨方見學士大夫，精加校讎，又少添注語，既詳且當。不遠數百里，敬求韻引。"僕嘗披覽，貴於舊本遠矣。僕略言之。正大六年己丑季夏中旬，中大夫、前行右司諫致仕，河間許古道真書於嵩郡隱者之中和軒。

新刊韻略序

瑞　諧

《禮部韻略》五卷，《貢舉條式》一卷，金王文郁撰，并舊韻二百六部爲一百六部，即陰氏《群玉》所本，而所并二韻之間，必以魚尾隔之，使舊部分明可見，則勝于陰韻之叢脞。是書刊于金正大己丑。此本五卷，末有大德丙午重刊新本平水中和軒王宅印二行木記，則元重刊本也。卷首載貢舉三試程式，一曰御名廟諱迴避，二曰考試程式，三曰試期，四曰表章迴避字樣。可見當時制度，可與史志選舉科條目互證。又有壬午子新增分毫正誤字五頁，則刊後所增也。宣統三年七月白露節，悔公識于湖州鹺廨蕉夢室。

以上元大德十年（1306）平水王氏中和軒刊至治間增補本

文場備用排字禮部韻注

文場備用排字禮部韻注跋

錢大昕

此至正壬辰徐氏一山書堂刊本，前有記云：皇朝科試，舉子所將一禮韻耳，然惟張禮部敬夫定本最善。今復以諸韻參校，每一韻爲增數字，凡增三千餘字，釋焉而詳，擇焉而精，敬用梓行，爲文場寸晷之助云。第一卷首題云“文場備用排字禮部韻注”，它卷皆題“善本排字通併禮部韻略”，前後殊未畫一。前載科舉條例甚詳，所列廟諱，止於英宗，而今上皇帝不名，似是泰定初刻，後來翻本，未及增添耳。上、下平聲各十五，上聲廿九，去聲卅，入聲十七，與今韻同，而每韻下“與某同用”云云，尚沿禮部舊式，但未知張禮部何時人耳。右錢竹汀跋，載《十駕齋養新録》卷十三，附録于此。

元至正十二年（1352）徐氏一山書堂刊本

古今韻會舉要

古今韻會舉要自序

熊　忠

六經有韻語，無韻書，五方之音，各以韻叶也。自南史沈約譔《類譜》，而四聲不相爲用，隋陸法言等制韻書，而七音遂譌。迨李唐聲律設科，《韻畧》下之禮部，進士詞章，非是不在選，而有司去取決焉。一部《禮韻》，遂如金科玉條，不敢一字輕易出入，中更名公鉅儒，皆有科舉之累，而焉得議其非？獨於私作詩文，間用古韻，讀者已聱牙，不能以句，音學之失久矣。宋省監申明，儒紳論卞，《韻畧》集注，殆且五十餘家，率皆承舛襲譌，以苟決科之便。造韻者既未嘗盡括經傳之音，釋韻者又專以時文爲據，或言經作某字，韻無此字，不可用；或言經本某音，監韻此字下無注押者非。至使人寧背經音，無違韻注，其敝可勝言哉？它又未暇論也。同郡在軒先生黄公公紹，慨然欲正千有餘年韻書之失，始秤字書，作《古今韻會》。大較本之《説文》，参以籀、古、隸、俗，《凡將》《急就》，旁行旉落之文，下至律書、方技、樂府、方言，靡所不究。而又檢以七音、六書，凡經史子集之正音、次音、叶音、異辞、異義，與夫事物倫類制度，孅悉莫不詳説而備載之，浩乎山海之藏也！僕㕯館公門，獨先快覩，且日竊承緒論，惜其編帙浩瀚，四方學士不能徧覽，隱屏以來，因取《禮部韻畧》，增以毛、劉二韻及經傳當收未載之字,别爲《韻會舉要》一編。雖未足以紀綱人文,亦可以解舊韻之惑矣。其諸條貫,具如《凡例》。雖然,聲音之起而樂生焉,古先聖人以聲爲律,有以也,言語文字云乎哉! 今之人終身由之而不知其道,反區區取信於沈、陸自得之私,誠不知其可也。姑陳梗槩,以俟來哲。歲丁酉日長至,武易熊忠。

古今韻會舉要序

劉辰翁

氣者,天地母也。聲與氣同時而出,有聲即有字,字又聲之子也。人生不至乎孩而始,誰亦不能不誰也。誰而爸,誰而嬭,方言各不相通,而爲父母一也。繇是而協於聲者,方次第出焉,猶弟兄不可知,所可知者,其初必出於一也。故謂一大爲天可,謂天爲天,天不知也,謂天爲它年切,愈不知也,其誰爲之耶? 又推天以至於星某某,以至於山某某,呼而若吾應焉者,或者其猶孩也。雖謂人字之可也,而非人字之也。十三卦未畫而有名,豈惟有名? 而舟車、杵臼莫不皆有其物,其先有是字而後有物乎? 其物從字乎? 今人以指事、會意爲差,而不知形聲之皆意,惟聲者自然而然。然且有無字之聲,而未有無聲之字。及其字也,猶一舉首而得其爲天,而意常後之。故制字之初未必人爲之也,天也。今人知字而不能知聲,故意之,意之而聽於東冬、清青也,惘然而不敢易,猶聾耳而信目連璧也,而不相往來,不知韻者出於律,律之生也有合,故律娶妻。清濁易知也半,未易知也半。又半如雙生,必有所從受，不可紊也。故文家尚意，黨知律之子母，則得之韻者猶未生。前吾嘗欲譜以著邵氏《皇極經世》之所由生，而病未能，非不能譜，不能切也。坡公得穎濱《老子解》，以爲不意暮年見此奇特，彼解《老》不至是。吾於在軒黄公紹《韻會》三叫奇特云：其書有律吕次第，有榦枝損益，而又會萬理歸一。拾經史如傳，以至字誤筆誤，遠之爲天地變化，近之爲人物情性，又近之爲文章樂府，無不合。恨獨得其一韻，韻不勝舉，充類至消息盈虚，將與《易》相表裹，與風角鳥占爲胥易枝吾，豈慮世運運世之不可知哉？惜也！江閩相絶，望全書如不得見，不知刻成能寄之何日，徒闓端以極作述之意如此。然有一恨，鄭夾漈謂梵音行於中國，而吾夫子之經不能過跋提河一步者，以字不以聲也。今車同軌，行同倫，獨書未同文耳。得《韻會》而聲同，聲同字有不可同者乎？胡僧紐韻與佛經字母，極天下之不能言者，言使其得吾字而習之，有不能乎？天下聲同書同，其必自《韻會》始，此萬世功也，勉成之。壬辰十月望日，廬陵劉辰翁序。

序韻會舉要書考

孛术魯翀

文宗皇帝御奎章閣，得昭武黄氏《韻會舉要》寫本。至順二年春，勑應奉翰林文字臣余謙校正。明年夏，上進，賜旌其功。余氏今提學江浙，以書見質，始知其刊正補削，根據不苟。序曰：惟古大司徒以六藝教萬民、次德行、賓賢能，禮容樂聲、射中御節、書文數紀，六德六行會焉。書者，文也。象形用禮之儀，諧聲用樂之律，指事用射之彀，會意用御之範，轉注、假借用數之則，六書統焉。容必由儀，聲必由律，中必由彀，節必由範，紀必由則，文斯立而教斯興焉。天子考之，以正其僞；天下同之，以安其情，文斯明而政斯行焉。世衰教湮，文厖藝舛，形體變易，音義阻艱。許氏立説而文有類，沈約譜聲而韻有書，元魏用翻母而字有攝，書家資焉。黄氏遡流而源，兼取並載，得者便之。雖然形體變易若可鑑矣，音義阻艱猶或累焉。余氏以文臣奉詔正誤，令績也；來提舉謀鋟其書，義舉也；學者得此，明其心目，仁澤也。噫！此其編號《舉要》耳，其傳可盡傳虖！因是一均，可通其餘均虖！刻本快覩，蓋有待焉。元統乙亥冬，翰林侍講學士、前中奉大夫、江浙等處行中書省參知政事孛术魯翀序。

刻古今韻會敘

張　鯤

初，愚谷李子謂子鯤曰："余購覩韻書多矣，未有善于《古今韻會》者也。夫《古今韻會》編自昭武黄直翁氏，上本《説文》，中參籀古，下極隸俗，以至律書、方技、樂府、方言、經史子集、六書、七音，靡不研究。聲音之學，其不在兹乎？乃者鎮江之板殘虧，書幾淪没不傳也，嗟夫！"子鯤曰："然。鯤有嘉本，藏之久矣，盍刻諸？"時則十有四年冬，愚谷李子提學江西，迺請之撫臺嶼湖秦中丞、巡臺容峯陳侍御，僉曰可焉。于是鳩工重刻。其明年春三月甲子，梓人告成事。當是時，愚谷李子則又司業南雍行矣。子鯤適帶理學政，因覽而歎曰：

竊聞之司馬君實云:“備萬物之體用者存乎字,包衆字之形聲者存乎韻。”是故字韻也者,式備三才之道,禮樂刑政之所由生也。粤自六經,有韻語無韻書,五方之音各以韻叶耳。獨異梁有沈子約也,創以吴音,制爲《類韻》,而聲音之道,次第稱病矣。唯武夷吴棫者出,方能采掇經傳,輯纂《韻補》,由是字學稍稍復古,而用者希罕焉。迨我太祖高皇帝龍飛八年,召命詞臣樂韶鳳、宋濂諸學士大夫刊定《洪武正韻》,以括舉一切補韻者五十家之偏陋,以風同文。而學士大夫一時號稱博雅,竝以《韻會》爲之證據,然後經生學子始知《韻會》者藝圃之寶也。嗟乎! 當今聖人撫世,稽古右文,制禮作樂,蠻夷猾夏,罔不改觀而易聽。其文苑宗工,道園哲匠,則又莫不奮筆颺言,作爲辭賦詩歌,以鳴國家之盛。是書也,家藏一帙,下以破沈吴元宋之惑,上以接漢魏唐虞之響。或者因字沿聲,更求律吕之正,于以被金石而薦郊廟,其縱横之助,寔與《正韻》相表裡,豈曰小補乎哉? 載攷《韻會》之集,蓋以《禮部韻畧》《禮韻續降》《禮韻補遺》《毛氏韻增》《平水韻增》綴集舊業,勒成一家者也。《韻畧》元收九千五百九十字,《續降》則增一百八十三字,《補遺》則增六十一字,毛晃則增一千七百一十字,劉淵則增四百三十六字,公紹則增六百七十六字,統計《韻會》凡萬有二千六百五十二字云。嘉靖十五年歲次丙申夏四月乙酉,崧少山人張鯤序。

古今韻會跋

劉儲秀

《韻會舉要》一編,考據最精,其劉辰翁首序亦極明切。予守鎮江時,嘗見丹陽孫氏家板,中間漫滅者俱令翻補。今承乏江右臬司,載見兹刊,但缺前序,因梓補之,匪曰存舊,抑以表見須谿手筆云耳。嘉靖戊戌孟秋朔旦西京劉諸秀謹跋。

古今韻會舉要跋

李　植

古今字書至《韻會》而大備,其於音韻訓義,廣搜而精輯,粹然爲垂世正典。蓋本諸許氏《説文》,而懲荆舒之鑿,遵建閩之旨,故博約之無遺憾矣。我國方殊音别,雖未能盡曉清濁聲響而通於律吕,即於意象訓釋、古今雅俗、源委正變,則必須據此而會通,然後可以討論經傳,勘證製作。故先輩大儒論學著書,舉以此爲公案。則是書之行布,不亦重乎?兵火以來,此書公私藏本幾泯,幸於校局有板本,而亦多缺亡。余取玉堂舊本,比校補苴,鋟梓完帙,切冀國内諸薦紳先生有志於斯文者,傳印備覽,則其有補於六藝之學,當不淺鮮,故畧識顛末以引之。德水後學李植謹跋。

古今韻會舉要題記

錢大昕

又愷承六俊之家風，儲書數萬卷，手自校勘，靡間晨夕。一日詣書肆，得是編，中有“袁氏尚之”及“玉韻齋圖書”等印，識是先世舊物，爰購而藏諸三硯齋。乙卯七月，出以示予，因爲題識，俾世世子姓什襲守之。竹汀居士錢大昕。

重栞古今韻會舉要跋

張行孚

韻書之存於今者，以隋唐之《廣韻》爲最古，而宋之《集韻》次之，元之《韻會》又次之。《韻會》部分，不遵《廣韻》二百六部，而用平水劉氏韻一百七部；字紐不遵《廣韻》《集韻》次第，而用吴氏《韻補》、韓氏《集韻》紐以三十六母，小學家病之，往往束之高閣，不甚觀覽。故自明嘉靖以來，幾四百年無有重刻是書者，蓋是書之不絶如綫矣。然愚嘗徧閲是書，竊謂是書部分、字紐誠不能無譏，而其通文字之原流，明經傳之假借，實非淺見寡聞者所能襲取，固不獨書中所引《説文》爲《繫傳》真本，致可貴也。今試略證之。《易·屯卦》：“磐桓。”《説文》無“磐”字，惠氏《九經古義》據《仲秋下旬碑》謂“磐”當作“般”，而《韻會》云：“磐，古作般。”引《漢書·郊祀志》“鴻漸于般”爲證，與惠説合。《詩》：“予尾翛翛。”《説文》無“翛”

字,錢氏《養新録》據唐石經、南宋石經謂"儵"當作"倐",而《韻會》云:"儵,或作倐。"與錢説合。《易·泰卦》:"不遐遺。"《説文》無"遐"字,鈕氏《説文新附攷》據《漢書·禮樂志》《漢楊統碑》謂"遐"通作"假",而《韻會》云:"遐,或作假。"引《漢書·郊祀歌》"假狄合處"爲證,與鈕説合。《毛詩》:"于以湘之。"《韓詩》作"于以鬺之",《説文》無"鬺"字,王氏《廣雅疏證》據《漢書·郊祀志》謂"亯"與"鬺"通,錢氏《潛研堂集》亦謂"亯"即"于以湘之"之"湘",而《韻會》云:"鬺,本作亯。"引《漢書·郊祀志》"鬺享上帝"、《史記·武帝紀》"皆嘗鬺享"爲證,與王、錢説合。《禮記》:"夏則居橧巢。"《説文》無"橧"字,錢氏《潛研堂集》謂"竲"即"夏則居橧巢"之"橧",而《韻會》云:"橧,或作竲。"引《説文》"竲,北地高樓無屋者"爲證,與錢説合。《易·謙卦》:"君子以裒多益寡。"《説文》無"裒"字,馮氏《石經攷異》據唐石經、南宋石經、《爾雅釋文》謂"裒"當作"褎",而《韻會》云:"《爾雅》:'裒,聚也。'"引《集韻》"裒,或作褎"爲證,與馮説合。《孟子》:"餽七十鎰而受。"《説文》無"鎰"字、錢氏《養新録》據《漢書·食貨志》謂"鎰"當作"溢",而《韻會》云:"鎰,通作溢。"引《漢書·食貨志》"黄金以溢爲名"、《荀子》"千溢之寶"爲證,與錢説合。《論語》:"有馬者借人乘之。"《説文》無"借"字,嚴氏《説文校議》、鈕氏《説文新附攷》據《管子》《墨子》《韓非子》《史記》謂"借"當作"藉",而《韻會》云:"借,或作藉。"引《留侯世家》"臣請藉前箸,爲大王籌之"、《陳涉世家》"藉弟令毋斬"爲證,與嚴、鈕説合。《詩》:"中心貺之。"《説文》無"貺"字,鈕氏《説文新附攷》據《禮記·聘義》釋文、《爾雅·釋詁》釋文謂"貺"通作"况",而《韻會》云:"貺,通作况。"引《漢書·武帝紀》"天地况施、拜况于效"爲證,與鈕説合。凡此諸條,皆足見其通文字之原流也。《説文》云:“茨,以茅葦蓋屋。”與蒺藜義絶遠,而《韻會》云:“薺,通作茨。”引《説文》“薺,蒺藜”與《詩·墻有茨》傳“茨,蒺藜也”相證,知《詩》借“茨”爲“薺”矣。《説文》云:“闌,門遮也。”與妄入義絶遠,而《韻會》云:“闌,通作闌。”引《説文》“闌,妄入宫掖”與《漢書·成帝紀》“闌入尚方掖門”應劭曰“無符籍妄入宫曰闌”相證,知《漢書》借“闌”爲“闌”矣。《説文》云:“何,儋也。”與責問義絶遠,而《韻會》云:“訶,亦作何。”引《説文》“訶,大言而怒也”與《漢書·賈誼傳》“大譴大何”相證,知《漢書》借“何”爲“訶”矣。《説文》云:“馮,馬行疾也。”與徒涉義絶遠,而《韻會》云:“淜,通作馮。”引《説文》“淜,無舟渡河也”與《詩》“不敢馮河”注“徒涉曰馮”相證,知《詩》借“馮”爲“淜”矣。《説文》云:“鳩,鶻鵃也。”與聚集義絶遠,而《韻會》云:“勼,通作鳩。”引《説文》“勼,聚也”與《書》“方鳩僝功”相證,知《書》借“鳩”爲“勼”矣。《説文》云:“杜,甘棠也。”與閉塞義絶遠,而《韻會》云:“敷,通作杜。”引《説文》“敷,閉也”與《書》“杜乃擭”注“杜塞捕獸機穽”相證,知《書》借“杜”爲“敷”矣。《説文》云:“展,轉也。”與丹縠衣義絶遠,而《韻會》云:“襄,通作展。”引《説文》“襄,丹縠衣”與《詩》“其之展也”注“《禮》有展衣者,以丹縠爲衣”相證,知《詩》借“展”爲“襄”矣。《説文》云:“孼,庶子也。”與祆異義絶遠,而《韻會》云:“蠥,通作孼。”引《説文》“禽獸蟲蝗之怪謂之蠥”與《中庸》“必有妖孼”、《漢書·五行志》“蟲豸之類謂之孼”相證,知經史借“孼”爲“蠥”矣。凡此諸條,皆足見其明經傳之假借也。其餘如所云“膿本作盥、嶇本作傴、池本作沱、踟本作峙、袽本作絮、崎本作攲、糊本作黏、埋本作薶、濱本作瀕、斑本作辬、潮本作淖、榑本作棱、婆本作媻、樬本作棨、旒本作瑬、卣本作卣、傢本作傢、哂本作弞、刹本作弦、剪本作剃、腦本作𡿺、輊本作輦、蒞本作逮、扑本作攴、琡本作璹、獻本作讞、的本作旳”之類，雖其字爲人所易知，然所以釐正字體者，亦正可以補助初學。然則講小學者，苟得《韻會》先讀之，正復事半功倍，豈如尋常韻書撦摭故事、僅資詞賦漁獵者所可同日語哉？況是書所引經傳，往往有古時善本足以正今本之譌者。如《爾雅·釋畜》："夏羊，牡羭，牝羖。"段氏《説文注》、郝氏《爾雅義疏》皆謂當作"牝羭，牡羖"，而《韻會》"羭"下引《爾雅》正作"牝羭，牡羖"，與段、郝説合，故程氏《通藝録》亦謂《爾雅》此句當從《韻會》所引。《廣雅·釋獸》："吴羊，牡一歲曰牡挑，三歲曰羝。"程氏《通藝録》所引《廣雅》作"吴羊，牡一歲曰羖挑"，而《韻會》"羝"下引《博雅》正作"牡一歲曰牯挑，三歲曰羝"，與程氏所引本合。按牛之牡者，俗名牯牛。"牯、羖"二字《説文》所無，蓋皆"羖"之俗字，《玉篇》云"羖，同羖，俗"是也。《漢書·霍光傳》引《詩》："籍亦未知，亦既抱子。"鈕氏《説文新附攷》謂"籍"疑"藉"之譌，而《韻會》"藉"下引《霍光傳》正作"藉亦未知"，與鈕説合。汲古閣刓改本《説文》"雉"下"鳨雉"，《爾雅》及孫、鮑兩本《説文》，汪、祁兩本《繫傳》皆同，惟《韻會》所引《説文》作"鴇雉"，《説文校議》《説文義證》皆謂《説文》無"鳨"字，當據《韻會》所引作"鴇"。凡此諸條，皆其所引經傳足以正今本之譌者也。然則《韻會》一書，不惟小學所需，即經學家亦不可少，豈可以其部分、字紐之微眚，遂併其全體弁髦視之哉？余家素無《韻會》，後於滬瀆購得東洋本，始知此書大有補益，與《廣韻》《集韻》相表裏，惟以不能重栞爲恨。光緒紀元，歲在上章執徐，洪琴西先生都轉兩淮，愛素好古，喜刻小學諸書，時莫仲武司馬提調淮南書局事，亟以栞刻《古今韻會舉要》請都轉，允之。因立徵元元統本，命手民寫栞，凡程式一仍其舊，復屬局中總校劉君書雲分校，劉君瑢、趙君熙和、郭君夔、張君嘉禄、朱君桂生、成君瀼溥、李君汝麟、鄭君業源等互相讎校，以防舛謬。命高君行篤謹其出納，而於書中所引經傳異文，雖有譌誤，不敢擅易，蓋其慎也。越明年，洪琴西都轉因事去位，孫穀亭先生都轉兩淮，益瘉雍容儒雅，留心文教，申命局中諸君詳加讎校，不懈益虔。至今年冬十有一月，書遂刻竣。是書也，行孚蒙洪、孫兩都轉委任，微有分校之勞。莫仲武司馬以行孚粗識此書大略，再三屬行孚以鄙見所及者楬于卷末，爰不辭溝瞀，謹識其梗槩如此。光緒九年歲在昭陽協洽畢辜之月，安吉張行孚跋。

重刊古今韻會舉要序

程桓生

昔歲甲申，張君屺堂筦鹺此間，時淮南書局刊刻《説文解字》《韻會舉要》各書告成，爰取獨山莫氏所藏明本陸宣公奏議郎註十五卷、制誥十卷，付局重雕。甫即事，而張君督糧北上，余權斯篆。適吾鄉萬秋圃葉菘提調書局，乃屬其日集局中諸友讎斠授梓，以終其事。事蕆，請序於余。余覆取莫藏本觀之，有偲老手記約四百言，詳審極矣。然以失載進書一表，仍從闕如，以俟再攷。蓋偲老之沖懷，不欲爲議郎獨斷歟？兹刻郎表，從吴門陸氏重刊至正本補入也。顧陸刻出於近年，偲老手記在同治元年。凡陸序所稱，類不出偲老所記，而“紹興”爲“紹熙”之誤，陸序曾未之及。是用續命局工，並將偲老遺墨摹刻以傳不朽焉。烏虖！偲老往矣，而其緒論旁見側出，有裨於目録之學者，足與公武、振孫奪席。於此想文正當年，幕府留賓，風流儒雅，怳在目前也。時光緒十二年八月朔，古歙程桓生序。

古今韻會舉要購書記

吴廣霈

庚子三月十三日購於漢城書市，□□□□正劒記。

此朝鮮舊刊本也，約在明代之中葉，今已無板。又記。

此猶是從元板覆刊者，非明代書也。前記初買得時，未及細勘，偶誤書之。及後以揚州書局重刊《韻會》校之，寔出一本，而揚刻時有小小舛譌，遠遜是本之精妙。張行孚固云彼書自東洋本出，日東本余居東時亦曾收之。三本并几詳校，皆莫此若，然則此本即無異元刻真本矣。識之以爲後之得吾此書者告。老劒又記。

以上元刻本及明嘉靖十五年（1536）秦鉞、李舜臣刻、嘉靖十七年劉儲秀補刻本

韻會玉篇

韻會玉篇引

崔世珍

臣竊惟音學難明，振古所患，諸家著韻，槩多訛舛，未有能正其失而歸于一者也。逮我皇明，一以中原雅音釐正字音，刊定《洪武正韻》，然後字體始正，而音學亦明矣。然而詞家聲律之用，一皆歸重於《禮部韻略》而不從《正韻》者，何哉？今見宋朝黄公紹始袪諸韻訛舛之襲，乃作《韻會》一書，循三十六字之母，以爲入字之次，又類異韻同聲之字，歸之一音，不更加切，覽者便之。但其稡字雖精而過略，集解頗繁而不節，此未免後人有遺珠纇玉之嘆矣。大抵凡字必類其聲而爲之韻書，則亦宜必類其形而爲之《玉篇》，然後乃可易於指形尋字而得考其韻矣。今此《韻會》既類其聲，不類其形，是乃存其韻而缺其篇，宜乎後學之深有所憾者也。是故今之觀《韻會》者，其爲索篇，如夸父之奔東海、大旱之望雲霓也。臣既見其弊，又迫衆求，只取《韻會》所收之字，彙成《玉篇》，不著音解，獨係韻母，使後學尋韻索字，如指諸掌，終不至於冥行而索途也。臣初欲類聚諸韻，合爲一書，正其字音，節其解義，使覽者斷無他歧之惑矣。第緣功費浩繁，年力衰邁，雖竭私勞於窮年，恐難成始而成終，故今將《韻會》著其《玉篇》而已。以臣襪線，敢著此篇？固知必得僭妄之罪於斯文之明識者矣，至於觀韻索字之方，豈無少補云爾。時嘉靖十五年月日，折衝將軍僉知中樞府事兼司僕將，臣崔世珍謹題。

明嘉靖（1522～1566）間朝鮮刊本

古今韻會舉要小補

韻會小補後敘

袁昌祚

夫字有三詮，其含精爲義，吐華爲音，精華合而比其節腠爲韻。字有韻，若生有姓，而祖於六書，諸古文籀章皆繩武焉。變及篆隸，已駸駸乎數典而忘矣。於是方言奇字，好者附子雲馴，致俚俗喧卑，幾與竹素分十之一，即象胥氏通譯萬國時，豈有貝典梵文以二三四音鍜爲一字者乎？[1] 彼其言不雅馴，而世且曹好之，故以古韻較今，繁簡何啻十百。然譚藝者每言隋唐而上，以字韻專門不數家，若《爾雅》最古，主義不主音，沈約《四聲》，斤斤然主於音矣。第爲近體者操繩墨，汎應則否。惟許慎《説文》猶及見籀書與古經傳音訓，故隨所箋釋，當其簡有繁之用，差足述也。世顧鮮脩其業者何？小學廢肄，書名者爲汗漫，稍能事呫畢、守章句，輒得一自好，謂外此靡所用之。倘欲如漢故事，學童十七已上試諷籀書，郡移太史，得以殿最舉劾，有不苦難者，無有。故曰待其人而後行，非虛語也。吾師李太史向在史館，雅喜黄氏《韻會舉要》。頃以參藩疏歸，得塾師方子謙甫暇與論《舉要》中闊略數事，因屬以訂益。太史有叔弟本石孝廉，亦博雅好古篤甚，

①鍜，當爲“鍛”字之譌。

時從臾子謙,三年而草成以上。太史躬復校定,敘其首。凡字一萬二千六百五十有二,率仍舊不加,惟字或數音,音或數義,必考鏡羣書,用黄氏補闕。若中所引據,雖一字訛者、逸者、複者,皆爲詳定。而一切梵俗無當悉汰去,務不詭於雅義。用以上下數千載,殆將前茅《爾雅》,後勁《説文》,中權《四聲》,而庶於古六書也,爲能張全軍以待來者。雖靡曼若辭賦,棼籍若百家,幼眇若樂律,且鼓行無當前矣。迺知吾師乎!吾師乎!卻軌數載,猶之梓慶爲鐻,巧專而外滑消,而直諒多聞若子謙,斯亦天性形軀至矣。故能以天合天而進於神。曰小補者,自道也。東莞袁昌祚譔。

韻會小補題辭

王光藴

方子謙少負穎質,從余脩舉子業,垂成矣,而弗克竟,時時從帖括中取字,若某音某義難余,余無以應,始發憤攻六書之學,至忘寢食,弗窮弗止。遂旁通韻語,爲詩歌,佳甚。已乃自歎:奈何株守一隅,以蠡測海?于是兩謁王弇州公,與語大説。弇州公不輕許可人,而以高品方干目之。乃入都門,留三年,所見聞益奇甚。歸而欲著書,若班固之《滂喜》、蔡邕之《勸學篇》矣。而會郝仲輿領邑令,爲李太史本寧先生擇有直諒多聞、工詞翰、精八法、可爲外傅者乎?家從父大參公曰:“有之。東西越之士無以隃吾子謙。”仲輿爲之束裝入楚,從本寧太史游。本寧太史于人間鮮所不讀書,書所受丹鉛者,不知充幾棟。子謙與本寧太史語若針芥合,而太史之門有博古好奇如今建陽令周思皇者，相視而笑，莫逆于心，遂大出藏書授子謙。子謙益自發舒，門庭藩溷，皆著紙筆，而《小補》所由作也。往余貳宣城，子謙過郡齋，留越月，出視梅禹金，禹金擊節賞歎曰："此必傳之書，非白㲲之比也。"從臾授剞劂。子謙因辭曰："吾三年而就此，苟有矣，未合也，姑待吾十數年而成，未晚也。"遂別去。又五年而思皇舉高第，有事宦遊，乃謀諸本寧先生曰："向者《小補》之後，子謙爲政，不穀佐之。今者不穀從事簿書錢穀間，無論不暇，與子謙討竹素，且恐子謙亦將如田光先生。夫《小補》苟合矣，未完也，必待完而後布之通國大都，無乃俟河之清。請先梓以俟諸來者，亦如今日之于黄直翁焉。愚公之移山也，祝其子與子之子，而山神亦畏之矣。"于是太史、思皇庚爲敘而刻之建陽。子謙謂余："是書之成，非本寧、思皇二先生不及此，日升何力之與有？願公志之。"余曰："有以哉！夫六書之學，非曲藝也。大而皇王周孔相傳之秘密，次而古今成敗得失之林、九流百氏雜家之説，又次而官牘家乘、民生纖委之記，無之而非是也。故學而不得其文義，譬衣者於麻縷，服之而不知其出於蒔藝；食者於稻粱，嗜之而不知其出於播穫也。昌黎謂作文者須稍識字義，今握管而譚，先秦兩漢建安大曆，人多能之，試詰某字、某音、某義、某書所從來，則百人或不能一也。子謙尚欲以貽所，不知何人脩明其業而益拓之。嗟夫！世乃復有太史、建陽及吾子謙其人者哉？"太史又欲爲《六書會通》，益以具體紀事，意將屬之子謙，而子謙謝不敏。夫子謙業已有緒矣，何難一簣而不以襄太史爲千載計也。子謙元祖給諫公，爲吾東越聞人，子謙家嫡，能世其家學，而周思皇用《周易》魁天下，文章政事，冠冕七閩，海内宗之。若《小補》大指，已在子謙《凡例》及本寧、太史兩《敘》中，玆不具論。永嘉王光藴譔。

韻會小補敘

李維楨

余初入史館,學爲詩賦,而不習韻。客有以黄直翁《韻會舉要》見遺者,曠若發蒙,以爲可無遺憾。而自病免歸,叔弟頗劌心六書,時舉《韻會》所脱漏相問難,余不能對。久之,兒就外傅而得永嘉方子謙,子謙語與叔弟合。余乃屬子謙校讎而附益之,三年而後竣。《韻會》字凡萬有二千六百五十有二,其不收者不啻倍蓰,而子謙仍之不益也。其言曰:是書故名《舉要》,字之要者盡此矣,他即不收可也。獨一字而數音、一音而數義,諸書確有可據而《韻會》不收者,補之;一字數音,云見某韻而某韻失收者,補之;一字數義,義出某書有據者,補之。有義而無出者,仍之。一字而一音者,别爲獨音。其字先後之序,一準《韻會》。其音則以本音爲主,而餘音以平上去入爲序附之;其義則以本義爲主,而餘義附之。此二凡者,一準《説文》。其諸書所載音義,或有訛誤,則闕之。開卷而縷析虺分,遡源究委,無復疑滯,其於《韻會》豈小補之哉?而子謙時慊然曰:音義散見群書者,存什一於千百,不佞一手一足之力,固難辦也。自余有遺憾於《韻會》,嘗欲悉購海内金石刻與人所未見之書,輯之爲《六書會通》。首具體,自籀篆而下,凡諸家書法有纖微不同者,模臨畢備;次别音,次釋義,則倣《韻會》;又次紀事,則倣《韻府群玉》,唐以前不得遺,唐以後不得羼也。子謙笑曰:君如何次道志大宇宙,勇邁終古矣。人不能得數千户郡,而次道圖作佛。不佞不能小補《韻會》,而君顧更欲加其上耶?不佞爲此舉,若愚公之移山然，恃夫後有無窮之子孫耳。余亦謂子謙：世譏王右軍不識字偏旁，而書名絶代，不少損子雅善臨池，安事此？子謙曰：文字之興，原於八卦，重之爲六十四，而彖象爻繫卜筮之用，不可勝窮，神而明之，存乎其人。然而奇耦剛柔之理，吉凶悔吝之繇，必不易也。夫六書猶是也。《禮》曰："作者之謂聖，述者之謂明。"不佞於述，猶不敢任，而況作乎？君第爲我敘《小補》之意，如其大者，以俟善作善述之君子。萬曆丙申夏五。

韻會小補再敘

李維楨

方子謙補《韻會》，十可二三，而余爲之敘，海内人士，迫欲得成書。會余起家入蜀，已入越，已謫壽春，子謙皆從。舟車萬里，不得多賫書，獨《三禮》《爾雅》《毛詩》捃摭頗詳，其次爲《春秋》三傳，十可四五，有所增益竄定，輒筆之書，四隅皆滿，幾不可識。周思皇見而謀曰：此非定本，蓋草也。與其爲一人草，何若爲衆人草，請先梓之以傳，使人人爲校誤，人人爲拾遺，何所不可？夫鄭國之爲命也，裨諶首草創，不自諱其短，而後討論脩飾潤色者，各出所長以相成。是書也，非一家一國之書也，作者亦非欲以自有餘也，良工不示人朴，無乃有市心乎？先生固善，子謙言愚公移山，以俟無窮之子孫，竊意愚公子孫易窮耳。人孰無子孫？愚公而人俟之，其爲無窮莫大焉。荊人失弓，荊人得之，孔子曰："去其荊而可矣。"得失，人所時有也，何嫌何疑？故大道之行，天下爲公，貨惡其棄於地也，不必藏於己，力惡其不出於身也，不必爲己。爲先生計，無便此者。余未敢諾。適思皇拜建陽令，建陽故書肆，婦人女子咸工剞劂，思皇沾沾自喜，是書之行，信有時乎？抑天欲踐吾言也？敢固以請。余爲之撫卷三嘆。昔陸澄語王儉："僕自少至老，惟好讀書，無他事縈念。"公少即鞅掌王事，雖一覽便諳，然卷帙未必勝僕。後徵事果屈於澄。賈思伯少雖明經，從官廢業。李琰之每休暇，唯閉門讀書。吾不求身後名，但異見異聞，心之所快，是以搜討，欲罷不能。余既登第，始知讀書而不能購書，不五六年，遂補外吏，蹉跎迄今老矣。幼不强記，老復善忘，遇難字以爲快，思誤書而成適，寧復能作舊時態耶？是書歷十許年，譬如爲山，覆土一簣，又不忍弃之，思皇言是或一道也。因以相付，而具述本情如此，不敢援古人解嘲以諗觀者，知余深自訟耳。萬曆甲辰中秋日。

韻會小補引

周士顯

韻學本原六書，六書，造字之始也，字有體有音有義，總之不離古文者近是。古有六書而無韻學，保氏所教，外史所掌，行人所辯，象胥所通，書無不同文，律無不和聲。《周易》《尚書》《禮記》《春秋》《論語》《孝經》，當篇皆古文字，洙泗齗齗，游、夏之徒，爲述《爾雅》以解之。是時經學之統一，而説經以解字，故其旨約而該。古文變爲籀書，再變爲秦篆隸，經籍燔滅，浸淫于刑家矣。漢初，六體古文奇字有存者課之，以《尉律》去經遠耳。孔壁之藏書出，六經古文上諸秘府，古文字摹寫，音讀皆異，俗師嚻然，是今而非古。揚雄作《訓纂》，蔡邕刻石經，錯以古文，始得其體；孔安國讀之，劉向校之，考正以古文，始得其音；鄭玄注之，賈逵訓之，馬融、服虔諸家傳解之，旁通以古文，始得其義。至許慎檃括經義作《説文》，六書兼總條貫，號雅馴矣。是時經學之統散而復一，説字以解經，故其旨雜而不越。江左兢風騷，韻始爲專門之學。沈約以四音製韻，自謂靈均以來，此秘未睹。贇道人演之而始明，僧神珙翻切之而益廣。六經古文字叶讀轉注者，别爲古韻左次矣。自兹以還，不乏博學好古之士，而書不識字者，往往有之。體不解偏傍，讀不解㨄馬，説義不解鸛鳩，此與耳食何異？蓋漢以前字在於經，韋編科斗，其字當一字讀爲數音，以披管弦而有餘；漢以後字在於韻，方言俚俗，其字雜合數音，鍛爲一字，譯以梵典而不足。漢以前之説字主於解經，得經之義，斯得其字，以一義訓數字，故字易舉；漢以後之説字主於脩詞，得韻之字，或不得其義，以一字兼數用，故字易窮。漢以前經有晦字，而説字者有精旨；漢以後韻無脱字，而説字者多牴牾，此不解經之過也。蓋不説字而解經者，影嚮也[①]；不解經而説字者，杜撰也。吾師本寧先生博極群書，文章本原六經。介弟孝廉本石劌心六書，時摘《韻會》脱漏，與先生往還討論，先生無以難之。已而友人方子謙自於越來，善詩賦書法，説《韻會》妙有詮辯，語多與本石合。先生曰：强爲我著書。爲發架上之卷，置籬間之筆，大蒐舊聞，以授子謙。子謙受而櫛文比字，考部定班，字數一準《韻會》，字體、音義一準《説文》，有一字數音、一音數義而《韻會》失收者，校增而竄補之，補音者十之二，補義者十之六。本子史百家補者十之二，本

①嚮，字當作"響"。

古經傳注補者十之八。上下數千年,出入十三經,反覆箋什,序傳訓故疏義數十家,一言有合,按例掌記,臚列無遺。先生得之解經,子謙用之説字,該浹精覈,不詭於正。如操罔象玄珠,孔壁古文,粲然具陳。晉唐而後,劉、吴諸家未易辨也。昔班固志藝文,輯《孝經》十一家,以《爾雅》《小爾雅》古今字附之篇内。若曰説經解字,自一貫爾。《史籀》《蒼頡》諸篇,别爲小學輯之。宋儒晁無咎不得其解,謂《爾雅》小學之流,不當附《孝經》,何支離也?先生自敘,《三禮》《爾雅》《毛詩》,捃摭最詳,《春秋三傳》,十得四五。課程於六書,錯綜以經傳,可以解經,可以説字,儒林、文苑合而爲一矣。漢儒去古未遠,學有師承,司馬遷作《史記》,受經孔安國,故《堯典》《禹貢》《洪範》《金縢》諸篇斷以古文爲定。鄭玄注《春秋傳》未成,道聽服虔注意,玄如小屈,曰:吾當以所注與君。遂爲服比注。許慎《説文》,受於賈逵;揚雄《訓纂》,侯芭受之。諸儒守師説而不變其學立。先生起家太史氏,校理古經,將修龍門之業,成一代韻史。子謙説字解頤,受經先生。參相考定,研精十年,竟成一家。《韻會》之有小補,亦《春秋傳》之有比注也。不佞少從先生學奇字,爲博士業,奪去弗竟學。一行作吏,簿書鞅掌,賈逵之舊文荒矣。棄其學而隱其師,吾爲此懼。手子謙之韻補,師學具在,爲梓於建昜,行之以俟博學好古者攷焉。萬曆丙午上元日,雲杜周士顯書於建昜之日涉園。

一本,唯有周士顯書四字,而無萬曆云云九字,於建昜云云七字。

以上明萬曆三十四年(1606)建陽周士顯屬余象斗、余彰德刻本

中原音韻

中原音韻自序

周德清

青原蕭存存，博學工於文詞，每病今之樂府有遵音調作者，有增襯字作者。有《陽春白雪集·德勝令》："花影壓重簷，沉烟裊綉簾，人去青鸞杳，春嬌酒病懨。眉尖，常瑣傷春怨。忺忺，忺的來不待忺。""綉"唱爲"羞"，與"怨"字同押者。有同集《殿前歡》"白雪窩"二段，俱八句，"白"字不能歌者。有板行逢雙不對，襯字尤多，文律俱謬，而指時賢作者。有韻腳用平上去不一一，云"也唱得"者。有句中用入聲不能歌者。有歌其字、音非其字者，令人無所守。泰定甲子，存存托友張漢英以其説問作詞之法於予，予曰：言語一科，欲作樂府，必正言語；欲正言語，必宗中原之音。樂府之盛，之備，之難，莫如今時。其盛則自搢紳及閭閻歌咏者衆，其備則自關、鄭、白、馬一新製作，韻共守自然之音，字能通天下之語，字暢語俊，韻促音調。觀其所述，曰忠、曰孝，有補於世。其難則有六字三韻，"忽聽，一聲，猛驚"是也。諸公已矣，後學莫及，何也？蓋其不悟聲分平仄，字别陰陽。夫聲分平仄者，謂無入聲，以入聲派入平上去三聲也。作平者最爲緊切，施之句中，不可不謹。派入三聲者，廣其韻耳，有才者本韻自足矣；字别陰陽者，陰陽字平聲有之，上去俱無，上去各止一聲，平聲獨有二聲:有上平聲,有下平聲。上平聲非指一東至二十八山而言,下平聲非指一先至二十七咸而言。前輩爲《廣韻》平聲多,分爲上下卷,非分其音也。殊不知平聲字字俱有上平、下平之分,但有有音無字之别,非一東至山皆上平,一先至咸皆下平聲也。如□□二字之類[①],□字下平聲屬陰[②],□字上平聲屬陽[③]。陰者即下平聲,陽者即上平聲。試以□字調平仄[④],又以□字調平仄[⑤],便可知平聲陰陽字音,又可知上去二聲各止一聲,俱無陰陽之别矣。且上去二聲,施於句中,施於韻脚,無用陰陽,惟慢詞中僅可曳其聲爾,此自然之理也。妙處在此,初學者何由知之。乃作詞之膏肓,用字之骨髓,皆不傳之妙。獨予知之,屢嘗揣其聲,病於桃花扇影而得之也。吁!考其詞音者,人人能之,究其詞之平仄陰陽者,則無有也。彼之能遵音調而有協音俊語,可與前輩頡頏,所謂成文章、曰樂府也。不遵而增襯字名樂府者,自名之也。《德勝令》"綉"字、"怨"字,《殿前歡》八句"白"字者,若以"綉"字是"珠"字誤刊,則"烟"字唱作去聲,爲"沉宴裊珠簾",皆非也。"呵呵、忺忺"者,何等語句?未聞有如此平仄、如此開合韻脚《德勝令》,亦未聞有八句《殿前歡》。此自己字之開合平仄、句之對偶短長俱不知,而又妄編他人之語,奚足以知其妍媸歟?嗚呼!言語可不究乎?以板行謬語而指時賢作者,皆自爲之詞,將正其己之是,影其己之非,務取媚於市井之徒,不求知於高明之士,能不受其惑者幾人哉?使真時賢所作,亦不足爲法,取之者之罪,非公器也。韻脚用三聲,何者爲是?不思前輩某字某韻,必用某聲,卻云"也唱得",乃文過之詞,非作

①□□,訥菴本作"東、紅",當據補。

②④□,訥菴本作"東",當據補。

③⑤□,訥菴本作"紅",當據補。

者之言也。平而仄，仄而平，上去而去上，去上而上去者，諺云“鈕折嗓子”是也，其如歌姬之喉咽何？入聲於句中不能歌者，不知入聲作平聲也。歌其字、音非其字者，合用陰而陽、陽而陰也。此皆用盡自己心，徒快一時意，不能傳久，深可哂哉！深可憐哉！惜無有以訓之者。予甚欲爲訂砭之文，以正其語，便其作，而使成樂府，恐起争端，矧爲人之學乎？因重張之請，遂分平聲陰陽及撮其三聲同音，兼以入聲派入三聲，如鞞字次本聲後，葺成一帙，分爲十九，名之曰《中原音韻》，并起例以遺之，可與識者道。是秋九日，高安挺齋周德清自序。

中原音韻後序

周德清

泰定甲子秋，予既作《中原音韻》，并起例以遺青原蕭存存。未幾，訪西域友人瑣非復，初讀書是邦。同志羅宗信見餉，攜東山之妓，開北海之樽，英才若雲，文筆如槊。復初舉杯，謳者歌樂府《四塊玉》至“彩扇歌，青樓飲”，宗信止其音而謂予曰：“‘彩’字對‘青’字，而歌‘青’字爲‘晴’，吾揣其音，此字合用平聲，必欲揚其音，而‘青’字乃抑之，非也。疇昔嘗聞蕭存存言，君所著《中原音韻》，迺正語作詞之法，以別陰陽字義，其斯之謂歟？細詳其調，非歌者之責也。”予因大笑，越其席，捋其鬚而言曰：“信哉！吉之多士，而君又士之俊者也。嘗遊江海，歌臺舞榭，觀其稱豪傑者，非富即貴耳。然能正其語之差，顧其曲之誤，而以才動之之者，鮮矣哉！”語未訖，復初前驅紅袖而白同調歌曰：“買笑金，纏頭錦。”則是矣。乃復嘆曰:"予作樂府三十年,未有如今日之遇宗信知某曲之非,復初知某曲之是也。"舉首四顧,螺山之色,鷺渚之波,爲之改容。遂捧巨觴於二公之前,口占《折桂詞》一闋,煩皓齒歌以送之,以報其能賞音也。明當盡攜《音韻》的本,并諸起例,以歸知音。調曰:"宰金頭黑腳天鵝,客有鍾期,座有韓娥。吟既能吟,聽還能聽,歌也能歌。和《白雪》新來較可,放行雲飛去如何?醉覩銀河,燦燦蟾孤,點點星多。"歌既畢,客醉,予亦醉,筆亦大醉,莫知其所云也。挺齋周德清書。

中原音韻識

孫毓修

鐵琹銅劍樓藏元槧《中原音韻》爲海内孤本,惜有漫滅之字。所見舊鈔,以陸覿菴本爲最古,取校不同,知陸本非從元本出,未敢據之輒補也。質之良士先生,以爲何如?壬戌九月,孫毓修借讀竟并識。

中原音韻序

羅宗信

世之共稱唐詩、宋詞、大元樂府,誠哉!學唐詩者,爲其中律也;學宋詞者,止依其字數而填之耳。學今之樂府則不然,儒者每薄之。愚謂迂闊庸腐之資,無能也,非薄之也,必若通儒俊才，乃能造其妙也。其法四聲無入，平有陰陽，每調有押三聲者，有各押一聲者，有四字二韻、六字三韻者，皆位置有定，不可倒置而逆施，愈嚴密而不容於忽易，雖毫髮不可以間也。當其歌詠之時，得俊語而平仄不協，平仄協語則不俊，必使耳中聳聽，紙上可觀爲上，太非止以填字而已，此其所以難於宋詞也。國初混一，北方諸俊新聲一作，古未有之，實治世之音也。後之不得其傳，不遵其律，襯蓋字多於本文，開合韻與之同押，平仄不一，句法亦粗，而又妄亂板行。某人號即某人名，分之爲二；甲之詞爲乙之作，以此太多[1]；感東道而欲報者，非詞人而有爵者併取之，列名於諸俊之前。公乎？私乎？詞乎？爵乎？徒惑後人，皆不得其正。遺山有云：羸牸老羝之味也。高安友人周德清，觀其病焉，編葺《中原音韻》，并起例以砭炳之。余因覘其著作，悉能心會，但無其筆力耳，乃正人語，作詞法，其可秘乎？毋使如《陽春》《白雪》，徒稱寡和，而有不傳之嘆也。矧吾吉素稱文郡，非無賞音，自有樂府以來，歌詠者如山立焉，未有如德清之所述也。予非過言，爭壽諸梓以廣其傳，與知音者共之，未必無補於將來。青原羅宗信序。

中原音韻序

虞　集

樂府作而聲律盛，自漢以來然矣。魏、晉、隋、唐，體製不

①以，訥菴本作“似”。

一，音調亦異，往往於文雖工，於律則弊。宋代作者，如蘇子瞻變化不測之才，猶不免“製詞如詩”之誚。若周邦彦、姜堯章輩，自製譜曲，稍稱通律，而詞氣又不無卑弱之憾。辛幼安自北而南，元裕之在金末國初，雖詞多慷慨，而音節則爲中州之正，學者取之。我朝混一以來，朔南暨聲教，士大夫歌詠，必求正聲，凡所製作，皆足以鳴國家氣化之盛，自是北樂府出，一洗東南習俗之陋。大抵雅樂之不作，聲音之學不傳也，久矣。五方言語，又復不類，吴楚傷於輕浮，燕冀失於重濁，秦隴去聲爲入，梁益平聲似去，河北河東取韻尤遠；吴人呼“饒”爲“堯”，讀“武”爲“姥”，説“如”近“魚”，切“珍”爲“丁心”之類，正音豈不誤哉？高安周德清，工樂府，善音律，自著《中州音韻》一帙，分若干部，以爲正語之本，變雅之端。其法以聲之清濁，定字爲陰陽，如高聲從陽，低聲從陰，使用字者隨聲高下，措字爲詞，各有攸當，則清濁得宜，而無淩犯之患矣；以聲之上下，分韻爲平仄，如入聲直促，難諧音調，成韻之入聲，悉派三聲，誌以黑白，使用韻者隨字陰陽，置韻成文，各有所協，則上下中律，而無拘拗之病矣。是書既行，於樂府之士豈無補哉？又自製樂府若干調，隨時體製，不失法度，屬律必嚴，比字必切，審律必當，擇字必精，是以和於宫商，合於節奏，而無宿昔聲律之弊矣。余昔在朝，以文字爲職，樂律之事，每與聞之。嘗恨世之儒者薄其事而不究心，俗工執其藝而不知理，由是文、律二者，不能兼美。每朝會大合樂，樂署必以其譜來翰苑請樂章。唯吴興趙公承旨時，以屬官所撰不協，自撰以進，并言其故，爲延祐天子嘉賞焉。及余備員，亦稍爲隱括，終爲樂工所哂，不能如吴興時也。當是時，苟得德清之爲人，引之禁林，相與討論斯事，豈無一日起余之助乎？惜哉！余還山中，眊且廢矣。德清留滯江南，又無有賞其音者。

方今天下治平，朝廷將必有大製作，興樂府以協律，如漢武、宣之世。然則頌清廟、歌郊祀，攄和平正大之音，以揄揚今日之盛者，其不在於諸君子乎？德清勉之。前奎章閣侍書學士虞集書。

中原音韻序

歐陽玄

高安周德清，通聲音之學，工樂章之詞，嘗自製聲韻若干部、樂府若干篇，皆審音以達詞，成章以協律，所謂"詞律兼優"者。青原玫事君子，有繡梓以廣其傳，且徵予序。予謂："孫吳時有周公瑾者，善音律，故時人有'曲有誤，周郎顧'之語。宋季有周清真者，善樂府，故時人有'美誠齾妙詞'之稱。今德清兼二者之能，而皆本於家學如此。"予故表諸其端云。翰林學士歐陽玄序。

中原音韻序

瑣非復初

余勳業相門，貂蟬滿座，列伶女之國色，歌名公之俊詞，備嘗見聞矣。如《大德天壽賀詞·普天樂》云："鳳凰朝，麒麟見，明君天下，大德元年。萬乘尊，諸王宴，四海安然。朝金殿，五雲樓，瑞靄祥煙。群臣頓首，山呼萬歲，洪福齊天。"音亮語熟，渾厚宫樣，黄鍾大吕之音也，跡之江南，無一二焉。吾友高安挺齋周德清，以出類拔萃通濟之才，爲移宫换羽製作之具，所編《中原音韻》并諸起例，平分二義，入派三聲，能使四方出語不偏，作詞有法，皆發前人之所未嘗發者。所作樂府、回文、集句、連環、簡梅、雪花諸體，皆作今人之所不能作者。畧舉回文"畫家名有數家嗔，人門閉卻時來問"，皆往復二意；《夏日詞》"蟬自潔其身，螢不照他人"，有古樂府之風；《紅指甲詞》"朱顔如退卻，白首恐成空"，有言外意。俊語有"合掌玉蓮花未開，笑靨破香腮"，切對有"殘梅千片雪，爆竹一聲雷"，雪非雪，雷非雷，佳作也。長篇短章，悉可爲人作詞之定格。贈人《黄鍾》云"篇篇句句靈芝，字字與人爲樣子"，其亦自道也。以余觀京師之目，聞雅樂之耳，而公議曰："德清之韻，不獨中原，乃天下之正音也；德清之詞，不惟江南，實當時之獨步也。"然德清不欲矜名於世，青原友人羅宗信能以具眼識之，求鋟諸梓。噫！後輩學詞之福耳。西域拙齋瑣非復初序。

以上1922年古里瞿氏鐵琴銅劍樓用家藏元本影印

書中原音韻後

訥　菴

《音韻》一帙，高安周德清所輯也。德清蒐獵群書，深於音律，論者評其製詞，如"玉笛横秋"，名言也。書以《中原音韻》名者，聲成文爲音，諧音爲韻，四方之音，萬有不同，惟中州爲得其正，入於正音之中，審夫清濁低昂，平分二義，入派三聲，非但備作詞之用，蓋欲矯四方之弊，一歸於中州之正，可嘉也已。然起例有云：分別陰陽二義。熟看諸序，而序所論肯綮，乃空其字，豈獨得之妙，秘之不傳歟？抑引而不發，使人自悟歟？予不能作詞，愛其有補於正音，故於暇中稍爲正其傳寫之譌，可闕者仍闕之，以俟知者訂焉。正統辛酉冬十二月朔，盱江訥菴書。

影印訥菴本中原音韻前言

陸志偉

《中原音韻》是最早的一部全面論述北曲體裁、技巧和韻律的著作。作者周德清，元江西高安人。他是一位散曲作家，對於北曲的創作和演唱都有比較深入的研究。他覺得當時一般作者和藝人都不大講究格律，藝臺上存在着不少混亂現象，諸如“平仄不一，句法亦粗”“逢雙不對，襯字尤多”“合用陰而陽，陽而陰”“歌其字音非其字”之類。要使北曲發揮更高的藝術效果，就必須使它的體製、音韻、語言等方面都具有明確的規範，特别是語言的規範更爲重要。於是他就根據自己的體驗，總結出了一套創作方法，寫成了這部《中原音韻》。

《中原音韻》的内容分兩大部分，頭一部分是韻譜，是收集了曲子裏常用來作韻脚的五千多個單字，按着當時北方話的語音系統編製成的，而他自己是江西人。韻譜一共分十九個韻部，每部之下分平聲陰、平聲陽、上聲、去聲，又把入聲字按着當時的唱腔唸法，分别派入平聲陽、上、去三聲，凡同音字都集合成小組。後一部分是《正語作詞起例》，詳細説明了韻譜的編製體例和審音原則以及宫調的創作方法等。

這部書的最大特點是:有關理論、方法的論據都是從當時北曲的實際情況出發,根據實際材料歸納出來的。作者又善於區分個别的現象和一般的現象。所以這部著作的出現對北曲的創作起了不少規範作用。特别是在審音定韻方面,後人甚至“兢兢無敢出入”。可惜《中原音韻》問世時,北曲的黄金時代已經過去;又三十多年,元亡。此後不久,南曲完全取代了北曲。這書對實踐的指導作用也隨而失去。但是作爲一種歷史資料,在戲曲文學的格律和音律方面,它的價值是無可倫比的。後起的南曲曲韻著作,以及早期的詞韻著作,無不以《中原音韻》爲樣版,并且多數還只是就着它的體例加以詮釋。有的則加以曲解。對於曲韻源流的研究,它稱得上是最基本的材料。

周氏對於戲曲語言的規範很有他獨到的見解。他明確地提出“欲作樂府,必正語言,欲正語言,必宗中原之音”的口號。他的意思是説,北曲行腔吐字,應該以當時“中原之音”爲審音的標準,所謂“中原之音”,據我們看來,就是當時北方廣大地區通行的,應用於廣泛的交際場合的一種共同語音。只有拿這種共同語音當作戲曲語言的規範,才能賦與戲曲藝術以廣泛流傳的基礎,使它具有强大的生命力。正是由於他能用這種正確的審音觀點來審訂北曲字音,所以他的韻譜就不只成爲當時北曲作家用韻的典範,而且反映出當時活生生的共同語音。因此,我們研究十三、十四世紀北方話的語音系統時,就塌塌實實,有所依據。《中原音韻》在近代語音史上的地位,比《切韻》之於中古語音,也許有過之無不及。

《中原音韻》的寫成,據周德清自己説,是在泰定甲子(公元1324年),這就是他所謂“的本”成書之年代。在這以前,似乎還有一個平聲分爲陰、陽、陰陽三類的初稿，以墨本流傳過。“的本”寫成之後，當即交蕭存存“鋟梓以啟後學”，但没有刊成。後來稿子轉到羅宗信手裏，由羅氏請代爲刊行，這就是《中原音韻》最初的刻本，通稱元（原）刊本。刊行的年月已不可考。虞集序稱：“余還山中，眊且廢矣。”虞氏是在至順四年（公元1333年）謝病歸臨川的，可知《中原音韻》的初刻，不能早於1333年。

羅氏元刊本至今没有發現。比較早的刊本都是明代早期的翻刻本或後期的增訂本。其中一向最被人珍視的是瞿氏鐵琴銅劍樓藏本（簡稱瞿本，現存北京圖書館，有影印本行世）。這個刻本據《鐵琴銅劍樓藏書目録》稱是元刊。近經趙萬里先生審訂，實際上是一個明刊本，據稱大概是弘治、正德間所刊。其次，有明人程明善輯《嘯餘譜》收入的《中原音韻》，初刻於萬曆四十七年（1619），覆刻於清康熙元年（1662）。增訂本有明人王文璧所編，爲南曲通用的《中原音韻》，成於十六世紀初，現傳經過補修的明刻本。

近年，中國科學院文學研究所收集到新發現的一個《中原音韻》明刻本，書末有一篇《書中原音韻後》，題爲“正統辛酉冬十二月朔盱江訥菴書”。正統辛酉即公元1441年。這書或比瞿本還早出半個世紀，而且篇帙完整，鏤版精湛，都是瞿本所望塵莫及的。從目前看，訥菴本是最好的也是最早的版本。現在影印流通，這對於曲韻史、語音史的研究都很有益處。於是略加校勘，附校勘記於後，并將《中州樂府音韻類編》及其鈔校本和校勘記附印在一起，以供讀者參考。不妥之處，請批評指正。一九六四年六月。

以上明正統六年（1441）訥菴本

洪武正韻

洪武正韻自序

宋　濂

人之生也則有聲,聲出而七音具焉。所謂七音者,牙、舌、脣、齒、喉及舌、齒各半是也。智者察知之,分其清濁之倫,定爲角、徵、宫、商、羽,以至於半商、半徵,而天下之音盡在是矣。然則音者,其韻書之權輿乎!夫單出爲聲,成文爲音,音則自然協和,不假勉强而後成。虞廷之賡歌,康衢之民謡,姑未暇論。至如《國風》《雅》《頌》四詩,以位言之,則上自王公,下逮小夫賤隸,莫不有作。以人言之,其所居有南北東西之殊,故所發有剽疾重遲之異,四方之音,萬有不同。孔子删《詩》,皆堪被之絃歌者,取其音之協也。音之協,其自然之謂乎?不特此也。楚漢以來,《離騷》之辭,《郊祀》《安世》之歌,以及於魏晉諸作,曷嘗拘於一律?亦不過協比其音而已。自梁之沈約拘以四聲八病,始分爲平上去入,號曰《類韻》,大抵多吴音也。及唐以詩賦設科,益嚴聲律之禁,因禮部之掌貢舉,易名曰《禮部韻略》,遂至毫髮弗敢違背。雖中經二三大儒,且謂承襲之久,不欲變更,縱有患其不通者,以不出於朝廷,學者亦未能盡信。唯武夷吴棫患之尤深,乃稽《易》《詩》《書》,而下逮於近世,凡五十家,以爲《補韻》。新安朱熹據其説以協三百篇之音,識者雖或信之,而韻之行世者猶自若也。

嗚呼！音韻之備，莫踰於四《詩》。《詩》乃孔子所删，舍孔子弗之從，而唯區區沈約之是信，不幾於大惑歟？恭惟皇上稽古右文，萬幾之暇，親閲韻書，見其比類失倫，聲音乖舛，召詞臣諭之曰："韻學起於江左，殊失正音，有獨用當併爲通用者，如東冬、清青之屬，亦有一韻當析爲二韻者，如虞模、麻遮之屬，若斯之類，不可枚舉。卿等當廣詢通音韻者，重刊定之。"於是翰林侍講學士臣樂韶鳳、臣宋濂、待制臣王僎、修撰臣李叔允、編修臣朱右、臣趙壎、臣朱廉、典簿臣瞿莊、臣鄒孟達、典籍臣孫蕡、臣荅禄與權，欽遵明詔，研精覃思，壹以中原雅音爲定。復恐拘於方言，無以達於上下，質正于左御史大夫臣汪廣洋、右御史大夫臣陳寧、御史中丞臣劉基、湖廣行省參知政事臣陶凱。凡六謄稿，始克成編。其音諧韻協者併入之，否則析之；義同字同而兩見者合之；舊避宋諱而不收者補之。註釋則一依毛晃父子之舊，勒成一十六卷，計七十六韻，共若干萬言。書奏，賜名曰《洪武正韻》，敕臣濂爲之序。臣濂竊惟司馬光有云："備萬物之體用者莫過於字，包衆字之形聲者莫過於韻。"所謂三才之道、性命道德之奥、禮樂刑政之原，皆有繫於此，誠不可不慎也。古者之音，唯取諧協，故無不相通。江左制韻之初，但知縱有四聲，而不知衡有七音，故經緯不交，而失立韻之原，往往拘礙，不相爲用。宋之有司，雖嘗通併，僅稍異於《類譜》，君子患之。當今聖人在上，車同軌而書同文，凡禮樂文物，咸遵往聖，赫然上繼唐虞之治。至於韻書，亦入宸慮。下詔詞臣，隨音刊正，以洗千古之陋習。猗歟盛哉！雖然，璇宫以七音爲均，均言韻也。有能推十二律以合八十四調，旋轉相交，而大樂之和亦在是矣。所可愧者，臣濂等才識闇劣，無以上承德意，受命震惕，罔知攸措。謹拜手稽首，序于篇端，于以見聖朝文治大興，而音韻之學悉復於古云。洪武八年三月十八日，翰林侍講學士、中順大夫、知制誥、同脩國史兼太子贊善大夫，臣宋濂謹序。

恭題洪武正韻後

朱厚熜

我皇祖天錫聖神，文武不階尺土，迅埽腥羶，混一華夏，表正萬邦。大而綱常倫理，小而事物細微，咸循正軌。政暇，命儒臣鳩聲韻，删其方音剽疾重遲之偏者，前代承襲之訛，悉釐正之。進覽，乃賜名曰《洪武正韻》。韻至是聿正也，學士宋濂序之詳矣。是書出自中祕，寰宇景仰，而艱得捧閲。閩肆謄録，殊讎校靡確，敬遵式壽梓，以揚同文之化焉。謹題以識歲月云。嘉靖二十七年戊申歲仲春吉，衡王謹題。

以上明嘉靖二十七年（1548）衡藩刻藍印本，
另參文淵閣《四庫全書》本

洪武正韻牋

正韻牋自跋

楊時偉

《正韻》之較前書也，典要簡確，譬約三章爲漢法，監二代，用周文，三百年來，朝廷館閣奉爲嚴典，而民間不知，豈非遐陬奧渫，未耀光明，而譌傳沈韻，自蹈生今及古之嫌。與今合諸名公韻序讀之，未有不灑然醒也。沈有四聲無韻，本爲禮部韻者，移唐律於蕭梁，綴四聲於三百，始得諸公之剖晰，而休文沉枉，當不啻撫掌於雌蜺已。自兹以還，遵道遵路，朝野同風，日月經天而爝火自熄，江河行地而横水安流，則諸公憲章之思可攷鏡焉。錢受之宗伯既作序，後復貽書云：洪武中有作宫詞被訐者，上以其用《正韻》，赦之，蓋亟欲此書之行也。恨作序時不引此事，聊復及之。宗伯諳悉先朝故事，稍援一二，炳耀爾爾。迺知《正韻》行世，後先靡間，高皇帝寔式憑之，安用牋補？而寡陋荒謭，殆瞽矇而傅清鐘大鏞，塵露以益泰山瀛海也。博雅宏碩，必爲掩卷三歎矣。崇禎四年重光協洽歲陽月望日，時偉識。

正韻牋序

馮玄潤

《洪武正韻》一書，我太祖高皇帝所欽定而詔行者也。《正韻牋》者何？吾友楊去奢憤《正韻》不行而私爲憲章，因廣翼註義，參補闕遺，故有古音、逸字二條也。宋儒邢昺叔明云："《詩》傳作於毛公，鄭康成補其未備者，謂之鄭牋。牋者，表也，識也。所以表明毛意，記識遺事，故稱牋也。"今兹韻註，則我宋文憲公以開創大儒，奉詔編定，奚疑審備而俟牋表，亦猶康成之於《毛傳》，不嫌表識，以遵暢厥旨也。或問於馮子曰："民有由而不知，事有久而難變。夫沈韻之不通，三百篇也椎結，夜郎焉知漢大？然從來鴻碩通人、博雅君子，咸謂流傳已久，斷不可廢。抑或明知其誤，忍不能吐。嘗試詰以因仍濡忍之故，茫如也，甚或齗齗如也，而猥以一人之私訕之排之，且號天下而共錮之，是何以異於螳螂當轍、蚍蜉撼樹乎哉？而第挾《正韻》之尊名，其疇不應且憎而退有後言。"馮子曰："否，否。夫《正韻》之作，裁自聖心，不曰'舊音失正，宜重刊定'乎？故宋文憲成書作序，亦云'洗千古之陋習，定昭代之同文'。乃二百年來，猶藉口唐律一途以倍同，而趨陋何居？且子不覩夫祖宗列聖之宸奎炳乎雲天，館閣諸公之應制光於雅頌，律未始不唐，而韻未始不明也。今方寓一家，車書禮樂，罔弗釐然畫一，而唯是韻書，朝野乖剌，公私游移。藉令當其應制，而心口自語曰吾姑應制云爾，寔應且憎而退有後言，其何二如之？是故仲尼之於《春秋》，或監古而從周，或違衆而從下，蓋王章國憲，不敢不嚴也。"客逡巡避席曰:"夫尊時從正,亦何辭之與有? 迺高皇覆閲,不云'猶未盡善'乎? 及見孫博士所編而稱善,詔刻賜名定正,意今之《正韻》,不尚疑而未定與?"曰:"當時覆閲,所未善者不聞明詔,所稱善者不見刻行,然舊韻冗碎至二百餘韻,《韻會》併省尚百餘韻,而我《正韻》定爲七十六韻,簡而備,盡而不汙,較黄、孫諸本,則已勝矣。古音逸字,不蛇足乎? 夫音有古今久矣,泥古者癖,忘古者聵。今是《牋》也,於吴棫《韻補》、陳第《古音攷》纔取《詩》《易》,不詳漢、魏也。逸字不廣收,收其顯於經傳與便於耳目者,不必子雲、退之之奇僻也。"曰:"吾聞是《牋》之旨,原本經傳,不厭精詳,慎擇子史,不取輓近。輓近可廢,而經傳可殫乎? 夫原本經傳,慎擇子史,總之推明字義而止,奚暇輓近? 間有汎濫,而億不一也。"曰:"世所珍者,若《韻府》《韻瑞》等書,不啻枕中鴻寶,帳内論衡。《正韻》辨而裁,孰與艷而富乎? 巴人下里,大音希聲,沽酒市脯,大庖不盈,彼之所珍,此之所吐,猥使過屠門而大嚼,望麯車而流涎乎哉? 至其考覈精審,心開目明,如湅水、漳水,剖《説文》之譌;高舂、下舂,訂《鴻烈》之誤。琦見異聞,更僕未罄,雖郭璞《爾雅》、劉峻《世説》、酈道元《水經》、裴松之《三國》諸註,不多讓焉。況乎表正遵時,闢邪洗陋,獨持千古所不肯倡之公案於天壤間,其識力難易,又何如也?"天啟丙寅,金壇馮玄潤撰,通家子文寵光書。

正韻牋序

申用楙

聞之曰：文字者，兩間之法象，萬化之經緯；音韻者，帝王之聲律，政教之權輿。又曰：字，視也；韻，聽也。視聽聰明，調乎自然；耳目心口，協乎同然。紛紜矯强，溺其旨矣。逖稽《周易》《毛詩》、楚騷漢樂，寧俟沈約而始韻耶？四聲分合，瑣碎支離，疑誤千載，莫知是正。洪武初，我高皇帝命重刊定之，賜名《洪武正韻》，詳宋文憲公《序》中。頒行既久，復謂音韻註切猶未盡善，於是學士劉三吾言博士孫吾與所編韻書，本黄公紹《韻會》，進覽稱善，詔刻行之，賜名《韻會定正》。今《定正》止見抄本，其所分合，間與黄公紹互有異同，而《正韻》則僅行於館閣應制、科場勘磨，至作唐詩，純用沈韻。夫奉詔頒行者，非絶響民間，即庋縣禁地，而鸞鴃淫蛙反嚴於令甲。此誠二百年來考文之曠典，薦紳先生掌故之遺憾也。吾友楊去奢先生素疑沈韻，發憤憲章，日手《正韻》一編，忝之《韻會》。嘗謂昭武精詳，雅兼灝博，金華簡要，特取裁中，而《韻會》尚沉沈舊，《正韻》勒成明書，信爲一代之章程、千秋之準的也。間有疑闕，輒爲牋補，而綴以古音、逸字二條。廿載拮据，自謂如蠶之績、如蜂之釀，夫豈惟殘膏賸馥，僅僅沾溉謏聞，而所據《春秋》之義，大一統，尊天王。歷援唐宋胡元各有禮部頒韻，比之金科玉條。黄公紹，元人，故《韻會》所引，至有蒙古韻目。生爲明人，不識明韻，不嫌夷之有而夏之亡乎？如謂唐詩尚矣，有作律絶而混東冬，將無駭笑，是狃於習耳。果能遵時從正，洗舊習新，夫誰不灑然變唐，而翕然一稟於盛明？且騷賦古選，何預沈韻，而舉一廢百？又嘗攷約《鍾山應教詩》，則"靈、城"同韻。《早發定山詩》則"仙、山"同韻。迺知休文止有四聲，初無成韻。今之沈韻，本非約之成書，而岐外之岐，誤中之誤，不難醒豁。自兹以後，俾正韻雅音，統一聖真，耳目心口，共遵王制，是在申嚴功令爾。抑余因是而竊有進焉。永樂元年，我文皇帝諭學士解縉等曰："古今事物散見諸書者，不易簡閲。嘗觀《韻府》等書，采摘不廣，朕欲博采類聚，而統之以韻，毋厭浩繁。"既而奏覽，尚多未備，勑太子少師姚廣孝等及縉總之，復簡中外宿學，開舘纂脩，定名《永樂大典》，天子親製序冠之書，凡二萬二千九百餘卷。嘉靖中，三殿災，諭先護移此書，以無刻本故也。先文定公初進史館，亦曾預脩《大典》，雖民間不得觀，然望洋瞻岱，所欣慕焉。有如宗伯詞林建議，疏請纂《大典》之菁華，參《正韻》之簡要，合累朝之謨訓，定百世之章程，分聖學之緒餘，廣民間之耳目，於以興起經術，助流教化，豈有涯哉？崇禎三年庚午歲，閒閒居士同社友人申用楙譔并書。

洪武正韻牋補敘

陳繼儒

聲爲律，身爲度，惟神禹則然；雄鳴而陽律應之，雌鳴而陰律應之，惟鳳凰則然。考沈約之四聲，合東冬清青爲一，分虞模麻遮爲二，惟《洪武正韻》則然，此亘千古神聖莫能及也。垂二百餘年，有大儒楊去奢先生《牋補》出焉。下士聞之，非怪則笑曰：沈約《四聲韻》非乎？楊先生曰：子未悉沈約故耳。昔梁武帝素善音律,詳練舊事,自制郊禋、宗廟及三朝之樂,以雅爲稱,其詞並沈約所製。鄭樵非之曰:風、雅、頌不同聲,天地、宗廟、君臣不同禮,約以郊廟、明堂、三朝之禮展轉用之,宗廟、君臣之間,禮亡而樂亦亡,樂亡而天地之元聲亦亡矣。且約有《鍾山應教詩》,非"靈"與"城"同韻乎?《早發定山詩》,非"仙"與"山"同韻乎?約自定而自悖之,詎能以一隅之音,推之四海而準?又詎能以偏安之文士,而撓我聖君賢相考文之大權?楊先生不屑與沈辨,正與堂堂天朝之學士大夫辨耳。夫沈韻不用之古詩,不用之騷賦,而獨用於近體律,何也?《正韻》用之章奏,用之應制,而獨不用之近體律,又何也?楊先生白頭孤憤,直取而牋註之。采孔壁之遺文、汲冢之斷簡,自經史子集以及本草、稗官者流,牋釋無少憾。辨而博,覈而精,而猶未已也。拈提古音,以諧於七十六韻中;又拈提逸字,以廣於若千萬字外。其援引有本源,其考訂有公據,借韻爲綱,借牋爲目,借洪武以示《春秋》大一統之義,實字學之秘書,韻府之類書,而吴棫、陳第、黄公紹之所未曾總彙者也。得是書而諦讀之,如蔡中郎以"豐"爲"豊",李丞相將"束"爲"宋",許氏有"涑水、漳水"之訛,高誘有"高春、下春"之謬。諸如此類,一覽了然。"奇文共欣賞,疑義相與析",其《牋補》之謂矣。若使楊先生此書成於國初,遇宋文憲、劉文成,必將置之著述之林,同事筆札。又若遇劉三吾學士,當如孫吾與韻書故事,上呈進覽,賜名刊行。不幸不遇諸先輩,猶幸而遇申大司馬,捐金助刻,且欲與《永樂大典》並傳。楊子雲得桓譚于身後,楊去奢得申公于目前,斯文未喪,厥惟艱哉!余少而失學,老而善忘,六書八法,懵懵莫解所謂,但喜有《正韻補牋》在,既識三代以來之古文奇字,而又得領略中原天地自然之元聲,非楊先生挾《洪武》而行,乃

《正韻》寔仗楊先生以使之。必徵必信，必信必從，其羽翼聖朝同文之化，卓哉！功不在宋文憲下矣。趙凡夫著《説文長箋》，意在汲古；楊去奢著《正韻牋補》，意在尊王。一時有異人異書，皆出吴中，并記之。崇禎辛未新秋，華亭友弟陳繼儒撰，晚弟馮夢桂書。

正韻牋敘

張世偉

詩之舍《正韻》而從沈韻也，世皆習而不察也。余間問之通人，謂約於音律甚精，區爲四聲八病，所察牙舌脣齒喉及舌齒各半最細。自唐以來，奉爲金科，弗能易也。而《正韻》特便於經生學士，矢口自協之音，惴恧不敢用焉。余懷此疑也久。比讀宋文憲公《洪武正韻序》載攷約生平著述，則精麤疎密，殊有異是者。宋之言曰："約但知從有四聲，而不知衡有七音，故經緯不交，而失立韻之原。"而其自裁旋宫七音甚具，且繇之曰推十二律以合八十四韻，將大樂之和於是乎在。嗟乎！文憲以名世之才，事亶聰曠世之主，豈其不充類盡而輕立言，如隋開皇中議樂止用黄鐘一宫，君臣互相附會，漫無知解者哉？昔劉瓛留意樂律，舉碩儒蔡仲熊之言曰："凡鐘律在南，不容復得調平。"五音金石，本在中土，今既來南，土氣偏矣。繇是言之，沈氏約之於音何如也？然則沈韻本未必精而從之，《正韻》既精且密而不從，斯亦惑之甚者矣。蘇子之序《石鐘》也，控控焉尋石而扣之，南聲函胡，北音清越，陋以爲不足信，而必深夜小舟造絶壁之下，得其噌吰竅坎之聲，以爲周景王之無射，魏獻子之歌鐘在是，而致歎於酈道元之簡當。夫天下固未有離簡當而能要渺者，然則音聲之道，豈惟經生學士矢口自協之音？即赤子墮地一號，夫孰能外之？詩韻之從違，斯亦不煩過計矣。習而弗察，洵歷代諸名公之自安雲霧也。唐昌黎氏於狹韻則窮搜以見奇，於廣韻故旁出以示變，稍開崛强瀍門。我明徐渭文長當七子狎主齊盟，意若不屑，其聲稱亦不甚著，而獨推重於神廟之末，與今聖天子當陽之際，乃其五七言律多用《正韻》，豪傑之士安所衷焉？余於音聲，素抱王烈洞章之媿，今稍攄所未申，則去奢楊先生《正韻牋》爲之導也。高皇帝同文之治，以宋文憲濂爲之贊，决不能破習俗之沿，而表章祇寄於三百年來不遇之宿儒，當亦司世教者所動心已。崇禎辛未秋日，泌園人張世偉撰，瓜疇邵彌書。

洪武正韻牋序

錢謙益

自古帝王以馬上得天下，能壹意於考文徵獻制禮樂者，莫如我太祖高皇帝。而代之臣子，懵於憲章文武之義，忽焉而不遵，習矣而不察，亦未有甚於本朝者也。國家所最重者，廟諱也。方谷真之殁也，宋文憲公奉敕誌其墓，以仁祖之諱改“真”，以太祖之字改“谷”。及永樂中修《洪武實録》，則大書特書，一無所鯁忌。執筆者解、楊輩皆國初名儒，其若此者，何也？至於今，則高廟之諱，公然取以命名，而懿、文之諱，即宰執亦莫之辟矣。太祖頒行《大誥》，户藏一本，有者减罪一等，無者加罪一等。今不問書之有無，動曰《大誥》減等，學斷獄者，并不知《大誥》爲何書矣。至於《洪武正韻》，高皇帝命儒臣纂修，一變沈約、毛晃之舊，實於正音之中，昭揭同文之義。而今惟章奏鎖闈稍用正字，館選一用叶韻而已。學士大夫束置高閣，不復省視。其稍留心者，則曰聖祖固以此書爲未盡善，此未定之本也。噫，可歎哉！吴有君子曰楊去奢氏，服膺《正韻》，以爲不獨鈐鍵韻學，實皇明之制書也。捃拾訓故，蒐討同異，手自牋疏，凡數年而成書，大司馬申公爲序而刻之。去奢持以示余。余學殖荒落，不能通曉音韻，考求《三倉》五聲之詳，以補牋注之百一。閒居下窮掌故，深有慨於制書之湮晦，而喜去奢之表章是書也，願奉爲職志焉。去奢於學無所不窺，少受胡氏《春秋》，專門名家，海内以爲古之經神，屏居著述，窮老不衰。其牋注是書，蓋有合於《春秋》書王大一統之義，所謂不徒託諸空言者也。昔漢董仲舒治《春秋》，朝廷如有大議，使使者就其家而問之，其對皆有明法。漢儒者決朝廷大疑，定大事，往往皆用《春秋》。去奢之治《春秋》，不得引經斷國，高議廟堂之上，而自託於蟲魚瑣碎之學，以微見其指意，此可爲慨息者也。崇禎辛未，虞山舊史錢謙益謹敘。

洪武正韻牋序

文震孟

《正韻》之作也，訂定於國初大儒宋文憲諸公，以成一代同文之治。其點畫偏旁，各有成式，今章奏表牋凡御覽者用之。其四聲如舌齒喉鼻、清濁抑揚，不必縷分條析而總其凡，今應制諸篇用之。至古詩有古韻、有叶韻，近體詩有沈約韻，學士詞人，摩勵考求，是承是禀，而於《正韻》茫如也。我朝功令炳日星，準四海，而唯此不信于當世，其不可解者一矣。間嘗攷之前代，自有韻以來，畧舉其槩。若魏左較令李登著《聲類》，周研著《聲韻》，晉安復令吕静著《韻集》，張諒著《四聲韻林》，梁王該著《群玉典韻》，楊休之著《韻畧》，李槩著《音韻決疑》，劉善經著《四聲指歸》，夏侯詠著《四聲音譜》，釋静洪著《韻英》，非不班班，一時自有約韻，而諸家皆廢，遂湮没無傳。自梁以後，竟無作者，抑又何也？其不可解者二矣。且凡著撰之家，其可垂于千秋者，必其人之可垂于千秋者也。約之生平，槩可睹矣。千古而後，權猶駕于時王之上，豈不異哉？其不可解者三矣。去奢楊君每每不平此事，因作牋以翼韻，欲其必行。夫非直翼韻也，乃以翼王制也。《傳》不云乎："音聲之道，與治相通。"蓋有氣而有聲，有聲而有韻。範四方之風氣，歸於四聲；範四聲之音韻，囿於王制。歸極會極，以大一統，人心不淆，綱紀不紊。斯爲賛助裁成，其功寧獨文苑間哉？且以補文憲諸大儒之所未備也。崇禎辛未，竺塢山史文震孟序，平原陸廣明書。

洪武正韻牋序

陳仁錫

四詩而後，韻書始於沈隱侯《類譜》，唐人詩賦設科，始尊用之，稱《禮部韻畧》。吴棫、毛晃、劉淵之倫，多所增省，然信者益寡。明興，高皇帝爰始考文，詔定《洪武正韻》。當時受詔作者十有一人，質成者四人，凡六易，草裁爲七十六韻，天下學士大夫始奉典律。迺三百年間，大率用之朝廷故事。他所祖搆，猶墨守《類譜》，何居？夫唐律詩用禮部韻，不獨試科應制，其上下酬唱答贈皆如之，宋元亦然。今《正韻》，古禮部韻也，顧不從當世之禮部，而從前世。此唐律，非明律也。且爲下而倍上，所失在聲韻也哉。於乎！此亦學士大夫之過也。楊去奢先生憂之，作《正韻牋》，牋之爲薦成也。有古音，有逸字，以薦成《正韻》，爲高皇帝忠臣，何也？《正韻》之作，匪直明一代制也，四詩是矣。聲音之道不同，而同出於自然；地異時異，而無不相通。比音而樂之，以莫不絃管。宋文憲公於序《正韻》嘗言之，所謂《詩》《騷》以下，魏晉以上，惟取諧音，不拘一律是也。四詩在當時作者，聲韻自諧，後人不通四方之音，妄譏爲不協，於是朱子據吴武夷之説以協《詩》，而後《詩》得其所。夫中國不知幾聖人制作，然後有文字，有五音、十二律，迺四夷海外邈絶之處，未聞有羲、軒、周、孔出於其鄉，莫不有文字聲音，足以與中國相通而各有合者。自三代時，任昧列於瞽宗，九譯通乎朝貢，亦足以究聲音之致矣。沈韻作而韻始拘，宋文憲謂聲韻莫備四詩，《詩》皆孔子所删，舍孔勿從，而惟沈約是信，以爲大惑。先生之言曰："《春秋》之義，大一統，尊天王。自唐以後，各有禮部韻，唐人自遵《唐韻》，黄公紹元人，《韻會》所引有蒙古韻目。生爲明人，不遵明韻，不幾夷有而夏亡耶？"大哉兩先生言，即孔子不易也。昔人譏柳子厚輩皆讀書而不識字，以今觀之，亦何以異？六書自黄帝迄三代不改，周之宣王始變大篆，而孔子壁中書猶用蝌蚪古文，正謂大篆非古也。先生彙綜古書，尤長於《春秋》，其於孔門，志在狂狷，常慕諸葛武侯、陶靖節爲人，手輯其書而哦之。二公出處雖殊，要皆不倍本朝，有《春秋》之志焉，即先生可知矣。士大夫讀其書，尊王制，崇聖教，復古學，帥天下而從《正韻》，所得獨聲韻已哉？經筵講官左諭德前日講官，通家眷晚生陳仁錫頓首拜譔。

以上明崇禎四年（1631）刻本

韻略易通

韻略易通序

吴允中

夫字之有韻，出乎自然者也。故嘗見天籟一發，萬竅怒號，而于喁協應。以至騷人墨客，操觚吟詠，而里巷歌謡，尋常嬉遊咿嚶之語，靡不比於音節，蓋亦其性情所至，發乎自然耳。是以矢口成韻，夫亦何難？而學士病焉，則以襲舛承訛，失其原音，即以强爲比合，去之逾遠。且字字而擬之，則散在載籍，亦不勝擬，亦靡得而擬也。所以使振采失鮮，負聲無力，厥有繇哉！此《韻畧》一書，取其應用便俗者，調其四聲而貫以子母，任其字之浩瀚靡窮，而即此叶之，猶傴僂丈人之承蜩掇之而已。蓋依乎自然，得其音而韻自調，非有所强也。譬之風林結響，宛如竽瑟；泉石激韻，和若球瑝。迺其口角間具有元聲，即天籟不真於此，亦烏知其所以然而然？然而書傳日久，覽者又病魚魯之失，苦無繕本。予從公署中手爲披校，重付殺青，以授從學，俾其因韻正形，因形求義，一洗舛訛之舊，則庖羲、倉頡而下，寔嘉賴之，書之益亦不細矣。時萬曆己酉孟冬之吉，書於杞之忠愛堂。

明萬曆（1573～1620）間集義堂刻本

新編併音連聲韻學集成

韻學集成自序

章　黼

予不幸早失怙恃，學識寡陋，年逾三旬，偶致傷足，跬步難行，課蒙家塾，因覽諸篇韻音切，間有差謬不一，欲爲更定。由是夙夜孜孜，纂集編録。足疾見瘳，繕寫自宣德壬子歲起，至正統丙寅稿成。重理之，歷丙子，凡數脱稿，迄天順庚辰書完，計帙二十本。嗟予耄矣，目眵手顫，書之誤者，添政於傍，尚賴賢敏校正精書，鏤梓流通，不亦美乎！練川邑横塘章黼時年八十有三謹識。

韻學集成序

劉　魁

嘉定處士章道常作《韻學集成》十三卷，《直音》七卷，蓋三十年而後脱藁。往往有知愛重者，不惜工費，就其家録之以去。成化五年己丑，道常卒，臨終以書屬其子冕刻梓以傳。冕力不給，則徧以求諸人，亦無所遇也。恒夜焚香籲天，誓不成其書弗已。越六年乙未，浙江僉憲豐潤吴君廷玉以行水至縣，嘉冕之志，始命工刻之，宰邑吴君克明實綜理焉。《直音》將完，克明以政最入内臺，而《韻學集成》竟輟工，無繼之者。又五年庚子孟冬，予按崑山，冕抱其書狀其事而來謁，且曰："小人今年八十矣，是書無成，死無顏見父於九泉。"言已泣下，匍匐而不能起。予取其書觀之，其音韻離合取舍，一時未能遽了，然冕之情意懇切，則誠有可悲者矣。署其狀尾，令邑庠教諭莆田李長源師生繕寫，藏之學宫，以待後之贊者終其功焉。時縣丞臨淄趙智見之，以爲後之視今，亦猶今之視昔，矧吾邑之先民乎？事誠在我。乃募邑中好義者劉奕、葛名、陳瀚輩捐資召工，甫及年而功過半矣。明年春，知縣獻人劉翔至自朝覲，工遂以完。予聞昔趙伯魯將受父之家國，三年而亡其父所命之簡，君子譏之。今道常非有爵禄以遺冕，而冕欲成其遺書，至老不替，及其成而後已，豈非肎堂肎播之子也哉？智佐邑而能成人父子之美，翔長邑而議以克合，與長源師生校勘之功，皆不可少也。故用識之，庶使觀者知是書之成有所自云。高唐劉魁識。

韻學集成序

桑　悦

練川章先生，名黼，字道常，别號守道，平生隱居教授，不求聞達，著《韻學集成》若干卷，凡收四萬三千餘字，每舉一聲而四聲具者自爲帙，二聲、三聲絶者如之。仍别爲《直音篇》，總考其字之所出，前此未有也。先生没後十餘年，其子冕將鋟諸梓，時閭陽吴公克明適以名進士爲兹邑令，一時大夫士咸祈其成。吴公難之曰:“《洪武正韻》一書,革江左之偏音,美矣盡矣,萬世所當遵守者也,奚他贅爲?”僉曰:“是韻正所以羽翼聖制也。古今以韻名家者不一,《廣韻》梁棟也,《韻會》榱桷也,我朝《正韻》一書,擇衆材而脩正之,廣居成矣。兹又益之以《龍龕》諸韻,外衛之以誠郭,内實之以奇貨,覆庇後學之功不淺淺也。且《正韻》之脩,太祖高皇帝運其成規,授之宋濂輩以竟其事。觀大聖人之制作,誠度越千古而無間然矣。帝王以萬世之才爲才,有臣於數十年後,以濂自擬,克遵舊規,少加張皇,亦何尤哉?”疑釋已,遂募好事者經營其費。適欽差提督水利浙江按察僉事吴公延玉案臨兹邑,又力賛之。人樂於助,不數月訖工。僉求予言弁諸首。先儒有云:“爲文宜畧識難字。”《南山》詩、《三都》《甘泉》等賦,誦之多箝人舌,弗克屈伸,果字有異哉?人異其字也。是韻一出,向之商敦周彝,化爲竹根康瓠,入耳不嵬,入目不攝,何其快哉!雖然,字從何起乎?起於聲韻也。厥初天地未生,聲韻具於太極;天地既判,聲韻寓於天地。一陽之復,聲韻萌也;四陽之豫,聲出地也。聲韻既生,形象亦著。蒼頡之制字,不過因其迹耳。然制其一遺其十,理之必然也。千古而後,惟邵子有獨詣之識,其著《皇極經世書》,以天聲唱而地音和之。天聲,平上去入;地音,開發收閉。如“多可个舌”,是有其聲而有其字者也。“古甲九癸”,是有其音而有其字者也。然“開宰愛”下之○爲入聲,“古瓦仰”下之□爲閉音。其○其□,有其聲,有其音,有其字哉?既無其字,吾不得而悉字之,邵子不得而悉字之,蒼頡亦不得而悉字之也,而其聲與音終不亡也。寄之喙焉喙相禺,寄之竅焉竅相于,或可辨,或不可辨,孰非全露未成之字者乎?極而至於●於■,然後去天地之體,并聲音與字俱無,而復歸於太極矣。執其圜,則律吕之原在我，由是精神通造化，智識侔鬼神，實易易也。嗚呼！非知道君子，孰能識之？學者能盡識先生已韻之字，而復求大韻書於天地間，則有得矣。先生得於天者厚，獲上壽乃終。其著是韻也，苦心焦思，積三十餘年始克成編，不得吴公爲令以傳之，又將付之烏有，豈不深可惜耶？天之暫屈吴公，所以永伸先生也。吴公文章學行俱懸羣衆，小試爲令，恒以六事自責，以公生明，以廉生威，邑用大治，此特其一舉手投足者云。成化丙申歲秋七月望日，海虞桑悦書。

題刻韻學集成

沈人种

夫文字，故稱經藝之本，王政之始也，而世道之升降繫之。粤昔先王之世，書同文，文同聲，即無韻書，六籍皆韻語也，教斯立而政斯行焉，古道之隆也。逮後世教湮藝舛，政異俗殊，六書譌而四聲不相爲用，本原漸失，雅道其衰矣。惟我聖祖當洪武初，天下甫定，即命儒臣纂輯《正韻》一書，以垂憲萬世，豈徒救文字之敝哉？爲世道慮至深遠也。吾嘉舊有章道常《韻學集成》，其定例一遵明制，而聲各彙連，其註釋多本《説文》，而義尤該博。譚藝文者，咸謂其足以羽翼《正韻》而傳之無敝，顧歲久板刻幾盡剥矣。懷慶高侯來宰余邑，亟重刻之，屬余識一言於其端。余惟吾嘉僻在吴之東境，在昔俗陋，而近古士多敦行而勤於小學。若道常，一巖穴布衣耳，乃博稽遠覽，精覈沉思，矻矻焉窮三十年之力，以榮素儒之勳，垂來學之庇，豈其獨自異於凡民耶？抑亦淳風所陶，或得之里巷之絃歌者不少耶？今之民風士業，不知視道常時何如，而小學之教廢也久矣。然則侯之是舉，非徒欲傳是書也。正音導俗，考文飭教，侯之意其勤也夫！侯之意其勤也夫！賜進士第、中議大夫、福建布政司左布政使、前吏部考功司主事，練城沈人种撰。

韻書集成序

徐　博

太極未判，文字在太極。太極既判，文字在天地。河中龍馬負圖而出，伏羲氏則之，始畫八卦，而文字之耑見矣。倉頡變卦爻、摹鳥迹，引伸觸類，而文字之形立焉。夫文字所以章名物也，天有日月星辰，地有山川國邑，人有官職器用，物有鳥獸蟲魚草木，凡一言以爲名，悉具於文字。人禀天地之氣以生，生即有聲。聲，氣之鳴也。文字者，聲之象也。文字出而七音具焉，又分其輕清重濁之倫，協於韻而自然諧和矣。若虞廷之歌，康衢之謡，國風雅頌之詩，離騷之辭，郊廟之曲，不過叶其韻，何嘗拘一律也邪？梁沈約拘於四聲八病，始分平上去入，號稱《韻譜》，殊不知文字之精，有聲形曲直毫釐之别、音響清濁相生之類、五方言語風俗之殊。沈，吴音也，欲一天下之音，難矣。若唐衛包改古文從今文，故六籍多用俗字。惟《周禮》《儀禮》《國語》《史記》《漢書》，傳習雖少，不既繆乎？粤古迄今，人多病此。洪惟我太祖高皇帝龍飛淮甸，混一區宇，車同軌，書同文，制禮作樂，超邁往古。首以字學詔詞臣，參酌九經子史，考訂前賢之失，辨正殊方之訛，一洗江左之偏。書曰《洪武正韻》,行之萬世,其有關名物風化,猗歟盛哉！吾嘉章君道常韜晦丘園,教授鄉里,暇則搜閲《三蒼》《爾雅》《字説》《字林》《韻集》《韻略》《説文》《玉篇》《廣韻》《韻會》《聲韻》《聲譜》《雅音》諸家書,通按司馬温公三十六字母,自約爲一百四十四聲,辨開闔以分輕重,審清濁以訂虚實,極五音六律之變,分爲四聲八轉之異。然聲韻區分,開卷在目,揔之得四萬餘字,每一字而四聲隨之,名曰《韻書集成》。别爲《直音篇》,乃韻之鈐鍵,便學者檢覽,其用心可謂勤且密矣。雖然,一依《正韻》定例,蓋亦遵時王之制,可尚也已。噫！章君殁久矣,其子冕恐遠沉湮,請于吴侯克明壽梓。侯先刻《篇》,將完,召入内臺,不及《韻》。成化庚子冬十一月,適巡按監察御史高唐劉公士元大有志作興士類,詢得此書,惜之,遂付庠官校正,檄有司鏤板以傳。明年春落成,屬予文弁首。予忝同年雅好,知公開示來學之意,不敢以膚陋辭。嗚呼！章君所集《韻書》,餘三十年而成,一旦幸獲公知,託名後世,傳之不朽,榮矣哉！時成化十七年歲次辛丑春三月朔吉,賜進士出身、文林郎、陝西道監察御史、邑人徐博書。

補刻韻學集成敘

張　重

補刻《韻學集成》成,敘曰:六書之學,昉諸八卦。點畫比擬,天地之文也;音韻反切,天地之聲也。下總萬形,上括元化,其容人力參乎哉？先王掌諸外史,考而一之,將以登紀王政，紹述聖學，心畫中聲，所謂建諸天地而不悖者。後世迷其本原，鑿以臆見，四聲八病，拘礙弗通，弊也極矣。皇祖履運，人文聿新，《洪武正韻》成焉[①]，遂剗革千古之陋。章君道常復遵《正韻》凡例，輯《韻學集成》一書，羽翼文教，宣昭六書，莫非順其自然之理，使人復見天地之全。由是天下無不可讀之書，八方無不可通之音，真字學之大成也。板嘗刻於成化間，刓敝半缺，重校而補之，傳布遠近，使人知上古制字之原，聖世考文之意。庶幾風謠述作，咸趨一軌，而無復泥於江左之偏音云。嘉靖乙巳歲孟秋吉旦，賜進士第、知嘉定縣事，古燕張重誌。萬曆辛巳歲仲秋吉旦，賜進士出身、知嘉定縣事，覃懷高薦重脩。

以上明成化十七年（1481）刻本

①《直音篇》所録"洪"前有"由是"二字。

會通館集九經韻覽

會通館集九經韻覽序[1]

《九經韻覽》以衆言散入羣書，旨意各有所在，未之能合，而有所集也。曰"九經"者，《易》《禮》《書》《詩》《春秋》爲五，而翼之以《學》《庸》《論》《孟》四書也；曰"韻覽"者，分之以四聲，而歸之以韻母，欲人之便於觀覽而無遺也；曰"會通館集"而不名者，會古今韻語、子史以通經旨於是館，非一人之可得而成名也。會古今韻語、子史而專曰"九經"者，韻語、子史所以備閱經文，舉九經以該韻語、子史也。韻語、子史有悖九經者，則在所略也。夫《易》《書》《詩》《春秋》，聖人之四府，而禮樂以昭功德，皆治亂之迹也。古謂六經而存五者，《樂》統於《禮》也。始於伏犧，成於堯舜，革於三王，極於五伯，備於孔子，絶於秦，粗復於漢，壞亂於五季，再起於前，絶亂之後，非無治也。其間溺於詞賦，重以江左偏音，聖教湮晦，遺經虚器，異端害之也。迨我大宋，經文悉依漢魏舊音，有異六書者，必審釋。舉五經四書□□以一天下之心[2]，《九經韻覽》以一天下之音，然後聖教復行而異端息。士得各專一經，以圖進取。

---

①此序作者待考。

②□□，臺灣傅斯年圖書館藏本作"取士"二字。

有志之士，尚恨不能徧觀而盡識，黽勉旁搜成籍，未敢以爲定論。寖用活字銅版具藁，以俟君子云。

明弘治十一年（1498）華氏會通館銅活字印本

詩韻釋義

詩韻釋義序

楊一漢

太保武定侯郭公出鎮兩廣時，一漢識荆於餞席。比在廣復京，遂辱公交之敬。公元勳貴家也，而有可紀者三：存志乎詩書，無物玩犬馬之好；恣意於唫咏，無絲竹管絃之嗜；彈心乎先業，無目前身後之慮。其再召入掌三千營也，意閑事定，將老卒練營伍之中，若無事者。恒曰：吾性幸不逐時好，又不工句讀，爲文士將從吾志耳。雅好樂天詩，得其抄本，悦之，曰：吾足矣，人未均也，其刻以傳。間讀其先世威襄公傳，因得徐沐開國之功，曰：使勳臣之人人如三人，吾三家之子孫如吾祖，不亦可乎？復刻以傳。至是復刻《詩韻釋義》焉，斯帙也，比《袖韻》爲詳。韻以字而傳，字以音而通。詞人墨客，就句得字，無考索之勞。公之刻爲得，據公所告，得之江東雪崖翁。刻將緒，公走告余曰：《詩韻釋義》，君其爲我序之。余既重公之好尚，愛其文雅，義不獲辭，遂爲之言。公先鳳陽人，國初元勳，家歷世以來雖官勳階，而注意文墨，與儒臣同。故立朝多可紀，比公承爵立政爲理，恪由祖風，事不苟同於人，言必根於理，視古所謂剛者、識者重之，誠有諸中者也。韓子曰：文章之事，恒發於羈旅草野。至若王公貴人，非性能而篤好之，則不暇以爲味。韓子之言，公其可少也哉！因併序而歸之。正德十五年正月初四日，賜同進士出身、嘉議大夫、太常寺卿、提督四夷館、前吏科都給事中，南海慎軒生楊一漢序。

明正德十五年（1520）郭勛刻本

重編廣韻

重編廣韻序

朱厚熚

粤自兩儀肇判，結繩以治，迨書契作而文字興，賡歌成而韻學著，固遐哉邈矣。古之音韻惟取諧協，載諸三百篇者可徵也。古之字書雖不可見而六義存焉。周有外史之建，以掌其事。秦漢以來，官廢弗設，遂致訛謬失真，許慎患之，乃以《蒼頡》五百餘字爲部端，著爲《説文》，最有依據。顧野王作《玉篇》，庶幾備人文而媲美許氏。至沈約創分四聲，以江左偏音，制爲《類譜》，而音韻病矣。唐以詩賦取士，易名《禮部韻畧》，仍約之舊，歷代因循，莫之能變。恭惟我太祖高皇帝以天縱之聖，稽古右文，混一之初，詔詞臣編定《洪武正韻》，會四方之極，正中原之音，或合或分，各極其妙，頓洗陋習，遠復古道，誠萬世不刊之典。同文之治，猗歟盛哉！我先考端王體道好古，潛心典籍，尤加意於韻書，故深得其肯綮，常愛宋學士謂“江左制韻，但知縱有四聲，而不知衡有七音”，誠探韻書之賾，極中沈約之失。乃於國政之暇，躬自編次，以《廣韻》附於《正韻》，復增入《玉篇》。凡切韻七音諧協而分爲二韻者，更入本韻，字各分屬於母，一本於《正韻》之成規，以遵我國家之制作。增入《玉篇》以博文字之用，又各分母而次第之，以便檢閲，可謂博而有要、涣而有統者矣。夫有要則不苦其難,有統則不流於汎,要二書而同歸,一貫之道備哉! 不惟嘉惠來學,尤有以仰弼我太祖考文之治也。惜乎手澤尚新,編成未梓,予敢不上繼先志,以廣其傳邪? 嗟夫! 字書爲六藝之一,而實心學之攸寓也。是故點畫者心之形也,音韻者心之聲也,訓詁者心之理也,三才萬彙之原,道德禮樂之宗也。古者人生八歲,皆入小學,教以《爾雅》,習以六藝,以基作聖之功,凡以此焉耳。今之學者,誠能從事是書,於其形而求吾心之正焉,於其聲而求吾心之和焉,於其理而求吾心之明焉,則知爲學之本,而無躐等之弊,於六經子史之讀也,殆裕如矣。由是而充之,自其正以達於無所不正,自其和以達於無所不和,自其明以達於無所不明,則有以契三才、該萬彙,道德禮樂舉屬吾身,入聖域而覩堂奥,亦庶乎可幾也。若徒欲審雅音,識難字,以蓋淺陋,以眩觀覽,不務歸宿之地,於身心了無所得焉,則豈我先王垂教之意哉? 予少承庭訓,晚未聞道,捧覩遺編,不勝感愴。刻工告完,敬書數語于篇端,以俟觀者。嘉靖己酉夏五月既望。

勿齋

明嘉靖二十八年(1549)益藩刻本

元聲韻學大成

元聲韻學大成自序

濮陽淶

聲之來也,由人乎哉?風雷無形也,時觸之而有聲;鳥獸無言也,情觸之而有聲;金石草木無知也,物觸之而有聲。爲平,爲上,爲去,爲入,隨觸隨形,萬古不易,是謂元聲。唯人也靈於萬物,故會萬物之聲以爲聲,亦隨所習而異聲。字也者,摹寫元聲之情狀;韻者,聲之叶,字之府,詩歌之所由紀也。古詩無專門,亦無定韻,隨心志之,感於物、形於聲者,就字叶之。至齊梁沈氏始分四聲韻,爲詩家宗,惜其語音近俗,疏而不詳。自後羽翼字文者,或分或合,或簡或繁,大約泥於古詩,以沈韻爲成案。中間牽制鄉音,影響切法,承訛襲繆,殊無有得其元聲釐正之者。獨《中州韻》一書爲世標幟,且不免偏用北音,如"四、寺;試、事;攜、回;江、姜"之類,纖微莫辨。至以入聲分隸三聲,則天地之元聲且闕其一矣。是可爲天下之通音乎?余孩提時甫能言,即知平上去入,先君子嘗指目前事戲問之,迅口應聲,百試不差。既成童,見鄉塾切字含糊不明,因即一字試切之,隨口協韻,躍然曰:"此吾口舌中元聲耳。"姑置之。後奔走南北,磨礪數十年,習知天下通音,進取未遑也。甲戌春,致歸,杜絶人間事,搜括古今字學,較音聲異同,先定《字母》三十則,務循元聲,一氣調之,四聲相協,乃爲一韻。古韻不協者分之,北音附之,訛者正之,一字數義者備釋之,字同聲異者互見之。參之以經史,辨之以字傍,會之以意旨,正之以語音,爲韻二十有八,爲音七五十有奇[①],散逸之餘,雖不魯魚亥豕之失,而元聲既得,質鬼神,證古今,亦庶乎其不差矣。余不習詩,點畫更遲鈍,獨諧聲切字,有不由於師授者,豈天啟余衷,故厄余志,以繁瑣之責屬之余乎? 是未可知也。余知之不以正之,既正之不以公諸人,竟與其身泯没無傳焉,是棄天也。翻閲幾五載,七易稿乃成帙,爰命之曰《元聲韻學大成》,願與天下後世諸君子共正之。時皇明萬曆戊寅一陽月上浣之吉,廣德真庵濮陽淶自敘。時萬曆戊戌歲季冬月之吉,書林鄭雲竹重梓。

刻韻學大成敘

吴同春

韻學之難言也久矣。三百篇上自王公大人,下至婦人豎子,莫不有自然之聲,以是音律和暢,可被管絃,聖人列之六經,至晉沈約氏而四聲出焉。四聲是矣,然以一隅之音,而欲施之天下,則其理舛甚。惟元周德清《中原音韻》之作,得天地之中聲,此我太祖高皇帝《洪武正韻》所必取也。桐川真菴濮陽公慨四聲之散而無統也,爰稽聲音文字,質諸經史,正以語言,著《韻學大成》一書,審聲殊密,析理極精,每韻而四聲具焉,無則缺之,是書出而音韻之道備矣,誠《正韻》之羽

①"七"字後當脱"百"字。

翼，而後學之指南也。公蚤年蜚聲江左，大魁留畿，然以賦性端方，不與時伍。爲南昌别駕，未三年，輒請致仕，諸臺監留之不可得。歸桐，杜門著書，足不入城府，長吏罕見其面，以故肆力于韻學，而是書成焉，此亦公半生精力之所在也。余往歲承乏桐川，知公最悉，書成寄都下，以序見屬，余爲引其端如此。公復著有《太極圖説》及《四書禮記貞義》各若干卷，皆于理學世教有裨益云。萬曆丁酉歲秋八月上浣，賜進士出身、奉直大夫、刑部四川清吏司員外郎，汝南中淮吴同春撰。

以上明萬曆二十六年（1598）書林鄭雲竹刻本

古今詩韻釋義

古今詩韻釋義自序

龔大器

元氣布濩，無間古今，凡所以樞紐中聲、橐籥靈籟者咸歸焉。夫人均囿是氣，氣同則音宜同矣，乃古今異焉者，何居？蓋情發於聲，聲成文謂之音，聲依永謂之法。惟音有正淆，法有繁簡，而後古今不相謀矣。粵稽古之小學，首肄書名，且保氏國子之規，外史四方之制，行人象胥瞽史之諭，鄭重漸涵，莫非是物，故正音之化，時則同風。漢魏以還，此義寥闊。矧輕重清濁，剽疾舒遲，五方之聲，已萬不齊。兼之甚鴂變夏，梵唄鳴華，聲教由是銷沉，而大雅之糅溷極矣。江左崇尚風騷，隱侯當其間，抗旌而起，廓清猥雜，統以後傳之藝林，遞相沿習，迄今不越。尼父學前代之禮，而不害爲從周者，其斯之類與？雖然古今二韻，塗轍互通，偏廢不可。今於近體則本之原定四聲，而歌行諸體專用轉叶，是爲適宜。故武夷吴才老集夏英公書爲《韻補》，坿以叶音。而近代楊用修著《古韻略》，發明轉註。及張月鹿氏又萃三家之所撰爲《經》，而後古今之韻並舉矣。顧《韻經》諸書，反切雖備，義無可考，沈韻間有註釋，畧而不詳，覽者胥患焉。巡漕侍御鉅鹿守軒陳公，頃來按淮，漕政之暇，究心典籍，尤重聲律之學，已梓《韻學集成》于維揚，復以《詩韻釋義》屬余詮次，因取少華許四聲，精密森嚴，永標卓軌，亦嘗自謂入神。然或者病其知縱而不知横，經緯不交，失音韻之原，亦未爲無見也。矧先王六書之考，獨任天然，法取其簡。今㓨聲母，具禁例，雙叠羅紋，種種苛瑣，渾沌不幾鑿乎？古歌謡辭，直寄性真，罔縛戒律，而語自赴節。彼太史所陳，國風所播，大都采之，里巷細民，豈皆解揣聲病者歟？而後世檢攝彌至，本實益漓，則繁之過也。逮我聖朝，文治大興，載頒《正韻》，而通併克諧，淆繁盡絀，足洗數百年已往之陋，海内臣庶，靡不信從。第自唐以詩賦設科，專立沈韻，易名爲《禮部韻署》，當時宗工鉅匠，咸率由之。嗣公《古今韻》刻暨，笠江潘公《詩韻輯署》及《韻經》諸帙勉毖校讐，汰冗補遺，箋訓明悉，一如公指，仍命余序諸首簡。余辭弗獲，不揣迂譾，偕識其所繇，以復於公。乃若兼總條貫，進退古今，會聲氣之元，協中和之應，以充《韻》之極功，則有公等在焉，余何足以與此？萬曆庚辰夏孟之吉，賜進士出身、奉勑整飭淮揚海防兵備、浙江布政使司參政兼僉事、荆南春所龔大器書于維揚之求益軒。

古今詩韻釋義序

周庭槐

陳憲臺校刻是《韻》于維揚，凡四聲五韻之中，每字數義，條釋其註，間有俗誤，直書其非，援古本以證今，考或通而備用，誠詞林之球琊、字學之藻鑑也，其嘉惠後學篤矣。是用復購《筆精矜式》《洪武正韻》，點畫不苟，書梓廣惠海内，惟冀士君子留意斯編,足爲筆山墨海之筌蹄焉。萬曆辛巳寅望,周庭槐白。

以上明萬曆九年(1581)金陵書肆周前山刻本

韻譜本義

韻譜本義自敘

茅　溱

六書之學，肇自倉頡開其源，周史秦相導流揚波，洋溢天下。後世乃漢許慎氏遡游古始，訓意探微，作《説文解字》，以闡厥旨。于是天地、山川、動植、幽明之理，班班備舉矣。末俗相沿，襲譌承舛，或增減點畫，事嫵媚爲工；或不辯宮徵，淆清濁爲一。雖《爾雅》《字林》《字統》諸書，炳耀區宇，梁沈約著《四聲譜》，隋陸法言著《廣韻》，唐孫愐著《唐韻》以及《韻集》《韻略》，作者非一，類皆博而寡要，覈而未詳。迨宋初以還，徐鉉刊定《説文解字》，補正闕謬，增名《五音韻譜》。其弟鍇發明奧義，一洗千載之陋，字學燦然復明。又黄公紹作《古今韻會》凡三十卷，上綜經傳子史，下涉方言九流，靡不纖悉備載，熊忠謂"浩乎山海之藏"，信矣。因爲芟輯而舉其要焉。初刻板獨在京口。國初，高皇帝命翰林諸臣集撰《洪武正韻》，用昭同文之化。後得黄氏《韻會》，遂欲廢格其書，則神怡之獨詣、聖懷之至虚可想矣。溱籍京口，幼而習之，沈湎白首，第其間不無千慮一失。如據《説文》則收載不盡，引攷證則枝蔓太繁，且以古之叶音、今之譌字濫雜於中，世所必用字或無深義者反遺之。溱懼久而永失真也，因謀諸廣陵陸無從。時吉水毛自牧客廣陵，素亦留心字學，因出所輯《韻要》

相與評議,更以橐中諸韻書盡爲相假。溱歸,以《洪武正韻》及《説文》《廣韻》《韻會》諸書殫力鳌定,計八易寒暑,成書十卷,一萬四千五百二十二文,外篆文四千八十七,籀古俗重文一千九百三十八,解説四十三萬有奇。歲在癸卯,走白下,與新安謝少連、程仲權、宣城梅季豹訂其可否。時德興祝無功先生官給諫,稍見許可,屬友人休寧范斗文氏参考於城南西天精舍,又五閲月而壽諸梓,題曰《韻譜本義》。其篆文則秣陵歐陽惟禮筆。所媿溱淺劣,幸藉同志四五君子羽翼而卒是業,溱實何有也? 顧一念耿耿求益之心,未敢遽以爲是,惟博雅君子進而教之。萬曆甲辰秋九月既望,京口後學茅溱平仲甫識。

韻譜本義敘

范　料

書何昉乎? 伏羲畫一象天,畫兩象地。嗣皇頡觀奎星圜曲之勢,以及龜文鳥跡,而書濵較著焉。書有六義,曰指事,曰象形,曰形聲、會意,曰轉注、假借。六者備,字之爲用無窮。夫字出而音韻自具矣。是以蒷山《破斧》,實始東音;塗山陽女,實始南音;徙宅西河,爰起西音;九成燕往,乃有北音。又宫商角徵羽之外,半商半徵;齒牙唇舌之外,深喉淺喉,謂之七始之韻。豈其漫爲書而不有本字之義? 必不然者。豈其混爲音而不有本字之韻? 必不然者。蓋誠古人藉六書抉陰陽之秘。説者曰精義入神,近之。不然,其所感通,天以雨,鬼以泣爾爾,輓世博士家,字櫛句比,隨聲逐响,口之所授,不及與目謀，目之所覽，不及與心會。甚且邊旁而讀，謬盭而書。試詰其宗旨何居，茫然捕風捉影，承訛襲舛，腰黄腹白，誤矣。顧安識古人命字之義？迄今考之，直揭日月而行中天也耶？唯是世變日趨，篆籀變，分隸變，世書又變，彼任意爲增減，輒令古製字者精神命脉泯然無傳，若鄭夾漈之所傷，惜哉！余每乘舉業餘力，披尋皇頡、沈約、許慎、《洪武正韻》諸篇，間嘗潛天潛地以思，如灰音散在六韻，質音散在七韻，祟頭作豈，築束作宋，魚魯豕亥，其得之管窺班見，十餘年于兹。乃癸卯秋闈事竣，過祝無功夫子講堂，會茅平仲氏論字辨義，若兩持券赴者，遂各出藳本，同者十九，異者十一耳。余爲改容歎之，謂字學苦心，亦有若是也者。余藳本無容卒業爲矣，輒勃勃動舍己從人之思。坐是祝夫子命爲互閲，訂其所自，捄其所偏，補其所畧，一軌于先正，令其無恨，而後即安，尚僭凡例十一條，以便博洽君子。嗟乎！嗟乎！今之説文者，非左、馬、遷、固弗道也；今之説詩者，非李、杜、王、楊弗談也；而今之説字者，問以黄、沈、孫、陸，則不知爲何許人也。獨不思若詩若文，有不本文字而卓然自見者乎？然則是書也，其有裨于後學匪淺鮮者。維時白門如真李先生刻《字學正譌》一書，意念良深，又後學所宜並觀也夫！萬曆甲辰歲孟秋月哉生明，天都山人范料書于竹露齋中。

以上明萬曆三十二年（1604）刻本

蘇氏韻輯

蘇氏韻輯自敘

蘇茂相

韻學本於六書，書有義有音，《周官》保氏教之，外史掌之。漢學童十七以上試諷籀書，殿最□□，號爲同文。自篆隸屢變，方言雜揉，字煩而韻舛。近世四聲悉宗沈休文，而好古者以爲第近體操觚之用，元元本本，當主許氏《説文》，而溯之古文《爾雅》。蜀楊太史用修氏博綜絶倫，信而好古，嘗著《韻經》一書，四聲雖主休文，而古音叶轉，靡不備載。又有《古音餘録》《雜字韻寶》《古音複字》《古音駢字》《五音拾遺》諸書，搜討益廣，合之而書之韻義，上下數千載間差足無憾矣。余自江右解組，林居多暇，因取楊氏諸書，彙聚成帙，汰其稍僻，間有未備，復采他書補之，名曰《韻輯》，置之家塾，用示兒輩讀�讀霓，韻既兼陳，捫馬栘中，義亦□具，藝苑取用，左右逢原。若謂精而求之，通聖賢之祕密，感神人之幼眇，悉在其中，則神而明之，存于其人者乎？萬曆四十一年仲春，晉江石水居士蘇茂相書。天啟二年中秋，刻于浙江之廣益堂。

明天啟二年（1622）浙江廣益堂刻本

古今字韻全書集韻

古今字韻全書集韻記

徐時棟

《五音集韻》十五卷，十本，同治七年九月六日，城西草堂徐氏收藏。其書全以《廣韻》爲藍本，新增之字則本《集韻》，而諱所自來，蓋金人以師法宋人爲恥耳。每韻各用字母，另定次序，故東韻首"公"字，冬韻首"攻"字，顛倒錯亂，全非古法，本不欲留，劉藝蘭謂不易得，姑存之。八年四月十三夕，時棟記。

明萬曆（1573～1620）間刻本

五車韻瑞

五車韻瑞序

陳文燭

吴興凌以棟刻《史漢評林》《左傳測義》,不佞皆序而傳之。以棟尊人季默先生博雅有文,曾守沔陽,余爲諸生,荷國士之遇,以棟兄弟結通家驩甚,凡有著作,俾得遊目。至是以《五車韻瑞》寄金陵而請序。余讀而嘆曰:昔元人陰時夫、中夫作《韻府羣玉》,研精于連珠,蒐獵于碎金,詳于子而遺經,富于集而遺史,識者病之。以棟乃以平上去入之韻,參以經史子集之條。經者,徑也,如五路之通,可常用也。自六藝及《左傳》,炳若日月焉。史者,使也,執筆左右,使之謂也。自班、馬及南北五代,麗若星辰焉。諸子,翼經者也,自《老》《莊》及《吕覽》《淮南》,燦若雲流焉。諸集者,翼史者也,自韓、柳及歐、曾諸家,焕若霞布焉。雜詩詞賦之類,罔不蒐羅,賁若草木焉。記事而提其要,纂言而鉤其玄,囊括采摭上下數千載間,以棟用心,斯已勤矣。不佞嘗謂在天成象,在地成形,而天地之聲氣流行而爲韻。景星慶雲,非天之瑞乎?麒麟鳳皇,非地之瑞乎?聖人象其物宜,觀其會通,行其典禮,發爲文章,乃金乃玉,經史子集是也。天地之元神,天地之元精,歷萬世而不泯,夫非瑞耶?而以棟咸收之。陸士衡有言曰:"佇中區以玄覽,頤情志於典墳,傾羣言之瀝液,漱六藝之芳潤。”韓退之有言曰:“大木爲宊,細木爲桷,欂櫨侏儒,椳闑扂楔,各得其宜,施以成室者,匠氏之工也;玉札丹砂,赤箭青芝,牛溲馬勃,敗鼓之皮,俱收並蓄,待用無遺者,醫師之良也。”以棟真有功于藝林哉！昔趙子昂在翰林,欲作韻書,見陰氏《羣玉》,題而序之,所謂上涉羣經,下苞諸子,賢回溪之史韻,多惠施之五車。余于兹編,寧無承旨之嘆哉?以棟謂余爲知言,遂弁諸首。萬曆辛卯中秋,五嶽山人沔陽陳文燭撰。

五車韻瑞序

謝肇淛

休文以四聲限詩而詩病,後乃有雙聲通韻之禁,而詩逾病。然完璞不破,孰爲珪璋?至於聚毛成裘,則井士患貧,擊鉢節聲,則枯腸常詘。唐氏雖人競爲詩,往往抽精騎於什伍,見珠林於瓦礫間,不持寸鐵,仰攻長城,則衆姍咲之,同於泰山片石。甚者學步獺祭,效颦衲結,猶横得時名。始知水月風影,未爲至論。逮陰氏纂《群玉》,有其具而無其理,有其聲而無體裁,猥掇宋人汗漫之讀,而稗編野史槩不得録,其於藝途蓋亦以耳食矣。此凌以棟之《韻瑞》不得不作也。然余又謂太始希音,未有羽徵。音既具矣,則觸形諧聲即是理窾,劃劃刁調總屬天籟。扣角據梧、拊盆擊筑之語,一時了不經意。乃音響節奏,至今千古隕涕,而丹雘之輩不啻望塵而拜者,此何理也?故余謂韻府即心,韻脚皆幻,芥子足納須彌,弱草可當金身。見解得此,便是藝林無上法門。是集也,蓋鴛鴦可刺,金鍼難度矣。不然者,將逐水尋月,認迹爲履,且爲諸使,且爲物緩。即幸而得之,然此心椰子大,已不免掛一漏萬之誚矣。况其所得者,皆得人之得,而非自得其得也。昔惠施多方,其書五車,而吾家車騎政謂其妙處不傳,又何疑以棟?以棟得余言,必有莫逆於心者,則書而歸之。晉安謝肇淛序。

以上明萬曆(1573～1620)間吴興凌氏刊本

詩韻釋略

詩韻釋略引

梁應圻

自李唐以詩取士，一代才俊，盡束于聲韻一途，兢兢如守三尺，弗敢失也。其命近體則曰律，律之爲公，若懸令甲，雖强有力者，毋得跳梁焉。其押韻不過眼前常用數字，出奇無窮耳，而排則稍縱矣，古則通轉兩用矣。溯觀漢魏六朝諸詩，或叶或通，往往典要大雅，未嘗以詭僻不經見之點畫雜入之，夫亦曰體則然爾，寧獨李唐一代斤斤哉？故韻不唐，詩即不唐；韻不古，詩即不古。非可憑臆取舍，漫然輒附風雅爲也。世傳四聲，定自休文，唐禮部續頒爲式，今不可考矣。豈大段屬休文編次，唐或少加删增，遂沿爲功令不廢邪？乃令之爲詩者，吾惑焉。或以排韻用之于律，或以古韻用之于排，又或以不叶不通之韻用之于古，而莫知其非。甚或押“逢”於東，押“居”于支，而不識意義之何歸。抑且讀“靡”爲“麋”而韻入支，讀“糾”爲“鳩”而韻入尤，即名宿有所不免。所以然者，案頭韻本或有其字矣無其音，或有其音矣無其釋，譌謬相承，迷惑罔正，徒爲識者資一捧腹耳。嗟乎！韻猶如此，詩何以堪？余笥中藏有上海潘氏本，剞劂頗精，箋注明晰，每爲友人索觀，苦不給，因授諸木，公之同調，大概鮮所更易，但脱漏者稍稍補葺，舛錯者悉爲改訂，雖意義未能詳盡，抑亦可謂十得八九矣。蠡管之誚,庶幾少逭乎? 若夫"摧"之不收于灰,"完"之不收于寒之類,或屬遺悮,或别有説,姑仍其舊,不敢妄增。原本如冬與鍾同用,支與脂、之同用諸目,係《廣韻》舊記,與沈韻無涉,並削之以釋後學之疑。或曰:"本韻已標其字矣,又復見之于叶,何邪?"余曰:"此爲後韻相通者設耳,非複也。"崇禎丙子上巳日,京兆三原梁應圻君土題于維揚之俯漪樓。

補詩韻釋略序

梁　鋐

君土,余從伯父也。其先與伯父君旭公共硯墨,風雨不少輟。蓋攷古窮今,究玄索奥,奮然以振衰爲志,文非《左》《國》以前不法,詩非漢魏初盛唐不録。當時西極太都先生深嘉與之。暨子求尹老師、陽伯來先生諸公群驚,謂李杜復出。嗚呼! 余小子則何敢言詩言文,亦何敢言兩伯父之詩之文哉? 君旭伯有集曰《玄扈山房》,君土伯集則又余君旭伯之定名曰《文心堂》。夫文何以心? 昔人云"心細如髮",又云"細入無間",以是知文人之筆無所不至,而文人之心蓋無所不周也。若君土公,可謂良工苦心矣,匪徒於其詩與文見之,即《詩韻釋略》一書,亦可槩觀。夫文字既生,音傳其内;聲音既出,韻存乎中。逮至孫炎、沈約輩起,而韻學益明,天下後世罔不朗鑑。然則此《釋略》一書,其舊本雖上海潘氏之藏,然波點畫具矣,中不無毫厘之差;形聲備矣,中不無事意之謬。又或泥於古而不辨於今,熟於通而未諳於轉,令後之著作家排不知其排，古不解其古，是猶未足爲大備也。韻且未備，尚可進詩於唐，進唐於漢魏哉。伯父君土曰："韻不唐詩即不唐，韻不古詩即不古。世之審音者，吾惑焉。"於是竭數十年精力，探本搜源，旁稽類求，正其畫必工其點，肖其形必叶其聲。以至某事某意必註之，必詳釋之。通者轉者靡不定其是、剖其疑，博乎其博、淵乎其淵。勒數十萬言成一書，當時見者珍於寶鼎，聞者欽如著蔡。嗚呼！至矣，備矣！無何，歲丁乙酉，筐篋未固，爲伍中卒徒焚之，十存其七。余鋐壬辰之春同都門歸來，匹馬邗溝，同擊心慘，因謀諸伯父之子元鑄曰："昔君旭伯與伯父晦明風雨，生平精神所注者，非詩即文。今伯父所著《釋略》不聞，畢數十年精力以成者乎？苦心良工，頓使至此，忍乎哉？況家有和氏璧以弊箒視之，慾又何贖？所幸者，璧半矣，尚可完也；桐爨矣，猶可栞也。昔人創之於前，有子若侄不克嗣之于後，惡乎可？"爰命梓人，急搜伯父遺本，翻付剞劂，公諸海内。倘兩伯父聞之，其亦鑒予衷，感余懷云。若迺元韻之微，象歸于無象，形歸於無形，此古聖今賢其標引，蓋彰彰也，予又何敢贅！順治癸巳秋，京兆三原梁鋐題於弘裕堂之谷香齋。

詩韻釋略序

梁湘之

叔祖君土公取上海潘氏《詩韻釋略》重參訂，行世已四十年，中遭亂離，原本散失。子遠叔氏不忍其書湮没，復加較讐，剞劂以行，而予湘之乃爲敘。其釋略，志簡也。簡而該，益可志也。昔周彦倫輯《四聲切韻》,至沈約譜之,得一萬一千五百二十字,而詩人用之不及其半,士君子猶病其未簡,然至今遵行之而不廢。後來詩道日昌,陸法言《廣韻》得二萬六千一百九十四字,繁矣。孫愐《唐韻》竟至四萬五千五百有奇,則失之太繁,徒使勞神疲目,終無裨於詩人。而《洪武正韻》誠善本也。當是時,依毛晃所定,較《四聲譜》止增六百二十六字,未爲繁也,而終不行於風雅之林,以唐詩悉遵《四聲譜》也。而陸溱、范斗《韻譜》猶收一萬四千五百二十二字,既病其不繁若孫愐,復病其不簡若休文,於詩人奚裨哉?《釋略》是書,較之休文原譜,不及其半,簡矣。顧博聞之士,根究彙徵,而未有或缺者,簡而該矣。辨潘氏之形聲點畫,而古今獨通轉借確切不繁,於《韻府》則爲功臣,於家學則爲纂緒,子遠叔氏之志,蓋可知矣。康熙戊午上元日,三原梁湘之芷公氏拜手書於廣陵之景怡樓。

以上清康熙十七年(1678)李希禹刻本

詩韻鏡

詩韻鏡小引

徐謂弟

詩叶聲，從古然矣；律限沈，自唐始也。此古今體之所由分歟？世傳休文所□書，未知孰是。而詩韻之刻，繁簡多有不同。嚮來唯《韻會》《韻會補》推爲精詳，然卷帙浩大，購者難之。於是騷人墨客，往往喜取携之便，競以音釋最少者爲勝，或有韻目而無音切者矣，有音切而無註釋者矣。高明識破萬卷，固無資於訓詁，初學素昧六書，安所得其明辨無惑乎？四支之"居"、六魚之"居"讀爲一聲，二冬之"逢"、三江之"逄"指爲一字，如斯之類，豈特豕魚漫漶、金銀謬訛，貽笑夙昔哉？良由音釋太簡，疑似難明故也。不特此也，詩嚴於律，猶政之有令甲也，排則未免少縱矣。今則或以排而用之於律，古則視排又寬矣。或通或轉，今則以古用之於排，又或以不通不轉之韻用之於古。即或有註通轉者，又謂冬通于鍾，支通於脂，俱非本色。嗟乎！其失豈一端哉！余素非知詩者，不揣謬妄，偶于榷務之暇，遍搜諸家韻，約爲二卷。每字之下有音切，有註解。于一字數見者，曰："又本韻，又某韻。"於古韻相叶者，曰："其通某，某轉某。"既正其聲，又晰其義，既洽乎今，又綜乎古，開卷畢照，較若列眉，名之曰鏡，凡以此耳。敢曰是集也，遂足爲文壇之寶鑑乎哉？驅塵翳而生光焉，是有賴於博達之君子。康熙元年歲在壬寅中秋日，鶴城徐謂弟書於淮榷公署。

清康熙（1662～1722）間敬恕堂刻本

古今韻略

古今韻略敘

宋　犖

予自束髮喜稱詩,顧未究心韻學。年來數與子湘上下其議論,予始而疑,中而信,既乃舍然以喜。子湘之言曰:今韻宗梁沈約氏,夫人而言之,而約所譔《四聲》一卷久已亡。繼之者隋陸法言氏,而法言所譔《四聲切韻》亦亡。嗣是有唐孫愐氏,而愐所譔《唐韻》五卷今亦亡。今宋元韻之存者,略可指數。《廣韻》,宋祥符間所修也;《集韻》,宋景祐間奉敕修也;《禮部韻略》,宋時列之學官者也。毛晃氏,仍《禮韻》而增益之者也;平水劉淵氏,仍《禮韻》而通併其部分者也;元黄公紹氏作《韻會》,仍劉韻而廣其箋註者也。三家者遞有增字,字寖以多,《禮部韻》初裁九千五百九十字,至《韻會》乃有一萬二千六百字矣,然尚不足當《集韻》四之一。最後有陰氏兄弟著《韻府》,乃大加刊削,僅存八千八百廿字,又不專主劉韻,頗多遺漏。顧明初至今用之,學者或尊之爲沈韻,或指之爲平水韻,皆是書也。今韻非沈韻不待言,校劉韻少三千字,則今韻之非劉韻,較然易辨。而世儒罕見劉氏元本,乃承譌襲舛,三百餘年相習而不察,可怪也。其論古韻曰:今韻僅供律用,而古韻之用頗廣,不專在詩。邇來博雅之士,漸知講求古韻,顧義各齟齬,或主陳第古無叶音之説者,引陸德明語，以爲古人韻緩，不煩改字，於是“野”當讀“户”，“行”當讀“杭”，推其説，使人鉤鈲析亂而難从。創爲五部三聲兩界之説者，每韻三聲通押，而又通及所通之三聲，音義汎瀾，循其説，使人滉漾而靡所畔岸。某愚亡似，亡能特立一家之説。第以謂叶音當主吴棫才老氏，蓋紫陽朱氏常取之以釋《毛詩》、釋《騷》矣。今四子經書訓詁悉宗朱氏，朱氏宗之，吾從而詆排之，慎也。通轉則不盡主吴氏。平韻如真文、元、寒、删、先之六韻通轉，仄韻如質、物、月、曷、黠、屑之六韻通轉之類，考之杜、韓詩而合，則舍吴氏而宗杜、韓。杜、韓曰可通，後之人曰不可通，愚也。蓋子湘學有原本，其持論能篤信古人如此。予聞而韙之，乃悉發所藏舊版韻書凡若干家，俾卒業焉。子湘謬以予爲知言，發凡起例，必折衷於予。庚三年書成，名曰《古今韻略》，謁予敘。予觀是書，援据精確，增刊不苟，註釋簡而核，典而不蕪，蔚乎韻學之集成已。顧謙言之曰“略”，何居？原子湘之意，亦以今本沿用已久，不欲變更以駴耳目，故今韻仍陰氏之舊第，删正其訛複六十餘字，增收七百八十餘字，以存毛、劉諸家之大凡；古韻依才老《韻補》省其復字，而僅益以楊氏《古音》及今增三百四十餘字，若曰是略焉云爾。子湘績學著書，負海内名久，予每論當代古文家，輒爲子湘首詘一指。是書乃其碎金，而其衣被後學之功，正復不淺。予故具述作者之大指，敘之篇端，爲鋟版以行。或曰：“世俗少見多怪，橐駝馬腫，是書出，將無驟駭其增改沈韻者？”予笑曰：“庸有之。今夫蜀之日，粤之雪，吠者怪耳。日與雪，怪乎哉？”子湘姓邵氏，名長蘅，江南之武進人，著有《青門簏稾》《旅稾》《賸稾》若干卷，行於世。康熙丙子皐月，商丘宋犖敘。

清康熙三十五年（1696）商丘振藻堂原刻本

中州音韻輯要

中州音韻輯要序言

王　鵕

音之爲理，微矣。律吕定而陰陽判，五音分而四聲叶，士大夫揚風扢雅，於此闕焉不講，似未盡美。余廿年留心音韻，而寡聞孤陋，難得指歸。國朝《字典》《韻府》，集古今之大全，垂範百世。近世詞家，率以《中原音韻》爲宗，而註切未明，陰陽互混。及見《中州全韻》，而覺遠勝於彼。惟纂緐過繁，而應備之字却尚未盡，并較對疎略，字畫多譌，重複舛誤之處亦不少。不揣蒻劣，斟酌兩本，删其僻而輯其要，并辨正字體，邇復参證《詩詞通韻》，更得歸準反切，務分異音。管窺所及，悉攷據精審，而後增改。通卷註釋，雖半爲参易，無不本諸《字典》也。數載以來，稿凡五易，音、義、體三者，庶鮮疑似，而反切一道，愈探愈微，轉覺其理難窮。兹質之同好，或於藝林不無小補云。乾隆辛丑秋，樗林散人王鵕書於栩園之樂是居。

清乾隆四十九年（1784）崑山載德堂刻本

五方元音大全

五方元音序

年希堯

古來著作之林，自理學經濟以逮諸子雜説，其有裨於學問者，不可勝數，而其間有傳有不傳，其傳者衆共習之，其不傳者則湮没而不彰，甚可惜也。即如字學一書，書不一家，近世之所流傳而人人奉爲拱璧者，莫如《字彙》。蓋以筆畫之可分類而求，悉數而得也。於是老師宿儒、家童小子，莫不羣而習之，而獨不知有所謂《五方元音》者。其審音叶韻，一覽了然，幾幾乎駕《字彙》而上之。是書也，堯山樊君騰鳳所輯也，坊本不多見，予偶得之，按其大畧，考其精詳，固有妙諦存焉，蓋《字彙》之條理在數，而是書之條理在音。竊惟六書之作，原本於開天一畫，而有奇有耦，總不外陰陽五行之理，而在天爲五行，在地爲五方，在聲爲五音，則其廣休文製韻之四而五之也，實爲理數之自然，而非創也。其取十二字爲韻目，則又以十二律正五音之義也。其取二十字爲母，則又經之緯之，縱之横之，而反切諸法悉備。較之《切韻指掌》之以三十六母，更未嘗不簡而能該，約而有當也。《舜典》有曰："聲依永，律和聲。"今由是書觀之，命名取義，直欲以天地自然之律，和天地自然之聲，謂之曰"元音"，洵不誣已。讀是書者，審音叶韻，一覽了然，豈必規規焉惟筆畫之多寡，可分類而求，悉數而得哉？而予獨惜是書之湮没不彰，不得與《字彙》並傳，因於公務之餘，重加删定，付之梓人。庶乎是書之得以廣其傳，而當世之留心字學者，亦不無少補也夫。康熙歲次庚寅仲冬，廣寧年希堯題於武安公署。

清光緒十六年（1890）京都寶書堂刻本

善樂堂音韻清濁鑑

音韻清濁鑑自序

王祚禎

聲韻之學舊矣，幸而篇帙俱存，使人得以討論；不幸而諸説紛殊，使人莫識所宗。字學之不傳，豈盡今人之過哉？亦未得其簡易明確者而習之也。方士君子童蒙就學時，莫不即字審音而辨韻，固未聞以“天”字任呼作“地”音者，此聲韻不可忽之明徵也。但卷軸浩繁，意見各出，必待研求攷覈，然後知所適從，而急于制科，牽于宦習，致欲爲而不遑爲，其山林巖穴之士，又欲爲而力不逮爲，是以漸習漸遠，正音遂不可復。此非人不願學之過，實古未以簡易明確者示人之過也。予幼嗜字學，留心音韻者有年，而傳之無其人。後遇釋氏，得等韻學，相與究源奥，辨疑似，豁然有會，而得正音之所在焉。繼以博極衆家，如楊雄《訓纂》、許慎《説文》以及《玉篇》《唐韻》《廣韻》《韻會》《篇海》《集韻》，近而至於《正韻》、吕氏《同文鐸》《日月燈》諸書，繹其論説，釐其異同，又復有年，輒歎五音輕重之辨，四聲清濁之分，皆具自然之理，其有裨於士君子者不淺。乃甘自限以土隅，習而不察，是誰之過與？傳述有云：“吴越之音傷于輕淺，燕趙之音病于重濁，秦隴則入似去，梁益則去亂平。”古人知其然，欲有以一之。于是唐釋珙之字母作，隨母取切，子得母而成聲。至宋涑水公猶慮人不易解，又爲立《指掌圖》，使聲韻可忽。古人其真好事哉？夫五經義訓，淵源繼述，而又裁自先賢，首列音反，不啻殷殷告人以無悮，乃置而不論，不幾負聖賢垂訓之心乎？且車書一統，于今爲盛。幸生文明之世，猶不復聞正始音，謂可安之耶？嗟乎！隱侯《四聲》、宣城《字彙》暨《正字通》一書，夫所謂户誦家吟者，註析雖甚嘉，然雜以方音，間改古切，不無紛淆錯謬，其誤人亦不少。是寧得爲簡易明確之書也，而誰則正之？字學之失如此，良可慨已。夫以童蒙就學，時已即字而審音辨韻，乃雖審音猶乎不審，雖辨韻猶乎不辨，往往貽譏於識者，見窘於通人，謂士君子抑竟安之，必不然矣。使得一書，較《字彙》《正字通》尤爲簡易明確，其不欣然樂習者誰也？雖然人情難振，志士無多，即問世有心而圖新誰與？或皆舊習是狃，予又何能以數十年精神供人覆瓿也？北窗卧起，偶檢案頭，有周德清《中原雅韻》一編，繙閱之下，不覺恍然曰："聲韻之傳，幸不盡墜，賴有此耳。"夫苟樂事歌吟者，未有不首嚴聲韻，而研究聲韻者，未有不奉周韻爲矩矱。然其一十九韻中，支、思雖别爲韻，而齊、微、魚、模猶仍舊弊，平聲既判陰陽，而上、去、入聲又皆雜處，且出切取音，亦多舛誤。予爲之攷得失，剔乖陋，以周之齊、微析爲機祺、歸微二韻，魚、模析爲沽模、居魚二韻，餘則悉沿周韻。又以三聲立韻，入聲作叶，凡入之重濁者叶平，輕清者叶上，半清濁者叶去。審聲音以歸母，由開合以定音，爬搜研索，各有確據，增爲二十一韻，顔之曰《音韻清濁鑑》。夫清濁者，天地動静之體；動静者，陰陽消長之機。觀字母中從純清而次清，而純濁，而半濁，而復於純清，此即天地陰陽動静消長之至義，自然之理也。人苟志于字學，則清濁所必先。予編各韻，皆臚列字母于其上，使人一啟卷，陰陽清濁之分，瞭然在目，若明鏡照人，對之即見，此予所以名書之意也。書既成，聊付剞劂，爲問世先聲。故識臆見於篇首，以質高明同志者。時康熙六十年歲次辛丑春和三月，析津洛浦居士王祚禎氏題於梁園之就正齋。

音韻清濁鑑序

姚　椿

音聲之理，自古所尚。然五方風氣不同，而形聲音義不能盡歸於一，此皆士人多不留意之過也。予素習舉子業，每有志於字學，常披閲諸子百家，自史籀、楊雄而下，以至沈約、孫愐、徐鉉諸人，相繼增釋，音韻反切，各得攸據，猶未免擇焉而不精、語焉而不詳。迨司馬温公出，科别清濁，以三十六母列其上，推四聲相生之法爲《指掌圖》，以便學者。厥後金王與秘推《玉篇》爲《篇海》，荆朴取司馬之法爲《五音集韻》，韓氏改《玉篇》歸于五音，逐三十六母取切。予每覽之，或詳或略，或異或同，固在可解不可解之間也。丙申歲駐笈京邸，謁王君楚珍，語及字學，予爽然若有所失。隨示以《昌黎韻》《日月燈》等書，并讀《韻法》，予又忻然若有所得，向之所謂可解不可解者，今皆有據矣。君遂囑予訂《音韻清濁鑑》，予應之曰："唯唯。"乃以《中原韻》爲祖，而參以《昌黎韻》，一母領頭，諸子從後，門類燎然，俾檢者便若指掌，閲者曠若發矇，庶幾陰陽清濁之間，不至混淆。予當飄泊京邸，既感王君之噓拂，復喜字學之得傳，遂沉心惕慮，遵所舊聞，裁以己意，積二歲而告成。勸之梓以質當代，使五方音土，盡歸于一，不惟爲王氏之家珍，且爲天下公共物，豈非國家之元音、熙朝之勝事哉？乃援筆而爲序。時康熙五十七年歲次戊戌秋閏月，錢塘姚椿題於梁園之就正齋。

音韻清濁鑑序

馬埥元

予幼讀《孟子》書，至"若夫豪傑之士，雖無文王猶興"，心竊嚮慕之。夫人盡能而己亦能，非可謂能也，人不能而己獨能，乃所謂能也，乃所謂豪傑之士也。而予才不逮志，又不欲以凡民自居，肆力書史，博綜百氏，矻矻忘寢食者，且與年齒俱然。即讀書之要，宜首以辨字爲先務。每憶童時所誦習，有及時而師責以讀訛者，有歷時而人誚其音别者，夫如是，則字原有一定之音也。乃一字也，此人如是讀，彼又不如是讀，討論之下，幾舉世皆然，而知者不概見。即字學一途，豪傑之士何少也？求其故，則曰字義苟明，音可不計也。予甚疑焉，稍取字書玩索之，乃得李嘉紹《切字法》。歲庚寅，客渭水之普惠寺，閱藏經，復得劉士明《切字玉鑰匙門法》，然不知讀《等韻圖》也。越入都之明年乙未二月，晤王君楚珍，與語字學，爲讀《等韻圖》，辨入微芒，舉向所疑似盡釋焉。王君崛起流俗中，質直好義，而尤篤於學，其行事多古人風度，固所謂"雖無文王猶興"者也，慨然以字學自任，數思得豪傑之士共起而力正之，喜予有志於斯，欲引以爲助。予固凡民也，天下豈無有豪傑之士，興慨讀字之多訛，心求其法者乎？若世有成書，寧知不行？君其以法授梓，自可正也。王君曰：恐人狃陋習，不甚留心此。雖然今之士君子刻意制科，字非急務，或多不加意，惟從事音律者所必先。乃爲《音韻清濁鑑》，每韻配以字母，列於其上，後附以等韻諸法，授之剞劂氏。然是書非僅爲音律家設也，若士君子由此而求定音，大可證《正字通》一書立切之謬焉。梓成，問序於予。予固有志於斯者，何能無言？夫字果無一定之音也，則予童時所誤讀，師固不當責其訛，人固不當誚其別矣；字果有一定之音也，即無是書，豪傑之士猶將窮搜二酉，審別方音，必爲人所不能而己獨能者然後止。況有是書而習之，更便且易，吾知其必行也。嗟乎！若天下皆不肯以凡民自限，而思爲豪傑之士，豈非字學一大幸哉？是予所深望於世也。時康熙六十年歲次辛丑春和三月，歷陽馬壋元題於梁園之就正齋。

音韻清濁鑑跋

藍　畹

昔人云："讀書者多，識字者少。"信哉！夫負通才、號博學者，無論其於冷僻之字，貽"不識字，念半邊"之誚，即極之尋常，無日不誦之、用之之字，亦往往以訛傳訛。字學不習之弊，可慨已夫！嘗求其故，則惟等韻之不講也。其書始自釋氏《華嚴經》四十四母，繼以宋司馬温公删定爲三十六，猶我皇帝朝國書之十二字頭，各臻其秘奧者也。總之不外乎因韻尋母，依母取字，且有字者辨以音，無字者通以聲，蓋明如日星然。學者苟能潛心於此，則若網得綱，如裘挈領，舉所謂冷僻者。夫固識所趨，而無日不誦之、用之者，抑且能正其訛矣，何有乎"讀書者多，識字者少"之譏哉？吾於王君《音韻清濁鑑》一書，披覽之下，不禁穆然於其際，而於《等韻圖》爲尤有取焉。蓋王君楚珍酷嗜其學，窮年矻矻，寢食每忘，短前代韻書之煩夥，學者檢閱爲難，遂倣吕氏《同文鐸》，别成此書，爲資於學者不淺。予寧恝然，故贅數語於後。時大清康熙六十年歲次辛丑吉旦，長洲藍畹書。

以上清康熙六十年（1721）善樂堂刻本

韻 雅

韻雅自序

施何牧

“《韻雅》何爲乎？”曰：“志崇雅也。”“崇雅奈何？”曰：“凡字散見於六經三傳、諸史子集、《離騷》樂府、古詩賦歌謡者皆典，典即雅矣，舍是弗尚也。崇者，尚也。志者矢諸己，不敢必之人人也。”“本將奚自而定？”曰：“《唐韻》亡而韻亡矣，又安得所爲定本，而折衷諸沈韻非經耶？”“其書具在，曷言乎無折衷？”曰：“經爲不易之典常。”“若兹者，典常云乎哉？掘地得碣，詭詞也，然則不嫌於臆乎？”曰：“非敢然也，因世本以酌損之而已。譬彼糠秕，簸之揚之；譬彼瓦礫，沙之汰之，無容心也。”“有損必有益，所益之字焉憑？”曰：“間有之，亦憑諸典爾。”“又音複註，無瑣瑣與？”曰：“區又音，所以顯正音，二音釐然，義不溷淆，而字迺識、韻迺正。韻者，詩之範；字者，又韻之權輿也。”藁脱，命門人録而藏之篋衍。一山氏識。

清刻本

音韻闡微

御製音韻闡微序

雍　正

聲音之道微矣，天地有自然之聲，人聲有自然之節。古之聖人得其節之自然者而爲之，依永和聲，至於八音諧而神人和，胥是道也。文字之作，無不講求音韻。顧南北異其風土，古今殊其轉變，喉舌唇齒、清濁輕重之分，辨在毫釐，動多訛舛，樊然淆混，不可究極。自西域梵僧定字母爲三十六，分五音以總天下之聲，而翻切之學興。儒者若司馬光、鄭樵皆宗之，其法有音和、類隔、互用、借聲，類例不一，後人苦其委曲繁重，難以驟曉，往往以類隔、互用之切，改從音和，而終莫能得其原也。我聖祖仁皇帝亶聰首出，天地萬物之奥，律歷象數之秘，靡弗心解神會，洞徹本原。以國書合聲之法出於自然，足以盡括漢文翻切之要妙也，於是指授大學士李光地擬定條例節目，俾諸生王蘭生纂輯之，後復以尚書徐元夢董其成。始自康熙五十四年，迄今十載奏竣，命之曰《音韻闡微》。蓋其爲法也，緩讀則成二字，急讀則成一音。在音和中尤極其和，總出於人聲之自然，而無所勉强，洵爲簡明易曉，從來翻切家所莫及，而講求音韻者習之，良甚便也。雖然，此特就切韻言之耳。嘗觀《皇極經世書》，律感吕而聲生，吕感律而音生，律吕倡和，相生不窮，以聲音統攝萬物之變。説者謂其以聲起數,以數合卦,而萬物之理備焉。我聖祖仁皇帝獨見音韻之本原,即用以審音定律,作樂崇德,其道舉無所不貫,蓋睿智淵通,更有極乎至微者,夫豈羣下所能仰窺萬一哉!雍正四年五月十八日。

清光緒七年(1881)淮南書局刻本

剔弊廣增分韻五方元音

集韻分等序

趙培梓

韻書何爲而作也？古人以字類繁多，難於徧識，因刻爲韻以統音，並標爲母以統字，有韻有母，遂以二字取一字，法之所從來者遠矣。但等韻、類攝，各具一紙，不免翻閱之煩。《字彙》横圖，雖會同音於一處，而平上去入各居其所，但可串讀，不得四聲歸母，韻與母猶有扞格之苦。又等韻舊式，每等六句，知非照三句下古歌云："端精二位兩頭居，知照中間次第呼，非敷三等外全無。"不知者往往混歸。余因改正元音，溯源於等韻，輯爲《集韻》。今等十二攝，將三十六母，排作九句，庶免混歸之病。又舉類韻畢集於一幅，如東、冬、庚、青、蒸，錯入龍攝，而一韻一等，秩然不紊，開合上下，羣然在目，横讀則韻韻各自清晰，豎讀則連母合爲一句，以之切字，毫髪不爽，而且簡捷韻式。若此諸弊盡除，韻法至此，純粹以精。余之糾直圖之謬，而剔元音之弊者，惟操此耳。故特序之於卷首。

元音創始序

趙培梓

人之有心，愈用則愈靈；心之有思，彌出則彌巧。有《字彙》矣，又有《元音》，《元音》能通《字彙》之窮，何者？《字彙》檢字，必知其筆畫，乃可檢得，《元音》無論知與不知，但有其字音而讀之不訛者，皆可檢得出。故或字有闕筆，或不知平仄，或知有平而未知有仄否，或知爲仄而未知有平否，或半仄皆無所疑[1]，而解義有未深悉，開卷即得，一目瞭然，何快如之？甚哉！《元音》之爲功大也。甚哉！制《元音》者之心之靈而思之巧也。脱令我制《元音》，不過按三十六母，以字填之，斷想不到裁去類母，疊爲五聲，聚上平以爲句，彙下平而成辭，借入聲以補平聲之不足，使人讀之，妙若天成。此其靈巧爲何如哉？人謂："老子其猶龍與？"吾於創《元音》者亦云。但開創之始，難於盡善，瑕疵固所不免。余爲細加研究，歸於無弊，不過即白圭而磨其玷耳，豈能方其靈巧哉？然而磨非礲無以成完璧也。是爲序。

---

①半，據文意當作"平"。

改正元音序

趙培梓

漢阜倪玉華序《諸韻四聲譜》云：字韻聲音，屬自然之律吕，清濁高下，有不刊之宫商。《字韻》一編，猶宗譜也。如今扃庚、京同韻公、扃（爲合口呼），庚、京爲開口呼，猶衛、魯、毛、滕皆姬姓，而分封以後，各鎮其疆，宗同而地異也。公、扃、庚、京又各有牙、舌、唇、齒、喉五音，如鄭之七子、魯之三家，源同而派别也。牙、舌、唇、齒、喉又各有清濁，猶子之嫡庶，判於其母也。稍爲混淆，則昭穆失序，甚且亂宗，其舛錯不可勝言矣。此言等韻至精，後人不能易也。等語三十六母，分牙、舌、唇、齒、喉；牙、舌、唇、齒、喉，又分純清、次清、全濁、半濁，昭如涇渭矣，朗若玉山矣。元音既壘其聲，又併其母，牽此榮彼，派無别矣，宗且亂矣，序更失矣。而此猶其弊之小者，請即其大者。指數之，等韻三十六母中，有六母相類者可併，又疊四聲爲五聲，可爲二母爲一母者有十，故是書之母止於二十，而舊本云“併之止該十九”，乃取蛙之類母雲字配作二十。不知雲字所居，乃古母雲字之位，微爲輕唇，易以雲字，則喉音矣。夫輕唇之音，世本混讀，惟恃作韻書者，因其母以求其字，實以字而著其音，庶乎昧者可使明也。舊本乃并其母而去之，何異告朔之禮既廢，並餼羊而去之，禮尚可復乎？又字母之立，將以爲字之所歸，設母字本非其位之字，猶母於非其子而以子招之，子於非其母而於母呼之，欲其相應，得乎？如系字本胡計切，歸古母曉字，而所居乃古母心字之位，則應是絲字。或俗有誤系爲絲者，彼亦誤耶？然誤在他人，猶可言也,誤在作韻書者,豈不可笑?請問世盡誤讀爲絲者乎?設有讀繫者,其將何以歸之乎?至虫本音毁,俗讀作蟲,《字彙》明言之矣,尚可言也。吁!皇皇字母,誤人若是,可勝慨哉!不甯惟是等韻,字母有純清、次清、全濁、半濁之分,不止平聲有上下,入聲亦有上下,以及上聲、去聲皆有清濁。舊本分上平、下平,而不分上入、下入,將全濁郡、定、澄、並、從、床六母入聲,俱混於純清入聲中;奉、器、禪、匣四母入聲,俱混于次清入聲中;濁下、濁下[1],亦皆混於清上、清去中。所謂無别,此之謂也。近有得元音之秘者,謂入聲無上下,非其誤人之明驗乎?甚至純清本無下平,雖讀下平,乃借下入之音讀之,止有音無字,以字在下入也;半濁本無上平,雖讀上平,乃借本句入聲之音讀之,亦止有音無字,以字在入聲也。舊本竟有以字寔之者。嗚呼!等韻如彼之清,元音若此之混,是猶散精金於沙内,識者不勝太息矣。余亦目睹而心傷焉,因不憚披揀之勞,輕唇仍歸微母,入聲上下,分清濁上,一一標出,濁去字字不蒙。純清無下平者皆闕,半濁無上平者悉空。以是質之等韻,庶可告無罪於古人矣,然猶未足以持贈後人也。蓋舊本字不足用,往往經書常見之字,多所遺漏,即其已有之字,音義舛錯,亦復不少,且諸韻書所載韻法,皆從牙音讀起,舊本獨從唇音讀起,陵亂更甚,又烏可以持贈後人乎?余於簡閲之際,字之遺漏者增之,音義舛錯者正之,位之陵亂者定之,更以元音十二韻,本詩韻平聲三十、上聲二十九、去聲三十、入聲十七之所集而成。故於各韻之字盡皆補入,悉爲標名。如此則詩韻全字,音無不正,義無不明,單收、雙收,異同畢究。詩賦題下,得字限字,某在某韻,一覽便悉,不足爲儒

[1] 濁下、濁下,當作“濁上、濁去”。

雅之助乎？至其不在詩韻者，字亦無多，則列於圈外以别之。舊本以《字彙》命名，此則兼論韻法，蓋凡字皆在韻中也，因顔其額曰《剔弊廣增分韻五方元音韻法新編》。余之爲此，非得已也，蓋洞見作者之本源，深惜其具至靈至巧之心思，而研究未精，以致獲戾於古，貽誤於後，誠有不忍不正、不敢不正者。要非精於等韻，不知此編有功於等韻，而大有補於元音，使元音可垂於不朽，而等韻將以復明於世也，亦惟精於等韻者知余之苦心也。輯成，付諸剞劂，以公海内，倘有矯枉過正之處，重加改正，尚有望高明云。嘉慶十五年孟夏上浣，自序於克己齋。

勸學弁言

趙培梓

書聞規矩誠陳，不可欺以方圓，則知反切既明，不能亂以聲音。然反切依韻而立，韻法實切法之權輿，未有韻法不精而切法能善者也。無如韻法不明，匪伊朝夕。《字彙》横圖，云等韻目音，和門而下，其法繁，其音秘，人每憚其難而棄之，曰："取吾青紫，奚惜是哉？"故世有窮經皓首之儒，而反切不知，弊相仍也。夫《字彙》始於有明，而其言如此，可見韻學不講，仍訛襲舛，亦已久矣。雖《字典》示以簡易之法，曰記取康茶佉是様，而棄之自若也。然此棄之者非盡，奚借之云？亦得門者寡耳。愚於改正《元音》之暇，復取等韻十六攝纂爲《集韻》，分等十二攝，使與《元音》十二韻相通。又糾直圖之謬，使與等韻同歸。不敢自謂精妙，聊爲後學指門。爰成四絶以示勸,其一曰:"韻法無如等韻微,直圖闢捷已爲非。元音起復來相溷,多弊紛紛知者希。"其二曰:"元音洵屬案頭奇,妙用多方世共知。一自繁陽剔弊後,擬稱完璧頗相宜。"其三曰:"謾强憑記誇聰明,藐視韻書全不賡。平仄已從艱苦得,更將切法嘆難成。"其四曰:"莫將學韻看爲難,浹日浹辰把業殫。以後時時盡受用,通儒自號永無難。"余之惓惓於此,總以韻不難,學者勿望而却步,則神而明之有日矣。書成又題。

韻法歸一説即跋

趙培梓

韻綱固須先讀,又須按韻綱讀法,句句歸母,逐母挨讀到底,則每目下排列之字音,不待臨時酌度矣。且讀元音熟後,看着元音韻目折開,讀成四聲,按等韻之次,將三十六母找清,則元音即等韻矣。讀等韻熟後,亦要看着等韻讀成五聲。想元音某母與某母合爲一句,某平借某入而成五聲,則元音如自我作矣,等韻、元音不歸于一乎?直圖之四十四韻,即在《集韻》分等之中,其歸一不待言矣。此道與文章不同,文章變化無方,千萬人全不雷同,此道一成不變,千萬人如出一口,有何難哉?雖然,吾滋懼矣。創韻始于沈約、釋神珙,繼以等韻,誠所謂攄性靈之奥,而洩造化之元矣。然而十六攝中,有類焉者,有兼焉者。類者韻繁,不得不類。兼者假含遮韻而爲蛇蠏爲豺韻,而藏地紙蠏開合兩相歧,且從下等上等虧,故未易了然心目也。《五方元音》晚出,雖若亂乎等韻,然其母以二十，而二十六母之音不遺，韻止十二，而一十六攝之韻總括，誠得乎乾坤之易簡也。予爲條分縷析，使其亂者不亂，又著《集韻分等》，俾人參觀互證，無不脗合，予心之可以自愜者此耳。若夫字之未備，義之有缺，人人可以諒之，亦人人得而譏之。況乎音有正有方，正音每不宜於方，方音多自以爲正，入者主之，出者奴之，所不免矣。嗚呼！罪我者其惟斯乎？罪我者其惟斯乎？是爲跋。

以上民國會文堂新記書局石印本

佩文詩韻釋要

佩文詩韻釋要序

朱　蘭

道光甲午，余奉簡命視學楚北，嘗重訂周蓮塘尚書《詩韻釋要》一書，刊板以貽士子，一時推爲善本。任滿乞假回里，攜板以歸。咸豐辛酉，粤氛及浙，避地流離，家藏典籍大半散亡，此書板亦闕焉，獨稿本幸存篋衍。去年秋，復奉視學皖江之命，甫抵任，即試首郡。安徽人文淵藪，雖遭喪亂，學者猶盛，然以兵燹轉移之後，文獻凋亡，後生少子失所師承，沿訛襲謬，間亦有之。適湘鄉節相暨沅浦中丞刻其鄉先輩王船山先生遺書，開局會垣，因取舊藏稿本付之手民。蓋音韻之説託始齊梁，而近時場屋之學部分尤嚴，學者幸生右文之世，自試童子，補學官，以至異日彤廷授簡，將以鼓吹休明，於是書不無取焉。若夫探源孫顧，上證羣經，以求古今音學之異同，則有待於博雅君子矣。同治三年春暮上澣，姚江朱蘭序於皖城使院。

佩文詩韻釋要序

陸潤庠

虞廷教胄，依永龢聲，爲詩學之權輿，無所謂韻也。許書五百四十部中，初無“韻”字，惟新坿有之。裴光遠云：“古與均同。”《鶡冠子》曰：“五聲不同均。”成公綏曰：“音均不恒，陶者以鈞作器，樂者以均㝗音。”“均”即“韻”字。今人之所謂韻，實故人之所謂聲也。韻學萌芽，魏李登猶名爲《聲類》，至齊周彦倫作《四聲切韻》，梁沈約作《四聲韻譜》，而唐人因以爲選舉士人作律詩之用。風會所趨，聲韻夐别，陸法言《切韻》、孫愐《唐韻》分二百六部，南宋劉淵壬子新刊《禮部韻畧》併爲百有七部，元陰時夫又併爲百有六部，我朝《佩文韻府》因之。其一字數音，或一韻兼收，或數韻錯見者，各有實義，無可溷淆。初學之士，恒苦繁重，未能家置一編，是以《辨同》《字畧》《異同辨》等書相繼而出。其尤爲簡易者，莫如周蓮塘尚書《詩韻釋要》一書，由博返約，便於尋繹，故海内風行，奉爲圭臬。其後朱久香前輩刻於皖鄂，又經吴子實、洪文卿兩前輩一刻於粤東，再刻於江右，各有校正，而其中謬譌之處，猶有未盡釐訂者。余視學山左，病場屋之無善本也，爰即是書校勘數過，據沈文忠公《韻辨坿文》畧爲更正，餘仍其舊，非敢云折衷一是也。校既竟，崇峻峯方伯、豫東屏廉訪見而善之，乃屬高輔山大令就書局鋟版。諸人之嘉惠士林，正非淺尠。夫識字必由於訓詁，而訓詁不外乎音韻。音韻可合乎聲歌，則是編也，未始非賦詩者之一助云爾。光緒十二年歲次丙戌春正月，山左督學使者元和陸潤庠序。

重刻詩韻釋要序

徐　琪

夫古人之文，不必用韻，自然而合於音，故無韻之文而往往有韻。帝舜之歌，皋陶之賡，箕子之陳，文王、周公之繫，無弗同者。孔子作彖、象傳，且因經有韻而亦韻之，述而不作，於此見一端焉。此外如《曲禮》《禮運》《樂記》《中庸》《孟子》，多有以韻叶者。秦漢以前，諸子皆然，故《離騷》《楚詞》《太玄》《易林》亦莫不有韻，太史公作贊，亦時一用之，《記》所謂"聲成文謂之音"，有文斯有音，固非獨三百篇爲然也。自齊梁間周彦倫作《四聲切韻》，沈約繼之撰《四聲》而《韻譜》遂成，按《南史·周彦倫傳》："始著《四聲切韻》，行於時。"《沈約傳》："撰《四聲譜》。"《陸厥傳》又云："時有王斌者，不知何許人，著《四聲》，行於時。"又《南史·沈約傳》："梁武帝問周捨曰：'何謂四聲？'捨曰：'天子聖哲是也。'"朱錫鬯《廣韻》序誤以爲周彦倫語。捨，彦倫子。隋陸法言作《切韻》，唐禮部因用以試士。天寶中，孫愐又增定之，名曰《唐韻》。宋陳彭年等重修《廣韻》，丁度等又作《禮部韻略》，而孫氏之書漸佚。惟雍熙時，校定《説文》，在大中祥符重修《廣韻》以前，所用翻切一從《唐韻》，以之排比分析，尚知《廣韻》部分仍如《唐韻》，差可得其彷彿。後此《集韻》之出，皆稱宋祁、鄭戩建言，以陳彭年、邱雍所定《廣韻》多用舊文，繁略失當，因詔祁、戩與賈昌朝、王洙同加修定，丁度、李淑爲之典領。晁公武《讀書志》亦同。考司馬光《切韻指掌圖序》："治平四年，余得旨繼纂其職，書成上之，有詔頒焉。"則《集韻》奏於英宗時，非仁宗時成於司馬光之手，非出丁度等也。紹興間，毛晃之《增韻》既行，而向之《廣韻》又漸廢。蓋較《禮部韻略》增收二千六百五十五字，而千二百六部之分則尚未改[①]。自《平水韻》出，後人皆以併韻之咎歸之劉淵。雖顧氏亭林之博雅，且謂淵始併二百六韻爲一百七韻。然黄公紹《韻會·凡例》稱毛氏晃增修《禮部韻略》，江北平水劉氏淵新刊《禮部韻略》，互有增字，而每韻所增之字，於毛云毛氏韻，於劉云平水韻，則淵不過刊是書者，非箸書之人。錢氏曉徵於吴門，見元槧《平水韻略》，其卷首有河間許古《序》，乃知爲平水書籍王文郁所撰，後題"正大六年己丑季夏中旬"，則金人而非宋人。蓋淵竊見文郁書，刊之江北，而去其《序》，故公紹以爲劉氏書。文郁在劉淵以前，則併韻不始於淵可見矣。或又謂陰時夫作《韻府羣玉》，又併上聲之拯於迥，較《禮韻》、毛、劉韻刊落三千一百餘字。然文郁韻上聲拯已併於迥，則亦不始於時夫可知矣。許觀《東齋記事》云："景祐四年，詔國子監以翰林學士丁度所修《禮部韻略》頒行，其韻窄者十三處，許令附近通用。"王應麟《玉海》謂："景祐中，直講賈昌朝請修《禮部韻略》，其窄韻凡十有三，聽學者通用。"皆不言所併何部。今以《廣韻》《集韻》目録參考，乃知殷與文、隱與吻之類，皆昌朝所請改，又有合三部而輒併爲二者。宋韻之異於唐，實自此始。後來平水韻特因其同用之部而合之，非有改作也。明樂韶、宋濂等奉敕撰《洪武正韻》，斥沈約爲吴音，以中原之韻更正其失，併平、上、去三聲各爲二十二部，入聲爲十部，於是古來相傳之二百六部，併爲七十有六，實韻書一大變。蓋《梁書》《南史·沈約傳》並載約撰《四聲譜》，《隋志》載其書一卷，而《唐志》初不箸録。陸法言《切韻》歷

①千，當作"于"，涉上而譌。

述吕静、夏侯該、陽休之、周思言、李季節六家之韻，獨不及約書，是隋開皇時，其書已不顯。唐李涪作《刊誤》，但詆陸韻而不及沈書，則僖宗時已佚。濂《序》乃以陸法言以來之韻指爲沈約，其謬殊甚。且觀陸書《序》中所述劉臻等八人，則非惟不定於吴人，而江左取韻之語，已深斥吴音之非，安得復指爲吴音？李涪之書不加深考，而濂亦沿譌踵謬，故終明之世，不能行於天下。後學士劉三吾言前後韻書，惟元國子監孫吾與所纂《韻會定正》，音韻歸一，以其書進，更名《洪武通韻》，今亦不傳。我朝崇尚音學，超越往代，康熙四十三年六月，聖廟與内廷翰林輯《佩文韻府》，十月命閣部大臣更加蒐采，十二月開局。先文敬公方自河南巡撫擢工部尚書，遂與張、陳、李三文貞公爲彙閲官，及五十年十月書成。凡上、下平聲各十五，上聲廿九，去聲三十，入聲十七，皆與平水韻相同。自有韻書以來，無更浩博於是者。五十五年，重修拾遺，復增韻書之音切，蓋又舉大而及其細，掛少以成其多。俯視陰氏、凌氏之書，如滄海之於蠡勺矣。國家令甲：凡殿廷考試、舉人覆試及新進士朝考，皆發有《簡明佩文詩韻》一册。蓋恐草茅新進，未諳音律，或於平仄異用之地，多所譌舛，因特發此册，欲於右文稽古之中，示曲體寒畯之意，法至善也。吾鄉朱久香前輩視學楚北，嘗推此意，取周蓮塘尚書所輯《詩韻釋要》刊板，以貽士子，後視學皖江，又復刊之。吾師陸鳳石先生復取此書，據沈文忠《韻辨坿文》更爲校正，而梓於山左，則視前刻爲尤精，蓋嘉惠士林，實同一意。及余奉命視學此邦，檢查舊牘，曾有平遠優生試帖失調至五字之多，當時行學戒飭。夫粤東爲人文薈萃之區，頗有粹於小學者，而僻處陬澨，有時不免，則師儒未以韻學之道爲之誘掖於前也。然陸鳳石師序中稱，吴子實前輩嘗刻是書於粤，及詢之吏人，無一知者。蓋前輩在此日暫或當時未及徧給，故民間不存。因取篋中所攜鳳石師之原刊，與吾師曲園先生《茶香室經説》，薄捐廉俸，命工齊刻，不一月而先後俱竣。夫音韻之學，至繁賾矣。昔顔真卿編《韻海鏡源》，爲以韻隸事之祖，書既久闕，南宋人韻書雖多，亦罕踵其例。惟吴澄《支言集》有張壽翁《事韻擷英》序，稱荆公、東坡、山谷始以用韻奇險爲工，蓋其胸中蟠萬卷書，隨取隨有，儻記誦之博不及前賢，則不免於檢閲，於是乎有《詩韻》等書。是押韻之書，盛於元初，詩韻二字，蓋見於此。宋歐陽德隆作《押韻釋疑》，凡《韻略》之字同義異、義同字異者，皆與其友易有開各爲互注。景定甲子，郭守正又增修之，《永樂大典》所謂《紫雲韻》即此。其書每字之下，先列監注，次列補釋，次列他韻、他紐互見之字，詳其同異，辨其可以重押通用與否，"釋疑"二字，實不忝其名。此書以"釋要"名篇，雖未能如歐陽之該洽，而體裁正復相同。余方擬恭鈔西湖文淵閣藏書之有關嶺南文獻者，次第剞劂，并取歐陽之書一併録刊，兹特以是册爲諸生程試之先，冀稍免失調諸事之弊。我國家昌明文教，如欽定《音韻闡微》《述微》《同文韻統》《叶韻彙輯》諸書，皆已發明義藴，毫髮無憾。而國朝談韻學者，如顧氏、柴氏、毛氏、江氏之書，較宋吴棫、明楊慎、陳第諸説，則尤精核。學者於此植其根荄，復進窺前賢之書，以誦述聖謨，上溯三百篇之旨，則是刻也，雖隻字單詞，未始非黄鍾協律之所繫矣。光緒十有八年歲在壬辰正月，粤東督學使者仁和徐琪序於廣州試院之喻學齋。

以上清光緒元年（1875）湖北崇文書局刻本

字類標韻

字類標韻原序

華　綗

六書之學,形聲爲重,以偏旁分類,始於許叔重《説文解字》,自一至亥,爲部五百四十,此以形定字者也。以音韻分類,始於周禺之《四聲切韻》,沈約繼之,至《唐韻》而大備,自東至乏,爲部二百有六,以聲定字者也。古小學之教,皆先識字而後求其義。自唐以來,如宋之《集韻》、元之《韻會》、明之《正韻》,皆以韻爲主,而以同音之字從之,非先識某字爲某音,不知某字當屬某韻。至《字彙》出而部居以字畫多寡爲次,一部之中,又以畫數分後先,檢尋最便,而於韻之畛域,或未之深究也。我朝同文之盛,監前代而集大成。《字典》由一畫遞衍,而音義之異同,務廣徵而博引。《韻府》以四聲分部,而詞藻之詳備,實踵事而增華,有美必收,不遺一字,可云盡善矣,然篇帙浩繁,披閲爲勞。余不揣固陋,取《佩文韻》所收之字,略從《字典》之分門,檢字則以偏旁爲主,審音則以聲韻爲的,名曰《字類標韻》,聊以便初學之省覽、行篋之取攜,非敢謂有補六書之學也。乾隆二十一年歲次丙子夏仲,維甯華綗序。

重校字類標韻序

譚宗浚

讀書不可不明韻學，今世試士之韻，乃平水劉氏所合併，非陸法言、孫愐之舊也，然文人承用，尚有沿誤者。昔范鎮試學士院詩用“雌、蜺”字，士子謂其失韻。近時施愚山試《省耕詩》亦以“旂”字押入四支。甚矣，韻學之未易言矣！錫山華氏向有《字類標韻》一書，以字畫之多少分先後，而指其所屬之韻，雖未能洞悉古韻源流，而綱舉縷分，有條不紊，視近人高談古韻，沾沾於支脂、殷文之異同，而轇轕不適用者，似轉過之，抑亦宋歐陽隆禮《押韻釋疑》之亞也。念伯同年酷嗜此書，并囑館閣諸公繕寫分校，付之梨棗，囑余誌其緣起，因書此以貽之。光緒改元歲次乙亥小陽春月，南海譚宗浚序并書。

重校字類標韻跋

王乃棠

曩見錫山華氏所著《字類標韻》，喜其提綱挈要，畛列區分，若絲引珠，如肉貫弗，誠善本也。既而雲間何氏、金匱吴氏俱有重刻本。故知揚雲《玄經》必有同嗜，蔡邕《論衡》諒難獨祕，不脛而走，有由來矣。惜其原板雖存，半遭漫漶，魯魚滿簡，虚虎成羣。爰乞館閣諸公，分寫成帙，重加繕校，付彼手民。是使句傳沈賦不訛雌、蜺之音，注考《漢書》勿誤鮦、陽之讀，或亦小學之一助云爾。光緒二年孟春，三水王乃棠謹識。

字類標韻序

鄒一桂

偏旁子母，字學也；四聲同異，韻學也。齊梁以前，字有音而無韻，但隨其聲之所叶讀之，而韻在其中矣，如《易》《詩》《書》皆然，可按而考也。自沈約定爲《四聲類譜》，後人遂守若律令之不可易，顧其書不可見，其可考者，維《廣韻》最古，而今之并爲一百六韻者，宋劉淵本也。韻之區别，世罕能精，況其間音同韻異，如東冬、魚虞、青侵之類之斷斷不可以相雜，能辨此尤鮮矣。疑似之間，往往索之於此，而不知失之於彼，非老於拈韻者，繙閲頗費目力。一日過華子維甯書齋，見盛夏中方據几撰集，以韻繫字類，州次部居，條分縷析。余喜其用心之勤，凡有事於聲韻者，得其字即得其韻，可以一覽無疑。維甯年少才敏，好學深思，用心於其遠且大，宜有所不暇此。然觀其暑午揮汗，搦管成袠，則其早暮之多所窮索而精研名理，亦可概見。爰樂題其首簡，且慫慂鏤板，以廣惠吟壇云。乾隆二十年歲次乙亥秋七月望後二日，讓鄉鄒一桂題於禮部官舍。

字類標韻序

王庭楨

韻學之辨，聲音備矣。我聖祖仁皇帝聖明天縱，斟酌於《切韻》《唐韻》《廣韻》《集韻》及《禮部韻畧》《毛氏韻增》《洪武正韻》諸書，爲《佩文韻府》，命儒臣詳加註釋，徵引宏博，考訂精核，頒之學官，通行海内，洵足度越前古，而爲天下後世楷模也。顧其爲書卷帙浩繁，不能家購一編，以資遵守。而窮鄉僻壤之士，風氣既異，方言亦殊，不惟四聲不能明，即平仄兩音亦多不如律，甚至名噪黌宫，制藝既不諧聲，試帖更多失叶。欲家喻而户曉之，戛戛乎難之矣。予守施南久，歲科有試，書院有課，雖山谷鍾靈，人文蔚起，而字不合律者，恒踵相接，即時爲更正，亦無能徧語士林。夫考試功令，詩文並重，磨勘最嚴，將何以示之鵠乎？吾鄉華君維甯著有《字類標韻》一書，取《韻府》中字，分門如《字典》，其間别同異、辨通轉，與夫一字而兩收三收者，皆詳註每字之下，學者但檢一字，即音義瞭然，且卷帙無多，尤便舟車行篋，誠善本也。因於選刻課藝之暇，亟付手民，以公同志。昔戴東原氏稱："自漢以來，不明訓故聲音之原，以致古籍溈僞莫辨。"音韻之學，可忽乎哉？是書也成，分之多士，日置案頭而考證之，他日撰著殿廷，和其聲以鳴國家之盛，是則予之厚望也夫！光緒八年歲次壬午仲冬月上澣，錫山王庭楨譔并書。

以上清光緒元年（1875）肆江王氏刻本

本韻一得

答趙中丞論韻書

龍爲霖

使者旋，捧讀翰教，惓惓故人之誼，感服盛德，然所以獎與則過甚矣。復蒙垂問韻學一書，益增愧汗。此道自漢以後，如漆室長夜，千數百年於兹矣，某何人斯，敢參末議？顧閣下好學不倦，聽浮言而采虚譽，問道於不識徑路之人，懃懇如此，又安敢以不知而謝之？蓋嘗竊論天下萬物之變無窮，莫不原於陰陽五行；天下萬籟之變亦無窮，莫不原於陰陽五音。五音者，五行之配也。後世不察其原，散而索諸三萬餘字之間，紛而求諸二百餘韻之内，著書者不下數十百家，忽分忽合，或增或減，茫無定論，曰某韻通，某韻不通，某韻仝用，某韻獨用。至通與不通、仝用獨用之故，又未能明言其所以然，而舉世爲所牢籠牽制，顛倒迷惑。千餘年來，幾許才人學士，齊俯首束縛於其中，未能自振，良可慨也。夫聲韻之道與樂律通，樂有宫、商、角、徵、羽之五音，而角不通徵，羽不通宫，數奇則止，律遠則乖，理固然也。聖人和以變宫變徵，而陰陽相生，循環不窮。韻即音也，音即樂也，安有舍五音七均、陰陽六律之外，而别爲一韻者？故平韻止十有二，黄鍾、太簇、姑洗、蕤賓、夷則、無射、大吕、夾鍾、中吕、林鍾、南吕、應鍾也。上去隨之，無所謂東、冬、江、支三十韻之多者。入韻止七，宫、商、角、徵、羽、變宫、變徵也。入韻獨少於平韻者，歸宿之處，尾閭之所也，更無所謂屋、沃、覺、質二十餘韻之多者。故善論韻者，自入聲始。如俗本所載一屋、二沃皆宫韻也，即一東、二冬之入聲，故東、冬當爲一韻，皆黄鍾也；江、陽爲一韻，皆太簇商韻也。樂律宫與商通，故東冬、江陽古皆通用，而真、文、侵爲一韻，則又變宫之相通者，餘可類推。數韻通轉，隨人互用，極云寬矣。其中如羽不通宫之類，又一字不容闌入，何其嚴哉！此無他，人生固有之元聲，各有自然不易之定理，非可以纖毫私意增損去取於其間者。故十二韻判然各别，較若列眉，依韻讀之，雖三尺童子無不可解。是以上古之時，婦人、女子、樵夫、牧豎悉能爲詩，而後世老師宿儒，猶惴惴於聲韻出入之間。豈今人誠不古若？古之人因其自然，天也；後之人參以已見，人也。人事起而天真亂。反切歸母、射標傳響之法，愈出愈新，而卒昧其本，則豈特劉淵輩爲不識韻？博洽如鄭漁仲、吴才老、楊升菴之徒，窮搜遠引，尚不能窺見至原，準之百世。嗚呼！豈不難哉？某賦性愚魯，每讀一字，不解其音韻之所由，輒煩懣累日，以故生平讀書不多，乃殫思冥悟，久而若有所得，頗會六書源流。嗣此讀秦漢以上之書，韻隨口得，不煩考校。嘗以質諸當世論韻之士，亦多極口稱快，亟欲勒成一書，公諸同好者，輒復自念：近時如邵子湘、李笠翁韻本，何嘗不膾炙人口，奉爲金科？以愚觀之，邵如隔壁，李直兒戲，徒爲識者所笑耳，安知世之笑我，不有似我之笑邵、李者？用是深自惶懼，未敢下手。方擬博採古今韻書，并邀一二同志之士參互考訂，庶幾有成。其間由元聲，而陰聲、陽聲，而五音，而七均，而十二律，而閏律，循環相生、相通不相通之處，繪圖編次，大費經營，至舊韻錯繆，一一爲之正訛指悞，則援古証今，尤非易易。年來簿書鞅掌，久束高閣，編輯請教，當以俟諸異日耳。蒙下詢諄諄，不揣固陋，略述其梗槩如此，惟閣下鑒之。附呈《六書論數》，則亦韻學之一端，可否乞先賜教誨，勿以門外人置之？幸甚！幸甚！

本韻一得序

蔡時田

古以四術取士，人無不學，學無不知。樂依永和聲，與天地自然之元音默相符契，故不必有韻書，而農夫游女皆能矢口成音。後世樂律失傳，文人學士鮮能審音，故爲書以繩之，而繩之者先不能無戾於古，則自唐始。觀梁武"何謂四聲"之問，周捨"天子聖哲"之對，四聲之分，原於周、沈，當時未以此限。唐以聲韻試士，創爲拘限之説，懸《四聲切韻》一書，爲取士之的，雖第用於律詩律賦，而古音從兹蕩然矣。今之存者，惟《廣韻》《集韻》其傳最舊，所云獨用、通用，合於唐，不合於古。元、明以來，遞有增述，互相訾謷。近世好學深思如顧亭林、毛西河，各有成書。顧言本音，而聲有未諳；毛爲五部、三聲、兩界、兩合之説，亦泛而無歸。非韻之難，不知樂之難也。渝州龍雨蒼先生學殖有根柢，早契六書精蘊，直遡元聲，洞曉陰陽，五音透達，七均融徹，以通其郵於變宫變徵，而十二律閏律循環相生、相通不相通之處，繪圖立説，分别入微，使三代以上之音，粲然復明。其於此事，不徒見其然，而實能言其所以然，洵闇室一燈也。譬之導河積石，既窺其源，遂有迎刃之勢，異夫節次推勘、銖兩叶比者。用以審音定律，作樂崇德，其道舉無所不賅。抑又觀《皇極經世書》，律感吕而聲生，吕感律而音生，律吕倡和，相生不窮，以聲起數，以數合卦，天地萬物之變化，統在於斯。神而明之，存乎其人。則是書豈但同文之一助耶？蓋先生之功偉矣。乾隆十五年庚午三月，雪南蔡時田譔。

韻敘

彭端淑

雨蒼先生少以才名顯東川，余初識於京城，既心折之，而未盡其藴也。今年夏，扁舟南下，訪先生於渝州，欣然出所著韻書示余，分宫别商，釐譌證僞，上探風雅，旁及《書》《易》，下採屈、宋以來千餘年文人學士，分合異同，原原本本，抉六書之淵微，會五音之奥妙。其言曰："入韻雖多，約之不過七聲；平韻雖多，約之不過十二聲。協諸樂律，參以正變。"其學博，其識超，其言大而非誇，其旨精而允當。嗚呼難矣！夫音韻之道，其來已久，而四聲始於齊梁，周顒、沈約之書，吾不得而見也。隋唐及宋，作者相沿，亦罕覯焉。所見坊間諸本，各執己私，紛紛聚訟，舉世宗之，莫由别也，然心實非之。蓋天地之元音，流於天地，而合於人心，莫不有自然之節，未可以意爲揣測也。昔考亭註《詩》，自謂叶韻本諸吴才老，彼其精神命脉俱竭，他書未暇深攷，不能不以所疑俟後人。世之作者，自度不及考亭，方且以無稽之説號召天下，不亦誣乎？如先生是書，殫心冥悟，窮源遡流，一空依傍，能使天地之元音不墜，其爲功於天下後世豈小哉？抑吾蜀山川奇秀，多鍾異人，巫山之英，實生子雲，《太玄》《法言》，炳焕千古。先生是書，殆繼子雲而傳乎？然子雲有言："後世必有如子雲者，而後可以知子雲。"今之世有好學深思能知先生者乎？固余所旦暮望之也已。時乾隆十六年五月初一日，丹稜後學彭端淑書於渝州舟中。

以上清乾隆十六年（1751）刻本

韻字辨同

韻字辨同自序

彭元瑞

曩予初入翰林館課詩賦，慮舛官韻，因取《佩文韻》之重收者，鈔審音義，取便操觚，大興翁學士見而借録。嗣學士視學粤東，鐫示諸生，版留羊城。同人以出予手，輒來相索，無以應之，因重刻此帙，用代繕寫之勞。其例言及一二爲學士是正者，概仍其舊。南昌彭元瑞。

韻字辨同識

謝啟昆

右凡一千一百七十二字，字之次第、義之同異，悉謹遵《佩文韻》本，間刺取經史、《文選》，諸家詩集、注語及稗史叢説以參證之。至金柅之"柅"本在四紙，今則借入四支；笭箵之"箵"前人多押九青，今則入二十三梗，若此之類，總以試席適用爲主，是以不復悉辨。若唐人詩句中"十"字讀平聲，"冰"字讀去聲，"相"字、"司"字讀入聲之類，韻書所不收，尤不能盡摘也。甲申六月十三日重校一遍。謝啟昆識。

以上清刻本

韻　歧

韻歧自序

江　昱

韻中互收字，音殊義别，用之一差，謬以千里。御定《佩文韻》，猶宋《禮部韻》，爲一代同文之制。謹案部分略舉尤異者，析之辟歧途，然各指其鄉，以免楊子之泣。廣陵江昱。

韻歧序

吴　鴻

韻，和也。太和之氣在天地，嘘拂而爲風。其於人也，心動成音，音員爲韻，無古今也。《詩》三百篇，婦人孺子，矢口作歌，豈如後世有所云叶音通轉者乎？五方風氣不齊，故音有高下清濁之别，作者自聲其籟而已。迨後齊中書郎創《切韻》，梁沈氏繼之，書雖不存，然當時止《四聲譜》耳，非若唐宋增益，部分如此之嚴且密也。雖然，此正天地之文明日啟而不可按者也。蓋自書契既作，踵事增華，一字而或益其文爲數字，或轉其音爲數義，字愈多則音愈繁，而義亦愈變，不似古昔之可以通用假借也。譬之渾敦氏草衣卉服，逮黄帝、堯、舜以洎商周[1],則上下等威,秩然不亂。故立乎文運昌明之會,而欲渾而同之,是猶以椎輪土鼓寘之金玉章相、鼎籩奇偶之列也。我國家文治光華,近奉諭旨,春秋兩闈暨比年攷校,參用唐制,賦五言律詩,取士之法,至爲明備。余膺簡命,眎學楚南,適江君松泉侍太夫人於令弟蔗畦明府官署,余於衡州試院邀共晨夕,偶論士子有依韻賦詩而音義訛舛者,松泉隨舉韻中重見互收之字,推類拈出,如數家珍,井井有緒。既余返會城,與松泉別三月,而已成《韻歧》一書,其中提綱字七百六十有奇,類從者倍蓰。舉凡異同疑似,條分縷析,不差絫黍,而時出論議,往往發前人所未發,博而能精,奇而一準乎理,洵風雅之功臣,爲同文盛世鼓吹休明者與!昔吾鄉毛西河前輩慮俗士止見律韻不知古韻也,作《通韻》使人得其合。今松泉慮初學之不辨律韻也,作《韻歧》使人得其分。夫欲知統同,必先辨異,實一揆也。且昌黎云:"作文宜略識字。"松泉是書,根柢六經而博參羣籍,期海内操觚之士尋聲攷義,精求於六書之旨,而凡有一知半解,亦觸類而長焉,非僅鑒雌霓之失正、蹲鴟之誤已也,則所裨於讀書者,豈其微哉?將和聲以鳴國家之盛,非松泉莫與問途也已。乾隆二十五年歲在庚辰冬日,武陵吴鴻題。

①逯,字當作"逮",形似而誤。

韻歧序

曠敏本

韻學之起，尚矣。古韻寖失，而其學遂罷。周、沈之策既亡，平水、才老且不免後人之訾。近代毛氏五部、兩界之論，或苦其浩瀚，而邵氏《韻略》又病其未該。嘗試淺言之，以爲但能辨形而審音，因以上討夫《詩》《騷》諸子之文，則正無庸苦其難也。松泉先生學殖宏贍，兄弟以古學相劘切，海内鮮不知廣陵江氏者爾。乃成《韻歧》一書，援据經史諸子及漢魏以來詩賦誄頌，凡字之疊見而錯出者，靡不詳覈嚴訂，參以心得，究未嘗加以臆斷。嘻！勤矣善矣。夫字之音，有一字數音者，有一字十餘音者，有一字三聲四聲具者，形百千變，音且千萬變。論者謂古者字少，往往借用，如經史、兩漢多通作之字，要其借焉、通焉者，庚於其音，而後人之訛翻胥於其多也。昔蘇氏病子雲艱深，而子雲識字，昌黎實佩之。自《詩》《騷》外，韻之不淆者，亦推二子。其所以力追正始者，亦大都兢兢於形音之間。先生家多書，又肆力者深，予不克罄窺其底，特爲揭其端，俾讀者析其形音之歧而歸於不歧。尋先生心力之所注，以之應制，以之作詞賦碑銘，因以上窺五典四始，讀諸史諸子及古今金石諸刻，皆可以不歧其途。是編之益，豈淺鮮哉？峋嶁年愚弟曠敏本識。

韻歧序

段永孝

《文中子》曰:“我未見處歧路而不遲回者。”《列子》曰:“歧之中又有歧焉,吾不知所之也。”而遊藝一途,韻爲尤甚。即如“逢”字互收東、冬韻,其音義風馬牛不相及也。迺孟襄陽五律尚且誤叶,又況應舉之士新奉功令,粗習音律,其於異同疑似之介,如虚實動静事物之類,舛錯混淆。是猶《禹貢》沱潛再見,黑水三見,而適荆者首梁州,不省黄河南北也。松泉先生記問該洽,夙擅豹鼠之辨。今年夏,應吾楚提學吴公聘,參閲試牘,揮麈間談,偶拈《韻歧》以開後學。見一字兩韻異義者,路之歧旁必辨也;一字三韻異義者,路之劇旁必辨也;一字四韻異義者,路之衢必辨也。又或一字四聲中更迭見者,康莊、劇驂之莫不辨也;或前人以爲異而辨其異中之同,汜之已決復入也;或前人以爲同而辨其同中之異,肥之出同歸異也;或前人本無其義而援據確鑿,驅使五丁鑿羊腸鳥道成坦途也;或前人已具數義而猶擴充其類,九州之外辨八埏,八埏之外辨八紘,八紘之外辨八極也。凡此皆辨歧中不可枚舉者也。若夫韻本天地自然之音,粤若《書》賡歌暨《毛詩》《易象》《小象》《雜卦》,以至屈子《離騷》、漢魏賦詩,皆是物也。自齊梁創爲聲病,而韻遂有古今之歧。顧沈約《四聲譜》失傳已久,繼之隋陸法言創《切韻》,經唐長孫訥言箋註,而支派始析。天寶中,孫愐遂廣之爲《唐韻》。宋景德、祥符遞加刊正,更名《廣韻》。景祐增修,又賜號《集韻》。而《禮部韻略》宋時列之學官,毛晃從而增益之,輾轉相延,均未離

《切韻》之步武。乃宋末劉淵遂通併其部分，而韻之軌轍一變。逮元作《韻會》，明作《正韻》，而韻之軌轍屢變。他如宋吴棫《韻補》，朱子因之釋經註騷，以及今毛西河《通韻》、邵子湘《韻略》，作者博覽無遺，而獨以欽定《佩文齋韻》爲宗，音釋次第，悉因其槩而推廣之，誠遵王之道，遵王之路，而蕩蕩平平者也。先生述造等身，經史論著，詩古文詞，先後剞劂，美不勝舉，兹不過叉手而成者耳，然書厨學府，已見一班矣。獨惜乎指迷孤竹，不獲王良、伯樂之一顧，俾馳騁天逵，一日千里也，豈天尚欲老騏驥以待用耶？乾隆商横執徐小至，常寧段永孝。

韻歧序

盧見曾

吾鄉漁洋先生，嘗以方土譌音，賢者不免，雖山薑先生間有出入，而自驗所著，獨鮮此病，飴山宫贊至作譜以論之，皆言聲韻之難也。余自奉命蒞兩淮，得與江君賓谷交，賓谷學邃養醇，而於聲韻尤精密。嘗與論韻中互收字，如《愁思》之“思”，古人有作平者，賓谷歷舉以對；《廣陵散》之“散”，或謂宜讀平，賓谷獨能辨其讀平之誤。至如《高士傳》“五月被裘”，“被”本仄聲，而賓谷竟讀平，然言之亦鑿鑿有據焉。歲乙亥，以令弟出宰奉母夫人之湖湘任，迴思公餘剪燭，近襟高論，不勝索居之歎矣。頃寄《韻歧》一書，分别異同，辨析疑似，如哀黎并翦，沁人心脾。今而後吴楚之傷輕淺，燕趙之傷重濁，秦隴之去聲爲入，梁益之平聲似去，庶可由兹書之舉隅以類推乎？不徒此也，昔有沙門，雅稱博識，及察其平昔，唯好讀《唐韻》，故敘《廣韻》者，謂舉天地民物之大悉入其中。凡經子史志、九流百家、僻書隱籍，古本數十種不存於今者，賴其徵引，班班可見。然余獨嫌其詳於雜書，而略於經史，又自唐宋以後尤闕而未備。今賓谷是書，以十三經爲根柢，以二十二史爲楨幹，其枝葉則旁及數千年文集詩話，下至海外方言、梵書道籙，靡不兼該。以眎夫誇《廣韻》注者，一公字也，姓名千有餘言；一楓字也，蚩尤、桎梏、楓脂、虎魄之備録，殆倍蓰過之，惜不以全韻畀其訂正，使二百六部之文，咸折衷於至是也。丙子，賓谷自南歸，試里門，無所遇。余閔其僕僕，留之，而賓谷以定省不忍久曠，復之楚。繼而兩經鄉試，又不能歸，賓谷亦唯朝夕侍親，以著作自娱。其性情澹静，不與俗同，又如是夫！乾隆辛巳春日，德州盧見曾序。

韻歧跋

江　恂

憶先子平昔究心音學，於余兄弟能言即教以平仄，稍長，《文選》、杜詩，日以授讀，而於聲韻間尤爲斤斤。歲己未，二兄、五兄相繼殁。庚申春，先子捐館。余惸惸藐孤，唯七兄是依，凡有述造，輒於老屋中共桉同硯，晨書暝寫，矻矻不少休歸，愚宗伯淩寒竹軒所由題況也。甲戌北上，兄弟爲雅雨師參訂《山左詩》，洎官長沙，又爲秀水校《經義攷》，書成，分其烈於同輩。余顧以宦游不預，僅得挂名卷末。自時厥後，兄有著作，皆無阿季參校矣。顔平原剌《湖州韻海鏡源》三百餘卷，復有《干禄字》之刻，當官豈遂乏編纂時哉？吾兄奉母南來，息影東軒，硯寒雙鬢，以著書爲遣日之資。值功令試士，參用排律詩，兄以詩先識韻，爰作《韻歧》，以導承學，兒姪校讐。余略一讀之，雖不能竟，而於人所欲讀箝口及游移影響者，瞭如指掌，兄猶謂特爲黄小啟書櫝之鐍耳。誠能通之，不但詩無誤押之病，而六書七音由是而精。且學多識裕，何翅《爾雅》訓故爲小學淵海邪？昔人出宰山水縣，讀書松桂林，余兄弟聚首一地，岣嶁烝湘，照暎几席，而風塵簿領，曾不得效疇曩追從之樂，一行作吏，此事都廢，不重增愧歎乎哉？乾隆歲次庚辰冬月，季弟恂書後。

以上清乾隆二十五年（1760）湘東署齋刻本

新刊韻學會海

韻學會海序

杭世駿

類家之學有三:有事類,有對類,有韻類。韻類倡始顔休文之《飛應韻》,許冠、宋敏求揚其波,袁轂、包瑜踵其盛,然其間猶未及於詩也。至蘇、黄押韻出,而楊咨、張孟諸人,乃即韻類之中,爲研窮聲律者更開捷徑。後之操觚者,遂倚爲記事之紺珠、藝苑之秘寶。時代遷移,流傳稀少。至元陰氏兄弟之書出,人争求購,而莫有決其非者。有明吴興凌氏復廣陰書,迂而寡要,擇焉不精,沿訛襲謬,貽誤於承學之士不淺。我朝文明大啟,聖祖仁皇帝特命詞臣輯《佩文齋韻府》,兼綜條貫,日月出而爝火皆熄,羣蒙仰覩聖製,耳目改易,搴林酌海,惟所取攜,飽鼴鼠之腹,安鷦鷯之巢,望洋或驚,探源不易。舊濟南李先生于鱗研精六籍,旁及風騷,事以類從,詩由韻隸,若網在綱,殊便檢閲。今同學盧君烈元、徐君膏來、黄子克衍輩芟剔繁蕪,旁搜古藝,更校讎而補輯之,珠胎玉質,焕然一新,王充枕中之秘,沈約袖中之記,二者兼之矣。剞劂粗竟,書來督序。余耄及而善忘,藉此書爲獺祭,益我孔多,爲引伸韻學之緣起,以諗來者。文場備用簡要,莫踰於此。陰、凌二氏之書,不可以庋置高閣乎? 乾隆龍集辛巳上元後一日,仁和杭世駿拜撰。

韻學會海序

齊召南

《佩文韻府》，類書之淵海也，卷帙浩繁，學者每苦於力不能購，即購之，又苦繙閱難徧，無以測其津涯。諸暨徐君青來與同志盧君、黄君據《韻學大成》編輯《會海》，以《凡例》十條及予友堇浦先生序詣萬松岡求一言。余學殖荒落久矣，聞徐君語，則珍愛其用心精勤，能爲學詩者導之先路，勿致歎於望洋。卷帙無多，自可家喻户曉，朝考夕稽，隨所資以不窮，唯引伸而自得也。詩取格調，前賢早有成書，其困人以韻也，韻穩則句始佳，故每韻先列古句最佳者示程式。詩雖原本性情，言之不文，必流於野，腹笥儉者病薄，故次列典實，以富取材，以昭藻采。然猶慮其物不化迹未融也。列虚圓任驅使變换者弗憂匱乏，猶慮韻屬險窄，字介疑似之羌無故實，莫辨本根也。必審六書，詳釋意義，其事皆陰氏所有，體皆李氏所裁，斟酌損益，宜減宜增，宜棄宜掬，務令展卷即樂而忘倦，操觚俱動輒有功。若能沿波溯流，窮源竟委，則由約得博，由博返約，詎非學海中乘風破浪之巨航乎哉？是書一出，紙貴洛陽固可拭目俟也。乾隆辛巳孟夏之吉，天台齊召南書。

以上清乾隆二十六年（1761）東陽盧氏刻本

朱飲山三韻易知

三韻易知序

楊廷兹

韻學不易知也，有律韻，有古韻，有詞韻，有岐韻，如一字或兩音，或兩義，或兩用，或兩部義同，或音同義别，或義同音别者是也。有叶韻，即切音是也。此豈易知哉？惟不易知，飲山朱先生因是部列爲三音，質以岐當叶不當叶、可通不可通，學者開卷，瞭如指掌，不易知而易知，遂顔之曰《三韻易知》。予復加詳訂，考核無遺。窮鄉寒儉之士不知韻學者，苟得予是編，皆不昧於所用，未必不爲騷壇之一助也。時大清乾隆三十七年歲次壬辰夏月穀旦，翥山楊廷兹右文氏譔。

清乾隆三十七年（1772）刻本

古篆韻譜

古篆韻譜序

邵　燿

爰自鴻荒之世，胚腪未判，澒濛睢盱，清浮濁沉，二儀斯形。太古民醇俗朴，蒙然無文，逮乎庖犧氏作，始爲書契以易結繩，乃有蟲穗雲鸞，龜螺科斗，于今並皆罕見。然而史倉之鳥篆，即農、羲之再變也；史籀之大篆，顓、頡之再變也。至乎周室中微，羣雄雲擾，乾綱失馭，威權分析，離爲十二，合爲六七。於斯之時，周道大衰，車不同軌，書不同文，太古之風，漸將澌滅。嬴秦坑儒焚典，或有存者僅十一二，然皆煨燼之餘。李斯始沿其波而尋其源，變倉、籀之書，少加損益，而爲玉筯焉，即今小篆是也。夫自倉頡至漢，其變者五：古文變爲大篆，又變小篆，再變而隸，隸變而艸。厥後去古緬邈，愈變而愈不古，然古篆至此極矣。蓋變古之篆，不本乎指事、象形、諧聲、會意、轉註、假借六者，可以並倉靈，參黔嬴，便於人事之用，乃謂善變。然而六書既著，八體斯形：一曰大篆，二曰小篆，三曰刻符，四曰蟲書，五曰摹印，六曰署書，七曰殳書，八曰隸書。八體既明，民用乃彰。迨及季世，知者益尠，稍有存者，又不免魯魚亥豕之疑。邇者吾攻書之餘，旁搜博覽，而於六書之奧究極精微，因於燕閒乃纂《古篆韻譜》五卷，實得篆法之玅，擅八體於穎端，接李斯之餘緒。余雖素嗜茲書，乃造其元,得一觀覽,焕乎若銀河攄空,衆星燦爛,可以備墨客之賞鑒,樹字學之規矱矣。乃泚筆而序之。時乾隆五十二年歲次丁未秋八月吉旦,澄江邵耀題。

清稿本

太極韻初集

太極韻自序

張成堞

余古晉人也，髫齡肄業成均，弱冠游宦楚省，深愧書未卒讀，即字音亦未能通曉，然奔走南北，每於方言土語異同之間，輒加體察。癸巳歲服闋，奉旨發往浙江，得尉禾中，與士民相接。浙音本與晉音懸殊，久而察之，鄉言諺語，乃字字皆同，追憶各處古郡土談，亦有相符者。以五方之鄉音，證諸《易》《書》《詩》《禮》之古韻，莫不相合，乃知古音尚在，而芻蕘之可詢也，遂於公餘博究韻書。近乃知六律正五音之所以然，要皆淺近而不可易。手披筆記，竊欲輯成韻學全帙，以了夙願。今者抱病告歸，匆遽未能卒業，兹將管窺鄙見《太極卦象》《律吕圖説》，聊爲纂輯。卷帙無多，付之剞劂。其間掛漏矛盾之處，病中昏聵，知不能免，博雅君子，自能鑒之。倘天假以年，再來檇李，與諸鉅公重講其是非，以益闡古人韻學音律之奥旨，使成完書，則幸甚矣。時乾隆丁未春正月穀旦，浮山嵐邨張成堞自序。

太極韻識語

張成埰

愚僻嗜韻學，每於公餘手輯《太極音彙》《詩經古音》等書，稿成而力不能梓。玆者抱病歸田，因撮韻學源流，著《管窺説》一編，付之剞劂，用質當代鉅公，惟冀有以進而教之。倘有餘力，尚當全梓前稿，以了夙願。此心耿耿，俟之異日焉耳。古晉張嵐邨謹識。

以上清乾隆五十二年（1787）片玉齋刻巾箱本

韻　綜

韻綜自序

陳詒厚

古言文言書，後世言字；古言均，後世言韻。古者字與韻合，自周、沈作而字與韻分。韻不盡字，字廣而韻狹也。字各有義，義不明義失；字各有音，音不明音謬。嗚呼！"銀、根"不辨，士林齒冷；"蜺、霓"誤用，學士憤鬱。甚矣！讀韻者不可不識字，亦不可不知音也。僕自束髮以來，六書未學，五音未審，每拈一韻，十失八九，顔之厚矣。通籍後，敬讀《康熙字典》《佩文韻府》兩書，又苦浩如烟海，漫不記意。因思即韻以考字，即字以考音，取兩書詳爲校核，先於一韻中釐其部畫，復於一字中別其同異，又辨其同中之異、異中之同，而標列於上，名曰《韻綜》。非敢謂知音，聊取識字而已。至每字下詳其音義，旁捃名物，稍資多識，亟知掛漏，無所謝咎。是書之作也，始於乾隆之甲寅春，成於嘉慶之甲子秋。大梁陳詒厚原名學詩東庭氏自序。

清嘉慶十七年（1812）琴心書屋刻本

韻　徵

韻徵自敘

安　吉

韻學始于齊梁，齊中書郎周某作《四聲切韻》，梁沈約繼之。成于隋唐，隋仁壽初，陸法言譔《切韻》。唐天寶中，陳州司法孫愐增字，更名曰《唐韻》。宋祥符初，陳彭年、邱雍重修，易名《廣韻》。上古未嘗有也，故《說文》無"韻"字，徐氏《新附》有之。《詩敘》曰："情發于聲，聲成文謂之音。"無所謂韻也。唐虞三代之音，見于五經内外傳，其後《離騷》《史記》《漢書》皆祖述之，唐宋大家猶能用之，而今詩韻不宗之。凡學皆有本原，今韻何所本乎？今韻無本，古韻無書，韻學何从攷信？《傳》曰："天有六气，降生五味，徵爲五色，發爲五聲[1]。"人之爲言也，不離五聲，故曰五言。《書》曰"出内五言"，謂詩歌也。《月令》：萶德木，其音角；夏德火，其音徵；中央土，其音宫；烌德金，其音商；冬德水，其音羽。五聲根乎五行六气，此天籟也。黄帝制六律、龢五聲，倉頡作六書，有諧聲，此人文也。虞帝以此命夔典樂，教育子；周王以此攷文，周公以此制禮作樂，孔子以此贊《易》，以此述六經，此夏聲也。故自唐虞至于秦漢二千餘年，天下同聲。魏晉而後，統分南北，上不攷文，下無六蓺，文

① 今本《左傳》作"發爲五色，徵爲五聲"。

物偏安江左，文人皆操南音，而四聲于是乎分焉。四聲者，大江以南之音也，又兼西土之音。是時佛教行于中國，《華嚴》字母四十二字妙陀羅，二合三合以成聲，《切韻》于是乎出焉。《切韻》者，《華嚴》字母二合之法也。《四聲切韻》行于天下，六書不講，五聲莫知。讀聖經如子夏，除喪鼓琴，龢之而不龢，彈之而不成聲矣。五聲存于《詩》三百篇，誦《詩》者不審其音也；六書龤聲存于《説文》五百四十部，學書者不通其聲也。言韻學者，但知《切韻》，《切韻》定于唐孫愐，徐鍇用以校定《説文》，而龤聲失其聲。蓋漢之龤聲，龤五聲也；唐之《切韻》，切四聲也，不相謀也。求古音者，但知叶韻，叶韻興于宋吴棫，朱子用以釋《詩》，而《詩》失其韻。蓋《詩》三百篇皆古音也，叶韻欲求古，而往往强古從今，叶其所不可叶也。國朝顧氏炎武作《唐韻正》，博采羣書，證明古音，力闢叶韻，曰韻起于《説文》之龤聲，可謂發千古之蒙，通古音之原者矣。惜乎不分五聲而分十部，于經韻之不合十部者謂之方音，是尚以漢魏之音繩三代，而方音之説，仍爲叶韻藉口也。夫六朝詩賦每用方音，作《詩》韻者誤采之以成今韻，三代聖人豈不知音而用方音哉？且周公，作樂之聖人也；孔子，正樂之聖人也。周公、孔子豈不知音而用方音哉？顧氏知龤聲而未得其要領，故于古音有未盡通者。今以龤聲統六書，六書分五聲，而古韻皆通，經史騷賦古詩皆可讀，則以龤聲爲古之韻譜，不亦可乎？龤聲見于《周官》鄭氏注，鄦氏謂之形聲。聖人制字，有形有聲，義藏于畫，聲藏于畫，不煩音釋，不待切叶。自古樂變爲今樂而古音亡，賴有《詩》《書》，古韻存之；篆書變爲隸書而古文失，賴有《説文》存之。讀《説文》而知古音之相生，讀經韻而知古音之類聚羣分，于是古韻信而有徵，即今韻亦知其所以通、所以轉。諸家或分或合，猶治絲而棼之；曰叶曰切,猶瞽之無相與?有志之士,豈可沈溺于四聲,而不講求五音六書哉?是述鄦氏以補顧氏之缺略,而輯《韻徵》。嘉慶丁卯歲荁二月,錫山安吉古琴記。

韻徵序

秦 瀛

前奉書以《詩韻徵説》寄示,蓋足下于音韻之學深矣。夫音之生,由人心生也。古有音而無韻,自李登以後,韻學盛行,而古人之真音亡,古人之真韻亦亡。蓋古人之音,在《易》《詩》《書》,鄭氏、應氏、服氏皆能通其義,而尤著於許慎《説文》。其後吴棫乃取《易》《詩》《書》之韻,一一叶之,爲《韻補》。叶補之説自棫始,紫陽朱子嘗取之以釋《毛詩》,并釋《離騷》。近代如邵子湘頗采吴氏之説,而顧亭林則以爲古韻寬緩,如字讀自可協,何勞脣吻?四聲之分,在齊梁間,成周之世,豈知有沈約?此足以開其蔽矣。今足下謂顧氏《音學五書》尚多闕略,將據《説文》以補顧氏之闕,其《説文》之譌且闕者,據《詩》《易》《爾疋》以正之補之,使十三經至楚騷韻皆可讀無不通,則古人之真韻存,而真音亦存矣。至謂顧氏明於《毛詩》用韻之法,而不知五音分韻之故,故於《詩》《書》《易》韻之未盡通者,謂之方言。夫漢以來傳注多用方言,而音則僅取譬況古今聲音之變與時轉移。兩晉以來,華夏之亂,驅中原之人入於江左,而河淮南北且間雜裔言,然則方言豈盡可用以釋經哉?且夫不信前人而妄有所撰述,僨也;過信前人而茫然無所折衷,陋也。去其陋與僨而獨求其是,是在足下。僕于音學無所解，浙中阮學使、海寧周松靄皆深于斯道，惜不與足下一致證焉。《尚書讀法夏時攷》已成否？艸艸率復，不盡欲言。嘉慶二年五月六日，愚表兄秦瀛頓首。

韻徵識

錢　泳

按《説文》無"韻"字，今相國以宋王復齋《鐘鼎款識》中有楚惠王韻章鐘字補之，足稱是書尚古之義云。句吳錢泳志。

韻徵敘

李兆洛

《聲類》之作，始魏左校令李登，其書已亡。唐《封氏見聞録》曰："以五聲命字，不立部分。"而北魏《江式傳》云：吕静仿李登《聲類》作《韻集》五卷，宫、商、角、祉[①]、羽各爲一篇。此稱"韻"之始。而如其所云，則其不主四聲可知。梁周彦倫始著《四聲切韻》，故梁武有不解四聲之語。四聲之非古，抑可見矣。切字之法，肇於反語，成於字母。字母始《華嚴經》，世所宗者，惟神珙三十六母，然各隨其人脣舌之所能及，故或多或少，紛紜莫定。以喉、舌、脣、齒、牙爲宫、

①祉，當據《魏書·江式傳》改作"徵"。後同，不另注。

商、角、祉、羽,皆附麗四聲以爲之,則與李登、吕静之法大異。本朝潘氏因有一母四呼之説,龍氏又有依十二律分平上去爲十二韻,依七律分七聲爲七韻之説,皆牽五音以就四聲者也。無錫安古琴先生乃一掃四聲之説,而歸之五音,依《説文》諧聲爲本,旁稽《詩》《騷》及周秦諸子以爲之証,誠篤信好古,不牽流俗者與? 夫律由音起,韻以字成,虚實之殊,無從强合。故《四庫書提要》力闢潘氏、龍氏之説。然字母所分,分於喉舌,人聲爲天地之元音,要自有其適相脗合者,特不當過爲細碎耳。李登、吕静之書不可復見,未知安先生之説相符與否,而其非不知而作,固可信也。嗟乎! 古今之不可强同也久矣,立説不患乎無稽,而必求有益於用。四聲之法,自梁以來,已深入於人之耳,而皆順乎人之心,今廢四聲復五音,是猶廢几案而復席地、廢酒醴而復元水也,其將用之乎? 然以行乎今則不足,以通乎古則有餘,是猶考古者圖尊罍、尚象者繪粉米,其將無益乎? 以此讀《詩》《騷》周秦之文,吾見其聲入心、通泉流脣齒也。周德清著《中原音韻》,以入聲歸之平上去,至今讀曲者以爲宗。此編出,吾知讀周秦古文詞者以爲宗矣,抑亦無用之用也夫? 道光十七年展重陽日,武進李兆洛撰。

韻徵敘

祁寯藻

古韻之學,至今日而綦密矣,離析部居,配隸聲紐,胥要之于《説文》之龤聲。亭林顧氏于音學,自謂一生獨得,一字一音，盡埽合韻、通韻之陋，而不及轉聲，尚未能盡合古音。至江、戴以下，不取通而取合，更有本非韻而言借韻者，是猶沿周、沈之韻而譚古音者也。無錫安君古琴篤志嚮學，竭數十年精力，成《韻徵》一書，嘗從李申耆前輩處假觀之，大恉以五音宮、商、角、徵、羽配《説文》九千五百餘文，而東、冬、江、支、脂、之名則概不設。竊闚其奥，蓋合徐、李《韻譜》，及近代姚文僖公《説文聲系》折衷而變匕之，可謂勤矣。夫爲《説文》之學者，訂形難，訂聲更難，非難于取其聲而比之，難于合三古文筆順從適職也。安君獨爲其難，單恖隻義，規約郎鄉，後有揚子雲，必攷其書無疑焉。道光十有八年十有二月，壽陽祁寯藻譔。

韻徵跋

安念祖

古無韻書，而韻不譌，四海皆準，天下同文故也。秦漢而下聲音遞轉，魏晉以降，競尚詞賦守一隅之見，韻書作而古音失。拘今韻者無以讀古人之書，談古韻者徒駭俗儒之聽，蓋以不辨五音而分四聲之所致也。四聲辨自六朝，後世音屢變而無定。五音辨自唐虞至戰國，歷二千餘年天下同聲，是知五音不可紊，而四聲無足據矣。先子讀《説文》龤聲，知六書皆歸五聲，采而録之，以類相從，母子相生，子復生子，纍纍如貫珠，而古韻出焉。編龤聲而以五聲統六書，輯古經本文即采古經本韻，纂輯《韻徵》十六卷，凡經史騷賦之古韻，無不信而有徵。國朝昔者顧亭林先生作《唐韻正》，博采經史，以證古音，惜其信古不篤，于《書》《詩》《易》韻有未盡通者，彼以古人鰭韻定古音，不如以《説文》鰭聲定古音，可破叶韻、方言之誤也。伏念我聖祖仁皇帝，繼唐虞三代之攷文，定《康熙字典》，折中六蓺，囊括百家，古音今韻，昭然大備。學者固陋，泥于今韻，而不知古音。竊意《韻徵》一書，古今未有，上可贊夫聖功，下有惠于後學，豈特補顧氏之缺與？先子于《韻徵》窮年究心，寒暑不輟，車馬之間，手不停披，往來燕、遼、齊、豫，審聽五方言語，會通《説文》鰭聲，千古沈音，一旦響應。自乾隆辛亥以迄嘉慶壬申，四五易稿。念祖謹奉遺訓，越十餘載纂録成編，夜寐夙興，惟恐失隊。此中之甘苦易難，可爲好學深思，心知其意者道也。他日遇當代大賢，識冠乎秦漢魏晉而上，欲存虞夏商周之古音，能不于是書深致意哉？道光六年歲在丙戌季炢之月，男安念祖齋沐謹識。

韻徵跋

華湛恩

湛恩問字于孝廉安古琴先生，嘗聞《詩》三百篇爲音韻之原，自有《四聲切韻》，而古韻莫之或辨，士大夫所賴以攷見者，獨有鄦叔重《説文》一書，形聲足以貫通古韻。及宋徐鍇以《切韻》次之，不知形聲相從之例，妄加臆説，穿鑿附會，難以悉數。如“贛”，竷省聲，徐云“竷非聲”，不知“坎坎鼓我”《説文》引《詩》作“竷”，“竷、坎”與“空”聲相轉，故“空侯”亦名“坎侯”。“怳”从兄聲，兄古讀如怳，徐不知之而改“況省聲”。“熇”从高聲，徐以爲“高非聲”，當从嗃省，不知古音無入聲，《新附》嗃亦从高聲。"移"从多聲，徐云"多與移聲不近"，不知歌韻古通支韻，猶"波"之从皮聲也。"謗"从㫄聲，徐以爲"㫄非聲"，不知"㫄"从屰聲，"屰"古讀如啎，"㫄"譌作"斥"，而徐不校正。今先生攷正古韻，以宫、商、角、徵、羽五音分部，會通《説文》諧聲以辨古音，兼攷字畫字義，纂輯《韻徵》十六卷。按之十三經楚騷秦漢之文，不待切叶，無不釐然畫然，豈非儒林大快事歟？湛恩自黔中省親還里，先生已辭世，嗣後三入都門，再至皖江，二十餘年，服膺是著，未暇校刊。歲在丙申，息轍家居，偕先生哲嗣景林茂才纂校事竣，亟授梓人，公之天下，庶不負先生曩日之教誨云。道光十有七年春三月，安徽太和縣教諭候選、五城兵馬司副指揮，受業門人華湛恩謹跋。

以上清道光六年（1826）天全堂寫刻本

韻府萃音

授刊韻府萃音序

龍　柏

柏纂《韻府萃音》，原屬救遺忘之具，非有釣名之心也，故始諾之曰《青霏音類》。何以言之？蓋青霏者，鄙人之别號也；音類者，青霏之良友也。緣青霏自纂《音類》，每執筆遺忘，即求諸《音類》，在在瞭然，其音類誠青霏之密友也。曾子曰："以文會友，以友輔仁。"故名之曰《青霏音類》，以志青霏不忘良友之意云爾。然而以己號名書，似乎自衒，遂易之曰《韻府萃音》。是集也，原不足以售世，嗟柏自五旬以後，境歷迍邅，不獨家資如洗，且負欠累累，志在經營理料，致十餘年儱偅風埃，仍然故我。譩譆！歲近七十，漂泊難歸，暮景無多，終何了局？感乏恒産以養生，思藉梨版以爲業，輒勉力付之剞劂，詎敢市名，實緣牟利。苟或際遇，得以行消，稍獲蠅頭，遂全償欠養生之計。惟冀大方君子，恕勿翻刻，阻我生機是幸。特再序。嘉慶拾伍年歲在庚午仲春中浣，青霏子書於羊城之榕蔭幽齋。

清嘉慶十五年（1810）長洲龍氏廣東刊硃墨套印本

等音歸韻

等音歸韻自序

李蘭臺

余維聲成文謂之音,音不一而統之以宫商角徵羽,辨及於喉舌脣齒、開合齊撮、清濁輕重之間,音備而韻無弗該矣。自有韻書,而音又隸於韻。嘗考漢魏以上,言音不言韻;晉吕静撰《韻集》,始有韻書;齊汝南周彦倫辨平仄,著《四聲切音》,始有平上去入;梁沈約因之著《四聲韻譜》,隋陸法言著《切韻》,唐孫愐增損法言之書而爲《唐韻》,四聲於是盛行。四聲行而韻學著,韻學著而音亦載以行矣。嗣是韻書之踵而成者,宋有《廣韻》陳雍邱輯[①]。《集韻》宋祁輯。《韻畧》,毛晃輯。元有《韻會》黄公紹輯。《羣玉》,陰氏弟兄著,部分百有六,即今韻本也。明有《洪武正韻》。《廣韻》至本朝有《古今韻畧》,邵長蘅輯。其間所收字數,詳畧不同,惟《佩文齋詩韻》集大成焉。今海内奉爲定本。若音書之載韻以行者,證以今之《詩韻》,或不盡合。大抵韻有通、有轉、有獨用,通如東通冬,江通陽,支通微、齊,灰。轉如灰轉佳,佳轉支,真轉文,元、寒、删轉光[②],歌轉麻。獨用不通不轉,如今本下平十一尤韻。音書惟憑反切求音,即音定字,準之以字母。今韻部分百有六,非所計也。字母始魏曹

①陳雍邱,當作"陳彭年、邱雍"。

②光,當作"先"。

植，昔曹植感魚山神，製四十二契，孫叔然反切本之，所謂反切者，反覆切摩而成其聲之義。凡切必以兩字，上字爲切之母，下字爲切之韻，舍是無以成其音。此音學所由起。自梵學入中國，司馬公以中音三十六字母，總三百八十四聲爲二十圖，中音三十六字母，始於僧守温。王堯臣崇文云："見溪羣疑三十六母，唐守温撰。"論者遂言音學肇西僧。僧皎謂梵響無授，實始陳思，抑又何説？然華人長於文，所得從見入；梵人長於音，所得從聞入。鄭夾漈固亦有言矣。總之，音與韻本一而二、二而一者，音不離韻，學自分門。業韻學而於音未深諳者，或心通其故，而呼之欲出，或已會於心，而仍棘於口。前人所謂論反切，學士大夫使瞪目無語，以爲絶學，不獨今人然也。志音學而於韻兼有得者，如九弄、十二攝、二十門，具有成書，而見者驚怖，其言若河漢。他如梅氏所列横直二圖，及馬氏《等韻》、樊氏《元音》，音則備矣，而音與韻中之字不皆一一符合。近李氏《音鑑五聲圖辨》及此，但其書爲切音射字而設，非分韻也，故亦間有通轉。兹不揣譾陋，用反切之式，等字音而歸部，分百有六之韻焉，不通不轉，又準東、冬、江、支之先後次第之。講音學者用以定音，講韻學者操以拈韻，不其便歟？匪直此也，平聲每韻三十二位，仄聲每韻二十一位，各韻之字同音者悉同一位，不使混焉。俾覽者因此識彼，於字學亦不無少助云。嘉慶戊寅仲吕望日，匀郡李蘭臺畹侯氏序於黔省會城之兩宜齋。

等音歸韻自記

李蘭臺

余丁丑自京邸歸，賦閒居於家，時有叩以音韻者，爰就夙所肄及應之。繼思音與韻分而實合，因組織編次，以著於篇，便檢核也。及門録有清本，朋輩相與傳觀。己卯冬，清平縣學博陳勉齋袖質貴州學政洛陽張幼軒太史，太史見而喜之，留閲。既余刻日入川，謁蔣、聶兩座師，太史亦回京復命。行旌北指，清本未見，擲回遥遥數千里，無從遡好音也。庚辰新正，余到成都，旋應主講蓬萊之聘。至蓬溪日，朗山吕邑侯適回本任，一見相得甚歡。邑侯爲江右名宿，治事之暇，汲古良殷。一日，余檢匣出音韻藁本質邑侯，邑侯繙閲久之，以爲註釋加詳則益善。蓋余初藁祗於難字稍採註釋，餘不及也。因是於及門中擇可與言音切者，相與採注。冬閒，次子景嵩來省，命其清理卷帙，而註中字句之裒多益寡，則余手自裁量。閲一載書成，分爲十卷，視黔學政未擲回之本，又加詳矣。是書而不無補於斯人也，余固樂之，而邑侯"加詳益善"四字，採註遂至數十萬言。邑侯之爲功於受益者，豈不偉哉？道光元年竊月望日，黔南李蘭臺畹侯氏記於四川潼川府蓬溪縣環溪書院之恢道堂。

李子畹侯等音歸韻序

蔣攸銛

乾隆壬子，余奉命典試黔南，闈中得一卷，文筆蒼秀，矩矱先民，亟賞之，拔置前第。覆閲其二三場謄録，字畫多訛，勉抑副車第一，爲之扼腕者累日。揭曉後，詢知爲都勻績學李生蘭臺，思欲一見其人，匆匆旋京不果，然心誌之未嘗忘也。嗣是每遇秋賦，覓黔省榜紙十餘年，仍未得售，益太息，以爲李生何數奇如此。又竊念文章定價，必有望氣而得褰裳以就者。歲庚午，聶蓉峰館丈典黔省試，校閲精勤，得人最盛，李生果以是科獲售。後得其闈墨覽之，清真雅正，醇之又醇，始歎真賞有在，而余曩日之心契李生，亦竊喜不謬。然李生時藝之工，余識之，其他所著作，未能遍觀而盡識也。適余持節西蜀，蓉峰亦來視學，李生出余與蓉峰兩人門下，欣然入蜀。余乃得見李生，其人貌質而清，言訥然如不出，翯翯然儒者也。談次，出所作《等音歸韻》一書示余。披閲之下，見其通轉反切，四聲分合，兼綜魏晉齊梁及隋唐以來諸韻書，辨正定譌，宫商悉叶，可補《聲韻》《韻集》《四聲切韻》《廣韻》所未備。然後知李生之學淹通博洽，不專工于時文，且歎余向者知李生之未盡也。李生已就教職廣文，行將秉鐸，他日從之遊者，得所指授，無不振響蜚聲，以鳴國家之盛，播之樂府，被之管絃。則是編之作，未必不可爲字書之權輿、詩學之一助也。時道光元年仲秋，襄平友人蔣攸銛序。

等音歸韻序

聶銑敏

夫風之刁刁也，雨之瀟瀟也，林鳥時虫之啁啁而嚶嚶也。六合内有自然之音，即有自然之韻，音與韻是二是一，是一是二。審音而不求之韻，或辨宫商者，無以解四聲；拈韻而不求之音，或鬥尖叉者，不及窮反切。世謂漢儒識文字而不識子母，江左之儒識四聲而不識七音，不其然與？老友李畹侯爲余庚午典試黔南所得士，揭曉來謁，知爲宿學。曩歲壬子，礪堂前輩使黔時，已擊節稱快，拔置前茅，因經藝謄寫微譌，抑置副乘，爲之怏悵者累日夕。其門下士之掇科第而拾青紫者，正不乏人，余甚喜，益信相賞不謬。歲己卯，礪堂前輩建節西川，余適啣命視學是邦，而畹侯適至。時蓬溪吕朗山明府延主講是邑書院，一時載酒問字，齗齗其門。蓋同聲相應，學者如集子雲亭焉。畹侯出其《等音歸韻》一書示余，披閲之下，見其以三十六字母之反切，盡歸諸一百六部之韻書，字從其母而音無訛，音歸諸韻而韻益均。其通轉、獨用及音異義同、字同而音義俱異者，亦間注釋詳明，俾閲者一覽盡知焉。夫漢魏以上之書，皆言音不言韻，自晉以後，音降而爲韻。今畹侯比而合之，殫精研神於是書蓋亦有年，而即以之教及門長於文者，所得從見入而知音；長於音者，所得從聞入而知韻。一時和其聲以鳴國家同文之盛，如響斯應，聲大而遠。收百世之闕文，播千載之雅韻，又豈第刁刁也，瀟瀟也，啁啁而嚶嚶也，風之明，雨之晦，虫鳥之應候而變聲，爲騷人逸士之所樂聞也哉！適畹侯問序於余，余因弁其説於管端。道光元年仲秋月，衡山友人聶銑敏書於成都試署之扶雅堂。

等音歸韻後序

呂肇堂

歲庚辰中和月，畹侯先生來主講蓬萊書院。至日，適余自外江回任，接其言論丰采，温純穆肅，有古人風。今聚晤二年矣，得悉其著作之富，幾於等身，不朽之業，於是乎在。兹復出示所編次《等音歸韻》，益徵獨具會心。夫五方之音，清濁高下不等，等而歸之於韻，則音備而韻不忒。用爲韻部，兼會音書，竝可以探字義。而從來所謂五音、七音、九音，準二十一母以反切之，按三十二位而摸索之，總於是乎該括。是蓋於《廣韻》《集韻》之外另一機杼，而克左右乎《説文》者也。學者於此得音韻之關鑰，久而自鳴天籟，無字空聲，亦豁悟矣。是書之嘉惠士林，豈淺鮮哉？諸弟子心悦之，請付剞劂。書成，余爲跋於後，以誌景慕之素云。愚弟朗山呂肇堂拜題。

以上清道光元年（1821）蓬溪書院刻本

今韻三辨

今韻三辨自敘

孫同元

古人言音不言韻，"韻"字始見於陸機《文賦》，韻書始作於晉吕忱弟静，倣魏李登《聲類》，分宫、商、角、徵、羽爲五篇。嗣齊周彦倫著《四聲輯韻》，梁沈約繼著《四聲韻譜》，自謂獨得胸肊，窮其妙旨。然《隋書·經籍志》晉有張諒撰《四聲韻林》，則四聲非始於沈約矣。且與約同時著作，尚有劉善經《四聲指歸》、夏侯詠《四聲韻略》、王斌《四聲論》，皆爲齊梁間人，并不獨周彦倫之《四聲輯韻》也。隋陸法言等撰《切韻》，唐孫愐以爲謬略，大增字數，分部二百有六，更名《唐韻》。宋陳彭年、邱雍重修，復減字數，易名《廣韻》。世以爲《廣韻》即《唐韻》者，非也。景祐初，又詔宋祁等重加刊修，丁度、李淑詳定，書成，字數更增於《切韻》，名曰《集韻》。今僅存《廣韻》《集韻》，而前韻書盡廢。景祐四年，又詔國子監刊行《禮部韻略》爲應舉，詩賦悉遵之，止收九千餘字。紹興末，毛晃增入二千餘字，名《毛氏增修禮部韻略》。淳祐十二年，平水劉淵又增四百餘字，并爲一百七部，名《壬子新刊禮部韻略》。元初，黄公紹又增六百餘字，名《古今韻會》。元時，又有陰氏兄弟時中、時夫著《韻府羣玉》，部分依劉氏，删并上聲之拯部，存一百六部，字較劉氏删減三千有餘。明太祖詔宋濂等刊修

《洪武正韻》,删并部分,省爲七十六韻。濂等又奉敕校刊《廣韻》,遵《洪武正韻》分合例,注則仍舊,然書竟不行。惟平水劉淵韻,自元至今,詞人相承用之,而經陰氏删并,已失其舊。惟康熙五十年聖祖仁皇帝刊定《佩文韻府》,芟繁補闕,至精至當,實集韻學之大成,以爲應舉定本。近因百數十年來坊刻小本展轉摹刻,錯訛百出,士子初學吟哦,但據坊刻本,略觀大義,拈湊成句,習俗相沿既久,應試輒遭屏斥,深可惋惜。近時傳刻之本,惟南昌彭雲楣先生《詩韻異同辨》、吴江周蓮塘先生《詩韻釋要》,考正音訓,辨别異同,較爲詳細。惜書賈不明棄取,每用彭書,并刻《詩韻含英》《詩韻珠璣》之上方,不知二書專爲詩賦典故取裁,摘録碎錦,以供詞章采用,未嘗深究訓解。即如"龜兹"之"龜"音邱音鳩,而支韻"龜"字下誤列"龜兹";"虺蛇"之"虺"上聲,而灰韻"虺"字下誤列"虺蛇、虺蝮";"磨磷"之"磷"去聲,而真韻"磷"字下誤列"磨磷、緇磷";"斤斤"之"斤"去聲,而文韻"斤"字下誤列"斤斤";"轉漕"之"漕"去聲,而豪韻"漕"字下誤列"漕河、漕運";"逕庭"之"庭"去聲,而青韻"庭"字下誤列"逕庭";"日占"之"占"去聲,而鹽韻"占"字下誤列"日占"。撮舉數字,餘可概見。今則兩書并刻,則上與下不相應矣。余因互勘兩先生之書,專取一字分列兩三韻者,參究本義,各以類從,名爲《訓辨》。又以坊刻縮小字體,筆畫錯舛,取其形似者分列上下,名爲《字辨》。又以唐、宋、元、明以迄國朝,詩集之刻不下數千家,而各大家集中,間有與今讀之音不合者,或别有證據,或轉刻錯誤,日久年深,無可追究。後世詩人,轉據古讀以矜淹博,此在詩人抒寫性靈,偶爾倣傚,似無不可。況樂府古體諸作,韻可通用,訓亦何妨假借。若論應試體裁,律法謹嚴,安可不遵定例?因偶閲古今詩集,就聞見所及,摘録詩句與今韻不同者，依韻次列，名爲《詩辨》，統名之曰《今韻三辨》，實爲應試沿用。近今坊刻之本，訛以傳訛，不察訓詁形聲，全與律法有礙，不得不亟爲訂正耳。仁和孫同元自敘。

今韻三辨總敘

廖鴻荃

古無所謂韻書也，而通轉之分，約略可見。大抵折衷於《詩》三百篇，如支、微、齊、佳、灰五韻相通，此一部也，真、文、元、寒、删、先六韻相通，此又一部也。支、微似不得通真、文，而實相通。案《庭燎》之三章，“旂”與“晨、輝”爲韻，《采菽》之四章、《泮水》之首章，“旂”皆與“芹”爲韻，由此類推，而通韻之故以明，即知後人分部，亦未必盡善矣。仁和孫與人學博手著《訓辨》《字辨》《詩辨》三種，取字之重見、韻之同異者，注釋詳明，誠爲善本。昔韓昌黎言士大夫宜略識字，識字真則用字不錯。六書之中，諧聲繼以轉注。轉注者，謂一字數義，展轉注釋也。鄭康成箋《毛詩傳》，有同一字而訓詁各異者，有云某讀爲某、某讀若某者，要皆根據齊、韓、魯三家及他經傳，且於正文未輕擅改，古大儒用心之慎如此。今孫君是編，亦得此意，宜急付梓，俾學者了然心目，肄業及之，和其聲以鳴國家之盛，豈不偉歟？侯官廖鴻荃。

以上清道光二十七年（1847）寧鄉周含萬刻本

韻字鑑

韻字鑑小引

翟雲升

以韻字分部，俾初學便於檢用之書，見者凡數種，而互有短長。兹兼用《韻府提綱》《韻字略》二書之例，参以《經韻集字析解》，增删而區别之，發凡如後。其與二書大同小異者，不縷述也。竊謂此小學家言耳，實修辭之津梁，亦應試之符契。設有疏謬，貽誤匪輕，故襲迹不爲迂，更張不爲矯，務在適宜而已。然撮舉要言，未爲大備，率成初稿，詎免小疵，質之二書，得毋以五十步笑百步乎？是更有望於補正者。道光壬寅星回節，五經歲徧齋主人識。

清道光二十二年（1842）藻文堂刻巾箱本

佩文韻遡原

佩文韻遡原自序

劉家鎮

自詩家以押韻奇險相尚，復疊韻以爲工，於是數典取材者，有《韻府羣玉》。迨後補闕拾遺，收羅益富，而《五車韻瑞》盛行。凡《廣韻》《集韻》《增韻》《韻會》挈音韻之總要者，往往置而不觀，韻學蓋不絶如縷矣。恭維聖祖仁皇帝亶聰天授，音韻源流，豁然一貫，知二書本隸事之類函，特以世俗習用已久，康熙四十三年，命儒臣增其麗藻，纂成《佩文韻府全書》。五十四年，乃命安溪李文貞公別纂音韻之書。公所學精究本原，復承聖謨指授，擬定條例，以交河王少司寇專司編纂，而寬以時日。雍正四年書成，世宗憲皇帝賜名曰《音韻闡微》。至是集韻學之大成，洋洋乎甚盛典也。然《佩文韻府》家塾多有其書，而《音韻闡微》則不少概見，蓋以《佩文》用《羣玉》《韻瑞》之例，足爲學者山淵，若夫《闡微》，非熟知七音三十六母者，展卷鮮不目瞪口呿，宜其傳本之少也。鎮素嗜韻書，搜求十餘寒暑，得閩中數鉅家所藏宋元舊刻，計偕經歷都會，輒訪遺編，世無刊本者，則傳鈔於文瀾祕閣，共百七十餘種。暇即閉户披閱，麤識其涯涘，求其簡而該、微而顯者，誠莫如《闡微》。但其卷帙罕傳，購閱不易，且恐讀者以爲非科舉詞章之切務，未及好學深思也，今先將《佩文》所收之字，謹遵《闡微》

例，編緝《佩文韻遡原》五卷，願同志之士由此編而進窺我朝韻書之全，或亦贊颺同文盛治之一事歟？道光十有七年歲次丁酉五月，奂爲劉家鎮自序。

清道光十七年（1837）石芝山館刻本

佩文廣韻匯編

佩文廣韻匯編序

鄧廷楨

自平水劉淵首併《廣韻》之部，逮於黄氏、陰氏，今韻盛行，世之學者不但不知字有古音，幾並不知韻有古本，於是《唐韻》亡。自鄭庠首分《廣韻》之部，逮於近時顧氏、江氏、段氏，古韻盛行，世之學者始知字有古音，而周、沈以來所用之音、所定之本，皆不足據，於是後人之韻書行，而《唐韻》益亡。幸而《廣韻》尚存於世，而言今韻者不知求，言古韻者又以爲不足求，是《唐韻》將終必亡而已。嘗病邵子湘氏作《古今韻略》以今韻本求古音，附載紛然，止標漢、魏、杜、韓詩爲準，既不能如陳、顧諸君力求古經以訂周、沈四聲之失，又不能著明《廣韻》二百六部之舊，使學者曉然知唐宋人所用之韻之祖本，楊子雲所譏"童牛角馬，不今不古"，識者弗之重也。句容李鳳洲與余爲親弗，又爲兒子師，相從于秦，于楚，于豫章，于皖，前後幾二十年，暇則討論韻學，互有發明。今年撰《佩文廣韻匯編》，以今韻本存《廣韻》舊第，篇目部分則從今韻，建類先後則從《廣韻》，而於今韻、《廣韻》兼收分收之字，詳爲釐註。復移今韻之字之同切者，隸從《廣韻》建首之字，區類相次，開卷犁然。書成，索余爲序。余惟《周官》大行人之職，九歲屬瞽史，諭書名，聽聲音，所以一道德而同風俗也。往者戴東原氏係自漢以來,不明訓故音聲之原,以致古籍澙僞莫辨。蓋小學與經學相表裏又如此其重。我朝文運昌明,超軼前古,凡諸經疏傳注,莫不仰秉聖裁,聿垂制作,而音韻小學經諸儒講訂,亦復參微造極。同文之盛,薄海風行,洵非陸法言等之智所能囿也。但《廣韻》一書,雖不盡合古音,而唐宋以來詩人承用已久,誠恐世不興行,遂以湮微。今鳳洲此書,於部分恪遵《佩文詩韻》,而兼存《廣韻》舊部,俾承學之士於祇奉功令之中,藉以識古人之舊,庶原委得失既有所考正,古籍亦賴以不墜焉。余嘉其意,故樂爲之序。道光十年歲在上章攝提格夏五月,江甯鄧廷楨譔。

佩文廣韻匯編序

管　同

自《切韻》《廣韻》兩書後,一修而爲祥符之《廣韻》,再修而爲景德之《韻略》,三修而爲景祐、寶元之《集韻》,今之存者,《廣韻》《集韻》而已。江北平水劉淵、元初黄公紹輩加以併省,而陰氏時中、時夫著《韻府羣玉》,其字較《廣韻》存十四,較《集韻》存十二,自明以來,文士通用之。我聖祖仁皇帝聖明天縱,知陰氏學殖淺陋,不足名書,特命儒臣就其韻而加注釋,徵引鴻富,攷訂精密,命名曰《佩文韻府》,頒之學官,同文一道之盛,斯其一大端已。同嘗妄論音韻之學,古今有五變焉。自唐虞至東周,聖賢之徒爲《詩》《書》者,悉出乎中原以北,及屈、宋爲《楚詞》,則必參以南方荆楚之音,此一變也。漢魏學者承《詩》《騷》後,又自相如、揚雄下逮陸機、陸雲輩，其人或西或南，經劉、石、苻、姚之禍，中原大率西北人，則音愈總雜，此再變也。江左建國，自晉至齊梁，士大夫土斷二百年，周彥倫始作《四聲切韻》，沈約繼爲《四聲譜》，其音大抵南音矣，此三變也。隋壹海内，陸法言、劉臻、顏之推論定古今，撰爲《切韻》，其中又兼有南北人，唐人因之以行乎後世，此四變也。自《唐韻》至《集韻》，名雖屢更，體例不易，蓋其韻總爲二百六部，劉、黄併省，陰氏兄弟復併上聲之拯部，爲一百六部，此五變也。由是言之，音韻自古至今，凡更五變，唐宋不得拘六朝，漢魏不能守三代，非惟人事，亦天道地利使然。《佩文》增陰氏故實，而部分姑用其書，聖人所以爲時中，即此可以仰瞻萬一矣。然我朝學兼今古，當康熙時，顧絳、毛奇齡已著書言古韻，乾隆中，戴、孔、段氏益暢厥旨，國無厲禁，此如經義功令用宋元之説，初不廢漢注唐疏，而世之學者，第知有考試官韻，問以三鍾、六脂之名，輒瞪目不能答，是亦豈可謂通與？同友李君鳳洲常論而病之，暇日恭取《佩文》抄録於前，附列祥符《廣韻》於後，標題釋義，開帙瞭然。書成，名曰《佩文廣韻匯編》，使同爲序。昔漢初儒者得壁中經書，以隸古寫定，説者謂用隸爲遵時，存古爲可慕，故兩漢儒者，有古文、今文之學。鳳洲是書，録《佩文》以遵今制，列《廣韻》以存古音，雖韻書也，可謂得漢儒之家法者矣。道光十年閏月上元，管同序。

以上清同治十一年（1872）金陵書局重刻江寧鄧氏原本

兼韻音義

兼韻音義序

李　惺

三代以上，言文不言字，自李斯、程邈出，而後有字之名；兩漢以前，言音不言韻，自周顒、沈約出，而後有韻之名。音有一時之音，有一隅之音。齊人以“來”爲“離”，其散見于載籍者，如“天下熙熙，皆爲利來”“勿說《詩》，匡鼎來”之類，“來”字皆作“離”音。今則不復有“離”音，而支韻亦不收“來”字。由是推之，凡《詩經》之所爲叶韻者，皆古人之確有是音而無待于叶者也。古人之詩境寬，後世之詩律嚴，古人于一字而音義兩異者，隨其意之所便，不甚區別，後世以詩取士，限之以韻，繩之以律，某音某義，不得不斤斤致辨。而近日抉摘尤精，春秋兩闈，往往一字出入，遂關得失。見諸坊刻者，因而有《韻字辨同》各書，顧第標大旨，證據未詳。殷東橋觀察嗛焉，思元元本本，縷析條分，輯爲一書，以惠來學。因手訂此編，而屬蓮舫繆君襄其事。繆君亦體東橋觀察意，閱七年之久而其書成，則甚矣用心之壹，而致力之勤也。夫人之所貴乎讀書者，非徒以弋科第騖聲名也，必平日經史子集供其枕葄，偶舉一字，左右逢原，聯如貫珠，釐如切玉，如是而後可以爲學人，亦如是而後可以爲文人。若既昧乎此字之所由分，竝昧乎此字之所由來，是尚得謂之讀書乎哉？韻學因詩而設,其益則不專係乎詩。誠知某字之隸于某韻,若者義與音協,若者義以音岐,韻學明而字學亦明,即平日所讀之書,亦因之而無不析之疑,則是書固不獨爲韻學之圭臬也已。至于韻之所未收,義同音異,如“來、離”之類,由是引而伸之,觸類而長之,是又存乎善學者焉。去年秋,東橋觀察涖蜀,繆君請以是書付梓,工未竟而觀察告歸田里。繆君問序于余,余志其原起,竝即其意而推衍之如此云。賜同進士出身、前翰林院檢討、詹事府左春坊左贊善、國子監司業、國史館纂修、文淵閣校理,墊江李惺拜撰。

兼韻音義序

章　畹

韻學之講習,不可以已也。我聖朝鄉會取士,四書文外,繼以五言試帖,海宇之間,萬邦黎獻,罔不和其聲以鳴國家之盛,大矣美矣!凡應試者,間有以一聯一句之佳,遂能獲雋,信可樂也。顧績學之士,以此爲拜獻先資,而往往有因一字之差,遂不得與焉者。則以韻中字同而音義各别,未經講習,每易錯謬。如一東“逢”字音篷,鼓聲和也,《詩·大雅·靈臺》“鼉鼓逢逢”是也。二冬“逢”字音縫,遇也,值也,《書·洪範·稽疑》“子孫其逢吉”是也。字形無異,音義迥殊,差若毫釐,謬以千里。甚矣!韻學講習,不可以已也。曩嘗以學者辯析甚難爲憾,今得觀察殷東橋先生《兼韻音義》一編,條分縷析,較若列眉,令人一目了然,毫無疑義,可謂實獲我心。惟余見此編,而先生已告歸田里,未得相與議論。緣其書鋟版甫完,凡例、序言俱悤悤未理也。東橋先生天資英挺,問學淵深,乾隆壬子順天鄉試第三名,以名孝廉筮仕河南,著述頗多,所在人受其益。是編之作,襄事者爲吾師繆蓮舫先生。師名景宣,成都夙學,詩古文章有根柢,歷試鄉場,屢膺力薦。嘉慶庚午,以兩主司争解首,致作遺珠,從此不入鄉圍。後以嘉慶庚辰恩貢,橐筆遊大梁,自大中丞楊海梁先生以下,延聘維殷。越數年,與東橋先生相契合,屬襄訂《兼韻音義》一書,蓋先生守南陽時也。聞吾師敬承觀察指畫,無分寒暑,伏案七年,洎乎告成,歸其書於觀察,觀察韙之。壬寅秋,東橋先生奉欽命觀察蜀中之成緜龍茂,而吾師適於其冬旋里,因爲觀察付諸梓人,於是知觀察與蓮舫先生果能相與以有成也。余喜是編嘉惠士林,必有大獲其益者,爰序其事,以諗後之閱是編者云。道光二十三年歲在癸卯閏七月,山陰章畹謹識。

兼韻音義序

繆景宣

道光乙未冬,宣在豫中,維時殷東橋先生守南陽,宣承命襄校科試,闔郡文童不獲辭,因得侍教。既歲試,復命襄校。事竣,相與讌譚,先生出所著《兼韻》一編見示,且屬校核。宣受而讀之,伏見音切詳明,引徵確實,精深宏博,包括無遺。而其所言,皆見天地之心,闡聖賢之蘊,風雲月露,邪説異端,屏之維嚴,洵有裨人心風俗。至於辨昔人之錯誤,正俗學之紛紜,尤足發從前所未發,因思此編非博學審問、慎思明辨、篤行不可,非文理密察不能。雖止爲兼韻而言,然所言豈僅兼韻而已？直可修明經傳，羽翼聖賢。爰不揣固陋，亟爲校理，各字間有管見，亦時陳之，慫慂付諸剞劂，俾後生小子得所師承，而先生弗許，謂此不過訓家塾，奚足問世。今先生以聖天子特達之知，擢四川成緜龍茂觀察，宣適在籍，得常請謁。復細讀《兼韻》，惜其祕而不宣，無以嘉惠來學，又深知先生決不付刊，遂出資爲鋟板，凡經四月告成，既印若干卷。以先生歸田，仍呈其版於先生，幸見之未加深責，唯俯而笑，自視欿然而已。是爲序。道光癸卯中夏，四川成都縣恩貢生繆景宣謹識。

以上清道光二十三年（1843）和樂堂刻本

韻辨一隅

韻辨一隅序

莊爾保

古韻無定本,由是律韻代興,而務博者必求諸古,近世多推顧氏《五書》。以三百篇爲例,雖音韻迥别,無不可通,其言甚辯,然未適用。即今作者,爲有韻之辭,亦不能舍今從古也,況今日言韻,有《佩文韻府》集羣書之大成,審音辨義,斯爲淵海,奚事遠求爲?而其間有一字兩音至數音者,卷帙既繁,學者或未徧覩,亦莫張悉記,爰是彭氏有《韻字辨同》,意取簡約,考證弗詳,兼多罣漏,傳信爲難。吾邑世執稼軒諸先生績學富著述,嘗輯《韻辨一隅》。没後,余訪其遺書,自詩稾外數種皆未刻,而是書尤切於用,衷諸《韻府》,參考《字典》,一音之異,務盡原委,並附己見疏解證明之,視彭氏本,詳略既殊,亦與專尚古音察遠忽近者異矣。其文則始於二畫,凡一畫者無兩韻。蓋以一而神,以兩而化,太極既判爲兩儀,而後四象八卦遞生,理固然也。《易》爲文字之原,即此可悟,豈徒許氏形聲相益、孳乳浸多之説已哉?至分别部居,一遵《字典》,亦便檢閲。今先生女夫金君海庵爲付梓人,信今傳後,將于是乎在。因述其崖略,以俟當世論定云。道光壬寅春日,世姪莊爾保拜題。

韻辨一隅序

錢寶琛

韻書肇於隋陸法言之《切韻》，唐天寶末，陳州司馬孫愐因法言之書復加刊正，别爲《唐韻》之名。宋大中祥符元年，陳彭年等因法言韻就爲損益，改爲《大宋重修廣韻》。景祐元年，詔宋祁等刊修《廣韻》，而丁度、李淑典領之，書成，賜名《集韻》。此唐宋以來韻書相承之舊也。自景祐四年，詔國子監以丁度所修《禮部韻畧》頒行，其韻窄者凡十三處，令附近通用，宋《蓺文志》所載《景祐禮部韻畧》五卷是也。宋時韻書，《集韻》最稱詳贍，而《禮部韻畧》專爲科舉之用，固非韻書之大全，而今世所傳者，則又毛晃所增注於紹興年間者，與《廣韻》已頗有不同，然自唐以來二百六韻之部分具在也。迨理宗淳祐壬子，平水劉氏淵始併二百六韻爲百七韻，所謂劉氏《平水韻》者是矣。嗣是而降，《韻會》《正韻》諸書踵之而作。本朝因前代之舊，著爲功令，凡大小試悉遵用之，蓋欲學者芟繁就簡，易於循習故爾。但其間一字而數韻互收、一韻而兩收三收者，有四聲展轉相承者，聲韻各殊，訓釋互異，學者固不勝其疑義焉。我國家經學昌明，名儒輩出，其於音韻之學亦各有成書，若顧氏《音學五書》、江氏《古韻標準》、戴氏《聲韻考》、段氏《六書音韻表》、孔氏《詩聲類》、洪氏《漢魏音》等書，類皆力抉古學，達文字之恉歸，探聲音之祕奧，於二百七韻之字，未有爲之派析區分者也。嘉定諸君，稼軒問學賅富，鉤貫羣言，凡今韻中字同而韻義各異者，臚而陳之，表而出之，譔《韻辨一隅》八卷，《補遺》一卷，君之用心，抑可謂勤矣。承學之士，固宜家置一編，用資考訂，洵足以擴充見聞，而臨文拈韻，庶不至茫昧多歧，承襲謬誤，其嘉惠後學之功，豈戔戔云乎哉？學者苟從是而進求之，審異以致其同，沿流以溯其原，繇今音今義以求之於古，則謂是書爲考古者之權輿亦可矣。時道光二十四年歲次甲辰夏六月，太倉錢寶琛拜序。

韻辨一隅跋

李思中

右《韻辨一隅》八卷，先師稼軒先生所著也。先師博學工文，肆力著述，《醉月西廬詩古文稿》外，如《經史劄記》《説文考略》等，成書不下十數種。素精韻學，自中歲貢成均後，謂古"韻"作"均"，成均之所以爲教，因仿彭氏《辨同》，成《韻辨》一書。辛丑冬，先師歸道山，其壻金君海庵收羅遺著，以是書請敘於莊君桐生，而先付諸剞劂。壬寅秋，海庵病歿，令子韋之、梓山昆季善承先志，敦促梓成，與莊君少白、吳君小庾正其魯魚亥豕，而乞余一言誌其後。竊惟音韻之辨，本於脣、舌、牙、齒，好學深思之士，精研《華嚴》十四字母及邵子開發收閉之旨，則冬、鐘、虞、模之合而可分，真、先、庚、陽之分而可合，自能昭晰無疑。然古來"治、雉"不分，"壬、堂"誤叶，樂天以"殍"音"孚"，顔籀以"廷"音"定"，均未免貽譏大雅。今先師是書，于"風、風"各讀，"鄭、鄭"殊音，"本、夲；回、囬"之異其形聲，"麓、鹿；芙、夫"之同其音義，無不博證羣書，廣參衆説，俾閲者開卷了然，不滋疑誤。且循是而求之，所謂

《華嚴》之母、邵子之旨，亦將恍然有會。其嘉惠後學，豈淺鮮哉？昔昌黎遺集爲壻李漢所編，海庵之刻是書，猶李漢意也，惜逾年遽殁，不獲早覩其成。而先師他著尚多未及刊行者，又不禁爲之深嘅云。甲辰端陽前一日，受業李思中百拜謹跋。

以上清咸豐五年（1855）郁氏宜稼堂刻本

韻辨附文

韻辨附文自敘

沈兆霖

《周禮》保氏教六書，二曰象形，三曰形聲。許慎《説文敘》云："倉頡作書，依類象形謂之文，形聲相益謂之字。"則知言文字者，必兼形聲，未有遺聲而求形，亦未有離形而能審聲者也。漢以小學取士，學僮十七以上有能諷籀書九千者，得爲吏，又試以八體，課最者以爲尚書史，書不正，輒舉劾之。然程邈所造佐書，已行於世，但取隸事簡易，而紊亂篆體恒十之五，小學繇是寖廢矣。魏晉以降，音韻始熾，魏吕静作《韻集》，齊周彦倫作《四聲切韻》，梁沈約作《四聲韻譜》，其時詩賦盛行，三唐遂用以取士。陸法言《切韻》、孫愐《唐韻》踵事增華，編字至四萬二千，分部且二百有六，韻學可云極盛。然皆專究音韻，不詳字體，而張參《五經文字》、唐玄度《九經字樣》又不及音韻，音與字始合而後分，分則卒不再合，通儒不難兩究，下士每苦兼營。自宋元以後，辨韻、校文各本充斥庠塾，惜俱韻爲韻、文爲文，拈韻者不必詳求文體，考文者往往疏略聲音，何況各本屢易鈔胥，不少脱誤。編韻最重異同，而寬嚴或隨所尚，釋文原兼正俗，而徇俗遂失源流，人各一編，日相聚訟，幾使學者茫乎不知轍跡之所向，豈不病哉？是編詳參諸本，以韻爲經，文爲緯，一字兼入數韻者，晰别必嚴。

文有正俗，即於本字坿辨焉。韻皆衷以古義，文或斷以今行，官韻之字雖隘，日用所需，其亦思過半矣。學者開卷洞然，因考韻而即曉於文，因究文而益稔於韻，斯亦小學從入之門也。倘由兹以進焉，則欽定《韻府》《字典》諸書具在，不難詳稽博考，以上通乎叔重之文、《博學》《凡將》之旨，是編直可覆醬瓿矣，何寶惜之足云！夫徐鼎臣校《説文解字》，必坿以《唐韻》反切。其弟楚金編《五音韻譜》，分許氏部居隸各韻之下，蓋誠不欲析韻與文爲二也。余之編此，竊坿斯旨，第命意在誘進下學，取便制科，雖間亦取古證今，而總以宜今爲主，則又顔氏《干禄字書》之意乎？使事敦迫尠暇，漏誤自知不免，當俟隙日重訂之。此係初本，編成，名之曰《韻辨附文》，先付諸梓。識梗槩於簡端，其詳列凡例中，不更贅。是書也，與參校者廣州譚蛟瀛海、仁和張敏旋竹龕、吴縣郭鳳翔澫舲、元和嚴興榮研孫，繕寫者三原魏振鷺序堂。道光癸卯六月，錢唐沈兆霖敘。

重刊韻辨附文序

夏子鐊

同治庚午，奉簡命視學蜀中，見場内所給士子官韻簡略舛錯甚多，生童試帖，平仄互悮以及字體乖方者，不可枚舉，亟欲從而正之。然導以大雅，如《廣韻》《説文》諸書，又非中人之質刻期所能通曉。適篋中攜有沈文忠《韻辨附文》一書，音學字體，便於應試。時徐琴舫前輩主講東川書院，勸付手民，以嘉惠後學，且增反切於各韻之下，而書名一仍其舊。蜀士稟山川之秀，聰穎實多，欲求字體音韻之源，或可爲嚆矢一助云。同治壬申孟夏，秦郵夏子鍚序於潼川使院。

重刊韻辨附文序

徐昌緒

宋刻書以蜀本爲精，今坊本最劣乃莫如蜀，士又多貧，少藏書，音韻字體，往往譌謬相延，辨不勝辨。同治辛未冬，夏路門學使示余沈文忠《韻辨附文》，謂最便應試，余亟勸付梓。學使欣然屬余勷厥事，爲增反切於各韻下，以便審音，拓原本而大之，期可久也。原本成於道光癸卯，今昔殊時，御名謹照原例增注，又原本間有正俗互誤，如“悤”誤“怱”，“皋”誤“臯”、“蜨”誤“蝶”之類，悉遵《字典》《説文》更正，用副原例，隨時釐訂之。囑刻既竣，綴數語其後以識之。時同治癸酉春正月，酆都徐昌緒書。

以上清同治十二年（1873）四川東川書院刻本

同音字辨

同音字辨自敘

劉維坊

漢天禄閣校正諸書，德感太乙，宗風未泯，實睪然而高望也。坊於道光二十二年僑居正陽門外廊房頭巷，立文石閣於泉石林中，以鐵筆爲業。篆刻之暇，旁及音韻，輯成《同音字辨》一帙，固不離乎古，亦不泥於今，無端考核，百計搜羅，八更裘葛，三次謄稿，甫告竣焉。辨者爲何？聯其音之同而析其字之異也。不第考其點畫，而且究其聲音，二者相較，點畫更詳，爲其音有南北之分，而字無變遷之制。昔人所編不下數十家，有名《音韻清濁鑑》者，有名《音韻輯要》者，亦有名《音韻正譌》《萬韻新書》者，皆有目而無綱，勢難採用。即堯山樊公所編之《五方元音》，雖有一天二人之字母，而詳考其聲音點畫之間，猶未免有遺漏錯訛之疵。後繁水趙公就《五方元音》而增補之，改爲《剔弊元音》，按韻填字，判然分明，固爲善本，但仍以十二字母爲法，總不免有牽掣附會之處，以平上去入載在兩卷，多令人扞格不通。坊不揣固陋，忘分自矜，另輯一編，别立章程，將音分爲五，平分上下，切字清真。統以《切韻捷徑》之二十八韻，首字别爲六，書分六義，字理易明。參以許氏《説文》之五百四十字原，更添各音之反切者，好分聲之清濁，標各韻之字母者，易知字之有據。於《佩文詩韻》固不遺一字，即十三經傳亦在其中，⺃鼜索隱之類，一槩不録，日用閒俗之等，每卷有之。恐音有偏辟，斟以《中州音韻輯要》，懼字有錯訛，校於國朝《康熙字典》。緣音聯爲一處，則曰“同音”，字加區別，則曰“字辨”，合而爲《同音字辨》。然雖朝乾夕惕，竭生平請肄之力，則古稱先努卅年好學之心，而聲音點畫之際，終不免有遺漏錯訛之責，恕其妄而正其誤，是所望於博雅君子者。時道光二十九年歲次己酉荷月望日，樂山山人劉維坊自誌。

同音字辨敘

賈　楨

聞之，不朽有三：立德，立功，并於立言。士君子得志澤加於時，聲施後世；不得志，閉户著書，嘉惠來學，其事殊，其揆一也。同鄉劉子樂山，嗜學博古，質樸無華，工篆刻，以鐵筆爲業，名噪京師，所刊《印文詳解》，幾於家置一編。古有以醫卜隱於市肆間者，劉子殆其流亞耶？尤精音韻，以世所流傳尠有善本，乃於篆刻之暇輯爲《同音字辨》一書，音分爲五，統以《切韻捷徑》；字别爲六，參以許氏《説文》。恐音有偏辟，斟以《中州音韻輯要》；懼字有錯訛，較以國朝《康熙字典》。爬羅剔抉，八閱寒暑，凡三易稿，始克蕆事。問敘於余。余早歲通藉，字學韻學罕能深究，於是書誠未敢贊一辭。然竊見其於音韻指示詳明，於字體考證精確，吾知是書一出，海内操觚之士皆得所依，據以鼓吹休明，其嘉惠來學，豈淺鮮哉？用敢略述梗概，誌諸簡端，冀附是書以傳不朽，是則余之厚幸也夫。道光己酉仲冬，東海賈楨敘并書。

以上清道光二十九年（1849）刻本

詩韻合璧

詩韻合璧序

湯祥瑟

《詩韻》一書，曩有《詩韻含英辨同》《詩韻題解》諸本，操觚之士，莫不家置一編。而近時藝苑之所流傳者，則莫如《詩韻珠璣》《詩韻集成》爲最著，是皆江都余春亭先生輯也。蓋前輩詩韻，其韻脚祇有順而無倒，而《詩韻珠璣》一順一倒，蒐羅宏富，考核詳明，非惟花樣一新，實令人觸類旁通，興會淋漓而不自覺。特間有譌誤，吾邑朱月坡先生重加增訂，參以朱星聚先生《詩韻音義註》，彭芸楣、任柳塘諸先生《詩韻異同辨》，著爲《漁古軒詩韻》，遠近争購之，不啻荆玉隋珠，洵詩人之寶筏焉。若夫《詩韻集成》，則大有裨于初學。凡韻典中經史子集語，擇其要者詳加註釋。且蘇詩之可命題、雜句之押韻雅切者，隨韻附入，豁人心目。又復精選詞林典故，取其工麗適用者，列詩韻之上層，亦屬詩韻佳本，鄙意方既統輯二書以成合璧。或曰詩學貴有取裁，諸家類書尚已，然依題覓韻，未免膠柱鼓瑟之嫌，兹有坊間所刊《詩腋》，摘録試帖佳句，靡不典麗矞皇，而運用之妙，靈心四映，觸緒紛披，非必盡於本類中求之。至其《補編》《外編》《詠史》等卷，多有類書所不及者，殆又於各種詩料分别樹一幟，爲後人大開生面，其彙爲一集可爾，余然其説，因加刊於《詞林典故》之上層。是編分爲三幅，薈萃羣書，有廣收博採之益，無左顧右盼之勞。校畢付梓，亦聊以佐吟詠之一便云爾。

詩韻合璧識

湯祥瑟

余曩有《詩韻合璧》之刻，謬稱可於騷壇。蓋以《詩韻集成》《漁古軒詩韻》均爲詩韻善本，而《詩腋》取材富贍，又超出各種詩料之上，兹乃薈萃三種，都爲一編，選韻者較便於繙閲，故京師士大夫不惜重價購求，幾于洛陽紙貴也。戊午秋，復得甘泉汪慕杜太史所定《分韻文選題解擇要》一書，細繹弁言，知因今上特詔儒臣校録《文選》，以備乙覽。一時詞館嚮風，咸以弇雅著作相尚。坊間舊有《分韻文選題解》之刻，冗雜繁複，不無可議。太史重加删定，以成此書，裨習選學者因題涉獵，沿流溯源，其加惠來學之心，可謂至矣。余讀此書而寶之，因增刻于上層《詩腋》之後，區區之意，非敢攘善罰欲，廣搜博采，使《合璧》一書得成完璧，而太史沾溉藝林之厚意，或亦推廣于無窮云。咸豐己未季夏，大文堂主人湯祥瑟識。

詩韻合璧序

許時庚

《詩韻》一書，舊有《含英辨》《同體解》諸本，操觚之士莫不家置一編。而近時藝苑之所流傳者，以《珠璣集成》爲最，是皆維揚余春廷先生所手輯。蓋曩時《詩韻》，其韻脚有順無倒，而《珠璣》則一順一倒，搜羅富有，攷核精詳，不惟花樣一新，寔令人觸類旁通，啟發心思無限。前輩朱月坡先生曾重加增訂，參以《詩韻音義註》《詩韻異同辨》，著爲《漁古軒詩韻》，遠近争購，洛陽爲之紙貴。若集成，則大有裨於學者，凡韻典中經史子集語，取其要詳加註釋，詩求其雅，依韻附增，又復精選詞林典古，列之上層，亦屬《詩韻》佳本，然終不若《詩韻合璧》之美而且多也。旌邑湯君以《詩腋》補編歷代賦彙，分類增入，薈萃羣書，合而成璧，洵爲初學之津梁，詩人之寶筏。無如別風淮雨，訛誤頗多，夏五郭公缺殘尤夥。爰爲之剔其榛蕪，詳加勘校，凡兩閱寒暑，始奏厥功。亟爲付印，以公同好，非敢自詡精詳，亦聊以備揮毫之一助云爾。光緒十有二年歲次丙戌夏五月，荆溪許時庚幼莊氏識於葑溪之緑蔭廬。

以上清同治十二年（1873）善成堂刻本

五音集字

五音集字自序

汪朝恩

嘗聞結繩易而書契開，鳥跡蟲形，體制創於倉史，而六書則莫詳於《周禮》，蓋象形、指事、會意、轉注、假借、諧聲，法雖大備，而總之不離乎諧聲者。近是仁皇帝御製《字典》，垂訓萬世，其義詳明，其理深遠，具可見聖學之淵微，今之官府學士，同沭其休光也。余幼束髮受書，弱冠後博採字林標切祕訣，每欲求其淺而易識、顯而易明，俾觸目了然，惜未得其門，竊嘗以此自憾。及習海外字跡，總用五音爲指歸，次以二十五字母經緯聯絡，相合成語，繼續成書，因思字有音韻、有訓詁，音韻以辨其聲，訓詁以通其義。自庚申以來，託耕硯田，稍有餘力，仍用二十五字母因類以推，合成三十三字音，概將文字一切按照五音條式，纂集成篇，以便檢閱，名曰《五音集字》。五音維何？即上平、下平與上、去、入是也。以之呼字，尤得其確，固爲聲律之自然，而非創者也。竊意五方之音語不齊，時會之沿革亦異，不無東齒、西齶、南唇、北喉之病，是以取音難免歉慊，兼之諸書詞旨浩繁，未易會通，爰得五音捷法，不費思索，開帙朗徹，啟口得音，輯爲《家學便覽》。適逢友輩案頭翻見，視爲切要，因命付梓。余謂："雕蟲小技，何可公諸同人？"友曰："識字捷徑，莫如是書，亟宜梓行。"於是授諸剞劂氏，以求稍爲字林一助，博雅君子，幸勿我責云爾。時同治甲戌年桂月既望，蓮池汪朝恩澤之氏自題。

五音集字序

崇實報館主人

近世科學發明，羣以開通民智爲第一要義。譬如瀛海之隔而不通也，必賴汽船以通之；大陸之阻而鮮通也，必賴鐵軌以通之。而語言文字借以開通民智，抑何獨不然？蓋文字者，智識之舟車也；語言者，文字之門户也。語言隔無以通文字，文字隔無以開智識，而語言文字不綦重歟？然而中國文字繁縟，語言複雜，雖上流社會皓首窮究尚難悉解，況等而下之乎？余也瀏覽《韻府》，研究《字林》，大都不病於繁冗，即偏於缺畧。惟汪君澤之先生所纂《五音集字》一部，仿西法五音，以二十五字母組織而成三十三字音，其齒牙脣舌之分，清濁高下之别，上平下平之疑，上入下入之乖，無不眉目分明，較之《説文》九千餘字之多，《唐韻》二百六十部之嚴，及婆羅門法十四字之貫一切音，尤爲盡善盡美。俾閲者能以音求字，以字求音，以音字求訓詁，無解不備，無義不搜，不加思索，即能等音，不假師承，即能解義。甚有識一字可通數字，審一音可通數音。不惟聰穎特奇之士，觸目可以警心，即耕夫販婦、牧童野叟，亦可一覽而無餘也。烏乎！天然鐘律，聲音機軸，其中開合齊撮、長短舒促、張抵中縮聚、昇沉上去等象，胥出自然，非由臆造。而其刳剔離析，彫繢疏鑿，無不去繁從簡，因難就易。以此而餉諸世，不啻探險者之得地輿圖，航海者之有磁石鍼也，又何患教育之不能普通，音語之不能統一也耶？獨是書經秦火，棗梨灰燼，無從購買，不惜鉅貲，付之手民，剞劂成卷，幾經較對，改正無訛。如有掛漏，統希就正，函示敝館，造成完璧，庶不令後來學子有亥豕魯魚之誤焉耳。時龍飛御極年月日，崇實報館主人謹識。

五音集字序

李鼎紋

懿夫字學源流，肇自庖犧，傳從倉頡，因以象形、會意、轉注、諧聲，而字體於焉丕著。及篆隸八分書出，鍾、王以小楷善鳴一世，官府士籍，多用楷書，以趨簡便，於是字有古今形體之殊，即知音有異同彼此之别。嘗考五方風土，其聲之清濁高下，各隨山川原隰廣狹所宜，故發于五音，每多偏而不全，此取音所以不能不較異同而一轍也。自《訓纂》《説文》以下，字書辨真校訛，亦已極詳且盡矣，然篇中所載，詞旨浩繁，意義精深，淺見者難爲會通，況兼有音無字、有字無音，闕畧不詳。及閱澤之先生所集成書，字義明曉，音韻獨真，且引證簡切，不特增前人未補之字，竝能發前人未補之義。雖《韻府》所傳，《説文》所著，《玉篇》《集韻》《正字通》所作，諸書如林如淵，一經纂述補定，擇其精確，去其煩冗，舉凡經傳子史、詩人文士，莫不博採無遺，分部列班，一字無訛，一解無僞，閱者開帙，瞭如指掌。第思先生始事儒書，繼從西學，於字體五音尤得其真，雖翻切舊本，彙成是書，然苦心探索，不憚十載功脩，而善美兼備，其有功於士林者，豈淺鮮哉？

讚曰:編輯鴻篇著《五音》,羣書攟摭擅瓊林。剔抉金精真扼要,爬羅錦字費搜尋。範圍聖學開文運,羽翼儒風冠古今。即此已知西學富,江河漫作擬蹄涔。

其二:繼往開來藝圃馳,統歸羣説鑄新詞。功深十載搜羅富,價償千金莫易辭。叶韻諧聲培左史,辨真校僞翼庖犧。名留玉簡傳今古,雅俗咸推結構奇。

時同治十三年上章敦牂作噩月乘槎日,在蕉窗下書。峽峯李鼎紋黼唐氏敬識。

五音集字序

牛樹梅

間嘗稽之《周官》,外史掌達書名於四方,保氏養國子以六經,而考文列於三重。蓋以爲萬事百物之統紀,而助流政教也。所有古文篆隸,隨世遞變,異更無常,迨至漢時,始得《説文》於許氏,然重其義而略於音,故識文字者多而識音律者足鮮。推之當時之儒,皆識四聲,則曰平上去入,而不知平有上下之别。而益爲五音,因以五音屬之樂,則有宫商角徵羽,屬之五行,則有金木水火土,屬之於人,則有心肝脾肺腎,從而知五音之説,而能辨清濁、高下、淺深、廣狹者,不已鮮哉?然自《説文》以後,字書善者,於梁則《玉篇》,於唐則《廣韻》,於宋則《集韻》,於金則《五音集韻》,於元則《韻會》,於明雖能流通當世,衣被後學,然其傳猶未甚明者。自我本朝仁皇帝《檢字集韻》垂諸萬世以來,後學莫不爲之依賴,而仰沾聖德也。所以澤之先生亦不煩檢閱,纂集此書,講究五音,後學得此，無不易曉，而叶韻審音，庶無差謬耳。時同治十三年孟夏月上浣，前除四川按察使牛樹梅題。

以上清光緒三十四年（1908）刻本

詩韻釋音

詩韻釋音自序

陳　錦

學者,學其所可信、所可能而已,至莫之信而諉爲不能,而其學幾乎廢。韻書始六朝,自唐宋韻至國朝佩文齋,皆每字各登反切,而近刻删去,不知起何人意。蓋以原切未可盡信,學焉而又不能,則恝然置之。朱子云:“學者苟不知切音,終爲不識字人。”鄭夾漈謂:“今世士大夫與論反切,便瞪目無語。”自昔然矣。今將盡復韻書反切之舊,引而致之可信可能,計惟觀古音之通,正今讀之誤,並揭卷端,自呈得失,方足以伸吾説而遞廣其傳。顧其間今古變聲、南北異吻,互相牴牾,疑詆叢生。王貫山云:“許氏作《説文》,用漢時恒言,大徐校《説文》,習時音時義,上泝六經韻語,不啻各自成文,此以知今古之變聲也。”《顔氏家訓》謂:“音韻各有土風,當以帝王都邑參校方俗,爲之折衷。”甚至齊人以“得”爲“登”,楚人謂“乳”爲“彀”,此以知南北之異吻也。黄公紹失攷,謂:“韻書出江左,本吴音。”實則李登、吕静、陸法言以下至平水劉淵,率皆北人,本亦參校方俗,酌其中音,始有絲毫不爽義理。倘不範以字母、參以呼等,究無以定古切之從違,而決今音之沿革,學者又何所取信而共抵於能?錦學識淺陋,幼習於有韻之文,壯歷南北,合以方言,始知《切韻》之功。目食者按圖索驥，先有字而後音；耳食者空谷傳聲，先有音而後字。戴東原云："隋唐諸人辨聲之功，多於考古；吴才老、陳季立、顧亭林考古之功，多於辨聲。"二者即耳食、目食之分也。觀其會通，未敢戾古，而亦不能泥古。向嘗有《切音蒙引》之作，爲初學入門，今復與錢君文蔚考訂羣書，備登同異，稍定折衷，歷五年之久，無間寒暑，僅成一書，徧質通人，則有膠州法君偉堂神明，於是爲之指其瑕疵，悉歸至當。所載當从某切，今讀某切，雖不免自逞臆見，卻未嘗攙雜方言，庶亦有當於使人共信而勉人於共能之志與？至經傳韻語，漢魏歌行，凡出自未有韻本以前者，原不得援以爲例，概勿牽引焉。謹述作書本旨，而爲之序。光緒丁亥三月，山陰陳錦書於山東鹺使署齋。

詩韻釋音序

汪鳴鑾

讀書稽古之士，非心得於已而已也，將必融會貫通，發明古人之心瀍，俾後之學者盡人而知，盡人而能，而後得行其信今傳後之志，以蕲至於古人。夫讀書以識字也，而子朱子乃曰："學者不知反切，終爲不識字人。"蓋字尚形聲，自蝌蚪蟲鳥以至篆隸真草，各自爲形，而今所主者《説文》；自經傳韻語、漢魏歌行以至方言村話，各自爲聲，而今所本者《唐韻》。《唐韻》無傳，則借資《廣韻》。顧《説文》點畫，舉世追樵，而《廣韻》反切，輒與世牴牾不相入者。讀補勤陳君所著《詩韻釋音》，而乃曉然於其故也。補勤嘗爲余言："反切之學，非不斷斷於卅六字母、開合四呼、切音等子諸瀍，而獨能直抉其所以牴牾於世之故。其在原切者，古灋之類隔，如輕脣之切重脣，舌上之切舌頭，以及開合口之互翻，皆是也。其在今音者，輓近之變聲，方隅之殊吻，如泥娘母之讀如疑母，疑母之讀如匣喻母，以及呼等之叚借皆是也。向非變通原切，何以敂中音之正響而歸於自然？向非駁正今音，何以辨後起之沿譌而破其積習？昔人謂顧亭林、陳季立專於返古，而不能還就今音；劉士明、江慎修、戴東原精於審音辨等，而未免拘泥成灋。今悉遵佩文齋部分，先標《廣韻》原切，而辨其呼等，凡齊梁以前所謂四聲未分、古通古轉，概不遑深論，而獨於原切之疏密、今讀之是非，則毫釐必析，竝揭而兩登之，俾後學恍然於向之牴牾不相入者，其故有在，而欣然於今之灋易行、教易入。目食則展卷自知，而能使喑者言；耳受則循聲自悟，而能使盲者覩。豈不亦大有補於古灋，而遞廣其授述與？”余繇是益知補勤是書之不難盡人而知，盡人而能，將信今傳後，以蘄至於古人也。補勤先有《切音蒙引》之作，歸併字母，實亦統備各音，欲蒙學易於上口，爲反切之初桄，今坿刻之。其它節目，具述例言，亦可謂彙衆説之郛而包舉無遺者。噫！讀書稽古，如吾補勤，庶幾融會貫通，不自私其心得矣。而反切之學，亦繇是大章於世。光緒丙戌十月上澣，内閣學士兼禮部侍郎、廣東督學使者，錢唐汪鳴鑾。

詩韻釋音序

法偉堂

自樂安孫叔然刱爲《爾雅音義》，於是有反切之學，然當時謂之反語，不以切名，高貴鄉公不解反語是也。至陽休之、周彦倫輩箸書皆曰《切韻》，陸法言因之。然則變“反”言“切”，其在梁陳之際乎？《廣雅》曰：“切，近也。”高誘曰：“切，摩也。”以兩字擬一音，非近摩而取其聲，則矢於口者必游移而無適主，故不曰“反”而曰“切”。陸璣謂“螽斯好以兩股相切作聲”，沈休文謂“前有浮聲，則後必有切響”，皆其義也。昔顔介譏徐仙民反“驟”爲“在遘”，“椽”爲“徒緣”，以爲不切。法言撰定《切韻》，亦大抵祧魏晉而躋梁陳，豈非徵之音聲、調之脣吻，知前人之疏節而闊目者，實未能盡概於心乎？自法言書出，後之言切者宗之。宋元學者，乃取其書之音紐比而類之，又假梵氏所謂字母統之，經之以七音，緯之以四等。呼有開、合、齊、撮之殊，聲有發、送、助、收之異。其於親切游移之故，莫不剖析毫芒，較量纍黍，抑可謂綱舉目張，條理精密者矣。然齊梁音讀雖異魏晉，而其書音紐仍大半相沿。以等韻繩舊讀，往往齟齬而不相入，於是設爲類隔、窠切、交互、振救諸變例以通之。轇轕紛紜，讀之者不能窺其要領，鮮不廢然返者。此正讀所以日亡，俗讀所以日盛，而魏晉梁陳之舊所以卒不可復也。山陰陳晝卿觀察憂之，求所以易之者，謂“欲矯此弊，非去其疑似之切，使盡歸於音和不可；欲使知音之和不和，非辨等不可。等辨則洪纖分，音和則字母正。二者既立，俗讀自袪，此開扃啟鑰之要義也”。蓋嘗論之，聲音之道，與世遞變，梁陳之不同魏晉，猶宋元之不同梁陳也，古人作音，自必切當不易。豈有舍正讀之音和，而故爲回穴之變例，以待後人之推求者？必不然矣。梁陳人書，不必全襲魏晉，宋元人書，則全襲梁陳，而又覺宋元之讀之不能强同梁陳也，乃欲依違彌縫，以求其合，多歧亡羊，徒滋惑耳。此書於俗讀之誤者則直斥之，舊切之疑者則婉商之，要惟在辨呼、等以製切，故能進退古今，灼然無惑，而無所用其變例之繁易。曰："易則易知，簡則易從。"此編一出，學者開卷即知，讀者啟口即得，反切之學，庶幾不終亡於世乎？攷《廣韻》卷末，具載類隔改音和之目，《玉篇》亦然。是則此書之改訂音紐，亦猶行古之道爾，非好辨也。循名責實，夫亦求其切而已矣。光緒十三年歲在丁亥八月，膠州晚學法偉堂謹序。

以上清光緒十三年（1887）刻本

詩韻全璧

詩韻全璧序

暢懷書屋主人

沈約《四聲譜》，爲韻學權輿，嗣是代有增輯。至我朝聖祖仁皇帝欽定《佩文韻府》一書，囊括古今，網羅鉅細，集韻學之大成，頒之學宫，著爲定本。《漁古軒詩韻珠璣》恪遵《韻府》之例，汪慕杜太史取而增定之，益以《詩腋》選句，名曰《詩韻合璧》。旌邑湯氏復取《詩腋補編》《賦彙録要》《詞林典腋》等一一增入，而合璧之名，則仍其舊。竊攷《漢書·律志》："日月如合璧。"言二曜相合也，合璧之名洵美矣。惜陰主人爰取湯氏增本重加校勘，因又增《初學檢韻》《類聯采新》《月令粹編》《賦學指南摘要》《金壺字考》《字學正譌》等書，凡詞章家所必需者，靡不備載，竭琢磨之全力，聚奎璧之奇暉。猶是璧也，而琳瑯羅列，璜琥畢陳，有取之無盡，用之不竭者。名爲"全璧"，殆取純全意乎？抑取大全意乎？文行四海，或即爲假道之資；字值千金，當不減連城之價。編輯既成，將付石印，因揭命名之意，爰贅數語，弁諸簡端。所願懷瑾握瑜之士，珍如拱璧，家置一編，藉以揄揚盛業，潤色昇平，特達圭璋。此其選也，非亦爲韻學之助也夫？光緒十七年孟夏月，四明暢懷書屋主人序。

清宣統二年（1910）暢懷書屋石印本

增廣詩韻全璧

增廣詩韻全璧序

本齋主人

《詩韻》一書,有《含英》,有《題解》,有《珠璣》,有《集成》,有《萃珍》,而莫善於《合璧》。蓋《合璧》一書,汪慕杜太史遵《韻府》之例,取《漁古軒詩韻珠璣》而增定之,益以《詩腋》選句,洵詩人之寶筏也。後旌邑湯氏復取《詩腋補編》《賦彙録要》《詞令典腋》,一一增入,尤爲《合璧》之善本。近時惜陰主人更增《初學檢韻》《月令粹編》《賦學指南》《金壺字攷》《字學正譌》,凡藝苑所必需,靡不備載,亦可謂合璧中之全璧矣。本齋主人猶嫌有未備,更增入《詩賦類聯采新》,囊括古今,網羅巨細,而又旁及乎泰西之掌故,與夫化學、重學、光學、電學等,莫不有故實之可指,殆又於《合璧》《全璧》别樹一幟者乎? 顔曰《詩韻》,爲合璧乎? 爲全璧乎? 操觚家當自能辨之,無煩贅述也。庚寅冬本齋主人識。

清光緒十六年(1890)上海鴻寶齋石印本

字書誤讀

字書誤讀跋

傅雲龍

龍校刊字學三種，既竟，而爲之跋曰：蟲鳥篆炳於日星，一畫開其恉；龍虎節達於山澤，六書萃其精。然而點竄臆爲者，莫通文變；雌黄妄下者，難正音訛。譬夫纂組求工，妃儷先别其采；宫商待協，雅鄭必剖其聲。意在斯乎？意在斯乎？乃若蟲小難雕，霓雌不辨，閏月誤傳，别風沿書，誦潘賦則"枝、杖"貽譏，緘李書則"豊、豐"致歎，蹲鴟答惠，見者神驚，伏獵受名，嗤者齒冷，其失一也。又或漆簡三篇，靈書八寶，鉤索宛委，刻畫頻斯，脈望似已通仙，龍威不妨聚訟。而乃襲跡史籀，局古違今，問字雲亭，嗜奇乖正，贋鼎摩款，斷竹認名，弋獵其文，黝漆其目，其失二也。夫精畫工者忌添蛇足，飫正味者不藉馬肝，八法既立其規，六義必嚴其範，而典搜梵卷，口必加旁，字例道書，雨恒建首，一藏貝葉，三篋蕊書，曲類可通，臨文已雜，其失三也。復有别紫輸鄭，勘青讓孫，未有所傷，宏景乃爲謬賞，更是一適，邢邵胡爲誤思？"皋"取"自羊"之文，"地"從"力乙"之説，師心信臆，刓方就員，縱點畫弗拘，亦饒神韻，而操觚太率，終戾謹嚴，其失四也。挽厥濫觴，趨於正軌，其唐祕書監顔元孫《干禄字書》乎？湖碣文泐，馬本槧新，拓宇文之蜀碑，風霜未蝕；訪蘭孫之宋本，蟲魚互參。列次四聲,有條不紊,大較三體,以正爲宗,猶且慮瞪目易迷,切音愈遠,則有隋顔愍楚之《俗書證誤》、宋王雱之《字書誤讀》,簡而能該,合之益美,誠俚鄙之藥石,亦翰苑之著龜,而祕之枕中,視爲玉律,公諸同好,必借銀鉤者。方冀披《北堂書》,以世南《鈔》而倍重;得《韻海注》,以真卿筆而彌珍耳。若夫李從周之《字通》、唐玄度之《字様》、賈昌期之《羣經音辨》[1]、陳彭年之《重修玉篇》,靡不根據《説文》以求其是,而後折衷《字典》以會其歸,引而伸之,知所從矣。魯魚帝虎,三寫何訛? 典與陶陰,七略尠誤。是以討析申熟,顔師古必暢本源,豈惟問義質疑,崔頤正有所依據也哉? 同治甲戌夏五,德清傅雲龍楙遼跋。

清同治十三年(1874)味腴山館傅雲龍刻本

①期,當作“朝”。《羣經音辨》撰者爲賈昌朝。

詩學集成押韻淵海

詩學集成押韻淵海序

張　復

詩以性情爲體、言爲用，韻乃言之音節也。夫自三百篇以降，古詩猶叶韻，後世分四聲爲韻書，至唐而詩之程度拘矣，流而爲宋之省題六韻，其弊之極者歟？逮我聖朝，文教休明，遏流起靡，四方作者迭興，各出一機杼，亦已盛矣。一日見梅軒蔡氏《詩學押韻淵海》，乃録溪子仁嚴君所編各韻，摭羣書而備韻料于前，選諸集而類韻語于後，其收也富，其擇也精，詩家韻書，是爲詳備。然嘗觀歷代名家其善押者，或穩而雅，如大廈柱楹，萬力莫摇；或險而奇，如仙山懸石，千古不墜。初無蹈襲陳語，而亦未嘗必其有來處，斯豈出於檢閲而成章也哉！蓋士必學詩，學期望於是而不能驟至於是，故爲之筌蹄，以備其熟此而有得焉耳。況乎賡歌用韻，舉世所尚，往往一唱百和，而較以應之敏鈍、押之工拙，讀不萬卷焉得而不求益於是書也？雖然，道不古矣。古之詩情性發而爲辭，今之詩辭每制於韻，既欲穩而雅、險而奇，又欲得其情性之正，亦難矣哉。能於三百篇求其平易，以思古之道焉，是所望於爲詩者。後至元庚辰四月望日，前進士張復序。

元至元六年（1340）蔡氏梅軒刻本

轉注古音略

轉注古音略題辭

楊　慎

《周官》保氏六書，終於轉注，其訓曰：一字數音，必展轉注釋而後可知。《虞典》謂之和聲，《樂書》謂之比音，小學家曰動静字音。訓詁以定之，曰"讀作某"，若"於戲"讀作"嗚呼"是也。引證以據之，曰"某讀"，若云"徐邈讀、王肅讀"是也。《毛詩》《楚辭》悉謂之叶韻，其寔不越保氏轉注之義耳。《易》注疏云："'賁'有七音。"寔始發其例。宋吴才老作《韻補》，始有成編，旁通曲貫，上下千載。朱晦翁《詩傳》《騷訂》，盡從其説。魏文靖論《易》經、傳皆韻，詳著于師友雅言。學者雖稍知密誦，而猶謂叶韻自叶韻，轉注自轉注，是猶知二五而不知十也。余自舞象之年究竟六書，不敢貪古人成編爲不肖捷徑，尤復根盤節解，條入葉貫。間亦有晦於古而始發於今，繆於昔乃有正於後。故知思不厭精，索不厭深也。古人恒言音義，得其音斯得其義矣。以之讀奥篇隱帙，涣若冰釋，炳若日燭。又以所粹參之古人成編，褫其煩重，補其遺漏，庶無蹈於雷同，兼有益於是正。乃作《轉注古音略》，大抵詳於經典而略於文集，詳於周漢而略於晉以下也。惟彼文人用韻，或苟以流便其嗣，而於義於古本無當，如沈約之"雌霓"是已，又奚足以爲據耶？今之所采，必於經有裨，必於古有考，扶微廣異，是之取焉，匪徒以逞博辥、累卷帙而已。方今古學大昭，當有見而好之者，不必求子雲於後世也。嘉靖壬辰九月廿九日，博南山人楊慎書。

轉注古音略序

顧應祥

《轉注古音略》者，蜀升菴子之所爲書也。升菴子謫居于滇，慨古學之弗明，而六書之義日晦，於是乎有《古音略》之作焉。《略》凡五卷，上自經史，下及諸子百家之書，靡不究極。而所取以爲證據者，五經之外，惟漢以前文字則録，晉以下則略焉。蓋本於復古，而不欲以後世之音雜之也。昔宋吴才老氏作《韻補》，紫陽朱夫子取以協三百篇之音，議者謂其有功文字之學。是編雖論轉注，而發揮六書之義殆盡，又匪直有功文字而已。夫六書始於象形，而終於轉注。象形、指事，文也；會意、諧聲，字也；假借、轉注，則文字之變而通之者也。自許氏《説文》以"令、長"之類爲假借、"考、老"之類爲轉注，後世因之，莫之有改。至毛晃氏始謂"老"字下從"匕"，"考"字下從"丂"，各自成文，非反"匕"爲"丂"也。又曰《周禮》六書，轉注謂一字數義，展轉注釋而後可通，後世不得其説，遂以反此非彼爲轉注，其説皆非。厥後王魯齋氏正始之音，趙古則氏《六書本義》，乃極論"考、老"爲非矣。升菴子是編，殆取諸此，而所論傍音、叶音之類，皆轉注之極則，又古則之所未及者也。走自齠歲即有志書學，而未得其義，觀古則之論，雖若有契於心，然叔重之説行之已久，未敢遽斷其是非焉，今得升菴子之書而釋然矣，然又有説焉。夫漢和帝時，申命賈逵修理舊文，於是許慎采史籀、李斯、楊雄之書，博訪通人，考之於逵，作《説文解字》。則許氏之學出於賈逵，其所著六書之義，秦漢以來相沿，其説非始於叔重。後之賢者思慮益精，而有以發前賢之所未發，使叔重聞之，亦未必不首肯而心服也。古則又謂鄭玄以之而釋經。今考《周禮注疏》，乃唐賈公彦引許氏之説以釋鄭玄之言，抑不知毛氏一字數義之説出於何典，然則發明兹義，實自毛氏始也。大抵古人之學凡可以傳於後世者，皆其跡也，其不可傳者，心也。學者因其跡而審夫自然之音，以求契於吾之心，則於道也幾矣，是固升菴子作書之心也。嘉靖壬辰春二月，吴興顧應祥序。

以上明嘉靖（1522～1566）間李元陽校刊本

古音餘

古音餘序

楊士雲

夫古之音微矣，泥于今者，弗晳于古也，古之弗晰，則併今之昧矣。紫陽辨“肙”即“肩”，非即“佾”，從肉兮省聲，非從八。蓋不攷《説文》誤，坡説亦誤。嘻！《史》《漢》古字，時或僅存，六藉遺文轉訛，何限君子？每致意焉。升菴先生標《古音略》若干，言例也；胤《古音餘》若干，言例外，示無窮也。學者求之，庶古之晰、今之昧也免矣。楊士雲。

明萬曆三十二年（1604）楊宗吾刊本

古音附録

古音附録跋

楊　慎

右《古音附録》,因前書梓刻已成,難於羼入,故復以韻分爲五卷。復有好古君子翻刻者,合《古音略》《古音餘》爲一編,尤爲便省耳。升菴楊慎識。

明嘉靖(1522～1566)間刊黑口本

五音拾遺

五音拾遺序

楊宗吾

先太史字學之書，已有《轉注古音略》《古音餘》《古音附》《雜字韻寶》諸書矣。迺復有《五音拾遺》焉，其引事必奇與奥，其證字必本之史籀、秦漢，採蚌多明月，剖石皆璠璵，不少遺棄，悉在囊載。嗟嗟！抑首蠹簡，心何苦也。宗吾襲藏已久，暇日因取而檢之，正音與轉音雜見，如"亮"之在七陽，如"翁"之在一董是也。中有字同於前諸書，而註則詳於此者，如《韻寶》"芇"字類、《轉注》"簥"字類是也。"傷"字見十一尤，復見二十五有。若尔者，不一而足。仰計先公考索有據，吾小子又何敢妄爲移置去留？復有書法各異而義則同者。以上四者，咸併存之，總期於無遺乎先氏之纂輯云爾。萬曆乙巳暮春，孫宗吾謹書。

明萬曆三十二年（1604）楊宗吾刊本

古音駢字

古音駢字題辭

楊　慎

古人臨文用字，或以同音而假借，或以異音而轉注。如"嗚呼"助語，書之人人殊；"猗儺"聯文，考之篇篇異。若此之儔，寔紛有條。寮几間隙，因隨筆而韻分之，稍見古哲匠文人臨文用字之流例云，固亦萍氏之糟粕、師金之芻狗也。或曰："其細已甚，如之何？"曰："射者儀毫而失墉，畫者儀髮而易貌。故曰文理密察，足以有别。"又曰："除日無歲，無外無内，細云細云，積則鉅矣。"嘉靖戊戌秋八月丙寅久雨新霽，博南山人書于蟄窟。

古音駢字序

李調元

考簡紹芳《年譜》序，升菴年三十七謫戍滇南，諸所撰述，計晚年爲多。然而單騎萬里，笥篋蕩如，枵腹白戰，疑其無能爲役。今觀所撰《古音複字》五卷，指呼六籍，鎔液百家，在前人韻書中别樹一幟，雖獺祭者無以逾其博也，先生殆可謂奇字師乎？昔揚雄識奇字，而不能識一“忠”字，宋人嘗用是譏之。先生議大禮，受廷杖，斃而復甦者再矣，而白首滇雲，怡情著述，没世無所於悔，眎子雲所守，孰愈？顧第即其所著書論之，亦可謂後世之子雲矣。童山李調元序。

以上明嘉靖（1522～1566）間刊黑口本

古今韻分注撮要

古今韻分注撮要序

陳士元

初,永新甘應溥氏編《古今韻》成,意取簡便,無音注。萬曆己丑,應溥司理德安持其書示不佞士元,不佞謂:“古韻無注,恐讀者無所徵信。”應溥懮然興席拜手,屬不佞即爲注,時不佞編郡志未遑也。明年春,應溥遷南部司寇郎去,數數寓書來督。不佞年及八旬,精力衰退,何能爲役?第重違應溥意,乃繙卷究心焉。應溥以古韻可通各韻者稡于一韻,故今韻後附古韻者無幾。如上平聲惟東、支、魚、真四韻,下平聲惟先、蕭、歌、陽、尤五韻爾,他韻則否。不佞更爲編次,今韻後各附古韻,增應溥所編古韻,其義具凡例中,題曰《分注撮要》,録寄應溥。應溥問學宏博,倘討論而損益之,庶亡詒藝林譙訾哉?萬曆十九年辛卯春正月人日,應城陳士元書。

刻古今韻注序

陳　藻

彌六合，萬籟生焉。神理貫徹，間不容息。即谷響葭噓，遡溟涬，窮浩劫，觸處應節，曾何差别？人生而聲音發矣，神智緣以宣助，咸有自然律吕。音非假合，則韻非强名，如北貉南交，寒暑死生至不相能也。其嬰兒邈隔，不翅河山，何笑嗔噱嗄，大似同氣，故可識已。既而剛柔不齊，斯清濁互勝，若閩粤人下讀户、外讀匱、人讀浪之類，棼不可紀。厥初詎遠撮方域異同之凡，亦古今離合之準哉？然則韻何注也？列古今何以也？噫嘻！作者蓋有遐覽乎？余觀近日吴門張獻翼氏《讀易》併《繫辭翼傳》，旁搜連類諧以韻語，由張氏推之，《詩》三百不論已。書賡明康禮首思辭六籍，槩可引伸。至若道經梵唄，本外教殊族，韻則疊出，可諷足明北貉南交，元無異音，蓋非臆决。代更運會，大雅肩摩，從梁人沈約氏倡爲四韻，沿輓季而標藝林，悉本吴音，比同九有，不無牽泥。較非通方嗣襲而演繹者諸家，稍苴遺漏，人尠稱述，此與耳食奚辨焉？昭代右文，正韻孔彰。今學士家弄柔翰而競新聲，迄不能外沈氏一吷，堅守塗轍，習若聖書，亦何果於倍畔，昧聲氣之元也？余自蚤歲私竊病之，時以語人，未得暢斯旨者。往年永新甘君雨司理德安，謁余里陳大夫揚抡《古今韻》，久之，稡成注脚。適余填拊粤西，託以傳信，因屬學使李君鋕是正，間嘗質余，尚疑其闕誤也。若謂今局曲已古，可類叶如斯而盡乎？余逌然未答。尋甘守李官，責以久要，移疾未果。爰稽賸廩，鍥版鎮城，函報大夫，索余引之首簡，僭論搉之如此。大夫博極群書，甫壯守灤，輒賦初衣、焚魚、絶韋，垂五十年，諸所著述，率奇文秘義，儗於《太玄》，玆其一班耳。頃之，余投戈往矣，猶及載酒，商所未晰。大夫諱士元，字心叔，别號養吾，嘉靖甲辰進士。萬曆甲午五月既望，嘉議大夫奉勑總督兩廣軍務、前後巡撫都察院右副都御史，應虹山人陳蕖書。

以上明萬曆二十二年（1594）鎮粵堂刻本

讀書通

讀書通題辭

郝　敬

瞽者不識人，但問姓名，聾者不聞人語，但認其面貌，而同歸於識人。若疇人子弟，不待問姓名、見顔色，而心知其爲某某，長幼卑尊，應接無差，則耳目心知圓通也。惟癡人難曉，昨日相見於城隅，今日遇於郊外，則不識矣，昨日衣素而今日衣紫，物色變也。昔年共笑語，别後漫不相識，昔年齊語而今楚語矣。夫城與郊、素與紫，雖不同，其人同也；方語人聲雖變，其人未嘗變也。唯疇人心知，任物色變態，東西南北，一見識其爲某某，此讀書通字之喻也。沈韻之諧聲，不能旁通，無目者也；學究問奇，徵點畫形象之相似，無耳者也。嗟乎！安得六根圓通者，與之同席研書？時☐

讀書通跋

郝　敬

六藝惟書最凌雜，非一手一目蒐羅可辦。是帙秖据一時見聞，隨筆撿録，罣漏强半矣，聊以豁沈韻之拘，開學究之蒙，非求備耳。草創于《經解》卒業之後,故五經文字異同者,尚多遺忘。如《周禮·九拜》之“𢴤”、“拜”同。《漁人》之“𩵹”;“漁”同。《内則》葱薤之“韰”,“薤”同。《禮運》擘豚之“捭”,“擘”同。《郊特牲》蟲諸利之“盬”,“蠱”同。此類未收者何限? 所恃愚公有子孫,似而續之,則南山可移,不必皆自我也。崇禎庚午季春,郝敬識。

以上明崇禎(1628～1644)間刻本

古今韻考

重刊李氏古今韻考序

楊傳第

唐人刊正陸灋言《切韻》，爲試士詩賦之用，其同用、獨用之注，但計二百六韻中，字數多寡，以爲功令而已。宋吴才老《韻補》始言"古通某""古轉聲通某"，而分合多未當。近崑山顧氏迺始綜古音爲十部，婺源江氏繼之析爲十三，金壇段氏又析爲十七，益密於顧氏，然皆自顧氏之十部導之。故通乎十部之説，則於求古人之音，思過半矣。自元以來，作詩者多用黄公紹所次平水劉氏之書，訛謬相承，去古愈遠，甚或操其土音，并異《韻會》，至於入聲，尤爲舛互。雖名流輩出，不少佳篇，以古音繩之，無待遠溯《詩》《騷》，第視漢魏六朝唐人，固已多出韻矣。夫聲音之學，自有專家，綴詞屬文，事殊考據，然欲儗古人之作，而襲今人之音，縱能肖其情文，實已違其節奏。故用韻之界限，尤詞人所當究心者也。富平李子德氏，於顧氏《音學五書》嘗預參訂，既深明顧書之藴，慮其卷帙浩繁，人不能徧讀，迺依顧書十部，集爲漢魏六朝唐人通用韻；又彙録入聲之古音，分爲四部；又專集唐人古詩通用之韻，照劉平水韻目提綱於前，以著其稍異於漢魏者；末復取唐初盛諸公近體嘗用之韻選録之，以見唐人律韻之嚴。總名其書曰《古今韻考》，書僅四卷，簡而易明，雖音韻沿革源流未暢其説,而後人復古之階,實在於此,可謂善述顧氏者。是書嘗刻於其所撰《漢詩音注》後,歲久版不存,書亦罕見。漢陽葉潤臣閣讀家有鈔本,因以暇日校而刊之。閣讀故深於詩,冀此書流傳,學者可漸進於古,其用心良善。書中偶有疏誤之處,不敢改原書,屬傳第簽出附記於後。子夏有言:"聲成文謂之音。"聲不相應而求其成文,豈可得哉? 願讀是書者,勿以爲風雅之筌蹄也。咸豐七年八月,陽湖楊傳第書。

古今韻考序

王祖源

曩年供職夏官,見漢陽葉中翰潤臣有《古今韻考》之刻,其書爲富平李子德先生受祺堂舊訂本,循音分部,簡切易明。兹因小孫崇燕輩初學韻語,每公餘挑燈,爲之講貫古音切韻,慮其難以默識,檢行篋,有舊藏葉刻本,遂付手民,重加校刊,以便家塾兒童誦習,且可藉廣流傳。此書雖非彙録音韻之大全,而初學由此尋源竟委,必不至濫入迷津,其韻海寶筏哉? 光緒六年歲次上章執徐秋相月巧夕,福山王祖源蓮塘氏書於古天府之明志堂。

古今韻考跋

王祖源

明潘氏《書法離鉤》末言《切韻》之法，意在指示初學，顧其書頗多疏舛。同母字至多，今列六十八字，專舉真、文、元、寒、删、先、庚、青、蒸數韻字，而不及他韻，不知其義例所在，以江合陽，沿《洪武正韻》之誤，不可舉以爲例。杜詩好雨詩中發風物，以“兄、喧；瑩、員”列入同母字，則脣、喉不分。原詩“曉看紅溼處，花重錦官城”，乃譌“紅”爲“經”，紅，户公切。渾衡延户。譌“官”爲“宫”，官，古丸切。昆肱堅古。不辨詩意，輒爲作音，尤爲率易。惟此書重在切音，不在詩字。音切不誤，即詩字偶譌，亦可不論。其他所言，尚簡切易明，附刻《古今均考》後，以示初學，而略爲辨正其誤如右。至“傎”譌爲“傎”、“延”譌爲“延”，乃刻本之誤，特據音切改正之。又云“許轉興掀而得老字”，語亦不明，疑“老”爲“好”字之譌，然未敢輒改也。光緒六年十二月望日，王祖源跋。

以上清光緒六年（1880）福山王懿榮刻本

辨韻簡明

辨韻簡明自序

陸　炯

一字分收,義有同異。向來韻本有偶爾標註,而不及一一區别者。其標註處,如先韻之“先”與霰韻之“先”動静不同,而於霰韻“先”字下混註“見先韻”。銑、霰兩韻“善”字、侵、沁兩韻“深”字,其誤同。馬韻之“假”是假借義,禡韻之“假”專訓“休沐”,亦於禡韻“假”字下混注“見馬韻”。號韻之“鑿”,穿孔也,藥韻兩見,一訓“鏨義同”,一音作“鮮明皃”,義異,乃於號韻“鑿”字下混註“見藥韻”。如此之類,不一而足,貽誤不淺。即有一一區别之本,如近人《韻辨》一書,開卷即錯,就一東而論,絧布之“絧”無仄音,惟與送韻同,鴻絧義乃混注曰“送韻義同”。日旁之“矇”與董韻同,乃誤爲矇瞍之“矇”。“跭”與江韻之“跭”字本不同,乃云“與江韻同”,俱寫作“跭”。東韻、江韻之“龐”字本無異,乃於江韻缺點作“龎”以别之,不知字書有“龐”無“龎”也。一韻如此,其餘可知。是刻專取分收之字,辨其異同,形正魯魚,聲詳雌霓,字簡義明,總以蘄乎無豪釐之差,而又一覽了然也。當湖陸炯識。

清道光十六年(1836)聞儲室刻本

北窗偶談

北窗偶談序

黄之雋

《偶談》者，德清胡太史石田先生談字學也。書者聖人之所易，文者天子之所考，理足以感天鬼，事通於作禮樂。小學云乎哉，談何容易！頡、籀既遥，斯、高、敬、邈之徒，變滅古文，相嬗而真書出，孳生於不已，字體彌備，而字書彌繁。《説文》而降迄於今，由後指前，辨難駮詰，此亦一是非，彼亦一是非，蠭生蝟起，不可勝原。太史曰："可以談矣。"於是彙其前後，通其彼此，剖其是非，過予而攜所談以相證也。擇精語詳，受而讀之，匝月始卒業焉。竊見真書興，而經史百家之文皆用之，謂之正書，大小篆、隸之所極也，行艸、八分之所根也。《周禮》六書之學具存，而不外形、聲二者。或一聲而數形，而事、意從之；或一形而數聲，而轉、借從之。然而宦人罪吏悍然能變其體製，而學士大夫囂然莫定其指歸，字書彌繁而字學彌晦。今先生談文字源流若治水，泝崑崙以達尾閭也；談六書若觀象，二曜五星之宿離不貸也。談反切，談字母，談四聲，談韻，談五音以及樂音，若調律，鐘吕無窕摦而宫商無怗懘也。其言曰："凡著述家，指前人之闕失易，杜後人之攻擊難。"則其詳審精密，不留瑕隙於纖毫可知。故能鯨鏗犀照，披聾發瞽，雖偶談，千載不易矣。吾郡劉氏能辨字聲，楊氏能辨字形，予嘗序其所論著，而是書尤包藴深廣，未易以小學窺測。加以耄及殖落，無所發明，諾諾而已。因歎先生林下著書爲不朽盛事，而予廢棄頽惰，不克立言以自振拔，所謂瞻望而纍欷也。館侍華亭黄之雋拜手序。

清乾隆（1736～1795）間刻本

古韻標準

古韻標準敘

羅有高

古無“韻”字，江氏言“韻”者，通俗文也。顧炎武因裴光遠之云，明“韻”之爲“均”，引《唐書·楊攸傳》曰：“夫旋宫以七聲爲均，均言韻也。”又引楊慎曰：“李善注傅毅《舞賦》、注繁欽《與魏文帝牋》並引《樂汁圖徵》曰：聖人往承天以立五均。均者，六律調五聲之均也。”《鶡冠子》曰：“五聲不同均。”晉灼注《子虛賦》曰：“文章假借，可以叶均。”予嘗攷之，經典傳注及舊史言“均”，其義即今俗“韻”字義者，蓋不止此。先鄭注《周禮》“成均”云：“均，調也。樂師主調其音，大司樂主受此成事已調之樂。”後鄭注“乃奏黄鍾，歌大吕”云：“以黄鍾之鍾、大吕之聲爲均者。黄鍾，陽聲之首，大吕爲之合。”注“凡六樂者，文之以五聲，播之以八音”云：“六者，言其均皆待五聲八音乃成也。”《尚書》疏：“堂上之樂皆受笙均，堂下之樂皆受磬均。”《國語》泠州鳩曰：“律所以立均出度也。古之神瞽考中聲而量之以制，度律均鐘，百官軌儀。”韋昭注云：“均者，均鍾木，長尺，有弦繫之，以均鍾者，度鍾大小清濁也。漢大予樂官有之。”後鄭注《大司樂》云：“以中聲定律，以律立鍾之均。”疏：“中聲，謂上生下生，定律之長短。度律，以律計自倍半，而立鍾之均。均，即是應律長短者也。”《後漢書》：

"天子常以日冬夏至御前殿,合八能之士,陳八音,聽樂均,度晷景,候鍾律,權土灰,放陰陽。冬至陽氣應,則樂均清,景長極,黄鍾通,土灰輕而衡仰。夏至陰氣應,則樂均濁,景短極,蕤賓通,土灰重而衡低。進退于先後五日之中,八能各以候狀聞。"章懷注引薛瑩書:"太常樂丞鮑鄴言:移風易俗,莫善于樂。樂者,天地之咊,不可久廢。今樂官但有大族,皆不應月律,可作十二月均,各應其月氣。"《隋書·音樂志》:"漢樂宫縣有黄鍾均,食舉大族均。"又引荀勗論三調爲均首者,得正聲之名。雅樂以宫爲本,歷十二均而作。又云周武帝時有龜兹人蘇衹婆,善琵琶,聽其所奏,一均之中間有七聲,調有七聲,以其調校勘七聲,冥若符合。就此七調,又有五旦之名,旦作七調,以華言譯之,旦者謂均也,其聲亦應黄鍾、大族、林鍾、南吕、姑洗。五均以外,七律更無調譯,遂因其所捻琵琶弦柱,相引爲均。推演其聲,更立七均。"均"之見于舊文者,大略如此。後鄭注《大司樂》,不从先鄭已成之事、已調之樂之説,而引董仲舒五帝之學之説,不知五帝之學之爲成均也,名也;已成之事、已調之樂,則其義也,何爲而不从之也?古者成均之教,莫詳于樂;理性情,順道義,莫精于樂;感天地、天神、地祇、人鬼,揉變地産,《周禮》以"地産"作陽德。鄭司農云:"一説地産謂土地之性各異,若齊性舒緩、楚性急悍。"莫神于樂;樂終而德尊,莫盛于樂。始入學而學樂,及其成也,亦必于樂焉,《論語》曰"成于樂"是也。故樂之調得專名學之義也。後人謂均爲調,故七均後爲七調,後人讀去聲。韻之爲言猶調之云也。若然,則"均"之爲"韻",非俗師妄造,則傳寫承譌也。夫小學六書,經藝之根柢,政教之權輿,訓詁指歸,《爾雅》總其鈐鍵,形體孳益,《説文》詳之。惟有音道,自成均古法不傳,樂器散缺,真解殆絶。至于韻學一端,在古誠爲醴醨。黄小受詩，當即通曉音部，而後世老生大儒，蒙繆不省，因襲固陋，不能復古，否則私智穿鑿，疑誤後來，愈無譏矣。六朝諸子精究今韻，具有倫次，而頗惜其不兼存古讀，是以秦漢以前有韻之文，顛沛割裂，不復成章。若夫三經三緯，古樂體質，謳歌依之以永言，金石依之以諧聲，啓好德之根荄，立中味之基始。而乃遷就方土，膠泥夙見，轉益聱牙，何能通導性靈，興發蹈舞？故顧氏《音學五書》之功于是爲大。江氏因之撰《古韻標準》，宣決顧氏之蔽，匡正闕失，易氣平心，求其是當，厥事尤偉。間有一二未允，而爲有高耿耿之明所及知者，竊附論諸本書各韻之委，哲人覽之，或可取裁乎？莊周曰："萬物皆穜也，以不同形相嬗，始卒若環，莫得其倫，是謂天均。"是説也，其談韻之至精者歟？司馬遷曰："神生于無，形成于有，形然後數，形而成聲，故曰神使氣，氣就形。形理如類有可類，或未形而未類，或同形而同類，類而可班，類而可識。聖人知天地識之别，故从有以至未有，以得細若氣、微若聲。聖人因神而存之，雖妙必效情，核其華道者明矣。"是説也，其談韻部之至精者歟？知斯二説者，可繇叶韻而得律吕之情，可繇析韻而通制樂之道。予觀江氏書，其論韻有微詣焉。蓋庶幾乎知此者，其書可貴也。乾隆辛卯六月，瑞金羅有高書於恩平寓舍。

古韻標準跋

嚴式誨

古韻之學，近代爲盛，戴東原、段懋堂、孔巽軒、江晉三及今時章太炎、黄季剛諸君各有攷論,後起彌精,而祭海先河,必推崑山顧氏、婺源江氏。亭林《唐韻正》確證古讀,慎修《古韻標準》發明音理,戴、段諸家書皆本之而加精,故凡兩家所已明者即不復論。學者欲治古韻,非讀顧、江之書,則戴、段以下之説亦不能通也。《古韻標準》有歷城周氏、昭文張氏、南海伍氏、金山錢氏諸刻本,皆在其叢書中。曩者巴縣陳君新厎、董君慶伯嘗欲别刊單行,章太炎氏爲之作序,後不果刻。余乃取家藏《貸園叢書》本,延成都龔君向農、巴縣向君先僑校正付刊,以視諸本,譌奪差少,並録章氏序文冠於簡端。至羅臺山所坿攷證,但辯字體無關韻學,以原本所有,姑仍之焉。丙寅清明後五日,渭南嚴式誨識于成都。

重鐫古韻標準序

章炳麟

江愼修《古韻標準》,羅臺山嘗辯證之,歷城周氏、南海伍氏、金山錢氏皆有鐫本在其叢書,世未有單行者。余弟子巴縣陳嗣煌、董鴻詩復鐫諸成都,以余好音韻之學,請序。乃爲序曰:國于天地,必有與立,非獨政教飭治而已,所以衛國性、類種族者,惟語言歷史爲亟。語言之道,上自古初,庫有氏姓,變化相嬗,下訖於兹,雖辭義遷變,協以聲類,皆得其所從來之故,本之古音以爲綱紀,而下尋其品目,化聲䲭䌛,可執簡而馭也。自陳季立始明古今異音,顧寧人采三百篇爲藝極,次明七國楚漢以下,逮於隋唐,善分宂而不明轉變。陳迹具矣,無繇觀其會通,與夫范圍而不過者。初明音理,自江氏始也。江氏初爲《古韻標準》，蓋實與戴東原勠力，同入相配，已肁陰陽對轉之端。其後東原爲《聲類表》，傳及淮岱，孔撝約化其鴞音，始采彙爲《詩聲類》，然後緐音異讀，各有友紀。孔氏之謬，但在古無入聲之説，此當别論。此江氏造微之功，所以度越苒修者歟？其部分離合，雖若小疏，未足以爲尤也。今世語言譌亂，南朔異流，終之不失古音，與契合《唐韻》部署者近是。夫欲改易常言，以就三代元音，其埶誠未可也。若夫金元虜語，侏離而不馴者，斯乃財及幽、并、冀、豫之間，自淮、漢以南亡是，方域未廣，曷爲不可替哉？斠以江氏之書，嘖而不亂，誠知作之者不專以説《毛詩》，行之者不專以明邃古，苟得其統，古今可以一源導也。是故紬其大體，以譽二子。民國乙卯年仲春，章炳麟序。

以上清乾隆三十六年（1771）瑞金羅有高刻本

六書音均表

六書音均表序

錢大昕

金壇段君懋堂撰次《詩經韵譜》及《羣經韵譜》成，予讀而善之，迺序其端曰：自文字肇啟，即有音聲，比音成文，而詩教興焉。三代以前，無所謂聲韵之書，然《詩》三百篇具在，參以經傳子騷，類而列之，引而伸之，古音可僂指而分也。許叔重云："倉頡初作書，依類象形，故謂之文。其後形聲相益，即謂之字。"文字者終古不易，而音聲有時而變。五方之民，言語不通，近而一鄉一聚，猶各操土音，彼我相嗤，矧在數千年之久乎？謂古音必無異於今音，此夏蟲之不知有冰也。然而去古浸遠，則於六書諧聲之旨，漸離其宗，故惟三百篇之音爲最善，而昧者乃執隋唐之韵以讀古經，有所齟齬，屢變其音以相從，謂之叶韵，不惟無當於今音，而古音亦滋茫昧矣。明三山陳氏始知攷《毛詩》、屈宋賦以求古音。近世崐山顧氏、婺源江氏，攷之尤博以審。今段君復因顧、江兩家之説，證其違而補其未逮，定古音爲十七部，若網在綱，有條不紊，窮文字之源流，辨聲音之正變，洵有功於古學者已。古人以音載義，後人區音與義而二之，音聲之不通而空言義理，吾未見其精於義也。此書出，將使海内説經之家奉爲圭臬，而因文字音聲以求訓詁，古義之興有日矣，詎獨以存古音而已哉？乾隆庚寅四月九日，嘉定錢大昕書。

戴東原先生來書

戴 震

大箸辨别五支、六脂、七之，如清、真、蒸三韵之不相通，能發自唐以來講韵者所未發。今春將古韵考訂一番，斷從此説爲確論。然執管欲作序者屢，而苦於心不精，姑俟稍安閒爲之，目近極緐擾也。癸巳十月卅日，震頓首。

寄戴東原先生書乙未十月

段玉裁

玉裁自幼學爲詩，即好聲音文字之學。甲戌、乙亥間，從同邑蔡丈一帆遊，始知古韵大略。庚辰入都門，得顧亭林《音學五書》讀之，驚怖其考據之博。癸未遊於先生之門，觀所爲江慎修《行略》，又知有《古韵標準》一書，與顧氏少異，然實未能深知之也。丁亥自都門歸，憶《古韵標準》所稱，元、寒、桓、删、山、先、仙七韵，與真、諄、臻、文、欣、魂、痕七韵，三百篇内分用，不如顧亭林、李天生所云自真至仙古爲一韵之説。與舍弟玉成取《毛詩》細繹之，果信。又細繹之，真、臻二韵與諄、文、欣、魂、痕五韵，三百篇内分用，而江氏有未盡也。蕭、宵、肴、豪與尤、侯、幽分用矣。又細繹之，則侯與尤、幽三百篇内分用，而江氏有未盡也。支、脂、之、微、齊、佳、皆、灰、咍九韵，自來言古韵者合爲一韵，及細繹之，則支、佳爲一韵，脂、微、齊、皆、灰爲一韵，之、咍爲一韵，而顧氏、江氏均未之知也。又細繹其平入之分配，正二家之踳駁，遂書《詩經》所用字，區别爲十七部。既攷其出入而得其本音，又詳其斂侈而識其音變。又察其高下遲速，而知四聲古今不同。又觀其會通，而知協音合韵，自古而有。於諧聲推測其條例，於假借、轉注默會其指歸，蘊緼千年，一旦軒露，成《詩經韵譜》《羣經韵譜》各一帙。己丑再至都門，程蕺園舍人賞之。第其書簡略，無注釋，不可讀。是年冬，寓法源寺側之蓮華菴，鍵户燒石炭，從邵二雲孝廉借書，竟爲注釋。每一部畢，孝廉輒取寫其福。至庚寅二月書成。錢辛楣學士以爲鑿破混沌，爲作序。三月，銓授貴州玉屏縣。壬辰四月，三入都，時先生館於洪素人户部之居，以是書請益，先生云體裁尚未盡善。玉裁旋奉命發四川候補，八月至蜀。後署理富順及南溪縣事，又辦理化林坪站務。王師申討金酋，儲偫輓輸，無敢稍懈怠。然每處分公事畢，漏下三鼓，輒篝鐙改竄是書以爲常。今年夏六月，偕同官朱雲駿入報銷局，興趣略同，暇益潛心商訂。九月書成，爲表五：一曰《今韵古分十七部表》，别其方位也；二曰《古十七部諧聲表》，定其物色也；三曰《古十七部合用類分表》，洽其恉趣也；四曰《詩經韵分十七部表》，臚其美富也；五曰《羣經韵分十七部表》，資其參證也。改名曰《六書音均表》，“均”即古“韵”字也。《鶡冠子》曰：“五聲不同均。”成公綏曰：“音均不恒，陶者以鈞作器，樂者以均審音。”十七部爲音均，音均明而六書明，六書明而古經傳無不可通。玉裁之爲是書，蓋將使學者循是以知假借、轉注，而於古經傳無疑義。而恐非好學深思，尠能心知其意也。抑先生曾言，尤、侯兩韵可無用分。玉裁攷周秦漢初之文，侯與尤相近，而必獨用。先生又言十七部次弟不能深曉，支、脂、之析爲三部，能發自唐以來講韵者所未發，但何以不列於一處，而以之弟一、脂弟十五、支弟十六？玉裁按：十七部次弟出於自然，非有穿鑿，取弟三表細繹之可知也。之、咍音與蕭、尤近，亦與蒸近，脂、微、齊、皆、灰音與諄、文、元、寒近，支、佳音與歌、戈近，實韵理分劈之大耑。先生又言顧亭林平仄通押之説未爲非，所定四聲似更張大甚。玉裁按：今四聲不同古，猶古部分不同今，抽繹遺經雅記，差可自信其非妄。以上三者，皆不敢爲苟同之論，惟求研審音韵之真而已。夫郭璞《爾雅》注於烏尤，宋祁《唐書》修於益州，玉裁入蜀數年，幸適有成書，而所爲《詩經小學》《書經小學》《説文考證》《古韵十七部表》諸書，亦漸次將成。今輒先寫《六書音均表》一部，寄呈座右，願先生爲之序而糾其疵謬，則幸甚幸甚！玉裁頓首。

六書音均表序

戴　震

韵書始萌芽於魏李登《聲類》，積三百餘年，至隋陸瀍言《切韵》，梗槩之法乃具。然皆就其時之語言音讀參校異同，定其遠近洪細，往往有意求密，而用意太過，强生區別。至如虞夏商周之文，六書之假借、諧聲，詩之比音協句以成歌樂，茫乎未之考也。唐初因瀍言撰本爲選舉士人作律詩之用，視二百六韵中字數多者限以獨用，字數少者合比近兩韵或三韵同用，苟計字多寡而已。宋吴棫作《韵補》，於韵目下始有“古通某”“古轉聲通某”之云，其分合最爲疎舛。鄭庠作《古音辨》，僅分陽、支、先、虞、尤、覃六部。近崑山顧炎武更析東、陽、耕、蒸而四，析魚、歌而二，故列十部。吾郡老儒江慎修永於真已下十四韵、侵已下九韵各析而二，蕭、宵、肴、豪及尤、侯、幽亦爲二，故列十三部，古音之學，以漸加詳如是。前九年，段君若膺語余曰："支、佳一部也，脂、微、齊、皆、灰一部也，之、咍一部也，漢人猶未嘗淆借通用，晉宋而後乃少有出入。迄乎唐之功令，支注'脂、之同用'，佳注'皆同用'，灰注'咍同用'，於是古之截然爲三者，罕有知之。"余聞而偉其所學之精，好古有灼見卓識。又言真、臻、先與諄、文、殷、魂、痕爲二，尤、幽與侯爲二，得十七部。今官於蜀地且數年，政事之餘，優而成是書，曰《六書音均表》，凡爲表者五，撰述之意，表各有序，説既詳之矣。其書始名《詩經韵譜》《羣經韵譜》，嘉定錢學士曉徵爲之序，兹易其體例，且增以新知十七部，蓋如舊也。余昔感於其言五支、六脂、七之有分，癸巳春寓居浙東，取顧氏《詩本音》章辨句析，而諷誦乎經文，歎始爲之之不易，後來加詳者之信足以補其未逮。顧氏轉侯韵入虞，江氏轉虞韵字入侯，此江優於顧。然顧氏藥、鐸有分，而江氏不分，此顧優於江。若夫五支異於六脂，猶清異於真也；七之又異於支、脂，猶蒸又異於清、真也。寔千有餘年，莫之或省者，一旦理解，按諸三百篇劃然，豈非稽古大快事歟？時余畧記入聲之説，未暇卒業，今樂覩是書之成也。不惟字得其古人音讀，抑又多通其古義。許叔重之論假借曰："本無其字，依聲託事。"夫六經字多假借，音聲失而假借之意何以得？訓詁音聲相爲表裏，訓詁明，六經乃可明。後儒語言文字未知，而輕憑臆解，以誣聖亂經，吾懼焉。段君又有《詩經小學》《書經小學》《説文考證》《十七部古韵表》等書，將繼是而出，視逃其難相與鑿空者，於治經孰得孰失也？乾隆丁酉孟春月，休寧戴震序。

六書音均表序

吴省欽

予友金壇段君若膺《六書音均表》既成，有問於予者曰："是書何以作？讀之將何用也？"曰："是書爲古音而作也。古今語言不同，古音不明，不獨三代秦漢有韵之文不能以讀，其無韵之文假借、轉注音義不能知。立乎今日而譯三代秦漢之音，是書爲之舌人也。"曰："鄭氏庠、陳氏第、顧氏炎武、江氏永之書何如？"曰："鄭氏諸人之書善矣，或分所當合，或合所當分，得是書而義始備也。"曰："今官韵依劉淵之一百十七部，而顧氏、江氏及是書依陸氏灋言二百六部之舊，何也？"曰："必依二百六部之舊，而後可由今韵以推古韵也。如支、脂、之分爲三，尤與侯、元與魂痕各分爲二，皆與三百篇合，而一百十七部者，去之遠也。"曰："是書何以於顧氏十部、江氏十三部之後，確然定爲十七部也？"曰："《詩》三百篇之韵確有是十七部，而顧氏、江氏分析未備，其平入分配多未審。是書上溯三百篇，下沿《廣韵》。《廣韵》分爲數韵，而三百篇合爲一韵者則爲一部。三百篇在此部，而《廣韵》遂入於他部，是爲古今音轉移不同。是書弟一表及弟四表，古本音之義也。""然則一韵而《廣韵》析爲數韵者，何也？"曰："音之變也，冬、鍾之侈而爲東，支、脂、之之侈而爲佳、皆、咍，耕、清之斂而爲青，真之斂而爲先，十七部皆有是也。""弟二表何以作也？"曰："今韵於同一諧聲之偏旁而互見諸部，古音則同此諧聲即爲同部，故古音可審形而定也。"曰："以古之本音正後人合韵、協音之説之非矣，而仍言合韵，何也？"曰："古與今異部,是爲古本音。如丘、謀、尤古在之咍部,而今在尤幽部;曹、菽、茅、滔古在尤幽部,而今在蕭宵肴豪部是也。古與古異部而合用之,是爲古合韵。如'母'字,古在之咍部,《詩》凡十七見,而《蝃蝀》協'雨';'興'字古在蒸登部,《詩》凡五見,而《大明》協'林、心'是也。知其分而後知其合,知其合而後愈知其分。凡三百篇及三代秦漢之音,研求其所合,又因所合之多寡遠近及異平同入之處,而得其次弟。此十七部先後所由定,而弟三表及弟四表古合韵之義也。"曰:"古四聲與今四聲不同,何也?"曰:"古今部分之轉移不同若是,其四聲之轉移不同猶是也。""其言表,何也?"曰:"暴諸外以示人也,是太史公十表之義也。""其言音均,何也?"曰:"古言均,今言韵也。韵、韻皆不見於《説文》,而韵字則見於薛尚功所載曾侯鐘銘是也。""其冠以六書,何也?"曰:"知此而古指事、象形、諧聲、會意之文,舉得其部分,得其音韵,知此而古假借、轉注舉可通,故曰《六書音均表》也。""然則讀之而苦其難,何也?"曰:"於今韵則依《廣韵》部分,於字書則宗《説文解字》,於古音則窮三百篇及羣經有韵之文,於言古音之書則考顧氏《音學五書》、江氏《古韵標準》,以三百篇及周秦所用,正漢魏以後轉移之音,而歷代音韵沿革源流以見,而陸氏部分之故以見,而顧氏、江氏之未協者以見。彼吴氏棫、楊氏慎、毛氏奇齡之書無論矣。"問者曰:"有是哉。"遂書之以爲釋例。乾隆丁酉五月,南匯吴省欽沖之甫。

以上清乾隆嘉慶(1736～1820)間段氏經韻樓刻本

詩聲類

詩聲後記

孔廣森

余既創獲陰陽九部互轉之理，略表出十數字，未敢偏執所見，更昔人之成。讀《大雅》饉威方作，雖復續著於韵例，然展帙觸緒，尚多遺藴。《詩》之語助，不出支之魚歌四部，支部"只、斯"，之部之"而、哉、思、止、矣、忌"，魚部"且、女"，歌部"猗、兮、也、我"。而無陽聲之字。其"焉"字有用爲助句者，即當改讀於何反音。《北門》末三句上字"焉、爲、何"相協，下字"之、哉"相協。"遵彼汝墳"，可以首句起韵，讀若賁赫之賁。"瑳兮瑳兮"，以"玼、翟"例之，似亦韵句。讀若璨。"田畯至喜"，"畯"从夋，本讀如酸，案《説文》"酸"，籀文作"䤱"，从畯。轉讀如梭，與同我之"我"、饁彼之"彼"音簸。作句中韵。《詩》例，一章兩節而上節句多者，下節每有加韵。又《斯干》四章，"翼、棘、革"，三句三韵。"翬、飛、躋"，二句亦三韵。《皇矣》八章，"臨衝閑閑"節七句，尚有"是類是禡"一句不韵。"臨衝茀茀"節五句而加以"是伐、是絶"，轉得七韵。《七月》首章及六章皆上節六句，下節五句，彼則"采荼薪樗"，"荼"字有韵，此則三半句用韵，皆所以疏引其聲，使與上相稱。"或湛樂飲酒""或慘慘畏咎"，"樂"音"瘵"，"慘"轉音"懆"，亦句中韵矣。下兩半句"入"字、"事"字相協，《思齊》"不諫亦入"，又得其證。《周頌》最難讀，《般》之一篇，以"陟其高山"與"允猶翕河"爲韵，此寒山之轉協歌麻者;“時周之命”與“哀時之對”爲韵,此震溷之轉協至隊者。“命”古音在震韵。今人未之或知也,享帚之意,覆瓿之語,誰其衷之,以俟神瞽。

詩聲類小記

羅振玉

《詩聲類》十二卷,《詩聲分類》一卷。掀均居舊鈔本。此書已刻入巽軒所著書中,取刻本對校,並無異同,此當是未付刊時鈔本,每葉書口有“掀均尻”三字。疑即孔氏原稾清本也。卷耑有“渭仁紫珊所得善本”印,蓋隨軒舊藏。光緒辛丑春得之上海,戊申正月十七日,上虞羅振玉記。

以上清掀均居鈔本

漢魏音

漢魏音自序

洪亮吉

敘曰：古之訓詁即聲音。《易·説卦》曰："乾，健也；坤，順也。"《論語》曰："政者，正也。"基之爲始，叔向告于周；楞之爲秏，梓慎言于魯。又若《王制》："刑者，侀也；侀者，成也。"展轉相訓，不離初音。漢儒言經，咸臻斯議，以迄劉熙《釋名》、張揖《廣雅》。魏晉以來，《聲類》《字詁》諸作，靡不皆然。聲音之理通，而六經之恉得矣。許君爲《説文》記字，字各著聲，覽而易明，斯爲至善。又通其變，爲"讀若、聲近"之言，則逵、嚴詁字之精，杜、鄭説經之例，義或不可同，而音皆轉相訓，亦其善也。蓋有定者，文也；無定者，聲也。即一字一聲而讀，又有輕重緩急、古今風土之不同，如"台"之爲"吾"，"吾"之又爲"我"；"伊"之爲"而"，"而"之復爲"爾"也。古人音聲清，故爲"台"爲"伊"；中世稍轉，則爲"吾"爲"而"；後人口語重，則爲"我"爲"爾"。以及"旄"之讀爲"繆"、"鬨"之讀近"鴻"，則急氣、緩氣之分。秦呼"卷"爲"委"，齊呼"卷"爲"武"，則齊人、秦人之别。若一以孫炎、沈約以後之音例之，則重讀者不能輕，急讀者不容緩。"台、伊"遞降，既淆今古之聲；"委、武"隨方，又擯齊秦之語。反語出而一字拘于一音，四聲作而一音又拘于一韻，而聲音之道有執而不通者焉。是以里師授讀,俗士言詩,皆執音韻之書以疑天籟;越客適秦,魯人入蜀,又泥聽聞之素以訝方音。由聲音之道不明,欲合輕重緩急之讀爲一音,强東西南朔之聲出一口也。夫求漢魏人之訓詁,而不先求其聲音,是謂舍本事末。今《漢魏音》之作,蓋欲爲守漢魏諸儒訓詁之學者設耳。止于魏者,以反語之作始于孫炎,而古音之亡,亦由于是,故以此爲斷焉。又嘗考之漢廷諸儒,精研聲訓,厥惟許君,而康成次之。許君之義,均見《説文》,外又有《注淮南王書》今不傳,惟《道藏》中《淮南鴻烈篇》二十八卷,尚題漢南閣祭酒許慎注,或當有據。然世所盛行之本,則皆題漢涿郡高誘注。今考許君之注,有淆入誘注中者,或本誘采用許君之説,後人遂誤以爲誘也,今略論之。《淮南王書》"軵其肘",高誘注:"軵讀近茸,急察言之。"又"罧者扣舟",高誘注:"今沇州人積柴水中捕魚爲罧。"皆與《説文》之説同。此類尚多,以是知許君之注,有淆入誘者矣。康成注《易》《書》《詩》《三禮》及《易緯》乾、坤二《鑿度》等,皆有音讀。今考《漢書音義》有"鄭氏",薛瓚云:"是鄭德。"晉灼云:"北海人,不知其名。"按《漢書·高帝紀》"盱眙"注:"鄭氏音煦怡。"《武帝紀》"蛇邱"注:"鄭氏蛇音移。"《郊祀志》"推終始傳"注:"鄭氏音亭傳。"而《史記集解》皆作鄭玄,《漢書·揚雄傳》"抾靈蠵"注:"鄭氏抾音怯。"而《文選注》亦作鄭玄。是《漢書音義》所稱鄭氏,蓋康成居多,故晉灼亦曰北海人也。其間有出于鄭德者,如《高帝紀》"方與"注"音房預"之類,《集解》亦别標出之。裴駰,劉宋時人,必非無據。是康成又或爲《漢書音義》,世所不及知矣。今以許、鄭二君之説參校,又各有異同。許君云:"豐,从豆,象形。"而康成《儀禮·大射儀》注云:"豐,其爲字从豆,曲聲。"今考"曲"不成字,不當爲聲,康成蓋誤以象形之字爲諧聲也。許君云:"槸,从木，埶聲。”而康成《考工記》注云：“槷，讀如涅，從木，熱省聲。”今考“埶”本可作聲，不必從熱省。許君云：“裘，古文作求。”而康成《詩箋》云：“裘，當作求，聲相近故也。”今考“裘、求”本一，不必改字。合此數條，疑許君之説爲長矣。蓋許君生及東漢之初，親從賈逵、衛宏等問受，其于西漢諸儒張敞、劉向、揚雄、鄭興等，不啻親承提命，其學既專，故其説獨博而諦，又非他儒之所可及也。今編次仍從《説文》舊部，而以所無者附見于後，或《説文》所有而後復譌爲他字者，則注云“某字本某字”，不移其部。若傳譌已久，則亦各從其部，正、附兩列焉。其後儒以反語改漢人之音者，亦置不録，以非其舊也。排比闕失，成于六旬；演贊前後，斷爲四卷。書成，值乾隆四十九年，歲在閼逢執徐長至日。爰付之梓，庶幾諧聲故讀，復厥舊音，反語四聲，此爲前導云爾。

漢魏音後敘

程　敦

《漢魏音》者，吾友洪君稚存剌取漢魏諸儒傳注中音讀之字所成也，以敦嘗從事於訓詁聲音之學，因屬爲之敘。敦辭不獲命，敘曰：粤自蒼頡制字，以代結繩，依類象形謂之文，形聲相益謂之字。文爲物象之本，字言孳乳而生。但言者意之聲，字者聲之寄，不解其意而欲知其言，不辨其聲而欲定其字，均之難也。是故書之爲體，厥名有六，而形聲之字，實居太半。《周禮·地官·保氏》正義曰：江、河之類是左形右聲，鳩、鴿之類是右形左聲，草、藻之類是上形下聲，婆、娑之類是下形上聲，圃、國之類是外形内聲，衡、銜之類是内形外聲，形聲有此六等也。敦則謂聲之爲用，較形尤緐，苟明其指，偏傍可去，如句曲之“句”本止作“句”，而天寒足跔即加足作“跔”，曲竹捕魚即加竹作“笱”，羽曲之“翑”即加羽，鎌刀之“刨”即加刀。他如“珣”，石之似玉者，必其文有句曲者也。雉鳴爲“雊”，乃鳴時而句其頸也。拘止之“拘”從句，謂拘物必兩手句曲也；鴝鵒之“鴝”從句，亦謂鳴聲善於句轉也。即此類推，十得八九，豈至如陸德明所譏飛禽必須安鳥，水族便應著魚，蟲屬要作虫旁，艸類皆成兩中哉？且日月爲象形之字，而日者實也，月者闕也，象形亦取於象聲。考、老爲轉注之字，而考者老也，老者考也，轉注不離於聲轉。是聲音之用，洵爲六書之本矣。第時有古今，音緣之變，亦由地有南北，語因之殊，苟不達古音，猶之不知字體也。古音異今，難可指數，舉其大要，可略而言。如開口爲“雅”，閉口爲“烏”。“茅蒐”疾言成“韎”，“諸”字緩讀“之於”。“殷商”本是“郼商”，“顛沛”即爲“顛跋”。“加陵、柯陵”，地名不殊；“闞叔、管叔”，人名匪異。“戒”本讀“亟”，“慶”可言“羌”。“才能、黄能”，音亦相同。“毁譽、稱譽”，義何嘗别？“害”之假“曷”，“小”之借“宵”，不過輕重清濁之間、外言内言之異，固不必區以四聲，亦何須定以紐邪？然小學榛蕪，識此蓋寡。郭景純不知“舉父”之爲“玃父”，孔沖遠不知“薄借”之即“不借”，王子雍謂《周禮》“犧”不讀“娑”，李少温謂《説文》“臬”當從“劓”。若斯之類，實緐有徒，是皆拘於近言，懵彼往讀，故胷多窒礙，意尠會通也。敦昔曾取《説文》五百四十部之字以聲相統，條貫而下，如譜繫然，謂曰《説文解字諧聲譜》。嘗欲采經傳子史中字與今時異讀者以證明之，未暇也。覩稚存此編，真可謂先得我心者矣。顧成書不易，讀者尤難，爰爲言其本恉如此。蓋實六書之根柢，非特音學之權輿已也。乾隆五十年歲在旃蒙大荒落日躔降婁之次，庚戌朔越二日，歙程敦撰。

漢魏音後敘

孫星衍

稺存作《漢魏音》，以《説文》字部爲次，不用韻書，蓋不欲以今韻律古音也。“元”之讀爲“穴”也，“髡”从兀聲近于“元”，“軏”从兀聲近于“兀”，可證矣。“玖”之讀爲“芑”，或讀若“句”也，是“否”之讀爲否泰，聲近“芑”，“居”之讀爲“姬”，聲近“句”，又可證矣。若此者不能更僕數，欲學者之易于隅反也。沈約四聲之前得此書，則六經騷賦之文皆可讀，世之疑《説文》諧聲爲非聲者，亦可悟也。韻書有三蔽，世莫之正。一蔽在不本六書之諧聲，而取經籍之韻語也。文字之制，在六經之前，左形右聲，視而可識，其見于韻語者，才十之二三耳。且韻書所取，但《詩》《騷》、漢魏詞賦，絶不知儒墨道子書之屬無非韻語也，又不知經籍異文同字之皆亦有兩音也。《墨子》以“管叔”爲“關叔”，則“管”有“關”音，故《左傳》“鄭人使我掌其北門之管”即“關”矣。《公羊》以“州吁”爲“祝吁”，則“祝”有“州”音，故“詛祝”即“呪”之正字矣。不本乎諧聲之義，則音偏而不備从也。“之”字在之咍等部，从“者”之字在魚虞等部，而以本字入馬部，不可解也。“風”從凡聲，故“渢渢”即“汎汎”之俗寫，《廣雅》：“汎汎，浮也。”曹憲音汎汎爲扶弓，今東部無“汎”。“壻”从胥聲，故蘇林音五壻山爲胥，今魚部無“壻”。“鵬”从朋聲，“朋”即“鳳”字，今送部有“㓀”,而不知是“朋”。“葉”从枼聲,“枼”从世聲,則凡从世聲之字可以入祭。“沾”即“添”字,“添”从忝聲,“忝”从天聲,則可以通“天”,故《説文》“箈”字沾聲,讀若錢。今皆不知,則其紕謬又不止誤“鮦”紂紅反爲音紂,“鸗”以水反爲音小矣。二蔽在用反語已行之字,不用漢魏讀若之音。故人之音見于書傳者,若杜子春、鄭衆、鄭玄之注經,蘇林、如淳、徐廣之注史,高誘、張湛之注子,皆可援引。而今之韻書,獨本《字林》《玉篇》,上承孫炎、郭僕反語已行之字。若稺存《漢魏音》所載,《廣韻》固十不一見也。其漢魏人音,亦有改字從義者,如杜子春讀“九嬪贊王”爲“玉”、“掌冰”爲“主冰”之類,實非“王”有“玉”音、“掌”有“主”音,亦不可不知耳。且古人反語,又不可執孫炎、顧野王所用,以反本字之字,即有二三音,今但知其一音,因以定之。如古音“野”字羊者反,安知不讀“者”爲“渚”?“馬”字莫下反,安知不讀“下”爲“户”?不察于此,則又轉展相蔽也。三蔽或專用字之轉音而忘其本,或不知字之本音而用其轉。一字之有三聲、四聲也,猶金石絲竹之響、鳥獸昆蟲之鳴,其轉聲必異于初聲,是爲天籟,試以金之鐘言之。鐘聲宫,一轉近宏,再轉近韽。烏之烏言之,烏鳴烏烏,重鳴鴉鴉,急鳴啞啞。人之中五音也,喉爲宫,舌爲商,舌腹爲角,齒爲徵,脣爲羽,一音之中,又有開合輕音緩急[①],猶宫商之各有變音也。音有方俗之異,無古今之分,五音配五方,後世之人以爲今音與古音殊者,吾知其必不然矣。支脂之屬通魚虞歌戈之屬也,爲音之合;其通真諄之屬也,爲音之重;其通職德也,爲音之急;歌戈之屬之通麻也,爲音之開;尤侯之通支脂之屬、陽唐之通庚耕之屬、蒸

①音,當據文意改作“重”。

登之通東冬之屬，又通支脂之屬若"能、徵"之類。也，爲音之輕；凡四聲入之通平上去，皆音之緩。求其序，則先開後合，先輕後重，先緩後急，無疑也。今之所傳韻部都不能具，學者又不能觀其會通，反以疑諧聲之非者，由此蔽也。沈約之分四聲也，何益于經傳，而五方之人受其弊。西北人之少平音也，東南人之少仄音也，賦律詩者，或多誤用焉。俗韻之不知轉聲也，俗字日以多。"濯"緩讀則爲"祧"，今增"祧"字；"脩"重讀則爲"脩"，予羽脩脩。今增"翛"字；"呰"開口讀則爲"些"，今增"些"字。若此者，亦不能悉數，而經籍亂焉。有穎悟之士，能因漢魏之音，上取諧聲之義，不證方俗之語[1]，參觀《廣韻》得失之由，則聲音訓詁之學，不隊于地矣。同里孫星衍。

漢魏音說二首

畢　沅

書有六，不越音義二端。造字之始，先音而後義，傳字之後，先義而後音，但字之義不能兼音，而字之音實可兼義。《顏氏家訓》云："古人音書，止爲譬況之說。"《經典釋文》嘗引斯語，今皆謂此爲陸氏說。故《易》有健順之文，《禮》著佣成之義。蓋互相轉注而不離本音，音既得而義即隨之，所謂同氣相求，同聲相應，先秦兩漢經師訓故，如"某字讀若某""某字音近某"之類是也。迨孫炎、韋昭務爲反語，《國語注》中間有反音。

①不，當據文意改作"下"。

昭與叔然同時人也。周顒、沈約復刱四聲，于是一字拘于一音，一音拘于一韻，往蹇來連，迂其際會，五音之理不貫，而六義之恉遂乖。少爲《文選》之學，嘗苦其中愔嫕之辭，無義可索，則循聲以求之，而賦家之心，往往得其八九，爰爲《文選聲類表》十章，以抒其藴。然當日課虚責有，不過較長于《雙字》《類林》已爾。今洪君以深沈之思，鉤貫羣籍，剌取漢魏古音，如讀若、音近者多至數千百條，以《説文》舊部類聚區分，儼坐北海、南閣諸大師于一堂，口授指畫，俾後來訓詁諸家割棄支離，盡返陸氏所稱五十一家舊音，而孫、韋、周、沈以降諸人所得一切可以廢棄，其命意可謂不凡矣。抑又聞之，宫商之音，肇自血氣，故劉勰謂吐納律吕，脣吻爲先。就余弇陋，所及于音近、讀若二端而外，復有緩氣急氣、長言短言、横口蹴口、閉口籠口、在舌諸法。緩氣、急氣，《吕覽·慎行篇》《淮南·地形訓》注中有之，已載作者自序。至長言、短言，見于何休《公羊傳注》，故同一“伐”也，而或讀爲平，或讀爲入。横口合脣、蹴口開脣，並見劉熙《釋名》，故同一“風”也，而或讀如汎，或讀如放。又《淮南·俶真訓》云：“牛蹏之涔。”高誘注：“涔讀延祜曷問。急氣閉口言也。”又《地形訓》云：“其人春愚。”高誘注：“春讀春然無知之春。籠口言迺得。”至緩氣又有在舌者，互見《淮南·修務訓》注。是皆漢儒故訓，所當充類以俟反隅者。至《切韻》雖始叔然，然古訓“不可”爲“叵”，“何不”爲“盍”，“如是”爲“爾”，“而已”爲“耳”，“之乎”爲“諸”之類，已合二聲而爲一字。凡此類例，並當附見于篇。語云：“三十輻共一轂。”余維暮齒，性靈不居，感諸君復古之意，尚當勉緝舊聞，攄其一得，以爲邪許之助焉。鎮洋畢沅。

漢魏音後序

邵晉涵

聲音宣而文字著焉，字日滋而聲亦漸轉。得其聲始，則屢轉而不離其宗。由是審音以定義，昭晰於制字之原，則互訓、反訓、輾轉相訓，亦屢變而不失其恉。去古日遠，襲舛承訛，私智鑿空，詁訓茫昧。班孟堅云："古文讀應爾雅。"曾謂鄙别之音，讀三代古文，而能通其義、識其指歸哉？古音至漢而一變，鄭康成注《詩》《禮》，多述古文古音，言古者正所以見當時之異讀。推之于孟喜、京、房《易章句》、齊韓魯三家《詩》傳、《春秋》三傳，後先著竹帛文字異同，皆音之遞轉，不僅如劉熙、韋昭所釋，辨"車"聲之"如居、近舍"，爲從漢以來之轉聲也。漢人治經有師法，長言短言，開脣合脣，音相轉而不爲一定，要不離乎聲始，故義相貫通。至孫叔然制反語，則音有所拘，馴至義有所窒。薛綜注張平子賦已有反語，則知叔然之説，在當時已屬盛行，不復推求古訓。沿至六朝，遂分四聲之韻，迭相祖述，韻書日益日岐，而古音微矣。余友洪君稚存，服習古訓，精覈六書之學，因以求諸遺經，得其條貫，以餘力撰《漢魏音》四卷，裒集舊注，蠢以《説文》部分，秩然有序。其言曰："求漢魏人之訓詁，而不先求其聲音，是謂舍本事末。此書之作，欲爲守漢魏諸儒訓詁之學者設也。"余嘗病夫後儒説經昧於古音，而使古人之訓詁不明。讀洪君撰集之書，略爲紬繹其義焉。《隹部》引《文選注》云："雉、夷聲相近。"服虔之説也。考《左傳》正義引服虔、樊光曰："雉，夷也。"是聲相近者即其義。証以康成《儀禮》注"夷之言尸也"、《禮記》"尸,陳也",明乎"雉、夷、尸"之聲相轉,則可曉然於《爾雅》"雉,陳也"之訓矣。又《爾雅》:"翦,勤也。"郭注未詳,陸農師《新義》以"劑翦之勤"爲説,近人又引《詩》"實始翦商"以釋之,皆强事皮傅,非其正義。《足部》引康成《書序》注云:"踐讀爲翦。"證以《禮記·玉藻》"弗身踐也"鄭注亦云:"踐當爲翦。"是"翦、踐"古字相通,《左傳》"踐脩舊好"正指勤脩其禮而言,非古音末由通雅訓矣。《説文》諧聲之字,徐楚金婾近從俗,疑爲非聲。徐鼎臣校定《説文》,輒删"聲"字,即如卷端"元"字"从一兀聲",今本作"从一从兀",蓋疑"元"不可以就"兀"得聲也。此書引高誘《淮南注》曰:"元讀常山人謂伯爲穴之穴。"則《説文》作"兀聲",確有依據,俗儒之大惑不解者,亦當憬然而悟。其他互相証明,未易更僕而數也。韓退之曰:"沉潛乎訓詁,反覆乎句讀。"訓詁爲文字之本,音聲開訓詁之先。學者由漢魏之音求聲始,以窮其轉,斯能知三百篇之比音協句本于自然,後世襲舛承訛,亦有所由。至匡後世之舛訛,通古人之訓詁,則六藝九家之傳,皆文從字順,而無詘屈之言。成學治古文,其亦有取乎此也。餘姚邵晉涵。

以上清乾隆五十年(1785)陽湖洪亮吉西安刻本

古音諧

古音諧自序

姚文田

四聲既興，古音遂熄。蓋音隨時變，亦猶江河遞遷、星躔潛易，殆有莫知其然者也。《切韻》出而文字之音始一，陸法言諸人之功，亦云偉矣，惜椎輪伊始，考鏡未周。自吴棫始辨古音，鄭庠、陳第以後代有發明，至今日而其旨大暢。學者苟皆舍今反古，則自李唐以下諸詩，多不可讀，殆必不能行之事矣。然沿其流而罔識其源，以之讀先秦以上之書，不又病窒戾乎？楊用修博極羣書，乃於耕田鑿井之歌，疑末句“哉”字不諧，欲改爲“我何有於帝力，不知食息”，則“哉”古音正同部也。愚謂作近體詩詞，衹當一遵今韻，至於箴、銘、頌、誄之流，體製沿古而音韻從今，是猶圖古人之象，而被以後世衣冠，可乎？兹故博采周秦先籍，益以《説文》諧聲，輯爲《古音諧》一書，俾後之作者有所取證，其所不知，則姑闕焉。學者能由此而一反諸古，則於諸經通借之字，舉可識其本原，亦未始非愛古者之一助也。

古音諧後序[1]

沈維鐈

言古韻於今日，幸生陳氏、顧氏、江氏之後，又得金壇段先生、曲阜孔氏覃精研思，疏通補正，舉秦漢以後下至六朝一切俗音謬讀，抉摘無遺，真如離照當空，陰霾盡掃矣。乃今讀前輩尚書歸安姚文僖公《古音諧》一編而更觀其備也。公精研許書，既成《説文聲系》十四卷，復著此書，凡八卷，合《唐韻》平、上、去三聲，定爲自東至炎十七部，分以七類，入聲戠至合九部，總爲一類，部首字間與《唐韻》不同者，取聲母也。臚舉群經、《逸周書》《尚書大傳》《國語》《國策》暨嬴秦以前諸子，《楚辭》《穆天子傳》《素問》《靈樞》有韻之文，按聲分列，每部繫以總考，以《説文》聲母爲主，偏旁層遞相次。《説文》所無，依類附入，而正音部分瞭然矣。其與他部通諧，或從他部轉入，及彼此兩收者，綴於總考之後，而聲音流變可識矣。矦與魚、幽與爻、覃與談不相亂也。異平同入，如矦、幽之入皆爲屋；同平異入，如齊部之入爲月、爲合，不相淆也，而界限清矣。《陳風》之"原"，《谷風》之"怨"，《思齊》之"造、士"，《瞻卬》之"鞏、後"，《斯干》以"裼"協"瓦"，《桑柔》讀"瞻"如"章"，《易》卦之"蔚、君"，《楚辭》之"衣、汶"，皆前人展轉求詳，迄無定論者。是書自然貫通，絶去牽强穿鑿之弊，而指歸定矣。篇首冠以九論，敘述作書大指，謂部分必不可亂。間有一二字出入，或通或轉，因此謂全部可通者非也。謂古

[1] 因此序底本文字多有缺損，故據沈維鐈《補讀書齋遺稿》（光緒元年刊本）校補。

人音讀不同，每音皆兼各義，有言四聲通用者妄也。謂漢人釋經，一曰聲近，一曰聲轉，聲之轉隨地而變，即顧氏方音之説，本無部分之可言，亦不關於陰陽對轉也。皆能洞見癥結，涣然冰釋，其諸江氏所云淹博、識斷、精審，兼而有之，斯可爲古韻之集成矣乎？維鐈檮昧，弱冠謁茂堂師於鴛湖書院，獲讀《音均表》，勿勿未究心也[①]。備員詞館，瀏覽江、孔二家，溯源顧氏，折衷於十七部表，稍識古音塗轍，聞公此書而未見也。哲嗣比部兄克成先志，剞劂甫竣，授余校讀一過，原藁皆公手繕，捐館前改定不輟，自謂庶幾無憾。公之精思毅力，同符前哲。謹綴數語，以識嚮往。至此書之精藴，媿未窺焉，尚容次第卒業焉。道光乙巳三月，館後學檇李沈維鐈敬識。

以上民國蘇州振新書社刻本

①勿勿，當據文意改作“匆匆”。

四聲易知録

四聲易知録自序

姚文田

今之科舉官韻取《唐韻》而强併之，其原出於劉淵，而任臆删汰，不知其所由始。大率取便場屋，初無義例，故有一字數音而祇載一二音者，有一字數義而祇載一二義者。至如“茱萸”則去“茱”存“萸”，“枇杷”則有“杷”無“枇”。經典施用之字，删汰甚多。亦頗有韻部所收而音不載《字典》者。又如一字兩音，《字典》彼此義通，而韻則兩收迥異；《字典》仄平義别，而韻又互用皆同。知其不興於近世矣。北人學製五言，動違聲律，推其本始，先失音讀。余故取諸韻所收之字，分部條系，使學者尋檢易得，則譌舛自明。至其闕字，不敢妄增，恐施之場屋，持衡者或以爲偭規矩也。詮釋既繁，義難兼采，兹擇其義隨音異者，詳著於編。若乃分别部居，即六書之轉注所謂“建類一首，文意相受”是也，故《木部》則意皆含木，《金部》則義必存金。如“枲”從朩而入《木部》，“錦”帛屬而入《金部》，乖其旨矣。是書畧本《説文》，分併移置，各有條理。亦有許氏所本無者，則推類而附綴之。更恐俗書久行，偏旁不辨，復取部目之相似者，牽連並列，使覽者於此不得則求諸彼，期於檢閲不煩，而音類皆具，實於學者不無禆益焉。鋟版成，因撮其要，題於簡首。時嘉慶壬申二月朔日，歸安姚文田書於陳州學使行署。

清嘉慶十七年（1812）刻，光緒八年補刻本

音韻纂組

音韻纂組序

梁同書

《音韻纂組》一書,乃輯諸韻善本彙成一編者也。書成,初未有名。余曰:是書宜名《纂組》。纂組,女紅也。執纂組,是乃吾妹氏采濱於鍼紉之暇,無忘庭訓焉尔。妹爲季父午樓公長女,公無子,因其幼慧,特愛憐之,故名曰慧書。采濱,其字也。公昔宦游于燕,妹隨侍行,十齡俾就外傅,出入必親自提攜。如是年餘,見有筆札,便能成誦。公歷宰有聲,爲政餘閒不廢吟咏,有作悉命妹熟攻之,喜其能領略大意,典奧者亦爲之講解不倦。及年十三,始專習女工,不攻就塾,而公亦沉緜病榻已。乾隆己亥仲冬,遽捐館。舍妹執喪,哀毁如成人。初,公病中删存生平所著授妹曰:"此而翁心血所在,以付汝。"妹泣受不敢忘。後屬余謹爲編次,付之剞劂,即《木雁齋遺集》是也。庚子歲,妹母挈細弱,扶櫬歸里,余迎養於清勤堂老屋。時妹年才十五,見其舉止幽閒,女紅餘課,輒拈弄筆墨,奉牋問字,視余如師。從來女子能文,往往減損福澤。余每舉無才是德以爲戒,雖性之所近,不能禁止,但遵言不出壼之義,即家庭習,從不輕以示人。及挹原汪妹壻奉尊人命自津門來就婚,結縭彌月,别母兄,而偕壻以北,凡九閱寒暑,時通家問,覺文理較前又進,側聞尊姑周宜人愛之如女,而訓之如弟子。又有通永陳觀察昌圖女公子寶月字印華者相過從，爲閨中良友。宜人即葉欄前輩令媛，善尺牘，工臨池，而印華亦精通詞翰，是皆吾鄉閨秀中傑出而妹日親炙而麗澤者也，亦厚幸哉！既而妹壻奉母諱，妹偕扶柩南歸。壻家去錢唐百餘里，常得歸寧北堂。昨歲出是書，請定於余。余細閱其編輯之例，每韻部分之下，皆旁注“古通某某韻”，至韻字既大書其本字，而以雙行注釋於下。先切音，次訓詁，次及一字而散見諸韻，辨其音義之有同有異，次於韻字之上，或冠一字，或兩三字，以押本韻之字。大抵悉奉《佩文齋韻府》爲定本。又其次，標一倒字，如東字韻則倒“某東”爲“東某”，凡若干條。又其次，標曰“韻語”，凡若干聯。以上諸例，雖皆舊有，顧不惜排纂組織之勞，謂欲使稚兒弱女它日倘知習韻語便於繙閲是卷，以不忘庭訓者，轉而爲它年庭授之資，其用心可謂勤，而用意且深遠矣。余故爲定其名，并述家門授受之本末，爲弁諸首而歸之。嘉慶歲在昭陽大淵獻相月之望，愚兄同書序并書。

清抄本

許氏説音

許氏説音自序

許桂林

古無音學，有韻之文出自天然，初無義例。南北朝時，偶有數人作爲韻書，其後滋益繁多，或言古韻，或言等韻，沿及於今，書雖充棟，猶爲孤學。桂林五歲曉四聲，稍長學雙聲翻切，觀四聲、五音、九弄、反紐圖、玉鑰匙二十門法，條例猥多，默而疑之。比年十三，讀書馬陵山南，雪夜聞折竹聲音如甲巳，忽悟雙聲之理，妙極自然，隨舉兩字，應聲得切，由是好其學。凡書之有關聲音反切者，必博觀而詳究之，久而有得，竊以雙聲反切爲學問之樞紐，而關係甚鉅者約有四焉：一曰可以考古音。桂林初意，以古反切多有可廢，惟取其極明確者，以爲字音，可無累載。既而思之，古之翻切可考古音，如"齋"爲側皆反，知古音"側"如"則"也；"胖"爲步丹反，知古音"步"如"鋪"去聲也。又如古者"烟"字烏前切，説者以爲古法粗細不分之故，然"焉"字古人自用於乾切，足知"烟"字古本"安"之細音，與"焉"迥異。此類甚多，後之人概以爲隔標法，亦妄揣耳。二曰可以證訛音。如《方言》："壻謂之倩。"郭註："今或呼女壻爲卒便。卒便一作平使。"夫"卒"讀如倉卒之卒，卒便切乃"倩"字，此亦緩讀、急讀之異，如"壽夢"爲"乘"、"勃鞮"爲"披"、"者歟"爲"諸"、"者焉"爲"旃"之比。

知雙聲反切,則可斷“平使”爲誤字矣。又魏收以雙聲語答崔巖,有云:“飯房玲瓏,看孔嘲玎。”“看”,史作“著”。錢竹汀先生以爲“孔”當是“札”之誤,蓋以“著、札”雙聲耳,然於文義不甚可解。竊斷以“著”乃“看”字之訛。蓋“飯房”,口也;“看孔”,目也。與“頭團鼻平”正一類語也。三曰可以定叶音。昔人謂古無叶韻,乃其本音,或用方音,此言甚是。今既失其本音,又不知古之方音,叶韻之法,自不可廢,然不得隨意而命其音也,法當以雙聲定之。如“馬”叶滿補反、“京”叶居良反是也。若“殆”叶養里反、“寢”叶于檢反,皆隨意命音,殊可哂爾。四曰可以推方音。楚人言“楚”如“醜”,則“土”爲“鼪”、“肚”爲“斗”可知也。粤人言“四”如“細”,則“刺”爲“氣”、“自”爲“祭”可知也。江慎修云:“人能通古今之音,則亦可辨方音。入其地,聽其一兩字之不同,則他字可類推。”桂林以爲此正推其雙聲耳,當云“能知雙聲,則方音易辨”。蓋方音不外雙聲、疊韻,姑以吴音言之。《詩》《書》“錙、銖”之不分雙聲也,“黄、王;胡、吴”之不分疊韻也,夫持節奉使,必資譯吏,親民之官,宜曉方言,得此意者,事半而功倍焉。別有創獲數端:一則音有粗細,訂通雅諸書所未析,而自得正音、散音、混音之辨,因作四音,分爲六十四音,出音次第表以明之。然正音爲主凡十九,而粗細正散皆屬焉,仍同母也。又作十九音該六十四音,正音統屬圖以明之,此又通雅諸書所以粗細正散未析等韻,舊譜所以粗細正散相混之由也。而以十九音爲總母,以六十四音爲分母,則舉古來諸家字母而大備焉。一曰入聲分配平聲,當以南北人聲音證之。凡古所謂有入聲者,皆無入聲;凡古所謂無入聲者,皆有入聲,其理至確。昔人强配入聲,而互相詰駁,實則言之無憑,難以取信也。又於分韻證麻遮、桓寒之必宜分,於通韻證真文、庚青之有可合，各詳論於後。至於口中之音，惟有喉、舌、齒、脣四種，初無七音。久有此見，既得竹汀先生之説，益以自信，不敢居爲創獲，後之君子，擇而覽焉。往歲爲北平李松石作《音鑑後序》，山陰余杏林素未相知，題詩激賞，天下不少知音者，桂林所爲騰口説而不憚煩也。嘉慶丁卯四月既望，海州許桂林譔。

民國據東莞倫氏續書樓藏清嘉慶十一年原稿本排印

廣諧聲表

廣諧聲表敘[1]

焦氏《雕菰樓集》盛贊《説文聲系》，得其書而讀之，聲未分部者也。段懋堂先生以《詩》三百篇爲岡領，而書其《偏旁諧聲表》，此古今弟一書也，惜未全録《説文》之字而已。嚴鐵橋先生作《説文聲類》，分部定聲，全録《説文》之字，復以今本《説文》之有奪字，據他書所引者以補之，其功可謂勤矣。而其書以《説文》之諧聲爲主，以《詩》三百篇之不合《説文》者爲轉聲，且有今本《説文》不言"從某某聲"，爲之搜求各書，系之以聲，以證古《詩》三百篇之多轉聲，而自申其通韻之説。《説文》言初作字之聲，至周數千年而聲已轉，周《詩》有正聲、有轉聲，二者不相害。以《詩》《説文》聲類言之，《詩》多轉聲，以《諧聲表》言之，轉聲爲少，二者不妨各自成書。抑攷《説文》所言"从某某聲"者，諸本互異，今無善本可據，諸字之偏旁，或非聲而衍"聲"字，或諧聲而奪"聲"字，校之以三百篇，而其聲始定。且聲有篆與古之異者，"廟"幽部舟聲之字，而"庿"爲宵部苗聲字；"鳳"覃部凡聲之字，而"朋"爲登部之聲也。聲有篆與籀之異者，"地"歌部也聲之字，而籀作"墬"；"奢"模部者聲之字，而籀作"奓"也。聲有因或字而轉者，"鮮"从

①此序作者待考。

𦏧諧聲，按𦏧、鮮轉入桓部之聲；“欄”从獻聲，當爲桓部之聲，而“欄”或作“櫱”，則入於祭部也。聲有从《玉篇》《廣韻》之字而始合於古者，《詩》以“羖、語”協音，字當作“羖”，古聲，亦以“股”下協音，字當作“股”，古聲，“羖、股”並入模部也。聲音之難攷，凡若此者，不得拘守《説文》以明媁學，必折中於三百篇之《詩》，參合乎羣經假借之用，以定其聲。聲定而同部之假借明，異部之轉變亦明，以經攷字，以字攷經，而經可明矣。以愚遵家大人之命，編纂是書，分部隸聲，以《諧聲表》爲之主，其中幽、侯二部可合，真、文二部可合，戴東原先生言之，孔氏《詩聲類》、嚴氏《説文聲類》於真、文亦復合之。於東部内分冬部，孔氏《詩聲類》始之，段先生亦以爲然，而《説文聲類》又以冬、𩫖合之。今此書分部十五，而幽部之侯、真部之文、覃部之中、微部之祭，雖可合者，依舊分之。攷求古音，分之難而合之易，存其舊之所難而俟讀者以合之之易，抑以明大儒之説，不敢遽改也。其部内所隸之聲，與段先生或有不同，入聲之配合，亦復有異者，大都本戴、孔諸大儒之所較正，而確不可易。義各有所長，不能全徇一説以自幪也，然此不過百中之一二字而已，名之曰《廣諧聲表》，使人知是書之分部隸聲，所學有自。道光丙申年。

清抄本

古韻溯原

古韻溯原自敘

安念祖

念祖校録先子《韵徵》廿有餘載，始得成編。每思《韻徵》編次《説文》諧聲，適合唐虞、三代、秦漢之古韻，不惑于孫愐《切韻》、吴棫《叶韻》，凡爲歌、頌、箴、銘、傳、贊、祭文者，韻有依據矣。念祖研究《韻徵》之精藴，以正今韻之誤編而輯古韻，證以《詩》《書》《易》《春秋傳》《戴禮》、四子書，以及騷賦、古詩之韻，與《韻徵》相發明，質諸余友華紫屏指揮，目之曰《古韻溯原》。甞聞顧亭林先生曰："韻起于《説文》諧聲。"惜乎徐鍇兄弟以唐人《切韻》撓亂《説文》諧聲，變七音而分四聲，而人莫知古韻。今溯古韻之原于七音，宫聲得宫字本音，東冬江韻是也。變宫以宫聲横口讀蒸侵韻爲正音，覃鹽咸韻皆讀如蒸侵是也。商聲得商字本音，陽韻與庚韻之半是也。角聲以蕭肴豪爲正音，尤韻之半與屋沃覺藥皆讀如蕭肴豪，得角字之本音也。敳聲以佳灰韻爲正音，支微齊歌麻韻自質韻至洽韻皆讀如佳灰，得敳字之本音也。變敳以敳聲調舌，高脥讀寒删先韻爲正音，真文元庚青韻皆讀如寒删先，得變敳之本音也。羽聲以魚虞韻爲正音，麻尤之半與藥陌之半皆讀如魚虞，得羽字之本音也。以七音統四聲，分部爲十有六，無不合于經傳騷賦之韻。蓋古人歌詩，長言永歎，古人用韻，變化錯縱,矢口成章,而韻不亂,隨節奏而用韻,語有疾徐,韻有緩急,非必兩句一韻也。余以詩篇用韻之法,一一指明,而古韻灼見。宋人叶韻,一字而讀兩三音,每以今人用韻繩古詩,誦之無節奏,韻亦因之而紊亂。余録詩篇本韻,而歸一字一音。即以今韻指明某韻古通某韻,而古韻易知。且摘經傳騷賦之誤叶,以辨相沿之譌字,指魏晉以來溷用之韻,即可以攷今韻誤入之字。學者不可執今韻以求古韻,强古韻以從今韻也。余溯其原于虞夏商周之作,溯其原于鄦氏《説文》諧聲。讀秦漢以上之書,豈復爲六朝以下之韻摇敚哉?道光戊戌歲仲秋月,錫山安念祖識于衆香閣。

古韻溯原自敘

華湛恩

韻有三類:曰古韻,曰今韻,曰等韻。自金韓道昭譔《五音集韻》,而等韻合于今韻;南宋吴棫譔《韻補》,而古韻合于今韻;國朝劉凝譔《韻原表》、熊士伯譔《古音正義》《等切元聲》,而等韻合于古韻。三類相牽莫辨,古韻之學遂失。湛恩既刊吾師安古琴先生《韻徵》,哲嗣景林茂才承其家學,輯《古韻溯原》八卷,湛恩亦與點竄塗改。遵《韻徵》十六部,每部標其名,采經籍、騷賦、古詩、古文、諧韻,系以某字諧某韻,古韻信而有徵。提明詩篇用韻法,以闢叶韻之非;録詩篇本韻表,明某韻古通某韻,可以類推,辨經傳、古詩、《文選》之誤叶。提出譌謬字句,辨魏晉六朝之溷韻,以識變音亂韻之由。附辨今韻誤入字,按韻提出,究其本音應入某韻,後世變音轉音，從此可辨。于是古韻滴滴歸原，無疑義矣。讀歸安姚文僖《説文聲系》，謂“古音證以經籍之語，然後是非明著”，誠哉是言也。至于五音變爲七音，宋陳暘深排二變之説，蓋不知律因音而起、音因律而定也。古琴先生曰：“變宫从宫，變黴从黴，仍爲五聲。”宋儒論七音者，皆無依據，先生則以宫、商、角、徵、羽五字本音爲母，證之經典諧韻、《説文》諧聲，無不吻合。今《古韻溯原》根據《韻徵》，非特《四聲切韻》賴以破迷，實與《韻徵》相爲表裏，可釋諸家之疑，而補諸韻書之缺也。刊以問世，惟當代君子取而正之。道光十有八年歲在戊戌陽月，華湛恩敘。

以上清道光十九年（1839）親仁堂蘇州刻本

述　均

述均自敘

夏　燮

述均者,述顧、江、戴、孔、段五先生言韵之書也。自顧氏析古音十部,江氏遞增之爲十三部,段氏遞增之爲十七部,而戴氏又分去聲之祭、泰等韵獨爲一部以别于脂,孔氏又分入聲之緝、合等韵獨爲一部以别于侵、談,詳且密矣。燮謂學問之道,有知其當嘫者,有知其所以嘫者。聚三百篇、羣經及周秦諸子有韵之文,條分而縷析之,此知其當嘫者也。其所以嘫者,則區其弇侈,等其洪細,而灼嘫有以知其分合之由。又宷定其四聲之同用、獨用以爲平入分配之部分,嘫後參之漢人故訓、《説文》諧聲以及轉注、叚借之不同者,旁通而曲證之。蓋宷音、攷古,闕一不可以言古韵,蓋若是之難也。予自少時,先徵君授以亭林《音學五書》讀之,歎其蒐討之富、用力之勤,其于古音始稍稍望見門徑,而入聲之分配則尚茫嘫也。後从臧書家借得江氏《古韵標準》,謂顧氏知攷古而不知宷音,其分真以下十四韵及侵以下九韵各爲二,又析蕭肴豪之一支自爲一部,與尤侯分用,皆以聲之弇侈洪細知之,嘫其分入聲爲八,猶不免狃于昔人異平同入之見。故雖較顧氏爲精密,寔不能寉斷其爲何部之入。段氏始以平入相系,而真侵談三部之入又多以意配合。且既析尤侯爲二,而尤部有入,侯部無入，此則其宷音之疏也。道光癸未自都門歸，始知攷古必須宷音，欲宷古音，必先今音。乃取唐人之二百六部，求其清濁粗細開合者。复得江氏《四聲切韵表》《音學辯敚》二書，研心三載，始循是以求古音之部分及其平入分配之故，如指諸掌。又由是以讀五家之書，始有以定其疏密，而以已見參焉。今就五家之書論之，顧氏、段氏詳于攷古而疏于宷音，戴氏、孔氏知宷音，而但宷其近似之音，其于所以弇侈洪細之各從其類者，仍未能折中至當以歸于是。惟江氏則識斷精審，各造其極，嗞予獨惜其論古音多泥于二百六部之呼等，不敢遂易，往往有求之過嚴而自生藤葛者。如《標準》開卷之辯江韵，必分作開合二口者是也。予謂既改今音以從古韵，則所讀自異，有不可强同者。并江之江、邦、腔、龐等字以入于東冬鍾，則今音之開口者悉合口矣；改虞之拘、區、隅、芻等字以隸于侯，則今音之合口者悉開口矣。東韵之馮、夢等字，皆古音蒸部之開口也，麻韵之家、牙等字皆古音魚部之合口也。東蒸侵三部爲洪細之限，東洪于蒸，蒸洪于侵，知侵爲最細之音，而凡貪、堪、三、參等字之闌入于覃談者，可以齊之。宵幽兩部爲洪細之限，宵之細者洪于幽，幽之洪者細于宵，知幽爲細音，而凡包、茅、礬、陶等字之闌入于肴豪者，可以齊之。不弟此也，古有四聲，而執唐人之四聲以求之，則又不可。慶必讀羌，信必讀伸，予無平音，顧無去音，以及佩、貽則平去同用，來、圖則三聲兼收，俱見後。此皆與《唐韵》不同者也。又由是以論五音之同異，華之與尃，喉脣馬牛，蛇之與佗，舌齒秦越，證以偏旁諧聲，則牙喉當爲一類，正齒必分二支，脣舌雖有兩耑，切音多取類隔，以此定古人之等均，而匯以《説文》漢讀、古今異字，殆亦如十七部之若網在綱，有條不紊矣。昔秦文恭公欲合古韵、等韵爲一，而不克成書，至江氏始以等韵言古韵，而音學大明。予謂學者欲通古韵，先通等韵，等韵明，而後古音之當嘫與其所以嘫者無不明。且知雙聲疊韵悉濫觴于三百篇，而不自孫炎、沈約輩始有此獨得之祕。此《述均》之所以作也。時道光庚子，當忢夏燮謹敘。

述均敘

夏　炘

呼等之學，六朝、唐人獨擅之，嘫開合洪細，起於天籟之自嘫，不可謂今人所有，古人所無也。亭林攷古之功，卓越前後，而宷音以定古韵弇侈洪細之限，則自眘齋始。如其分真元、侵談各爲二，及析蕭尤爲兩部是也。予兄弟少隨先大人官新安，得見眘齋等韵之書，後又于《貸園叢書》中讀其所箸《古韵標準》，參以亭林《音學五書》，復與歙江晉三茂才交，於是古韵、等韵之學始識其分，繼求其合，而季弟嗛甫之所得爲尤邃。嗛甫謂眘齋能以等韵區別古音，而終不免强古音以就唐韵，如虞韵之拘、區、愚、芻等字歸之尤侯，則古尤侯之全韵皆開口。麻韵之家、牙、罝、巴等字歸之魚虞，則魚虞之全韵皆合口。江韵之江、邦、腔、龐等字歸之東鍾，則古東鍾之全韵亦皆合口。又謂東蒸侵三部爲古音洪細之限，故間有合韵而分用劃嘫。江氏之增元蕭等韵，及段氏之析尤侯、孔氏之析屋沃燭，亦其限也。顧氏謂唐人入聲之分配，如以吕代嬴，以黄易芈，而其所自配，亦復得失參半。江氏乃倡爲異平同入之説，以調停唐人二百六部之書。嗛甫則謂平上去入以類相从，審其去入同用之偏旁，則去定而平上亦定。戴氏分祭、泰、月、曷等韵爲去入二聲之獨部，以其偏旁不與脂之平上同也。孔氏分緝、合等韵爲入聲之獨部，以其偏旁不與侵、談之平上去同也。因復攷定去聲之至及入聲之質、櫛、屑，無一字與脂之平上同偏旁者，亦當爲去入二聲之獨部，段氏以爲真之入者固非，即孔氏以爲脂之入者亦非也。予向日見王懷祖觀詧論韵，亦分至、質等韵獨爲一部，而晉三不從。今嗛甫未見觀詧之書，而奄嘫如合符。復析占三從二，足以不疑矣。昔昚齋作《古韵標準》，自謂彌縫顧氏之書，今觀嗛甫所論四聲卅六母，悉濫觴于周秦，而方音流變、古今異讀，未可以唐人之二百六部相繩。嘫學者苟不明於二百六部之呼等，而欲求古音，則又港斷絶流而求至於海，故其末卷表章昚翁之《四聲切韵表》《音學辯微》二種，爲學者攷古宷音之門徑。是則《述均》所撰，殆又彌縫江氏之書，而悉去其刻舟膠柱之見。因亟勸梓之，以俟後人論定焉。時咸豐三年中秋月，弢甫兄炘敘。

以上清咸豐五年（1855）鄱陽官廨刻本

切韻考

切韻考序録

陳　澧

自孫叔然始爲反語，雙聲疊韵各從其類，由是諸儒傳授，四聲韻部作焉，而陸氏《切韵》實爲大宗。蓋自漢末以至隋代，審音之學具於斯矣。唐季沙門始立三十六字母，分爲等子、字母之名，雖由梵學，其實則據中土切音。然音隨時變，隋以前之音，至唐季而漸混，字母、等子以當時之音爲斷，不盡合於古法。其後切語之學漸荒，儒者昧其源流，猥云出自西域。至國朝嘉定錢氏、休甯戴氏起而辨之，以爲字母即雙聲，等子即疊韻，實齊梁以來之舊法也。二君之論，既得之矣。澧謂切語舊法，當求之陸氏《切韻》。《切韻》雖亡，而存於《廣韻》。乃取《廣韻》切語上字繫聯之，爲雙聲四十類，又取切語下字繫聯之，每韻或一類，或二類，或三類、四類。是爲陸氏舊法。隋以前之音異於唐季以後，又錢、戴二君所未及詳也。於是分列聲韻，編排爲表，循其軌跡，順其條理，惟以考據爲準，不以口舌爲憑，必使信而有徵，故甯拙而勿巧。若夫《廣韻》之書，非陸氏之舊。《廣韻》復有二種，近代傳刻，又各不同。乃除其增加，校其譌異，雖不能復見陸氏之本，尚可得其體例。又爲《通論》，以暢其說。蓋治小學必識字音，識字音必習切語。故著爲此編，庶幾明陸氏之學，以無失孫氏之傳焉。後出之法，是爲餘波，考其源流，附於編末。於時歲在壬寅道光二十有二年也。

清光緒八年（1882）刻本

古音類表

古音類表自敘

傅壽彤

敘曰：宇宙空虚之處，皆氣之所塞也，氣之所至，聲即至焉。故凡萬有一千五百二十之數，其自孳萌於子而漸而紐，牙漸而引，達漸而冒，茆漸而振，美漸而已盛也：氣爲之，聲爲之也。其自咢布於午而漸而昧，蔓漸而申，堅漸而留，孰漸而畢，入漸而該閡也：氣爲之，聲爲之也。夫聲生也，聲成也，有聲則有生，有聲則有成，故其爲道也，鼓於寥廓，入於竅穴，無微而不達，而並能令一元、兩儀、三才、五行、四序、十二辰、六十四卦、三百六十有五之度流動充滿，而無所逃於天地之間。然而無始以前，總此一氣以爲鼓動而不可以分，即總此一聲以爲鼓動而不可以分也。有始以後，各有一氣以爲充周而不可以合，即各有一聲以爲充周而不可以合也。迨至於不可合，而氣與氣應則生聲，聲與聲應則生變，變成方謂之音，無以儗諸，於是乎聚之以宫商角徵羽。然而理可得而言，形不可得而覩也，耳可得而聞，目不可得而見也。軒轅氏作，爰制文字以代結繩，自是以來，若倉頡，若史籀，以次及於李斯、趙高、胡毋敬、司馬相如、史游、李長、揚雄之徒，每有述作。至於汶長，乃取《倉頡》以下十四篇，凡五千三百四十字，益以它采者，成九千三百五十三文，而皆推本於指事、象形、會意、假借、轉注、諧聲之旨，而字立焉，而聲寄焉。夫聲附字以形，聲實依形而立也。《周禮·地官·保氏》正義曰：江河之類，左形右聲；鳩鴿之類，右形左聲；草藻之類，上形下聲；婆娑之類，下形上聲；圃國之類，外形内聲；衡銜之類，内形外聲。故古之言聲者，若杜子春、鄭衆、鄭玄之注經，荀悦、服虔、應劭、伏儼、劉德、李斐、李奇、鄧展、文穎、張揖、蘇林、如淳、張晏、孟康、項昭、韋昭之注史，高誘、張堪之注子，有讀如、讀若、讀爲、讀曰、當爲之例，有緩氣、急氣、長言、短言、横口、踧口、閉口、籠口、舌頭、舌腹諸法，類皆因文以考義，緣形以尋聲，苟求其故，而一字可轉爲數聲，數聲不離乎本音。陽湖孫先生之言曰：以金之鐘言之，鐘聲宫，一轉近宏，再轉近谾；以烏之烏言之，烏鳴烏烏，重鳴鴉鴉，急鳴啞啞。所謂金石絲竹之響，鳥獸昆蟲之鳴，一出而備五音之理、形聲之原者，是爲天籟，則夫人聲亦猶是也。故不限以一音，知類部聲韵當有所以分；不悖於本音，知類部聲韵當有所以合。誼至備，法至善也。至魏有《聲類》之作，齊有《切韵》之著。隋開皇間，陸氏法言遂合周、李之所述而統爲一書，其爲部也二百有六。自是以來，或曰《切韵》，或曰《唐韵》，或曰《官韵》。宋真宗時則更改爲《廣韵》，仁宗朝則更號爲《集韵》，而别爲《禮部韵》以試天下。至平水劉淵者，乃併二百有六之部爲百有七焉。然欲據以考五音之原、形聲之本，則紛謬混同，無由以知其分與合也。鄭氏庠乃據古韵分爲六部：初一曰東、冬、江、陽、庚、青、蒸，入聲屋、沃、覺、藥、陌、錫、職也；次二曰支、微、齊、皆、灰也；次三曰魚、虞、歌、麻也；次四曰真、文、元、寒、删、先，入聲質、物、月、曷、黠、屑也；次五曰蕭、肴、豪、尤也；次六曰侵、覃、鹽、咸，入聲緝、合、葉、洽也。密矣，然而未合於五音之原、形聲之本也。顧氏炎武更據《廣韵》部分分爲十部：

初一曰東、冬、鍾、江也；次二曰支、脂、之、微、齊、佳、皆、灰、咍，入聲質、術、櫛、物、迄、月、没、曷、末、黠、鎋、屑、薛、麥、昔、錫、職、德也；次三曰魚、虞、模，入聲藥、鐸、陌也；次四曰真、諄、臻、文、欣、元、魂、痕、寒、桓、删、山、先、仙也；次五曰蕭、宵、肴、豪、尤、幽，入聲屋、沃、燭、覺也；次六曰歌、戈、麻也；次七曰陽、唐也；次八曰庚、耕、清、青也；次九曰蒸、登也；次十曰侵、覃、談、鹽、添、咸、銜、嚴、凡，入聲緝、合、盍、葉、帖、洽、狎、業、乏也。密矣，然而猶未合於五音之原、形聲之本也。江氏永更定爲一十三部：初一曰東、冬、鍾、江也；次二曰支、脂、之、微、齊、佳、皆、灰、咍，入聲麥、昔、錫、職、德也；次三曰魚、虞、模，入聲藥、鐸、陌也；次四曰真、諄、臻、文、欣、魂、痕，入聲質、術、櫛、物、迄、没也；次五曰元、寒、桓、删、山、先、仙，入聲月、曷、末、黠、鎋、屑、薛也；次六曰蕭、宵、肴、豪也；次七曰歌、戈、麻也；次八曰陽、唐也；次九曰庚、耕、清、青也；次十曰蒸、登也；次十一曰尤、侯、幽，入聲屋、沃、燭、覺也；次十二曰侵，入聲緝也；次十三曰覃、談、鹽、添、咸、銜、嚴、凡，入聲合、盍、葉、帖、洽、狎、業、乏也。密矣，然而猶未合於五音之原、形聲之本也。段氏玉裁乃更泛濫《毛詩》，理順節解，定二百六部爲十有七部：初一曰之、咍，入聲職、德也；次二曰蕭、宵、肴、豪也；次三曰尤、幽，入聲屋、沃、燭、覺也；次四曰侯、厚、候也；次五曰魚、虞、模，入聲藥、鐸也；次六曰蒸、登也；次七曰侵、鹽、添，入聲緝、葉、帖也；次八曰覃、談、咸、銜、嚴、凡，入聲合、盍、洽、狎、業、乏也；次九曰東、冬、鍾、江也；次十曰陽、唐也；次十一曰庚、耕、清、青也；次十二曰真、臻、先，入聲質、櫛、屑也；次十三曰諄、文、欣、魂、痕也；次十四曰元、寒、桓、删、山、仙也；次十五曰脂、微、齊、皆、灰，入聲術、物、迄、月、没、曷、末、黠、鎋、薛也；次十六曰支、佳，入聲陌、麥、昔、錫也；次十七曰歌、戈、麻也。密矣，且合於形聲之本矣，然而猶未能統五音之原，一以貫之也。嗚呼！古人音書，祇爲譬況之詞，今既有四聲二百六部之目，則不得不反從所謂韵者鈎稽排比，以尋古音於萬一。乃世之講韵者不明五音之類分，則於類部聲韵間，必有肊以爲合者矣。不本六書之形聲，則於類部聲韵間，必有肊以爲分者矣。夫五音者，聲音之綱領也；形聲者，文字之綱領也。二者相需，而形聲又爲萬理之本。《周官》保氏教國子，必先六書；大行人屬瞽史，必諭書名。而且正名有訓，《爾雅》久著爲經，道惟一本，古今不異其理。形聲之恉晦，而人自爲師，家自爲學，乃各用其方俗語言，以訓六學，以教萬世，坐令六籍沈霾，百氏散逸，無以考一致百慮之殊，無以究殊途同歸之旨。又其甚也，更無以一其心思耳目，以守《尚書》載堯以來之道，與夫三千七十子並兩漢諸儒傳授之師法，至兩晉、周、隋間，而復懵於南學、北學之紛歧，聲音之道，於是爲多故矣。嗚呼！田疇異畝，車涂異軌，律令異法，衣冠異制，由此其階，而南閣祭酒所爲欷歔於千古也，可不懼哉？壽彤不敏，少沐先大夫遺訓，得從事於聲音之學，今歲下弟歸來，乃獲優游甽畝，與一二同志商量舊學。於是疏瀹源流，演贊前後，訂類部之未確，補聲韵之未備，因其自然，加以左證，定爲五聲、三統、十五部之法，以求合於天地人自然之數類，以統一十又五之部，部以統二百有六之韵，韵以統一千二百七十有四之聲，聲以統九千三百四十有六之字。字使歸聲，聲使歸韵，韵使歸部，部使歸統，統使歸類。而即以是究夫萬有一千五百二十，參伍之變，錯綜之數，異文同用之宜，易簡而天下之理得矣。慎守其法，會通其意，可以悟通假之原，可以識故訓之精，可以讀古經傳注之文，可以識周秦漢人之奥。且因其類部、韵聲之條貫而下也，並足以貫後世反語、雙聲、疊韵、音紐、字母之學。且每字之必有其轉，是即旋宫轉調之義也；屢轉而不離其宗，是即黄鐘爲宫之説也。是書也，非爲樂作，而七調九聲損益之故，舉未嘗不櫽括於此。嗚呼！聲音之道，不息於天地，不能無古今。知古之不能不爲今也，乾坤消息之原可通矣。知今之終不異於古也，而率天下之爲二本之學者，盡返而守夫同文之教，於以薈萃六籍，網羅百氏，訓詁之微，而固義理之源、聖學之本也。是亦天地所恃以屢變而不至於息者與？若夫旁徵遠引、矜奇炫異，自爲臆説，是將與古爲難，而爲汩没人心之具也，壽彤有未暇云。道光二十有七年歲在强圉協洽陽月己酉朏粤七日乙卯，傅壽彤撰。翼日丙辰訖，遂書以弁簡端。

古音類表序

何紹基

文字所興，先有聲，後有形。聲，陽也，故善變；形，陰也，故不變。不變者，可從一貫萬，據形系聯，許氏之書所由作也；善變者，欲其分别部居實難。近來爲古韻之學者漸密矣，然止能據經典，分部次，於其所以變者莫能究詰也。今傅子青餘，獨悟神恉，由五聲十五部，推源三統，固前賢所未發，實天道之自然。雖全書未出，而攬其大綱，犁然有當於人心，何快如之？道州何紹基記。

古音類表跋

黄國瑾

右《古音類表》九卷，外舅青余先生所撰，以二百六韻統九千三百五十之文，以十五部統二百六韻，以宫商角徵羽五聲統十五部，以天地人三統統五聲。視顧氏亭林之分十部、江氏慎修之分十三部，别入聲爲人部，段氏若膺之分十七部，其類愈簡，其法益備。謹按：五聲之説，其來甚遠。考封氏《聞見記》："魏李登撰《聲類》十卷，以宫商角祉羽五聲命字。"《魏書·江式傳》："義陽王典祠令吕忱上《字林》六卷……忱弟静别仿李登《聲類》之法，作《韻集》五卷[1]，宫商龣徵羽各爲一篇[2]。"今其爲書皆不傳，而以五聲命字，其説猶可攷見。迺戴氏東原獨以五聲不可定文字音均爲疑，東原跋劉鑑《切韵指南》：古之所謂五聲，非以定文字音韵也。凡一字則函五聲，誦歌者欲大不踰宫、細不過羽，使如後之人膠于一字，繆配宫商。將作詩者，此字用商，彼字用宫，合宫商矣，有不失其性情，違其志意者乎？惟宫商非字之定音，字字可宫可商，其音讀本乎師承者有定，而及夫歌以永言，大宫細羽，無一定也。不知一字原函五聲，字之聲讀亦原可宫可商，而一字有一字之本音，實有其合於宫商者也。字之有本音也，猶夫黄鐘之爲宫也，其歌詠之而有抑揚抗墜、輕重緩急之異。不惟一字有五聲也，如變宫、變散，且有七聲矣；不惟有七聲也，合高卑與不高不卑，三以五聲讀之，且有十五聲矣。猶夫十二律之旋相爲宫也，正樂者不得以十二律之皆可爲宫，謂

①此之前底本缺頁，據《貴州通志·藝文志》補。

②龣，《魏書·江式傳》作"角"，當據改。

黄鐘非宫之本音，即不得以讀者之字字可宫可商，謂字之本音，宫商初無一定也。宇宙之大，物類之繁，噫氣振響，其清濁高下，莫不有合于五聲，而況在人之脣舌齒喉牙，固明明有其分屬者乎？毛氏大可《古今通均》以五均分部，其于音學頗多刺謬。安氏古琴《六書均徵》以五聲分均，又未精確。先生以爲凡音皆有宫商，凡字以五聲讀之，皆有三等之異，知統可該聲，聲可統部，部可攝均，均可貫字，自爲之敘，又爲之說，又爲之圖，又爲之表。上以溯許氏之諧聲，下以存《廣均》之名類，而凡造字之精、形聲之旨，以及歌詠之所以克諧、樂律之所以調叶，無不可由此以探其本而一以貫之，此近古以來罕有窺及之者，何東洲所以謂其獨悟神恉也歟？是書成于道光丁未，始以真書刻于同治癸亥。越五年光緒丁丑，先生陳臬于汴，復屬薛君曉筠篆而重刻之，張君孟則實董校讐之役。書中宫敳之"敳"皆書作"敳"，國瑾嘗聞其說於先生曰："徵"與宫敳之"敳"聲非不通，而形與義則斷不可叚。蓋"敳"類皆衝脣接齒之音，蒸、登、拯、等、證、嶝各均亦衝脣接齒之音，實爲敳類坿聲，故其中字如"登、得；能、耐"之類，皆可通叚。詳見書中宫敳有坿聲説。"徵"在蒸均，是以古書皆叚爲宫敳之"敳"。然以形而論，則"敳"从人，从攴，从豈省聲，"豈"與宫敳之"敳"同居紙均，故仍从敳省聲。兩字互省，縱有一誤，而其形實相比近，"徵"雖亦從敳省，而《說文》明言"壬爲徵"，"徵"之聲可通，"壬"之形固不能叚也。以義而論，五音之中，敳音大而和美，美與妙義本相同。"敳"訓妙也，故可叚爲宫敳之"敳"，"徵"則取義于微，微與大固顯然不同矣。《說文》"壬爲徵"下云"行于微而聞達者，即徵之"。"微"訓隱行，義與"敳"異，自"微"行而"敳"廢，而妙之義亦併于"微"，于是"敳"與"微"混。有疑"敳"从耑省者，大徐謂："豈从敳省，敳不應从豈省,疑从耑省。物生之題,尚微也。”因而“微”與“徵”混,有誤“微”爲“徵”者。《史記·鯨布傳》“使人微驗”,《張丞相傳》“微甚”,《集解》皆引徐廣云:“一作徵。”宫散之“散”,或即由此而誤歟?《聲類》蓋知其誤,故書“宫徵”作“宫祉”,《六書均徵》實始改正,復書作“散”,可謂得形與義之正矣。《六書均徵》散下注云:“五音角散字篆文似徵,相沿用徵,徵變宫聲,斷不可叚。”惟以“散”爲變宫聲,則不免誤耳。變宫聲乃侵鹽添寢琰忝沁豔㮇諸均,徵實散類人統坿聲也,是書特爲更正。今是書既以五聲分類,深知“壬”與“散”之差别在形與義而不在聲,即不欲以聲讀之可以相通者,强叚“徵”以淆亂“散”之形與義,故仍依《均徵》書“徵”爲“散”。蓋從其形與義之正,而非沿其誤讀“徵”爲變宫之失也。國瑾承先生教,方究心形聲之學,得是書讀之,夊釋理順,悟其要領,因以所得書于卷端,而坿著先生書“徵”作“散”之説,以告學者。時七月初八日,甥黄國瑾謹跋。

古音類表跋

薛成榮

韻學本乎六經,降而《楚》《騷》《太玄》類多協韻之文,而韻書無專本。自魏左校令李登以宫商角散羽五音定韻爲《聲類》十卷,韻學始明,然其書久不傳矣。至齊周彦倫作爲《四聲切韻》,宋沈休文撰《四聲韻譜》,四聲行而五音寖廢。後之講韻學者日盛,如李巽巖依韻重編,名《五音韻譜》,但以宫爲上平,商爲下平,散屬上聲,羽屬去聲,角屬入聲,是仍以四聲爲編次也。顔元孫《干禄字書》以四聲隸字,夏竦《古文四聲譜》、張有之《復古編》諸書，皆囿於四聲，而與五音隔閡，更無論矣。青宇方伯通算術候氣之學，潛孴於六書音韻，以尋究其原，編成《古音類表》，凡九卷。其書以五音作綱領，定爲五聲、三統、十五部，適合於天地人自然之數，類以統部，部以統韻，韻以統聲，聲以統字，獨具機杼，一氣蟬聯，應天籟之自然，發前賢所未發。惟其取多而用宏，斯能識超而論偉，故是書也，體用兼備，凡古經傳假借、轉注之異用，五方言語清濁輕重之不齊，形聲部敘参伍錯綜之變化，古今時代遷移分合之源流，靡不同條而共貫，律吕相生，会昜損益，其脗合也爲至精已。檢閲點畫音義，悉遵鄦氏《説文》及先儒所攷訂者，資爲輔翼，注解援引經典《爾雅》與《説文》相爲表裏，猶是漢儒箋釋之家法也。榮不諳音律，莫能窺其奥窔，困勉求知，奚足以效土壤細流之助？謹遵書篆付梓。凡鄦書所未載者，另爲圈記，敬述數言於末。篆文袛成一律，信古非泥古也。光緒二年歲在丙子冬十有二月，薛成榮謹跋。

以上清同治三年（1864）宛南郡署刻本

古今韻準

古今韻準自敘

朱駿聲

音聲之遞變而遞轉也，南北不同，古今不同。以今南北之不同，又知古南北之亦不同，故凡有韻之文，隨其天籟，自諧律呂。古無韻書，《書》《易》《詩》《騷》即韻書也。自漢末魏初孫叔然剙《爾雅音義》，作反語，而高貴鄉公以爲怪。厥後《聲類》肇於李登，《韻集》踵於吕静，而字始爲韻。《韻譜》成於沈約，《切韻》撰於法言，而聲始有四。顧其書率皆不存，存者北宋《廣韻》爲最古，言韻者舍是別無適從矣。然二百六韻雖仍唐孫愐述六朝之舊，而字數增倍，當時以意羼竄，實與《唐韻》大有出入，況古韻乎？迨至南宋劉淵《新刊韻略》謬并爲一百七韻，而元陰氏《韻府羣玉》又妄去拯爲一百六，則微特盭於古韻，且紊亂《廣韻》之部分，幾令後之學者欲由《廣韻》以上溯古音而并不可得，豈非千古之辠人哉？夫《虞書》"熙、起"無平上，《周南》"芼、樂"無去入，昔梁武帝聞周捨"天子聖哲"之對，迄未信用，不爲無見。而唐元和後釋神珙之《反鈕圖》，舍利之字母三十，守温變爲三十六，凡末流之踵事鋠析，更無論矣。余既成《説文通訓定聲》一書，椉之以就正有道，鰓鰓焉又慮一百六韻之頒行四代，箸爲功令，諸應試排律所製，必不能生今而反古之道也。乃復取今韻而權衡之，就一韻中析爲數類，用韻者但取一類之字相叶，庶宜今宜古，不繆是非，名曰《古今韻準》。篤信好學之君子，或有取於是焉。道光戊申仲夏，吴郡朱駿聲書。

清咸豐元年（1851）臨嘯閣刻本

歌麻古韻考

歌麻古韻考自序

吴樹聲

顧亭林氏併《唐韻》五支之半"敠、移"等字，詳《唐韻正》。及九麻之半"麻、嗟"等字，詳《唐韻正》。各字，與七歌八戈韻字爲弟六部，其五支韻中字皆改爲歌戈一類。如"移"改爲弋多反，"迆"字同；"訑"改爲徒何反，"蛇"字同。"爲"改爲訛音，"麾"改爲許戈反；"糜"改爲摩音，"垂"改爲陀音，"吹"改爲昌戈反；"皮"改爲婆音，"虧"改爲去禾反，"奇"改爲去禾、居禾二反，"羲"改爲許禾反，"宜"改爲魚禾反；"離"改爲羅音，"施"改爲式禾反；"馳、池"皆改爲駝音，"規"改爲居禾反。議者或譏其武斷。江慎修氏《古韻標準》以平聲支、分出。脂、之、微、齊、佳、皆、灰、咍、尤、分出。魂、別收。戈，別收。去聲未、別收。怪別收。韻字爲第二部；以歌、戈、麻、分出。支，分出。上聲紙、別收。去聲寘別收。韻字爲弟六部，與顧氏書雖微有出入，而大旨則同。段懋堂氏以之、咍韻字合爲弟一部，自爲弟一類，與十五部、十六部、十七部字絕不相通。以歌、戈、麻、分出。支、分出。韻字合爲弟十七部，以脂、微、齊、皆、灰韻字合爲弟十五部，支、分出。佳韻字合爲弟十六部，又以弟十五、弟十六、弟十七三部合爲弟六類。凡古人韻語，十七部中字有與十五部、十六部中字韻者，謂之合韻。詳段氏《六書音韻表》竝《説文注》。分三百篇中韻爲十七部，以爲周秦之韻，與今韻異。凡與今韻異部者，古本音也。於古本音齟齬不合者，古合韻也。本音之謹嚴，如唐宋人守官韻合韻之通變，如唐宋詩用通韻，在段氏自有心得。惟以古人聲歌必有一定之韻，如後世之一東二冬，且必有一定可合之韻，如後世之通某、轉某者，則殊不然。古人之聲歌，無非天籟，既曰天籟，則必有古音。既不能以後世之音概古人之音，又豈能以古時一方之音概古時天下人之音乎？古人聲歌純是天籟，其音韻皆矢口而成，並無部、如後世之一東二冬。類，如後世之東冬鍾江、魚虞模之各自爲類。亦無同、如《廣韻》之二冬注"鍾同用"，五支注"脂、之同用"。通如宋《禮部韻》之二冬注"與鍾通"，五支注"與脂、之通"之類。之可言也。古人矢口而成之韻，與今韻異者，皆古音也，不必言協，亦不必言合。其古音與古音異者，皆方音也。孔子繫《易》，鄒魯之音也，與三百篇除《魯頌》外，出入者甚多。屈、宋，南音也，與兩漢續騷用韻亦多出入。段氏書於全韻部分考核最爲精當，於歌、麻一類仍襲顧氏之舊，改"施、離、爲、虧"等字入歌、麻部，間有用支韻餘字與脂、之韻字者，則概以爲合韻。合韻云者，有心以合之乎？抑無心以合之乎？有心以合之，是古人已有韻書，必擇其同類與相近者而後合之。段氏書云："合韻以十七部次弟分爲六類求之，同類爲近，異類爲遠，非同類而次弟相附爲近，次弟相隔爲遠。"古人固無韻書也，無心而合之，則仍爲天籟。既無韻書，不必言合也。竊嘗疑古音無歌、麻兩部，顧氏以爲麻韻之半"家、車"等字，其音皆起於西域，是也。竊以爲《唐韻》之七歌八戈九麻皆起於西域，九麻之半"車、家"等字皆自魚、虞、模轉入，七歌八戈與九麻之半"麻、加"等字皆自支韻"施、爲"等字轉入。因檢古書中韻語有歌、麻字爲韻者，一一拈出。知古人自有此一類音韻，每字必求其最初弟一音，庶幾讀古人書，不啻與古人對語矣。古書具在，是在好學深思者心知其義耳，不敢以是爲愚者之一得也。保山吴樹聲述。

歌麻古韻考後記

吴樹聲

是編成於咸豐紀元庚戌、辛亥之間，弆篋笥者十有餘年。因承乏衝淦，又軍書旁午，弗克付梓也。己巳夏，案牘餘暇，校勘一過，悤悤授梓。刊成後，又得“歌”字二條：《易林·臨之離》：“臨溪橋疢，《詩·召閔》：“惟今之疢。”顧氏《詩本音》：“疢，古音几。”雖恐不危，樂以笑歌。”《賁之離》：“明不處暗，智不履危。終年卒歲，樂以笑歌。”“和”字三條：《易·乾鑿度》：“天地不變，不能通氣。五行迭終，四時更廢。君臣取象，變節相和。能消者息，必專者敗。”又：“故陽唱而陰和，男行而女隨。天道左旋，地道右遷。”《易·乾坤鑿度》老氏曰：“坤氣不和，物出不遂。”“過”字一條：《易·是類謀》：“誰之過，望侯女災。”今音去與平韻。綴書於編末。知編内援據遺漏者甚多，同志者必有以匡其未逮，尚望逐條是正，郵寄見教，不勝冀幸之至。保山吴樹聲。

題吴大令樹聲歌麻古音考

馮展雲

昔亭林顧氏箸《唐韵正》，謂九麻一韵大抵本出鹵音。然顧氏知麻部之半非古音，而歌戈二部與九麻全部皆非古音，則顧氏尚未之及也。厥後段氏分古音爲十七部，以支佳弟十六，歌戈麻弟十七，謂支佳韵音轉入於歌麻，歌戈韵音轉亦多入於支佳。又云漢以後多以魚虞之字入於歌戈，亦未知歌麻韵之字本支齊、魚虞部中字，而歌麻一部可删也。近日河間苗仙麓精於古音，於《毛詩·斯干》末章之“裼”、《玄鳥》末章之“祁”，指爲本節聲韵砥柱，又云《小弁》首章、《巧言》末章竝以“斯”字領韵，更無忽然改韵之理，遂以歌戈及麻部之半併入支齊部中，其言已發顧氏所未發。苗君往在余使院中，相與證明聲韵，余深韙之。今閲大令是編，於漢以前古書韵文凡用歌麻部中字，繁偁博引，有當入支齊部者，有當入魚虞部者，竝有當散入各部者，無不開卷憭然。後之求古音者，由是編以想周人聲教之遺，其有功豈淺鮮哉？惜苗君遠在京師，不獲與共讀之也。

歌麻古韻考題記

黄彭年

此篇是馮展雲中丞題吴樹聲《歌麻古音考》之作，吴書多肊説，馮作亦皮膚之説，與苗先生書無益，刻時應删。彭年記。

歌麻古韻考敘例

苗　夔

嘗讀三百篇，竊疑古韻與今不同。既而縱觀周秦諸子書，以及兩漢人箸作，益信古韻不可以今韻求。唐陸德明謂古人韻緩，不煩改字，誠知古韻難通，後世必有穿鑿附會以求合韻者。宋吴才老著《韻補》，而叶韻之説始盛行，蓋本於六朝人之協句、《漢書註》之合韻也。自是讀古書者，凡遇與今韻齟齬者，皆以叶韻當之，而不深求其故，而古韻益晦。明陳季立著《毛詩古音考》《屈宋古音義》，其言古無叶韻，《詩》之韻即是當時本音，可謂有特識者矣。國朝亭林顧氏著《唐韻正》，亦多取其説。顧氏書考據明晰，較陳氏尤爲精詳，洵爲古韻之功臣。惟於支、脂等韻字，往往有所改易，如讀"皮"爲"婆"、"地"爲"陀"、"奇"爲"苛"之類，蓋不知古韻無歌麻一類也。然顧氏於麻韻中"花、瓜"等音，謂其或出於西域，是顧氏知麻部之半非古音，何以不知歌戈二部與麻部之半皆非古音乎？竊嘗輯周秦兩漢古書，遇其韻有用歌麻部中字者，輒手録之，久而成帙，名曰《歌麻古韻考》。惜行篋中書籍無多，遺漏踳駁，知不能免，尚望博雅教正。

《説文》一書最爲近古，其諧聲之字無一非古音，故首引之。後人不識古音，遇有與今音不合者，輒謂之旁紐。徐鼎臣兄弟號稱精於《説文》者，然皆不識古音，往往亦有此弊。故今引《説文》，多不及《繫傳》諸説。

向來言古韻者，每疑《楚辭》及兩漢詩賦用韻往往有出入，不知古人用韻，體例不一。如三百篇有一句見韻者，有二句見韻者，且有三四句見韻者，但識古音，無不可以得其體例，微特三百篇《楚辭》及兩漢詩賦爲然也。凡漢以前之古書歌謡箴銘，無一不然。東漢以後，古韻始變，故三國以後之著述援引甚少。

古無韻書，勢不能不借今韻離合以求古音。《唐韻》二百六部，爲隋陸法言所訂，其中猶有近古者。宋《廣韻》卷首題“隋陸法言撰本”。顧氏書悉用《唐韻》，最爲有見。蓋欲據《唐韻》以正宋以後之失，據古音以正唐人之失也。其《韻目》仍《唐韻》，而平上去皆併爲十部。今悉依之，但云“某聲，第某部”，以歸簡易。至顧氏所據《唐韻》，已非原書，昔人已論辨之，兹不復贅。

言古韻者，宋吴棫作《韻補》，昔人謂其分合最爲疏舛。鄭庠作《古音辨》，分陽、支、先、虞、尤、覃六部。明楊慎有《轉注古音》，國朝毛奇齡有《古今通韻》，皆互有出入。近人江永著《古韻標準》，平上去分爲十三部，入聲分爲八部，精核亦不及顧氏書。顧氏書平上去十部，入聲亦八部，言古韻者，必以顧氏書爲集大成。惜顧氏於《説文》不甚留意，故於歌、戈、麻三部未能盡得古音。又侵、蒸、登三部古與東、冬、鐘、江四部字爲韻，三百篇具在，可考而知。孔子繫《易》，于屯，于比，于恒，皆以“禽”與“窮、終、容、功、凶”爲韻，顧氏謂此或出於方音之不同，且曰：“雖謂之協音亦可。”此則顧氏之滲漏，亦全書之小疵也。擬輯《續唐韻正》一書，凡侵、蒸、登之古音，皆考證明晰，以備采覽。因行篋無書，容俟續出。

《唐韻正》平上去皆分爲十部，今仍其例，第稱“某聲，第幾部”，以歸簡易，仍註明“第幾部，合某某韻爲一部”。其平仄通者，以古韻皆在未分四聲以前，以今韻讀之，始有平仄通之說也，故平仄通之韻，多統於平聲部中。

仙露苗夔識。

以上清抄本及1914年雲南叢書處刻本

古韻通説

古韻通説序

王　拯

《古韵通説》三卷，臨桂龍子翰臣之所作也。我朝書數之學精密，爲從來未有，而論古韵則起顧甯人氏。顧氏之書，又本勝朝陳氏季立之《毛詩古音考》《屈宋古音義》兩書。百餘年來，江、段、姚、張、苗氏又從而精密之，殆幾幾乎蔑以加矣。而毛氏之《古今通韵》，乃從顧氏之後起而攻之，騁其辯給，或反糾紛而不可治。夫音韵之學，以密得精，不容逞臆。然而天地之元音，則日在乎宇宙之間，必若段氏所謂"因其自然，靡所矯拂"，合以古人經傳之遺，而罔或齟齬，又非徒恃乎博聞醜記者之所能强，蓋不獨古今韵之所以通也，即以古韵論部分通轉諸家，剖析幼眇，窮極左驗，而亦有時扞格其間。甚矣！學之未可易言通也。翰臣與余同進士時，有字書之作，頗行京師，例與顔元孫、張參書略同，以爲試場用耳。好古之士，或竊議之。翰臣時方肆力于古，取顧、段氏書而熟復之，别十餘年，鍥而不已，乃成此書。咸豐丙辰重會京師，出以相質。書出諸家之後，乃能大集衆説之長，而自爲之説。所獨得者，則以雙聲爲轉韵之異名同實，是即振古之元音，印之方言鄙語，所在多有古經用韵及字書偏旁所弗合者，求之以是，無不可通，誠爲談古韵者之一大快。又謂古韵唯分之愈嚴，合之乃以愈得其寬，爲其能知所以經緯之故，則是十餘年前嘗與翰臣讀江氏書所有論也。翰臣爲人敦博力善，自翰林提學湖北，以憂歸，嘗筦鄉團，遷列卿，復還京師，未幾，外轉江西布政。方時大棘，理財用人，備諸跋疐，廑踰一年，猝死於官，江之士民猶悲思之。平生所著書及詩文詞，皆集而未刻。出都之日，乃以是書所手定本屬余甚殷。余以爲是虚己善下之常，而豈謂是其將死也。余於音韵既未嘗學，比年又勞勞於職事，欲付校刻，逡巡未暇。同治丙寅，謫官假歸，道出廣州，日與陳子蘭甫見，述古韵寬嚴分合之故，頗合，爰以是書質之。蘭甫喜謂所見略同，且出向所自著《古韵通轉》而中輟者示余。蓋翰臣書以縱，而蘭甫以衡。字者，孳也，縱以代生；韵者，均也，衡以類比。二者一也。念同聲之幸獲，快夙願之可償。乃以是書乞訂定就刊焉，蘭甫慨然允諾。又言其友潘氏父子亦邃是學，足資校讎。余時自廣州亟歸桂林，因豫書其緣起如此。至其書之得失可否，其所謂通之義，蘭甫必不靳整齊之，刊成，爲之敘傳於世，且以貺我而報死友於九原也。時同治五年丙寅冬十一月，馬平王拯序。

古韻通説原跋

馮譽驥

音均之書，自顧氏後推江氏、段氏，俌以王氏、孔氏、姚氏、張氏及近日苗君僊路之《聲讀表》，皆能綜博條毌，于誼富矣。大箸《通説》增雙聲一條，蓋天地元音，古今不易，自謂可濟本音通均之窮，俾讀古書及《説文》者釋然無疑，誠爲管論。咸豐五年歲在旃蒙單閼莫春之初,通家晚生馮譽驥謹識。

古韻通説跋

孔廣鏞

音韵之學,向有專家,第臆斷不無各偏,折衷匪易。昔亭林顧氏《詩本音》、顔氏《樂圃音正》,咸稱精當,而同時毛處士先舒尚疵摘其不知陰陽清濁。甚矣!成書之難也。吾師翰臣方伯以班、馬雄才,博綜經籍,於讀《禮》之暇,著爲《古韵通説》二十卷,考訂精覈。凡經子向讀之未得聲韵者,無一不以雙聲通之,而古韵無復有齟齬之患。嘉惠後學,厥功尤偉。因念師以英年大魁天下,自典試吾粤,未幾即開藩江右,方跂匡濟殊猷,盡展所學,詎未抒壯志,遽歸道山,不惟及門深梁木之悲,而海内亦共哲人之惜。今幸王定圃通政情殷舊雨,篋載而東,芝庭太守既爲讐校,又得方夢園方伯壽諸梨棗,俾等身著作,先以公之藝林,而振古元音,獨宣其祕,同爲欽感,又豈僅及門已哉?至於析簒之精勤,暨源流之探溯,則有原敘與譚玉生同年所跋。夫豈寡昧,可妄測窺,故不贅贊。時同治六年丁卯小春上澣,受業孔廣鏞謹識。

古韻通説跋

譚　瑩

翰臣師合段、張、姚、苗四家撰述及孔、王、劉三家之説爲一書，凡古韵二十部，於後更爲通説系之，故以《古韵通説》名其書。其爲二十部也，則損益於段氏十七部、王氏、張氏二十一部之間。其各部分《詩韵》《經韵》《本音》《通韵》《轉音》五子目也，則《詩韵》《經韵》取段氏之《六書音均表》，《本音》兼取張氏之《説文諧聲譜》、姚氏之《説文聲系》、苗氏之《説文聲讀表》。蓋言古韵之書，於是爲備矣。夫以古韵之愈求愈密也，臧氏《拜經文集》云："向以爲無韵者，顧氏讀之有韵矣；顧以爲無韵者，段氏讀之有韵矣；段以爲無韵者，孔氏讀之有韵矣；孔以爲無韵者，庸讀之有韵矣。"此言其愈求愈密者。師之言古韵也，大意以雙聲通其所難通者，謂《詩》以雙聲爲韵，《説文》以雙聲爲聲。凡三百篇及《説文》偏旁諧聲之字，推之羣經諸子，向來讀之未得其聲韵者，師無一不以雙聲通之，其斯爲愈密愈精者歟？師之言曰："轉音即雙聲之異名，天地間自有，是不可磨滅者。今時方音及兒童學語，往往有之，乃振古之元音也。古經中用韵及字書偏傍有不合者，苟求之於是，無不可通。兹故設此條，以濟本音通韵之窮。"又曰："疊韵是旁行，其類尚寬；雙聲爲直射，其法更密。"至哉斯言！明乎此，而古韵無復有齟齬難通者矣。師著撰等身，以兩粤兵燹，未付剞劂，暨旬宣江右，旋歸道山，叢稿當有神物護持。兹去春王定圃通政東游，載是書於行篋，特囑方夢園方伯開雕於佗城，王芝亭太守實襄讐校。瑩，師道光甲辰典試粤東所得士也。吉光片羽,先覩爲快,刊成,謹跋焉。同治丁卯重陽令節,受業南海譚瑩玉生。

古韻通説題辭

陳　澧

故江西布政龍君翰臣精古韵之學,著《通説》二十卷,通政王君定甫將刻之,出以示澧,屬爲訂定焉。其書博采諸家,若近時苗氏書,澧所未見。張氏書,昔年過常州嘗見寫本,今不能記。顧、江以下諸家,澧所嘗讀者。則知龍君實能集其所長,考證愈密。澧昔時雖嘗著書明諧聲之誼,而於古韵之學則不及龍君之精邃也,何敢云訂定歟?惟其書臚列《説文》字,當得精《説文》者校之,乃薦吾友潘緒卿及其子子康兩秀才,是以《説文》爲家學者,校讎再三,殆無譌謬。近世之士或務科名,或務古學,若判爲兩途者,此學者之大患也。龍君以第一人及第而著此書,天下之士讀之,知最高之科名與最古之學問,一人可以兼之,其兩不相背明矣。此書出,將合兩途而通於一,而王君之刻此書,爲益甚大。若夫篤念死友,護持其遺稿而刻以傳之,又其可敬者也。王君屬澧序之,澧謂王君所書緣起,宜弁於卷端爲序。乃以鄙意爲題辭於後,以質於王君,恨不得見龍君而質之也。同治六年十月,番禺陳澧題。

以上清同治六年(1867)刻本

劉氏碎金

劉氏碎金序

雷　浚

予之交於辰孫也，由詩始也。既定交，知君於學靡不究，而尤注意於聲音之學。君殁後，予從君之子善長搜君遺詩次弟之，手寫清本付善長，其聲音之説，未之見也。今善長檢得視予，則惟《中州切音譜》爲清本，其書爲度曲家正譌不足存。外如校龍方伯啟瑞《古韻通説》，札記草稿，旁行斜上，塗乙過半，無從條貫。可録者，《古韻通説跋》一篇，《答袁春巢書》一通，《衺軒瑣綴》數則，皆有功音學。亟寫付梓人，名曰《劉氏碎金》，用閻氏《碎金》例也。善長雖賈，知珍貴父書，屢欲刊刻遺詩，限於力不果。後日儻能踐是言，予老矣，猶幸及身親見之。同治甲戌春三月，雷浚序。

清光緒二年（1876）謝文瀚齋刻本

切韻考外篇

切韻考外篇自序

陳　澧

澧爲《切韻考》,以明隋唐以前切語之學,遂流覽後來所謂字母等子者,以窮其餘波。蓋自漢末以來,用雙聲疊韻爲切語,韻有東、冬、鍾、江之目,而聲無之。唐末沙門始標舉三十六字,謂之字母。至宋人乃取韻書之字,依字母之次第而爲之圖,定爲開合四等,縱横交貫,具有苦心,遂於古來韻書切語之外,别成一家之學。然自爲法,以範圍古人之書,不能精密也。澧以此學由切語之學所變而成,故復爲考覈,而題曰《外篇》。以《廣韻》切語上字考三十六字母,以二百六韻考開合四等,著其源委而指其得失,明其本法而祛其流弊。賴有通人之説導我先路,成此一編,庶有補於聲韻之學也。少日爲此,迄今數十年,舊稿叢雜,爲我審定者,門人廖澤羣編脩,通聲韻之學者也。光緒五年八月,陳澧序。

切韻考外篇跋

廖廷相

先生刻《切韻考外篇》既成，郵寄都門，再校一過。其中有當補者，以文緐不能羼入，命爲跋尾記之。時值廷相銜恤歸里，越數月而先生亦捐館，荏苒三年，未遑屬筆。甲申夏日，檢讀先生遺書，乃補録焉。字母家謂喻母字只三、四等，"以、夷"與諸字出切者爲四等，"于、羽"諸字出切者爲三等。然如賄韻"倄，于罪切"、海韻"腆，與改切"，皆列一等，則其歧出也。《廣韻》切語以下字分開合，然亦有歧出者，如紙韻"綺，墟彼切"、梗韻"影，於丙切"、願韻"建，居万切"，"綺、影、建"開口，而"彼、丙、万"合口，此以合切開也。戈韻"脞，醋伽切"、陽韻"王，雨方切"、庚韻"横，户盲切"、耕韻"宏，户萌切"、養韻"往，于兩切"、寘韻"避，毗義切"、卦韻"卦，古賣切"、禡韻"化，呼霸切"、漾韻"況，許訪切"、黠韻"傄，莫八切、婠，烏八切、滑，户八切"、鐸韻"郭，古博切"、陌韻"虢，古伯切"、昔韻"役，營隻切"，"脞、王、横、宏、往、避、卦、化、況、傄、婠、滑、郭、虢、役"諸字皆合口，而"伽、方、盲、萌、兩、義、賣、霸、訪、八、博、伯、隻"諸字皆開口，此以開切合也。等韻家以鍺韻列二等，故不出日母字，所以彌縫其法也。然《廣韻》鍺韻末有"髶"字，而鍺切，正屬日母，以爲三等，則鍺韻只有二等之説非也；以爲二等，則日母只有三等之説又非也。此足見以韻與母分等之均難通也。至於開合等數等韻，各書時亦互異。是書所列，具有折衷，務使閲者明其法，而不爲其法所惑，是則先生著書之苦心也。光緒十年五月，門人南海廖廷相謹識。

以上1930年渭南嚴氏（成都書局）據東塾叢書本校刊

古今中外音韻通例

古今中外音韻通例自序

胡　垣

爲今人居中國一郡一邑方隅，言且難通，而欲通千百年前相傳之音，且欲通千萬里外相語之音，不已妄乎？然而彼人也，此亦人也，有陰陽五行具於中，即有音呼聲韻發於外，雖使氣或有殊，要可以理之一者衡之。不泥古，自無背古；不徇今，自能證今。惟就經典及各字書求其所由異，斯得其所由通矣。垣自髫年承庭訓解翻切，四十年來，留心此道，乃覺世所難通之音，皆得通以我之方音也。爰分類爲例，以質諸知音者。光緒丙戌七月朔，浦口胡垣紫庭氏自識于冶山崇文經塾。

古今中外音韻通例序

孫鏘鳴

近時論音韻之書，雜出不一。是編洞暢源流，條析義例，援證由博返約，鈎稽無微不顯，統古今以窮其變，合中外以會其通，神而明之，一以貫之，盡洗近儒聚訟之紛糅，以示後學易入之門徑。至於審音察理,抑墨尊儒,尤於世道人心獨寓深意,洵爲講音學韻學者自來所僅見之書,亦世間不可無之書。附贅數言,用誌欽仰。光緒丁亥五月,止園老人孫鏘鳴書於鍾山講舍,時年七十有一。

以上清光緒十四年(1888)刻本

韻府鈎沈

韻府鈎沈自敘

雷　浚

國朝《字典》三十六卷，《補遺》一卷、《備攷》一卷，約字五萬餘。今通行本《詩韵》僅可五之一，字不備，則字之音義亦必不備。乃時俗尊信《詩韵》，雖幼所誦習之《四子書》、五經，其音讀有不見於《詩韵》者，亦舍所誦習而從《詩韵》。道光中，平江書院某山長以《詩韵》“風”字無仄聲，遂并“春風風人”下“風”字亦欲讀平聲，凡作仄用者，概以失黏論。而《詩·小序》：“風，風也。”下“風”字實去聲。亡友劉明經禧延最精韵學，閒與論此事，劉子曰：“今韵不特非沈韵，并非平水韵，乃元陰氏之《韵府羣玉》。陰氏箸書之意在韵脚不在韵，故聯緜字‘絪緼’則有‘緼’無‘絪’，‘匍匐’則有‘匐’無‘匍’，‘邂逅’則有‘逅’無‘邂’，‘蠨蛸’則有‘蛸’無‘蠨’，《説文》作“蟰”，亦無“蟰”。‘蟋蟀’則有‘蟀’無‘蟋’，‘蝙蝠’則有‘蝠’無‘蝙’，‘帲幪’則有‘幪’無‘帲’，‘扊扅’則有‘扅’無‘扊’，此類不可以枚數。明初《洪武正韵》不行，學者取此書便於押韵，遂沿用至今。夫用之取便押韵，古人箸書之意也。某字《詩韵》無平聲，遂曰無平聲；某字《詩韵》無仄聲，遂曰無仄聲，豈古人箸書之意哉？古人始慮不及此也。”雷浚曰：“然。‘敦’字十三音，今韵僅收其四，則其不求備可知也。”兹距劉子之殁餘二十年，予亦年開八十，或長夏枯坐，或冬夜老鰥不寐，追憶十三經字，有今韵失收者，得如干字，泛覽《史》《漢》《文選》諸書，得如干字，勒成一書，用前人《古經解鈎沈》《小學鈎沈》之例，名曰《韵府鈎沈》，非謂遂可施於場屋也，特學者不可不知耳。光緒十有三年仲冬之月，吴縣雷浚自敘，時年七十有五。

光緒十三年（1887）吴縣雷浚自敘本

聲　譜

聲譜敘

吴重憙

單父時子吉臣讀書聽古廬，專心聲學，擬仿顧氏意著《聲學十書》：曰《聲譜》，曰《聲説》，曰《聲部》，曰《聲正》，曰《聲表》，曰《均析》，曰《均通》，曰《均衷》，曰《均匯》，曰《均賸》。壬辰、癸巳，先後刊《聲譜》《聲説》二種問世，以重憙誼屬世好，又同臭味也，來書以敘相屬。重憙於聲均之學未一涉獵，何從而敘君書？無已，則仍以夙所聞於君者以敘君書，仍如君之自敘焉爾。君殫心聲學，於顧氏亭林、江氏慎修、戴氏東原、孔氏巽軒、段氏懋堂、王氏石臞、嚴氏鐵橋、苗氏先露、朱氏豐芑諸家之書，無不入壘而悉其曲折，而尤於立部配聲，嚴爲辨别焉。諸家立部，或七，或十，或十三，或十七，或十八，或二十一，段氏以前，均部較粗，至王氏而分析最精，唯苦無陰陽配聲之説，宵歌單行，不無遺憾，及緝、盍從入聲起，不知摯、瘞即其去聲，與江、戴侵談無配聲同病。苗氏知併宵歌於幽支，而又嫌七部之合併太略。君乃以陰陽對轉爲談古音者第一要義，得此秘鑰，秦漢以前古音之重關無不啟矣。初擬以東配侯幽宵三部，以救宵歌單行之病。繼得孔氏東冬分用之説，專以侯配東，而以幽宵配冬，乃覺無憾，又别立摯、瘞二部，以爲緝、盍之去聲，訂爲二十部，而立部配聲，乃完全而無弊。蓋《聲譜》爲《十書》之要領,而《聲説》即發明系聲與諸家異同者也。抑重熹聞之,昔莊寶琛氏箸《説文諧聲譜》,未竟其業,屬之張皋文氏。皋文復析爲二十部,寫畢,復之寶琛,不知彼之二十部者,較之君書,其立部配聲又何如耳,安得莊書而一爲勘證之耶？光緒十九年癸巳七月九日,海豐吴重熹敬敘。

聲譜敘

徐肇銘

苗先路云:"古均無歌麻。"予謂無麻是,無歌則非,歌單行非,歌與支並用則是。戴東原幽歸於侯,與宵分列,孔巽軒以宵爲侵之陰聲,與幽亦分列。幽宵合用,誰實見之？顧、江、段、苗諸君,東冬鍾江皆同用,孔巽軒分冬别列,有獨見焉。王石臞以緝盍爲侵談之入,而緝盍去聲則未之及。諸家争鳴,自成一家。我朝精小學者多人,誰其於古均貫而通之？時吉臣先生以名孝廉殫心漢學,獨有心得,本戴氏《九類相配表》,創爲《陰陽同入圖》,取其是而正其非,其分冬於東,本孔巽軒;其合幽於宵,折諸家而成一是;其併歌於支,兩存其聲,蓋取苗氏而特勝之;其於緝盍定有去聲,諸先輩皆未見及,識尤卓焉。箸有《諧聲譜》,矯朱豐芑《通訓定聲》之非,而一衷至當,以此讀古書,無不歷歷相符矣。附有《聲説》,取許書聲義之齟齬者,考之諸家,參之彝器,反覆審慎,深思而得之,尤不朽之盛業也。嗚呼！先生老守一氊,家徒四壁,而夙性狷介,與當世名公卿又落落寡合,揆之古人箸作因標榜而成名,以彼況此，不其難歟？予與先生相交廿餘年，承不棄，時聆先生緒餘，粗得其旨，亦思集有成書，冀附先生後，然有志固未能也。又以宦途潦倒，困心衡慮，殆百倍於先生，得毋彈此調者，干造物之忌乎？先生今歲以疾將歸里，幸《諧聲譜》各種藉衆友力刊成問世。識者觀之，不第爲顧、江、段、苗之諍友，即以爲許氏之功臣也，不脛而走，可於斯書決之。光緒十有九年癸巳六月，陽穀徐肇銘識。

以上清光緒十九年（1893）河南星使行臺刻聽古廬聲學十書本

韻府注略

韻府注略自序

岳軌數

夫所謂《註略》者，非如漢劉歆《輯略》《六蓺略》《諸子略》之類也，惟以字有一二義，有三四義，甚至八九義者，是集於字義之繁夥者但舉其要，以備觀覽，故曰“註略”。竊謂村塾間字義多恍惚，音讀多乖舛，筆迹多差錯，凡以未嘗考證故也。兹考之《字典》，證之《韻府》，音義既明，點畫亦復釐然，非敢以是問世也，然於小學家亦未始無補云。光緒四年戊寅中秋，成山槐園岳軌數自序。

此書分部則依《字典》，註義則本《韻府》，凡十三經及子史中之字，或古寫，或今寫，無不備載。倘有不識不解及不知平仄之字，均可一查而知。至二字通用及俗譌體之可用與否，尤辨之至詳且悉。男逢乾六吉抄録，逢咸澤山校對，謹識。

韻府注略序

陳惪曾

《東牟童試録》載有岳公軌數號槐園府縣試及科歲試文數首，科舉時代余最喜讀之。先大夫嘗云："此公與吾家爲通家，其自課塞外，草三百餘篇，尤稱傑構。且此公不僅爲吾邑文學家，亦韻學家也。晚年著有《韻府註略》一部，允爲字學參考善本。"伊時余於小學未識門逕。民國初年，公之少君澤山館於余家，聆其所讀字音，切之四聲，無不吻合，不問而知其得力於庭訓也。案頭置有字書四册，即所謂《韻府註略》。翻閱數過，書中非僅註字音，於字義、字形亦無不註之明而且確。夫字學一門，不外形、聲、義三者。《字典》詳於義意，體制第未標明；《四聲韻府》詳於音韻，而書法訓詁多未研究。近今塾師，顢頇從事，聲韻謬誤，點畫錯訛，得此編以校正之，誠初學之幸福也。余商之同人，擬刊行此書，以救時弊，詎新學界多以書内不載新字少之。噫！余於此，亦惟有爲先賢呼負負而已。然而玉不終藴，珠豈久潛？字學必有講求之一日，此書必有出世之一日，姑綴數語以俟之。時中華民國五年仲春，世晚陳惪曾藎臣氏謹識於榮成視學公所。

韻府注略序

王兆荃

近今字學，率多訛以傳訛，縱有志校正，亦苦無參考善本。民國初年，榮成師範分所實驗時學員岳君澤山及其姪祝三所講授之字音、字義、字形，多與衆不同，余竊異之。退而考之《字典》《韻府》諸書，則二君所講授者，無不確鑿有據。詢所師承，知伊家藏有字書一部，爲澤山之先君槐園公所編纂，名曰《韻府註略》，於是曉然，二君之字學實自其家學來也。民國十二年，余長教局，時與祝三同事，因借得是書，研究數月，藉悉書内於十三經、二十四史之字，無不具載，雖所註字義僅選擇其必需必要，而字音、字形特註之明而且悉，名曰《註略》，其便於後學參考處，應有盡有，未嘗稍見爲略也，誠校正字學之善本也。余既厠身吾邑之教育機關，刊行此書以救時弊，余之責也。容籌款付梓，俾後之學者胥蒙嘉惠焉。中華民國十三年仲秋，化南氏王兆荃敬敘。

韻府注略序

鞠承穎

客歲春，王君畹薌由榮來濟，以鄉前輩槐園先生所著《韻府註略》見示，竝囑爲序，當以遭時變，未果。嗣以余於文字學夙乏研究，對此科尚未識其門徑，安能窺其堂奥，揭前人之秘藴？是又不果。今以刊行在即，迭經畹薌敦促，又思文字整理，亦係時代之需要，是刊爲鄉前輩生平心得，可作參考之用，爰就簡端，綴數言如下：《漢書·藝文志》以小學附入《六藝略》，後人遂以爲經學附庸。有清一代樸學家，爲學術界之宗仰，戴氏東原起而發軔，繼以錢、段、孔、王諸氏之闡明表揚，於是蔚爲大國，幾脱經學獨立。及今人章炳麟氏集大成，如日中天，自中國文字學之地位迺確定。其克成此者，在於音於形於義，兼斯三者，得其條理，融會貫通，由古學而入於科學領域也。今岳公之《韻府註略》，既詮釋本義，又能説明孳乳通借之條例、治學之方法，尤暗契於論理，亦治古學具有科學之精神者，或可作研究文字學者之一助云爾。時中華民國十八年冬，成山鞠承潁思敏氏序於歷下。

韻府注略序

孫廣庭

余世居僻壤，先父以工藝起家，自傷失學，故余於髫齡，即命就村塾讀。塾師授以四字，終日咿唔，句讀訛舛，尚且不知，更何論於字之音義。且性魯，弱冠始畢《詩》《書》業。嗣遊於吾師春軒夫子之門，夫子姓孫諱振東，爲吾邑名庠生，學有根柢。雖爲力正訛誤，惜彼時專攻舉子業，則於小學攷據等書，仍未暇寓目。年二十，設館鄉里，適岳君澤山岳君爲山左榮邑名諸生。有事遼東，路經鄙處，因得邂逅，識其言論風采。談次，澤山於一字之音必求其正、一字之義必析其微，又例舉經史、小學、時務等書，以資佐證。蓋岳君不惟邃於國學，即科學、時務亦頗淹貫。復蒙不以鄙陋見棄而訂交焉，吾由是始知四子、六經、制藝之外，尚有他書，遂録其所舉書目，思摘要購置，以擴見聞，奈爲經濟地勢所限，幸賴先母典質衣飾，託友代購必要者十餘種，朝夕流覽，略通大意。是知雖有其材，如限於見聞，無從參攷，亦猶夜行無燭、浮海無筏，善事利器之説，實不我欺。余之得有今日，實澤山有以教之，而嗜書成癖，亦澤山有以啟之也。民國十七年夏，澤山以其先君槐園老先生所著《韻府註略》稿本見示，欲謀刊刻，以存手澤。余得披閱一過，見其搜羅宏富，編纂簡當，音義之正確精微，最便初學，誠小學之津梁、讀書之寶筏，亟贊是舉，俾付手民。澤山索序於余，余不能文，迄未應命，而來書敦促，不容再緩，辭不獲已，謹述余與澤山相交之故，及澤山之學，本諸家學淵源。弁諸簡端，用誌不忘。時中華民國十九年夏節，瀋北鐵嶺後學孫廣庭丹階序。

韻府注略序

李元祥

語云："讀書必先識字，識字必先審音。"而審音之精確，莫如《佩文韻府》；識字之詳明，莫如《康熙字典》。特二書卷帙浩繁，購求匪易，携載不便，檢閱之下，堆陳滿案，微特目力不及，即腦力亦恐不勝。吾師岳槐園老表祖有鑒於兹，因於課餘之暇，取《韻府》之分韻轉韻、聲音之異同轉借，參以《字典》之正文俗體，分詮析註，删繁就簡，選普通慣用之字，義應有盡有，其不經用者概從略，以淺近之言爲之註脚，由博而約，俾查閱者一目了然，不煩言而解，洵普通社會之饋貧糧、青年子弟之益智粽也。吾師季男澤山世表擬將是稿付諸剞劂，以應學界檢閱之需，同人多弁以序言。余因不揣譾陋，掇稿中之底蘊，敘其大概，聊以誌吾師之苦心訓詁，永矢弗諼云。中華民國十九年夏曆元旦，受業晚學生李元祥瑞圃氏敬敘。

韻府注略序

宋炳岳

嘗思讀書難，而識字尤難。窮鄉僻壤之間有志讀書者，不能多購書籍以備考證，往往讀書十數年，而能於字音字義字形一一確實毫無舛錯者，百不獲一，識字之難，可概見焉。岳幼承庭訓，於音韻字學略有研究。及出就外傅，嘗諄囑以“每識一字，必就正高明，參考典籍，務求精當而後已”。改革後，岳忝充威海皇仁學校中文教員，時榮邑岳澤山君亦設帳於威，得與朝夕過從，凡字之音義有所疑，必詳爲之析，竊幸就正有人矣。澤山君竝出其先大人槐園前輩手訂《韻府註略》一書，謂久欲公諸學界，以爲參考之助，而無力付梓，至今以爲憾事。岳檢閱再三，書僅四册，而十三經、二十四史及日用通行之字，書中備載，音韻大義及體之俗譌，書中必詳，知先生績學士也。是書胎孕《康熙字典》及《佩文韻府》，即近代顧炎武、段玉裁諸儒之所著述，亦必研之極精，方能彙輯羣書，註解一歸於簡括。顔曰“註略”，非簡略也，直詳人所略耳。先生之苦心訓詁，所以裨益後學者，其功豈可量哉？而家學淵源，澤山君於音義考據，悉當有自來矣。曩者鐵嶺孫丹階君曾極勸刊刻此書，以爲後學識字之標準。適吾邑郎軒時先生與澤山亦係文字交，一見此書，奉爲圭臬，遂與孫君丹階概然襄助，俾得付諸剞劂，以竟澤山繼志之善舉。君子成人之美，則二公有焉。倘後之學者人置一編，隨時檢閱，將每識一字，而音義體制皆可瞭然，嘉惠後學之功，庶可與作者竝傳千古也夫。中華民國十九年首夏，文登後學宋炳岳如山氏拜序。

韻府注略序

張新瀚

古今通儒著作，不在彪炳於一時，而貴津梁乎後世。殫畢生之心力，以從事於簡編，卒之身後，散佚湮没而不彰者，曷可勝道？非有人焉抱遺訂墜，爲之顯微闡幽，不足以昭兹來許。榮成名宿岳槐園先生品學超邁，著作宏富，培成桃李，濟濟門墻。科舉時代工制義，《東牟童試録》内採取其詩文極多，久已見知當時。又精小學，手輯《韻府註略》一編，考校字音字義字形，博而約，簡而明，輔翼斯文，夐乎莫尚。先生淵源家學，繼述有人，哲嗣六吉、澤山，二難競爽，同榜遊庠。澤山韻學功深，名望最著，鯉庭承訓，世濟其英。比以昕夕過從，獲睹此編，旁搜遠紹，直與《康熙字典》《佩文韻府》《説文》諸書鎔爲一爐，經史百家應用之字，無不完備，非特字學指南，實亦科學根據也。居恒於六書頗識門徑，得此以資研究，事半功倍，楷模後學，無逾是者。同人欲付剞劂，以垂久遠。文登時公朗軒、鐵嶺孫公丹階共襄斯舉，協助開鐫。朗公爲瀚父執命敘原委，敬撮大要以書，譾陋所不辭焉。時在上章敦牂立秋後二日，文登後學張新瀚雲少氏序於威埠柳蔭書屋。

韻府注略序

時可鎔

太上有立德，其次有立功，其次有立言，是之謂不朽。士君子懷瑾握瑜，未能展其鴻才，使世人頌德銘功，退而著書，垂爲後學模範，亦立言不朽之一道也。畬歲於《東牟童試録》讀榮成前輩岳槐園先生考藝多篇，金石有聲，心嚮往之。後就商懋遷威埠，遇先生喆嗣澤山茂才，見其品學高超，詞章風雅，知得力於鯉庭者，淵源有自。間嘗出示其先君子遺文諸稿，有《韻府註略》四册，關於字音字義字形，靡不研究精詳，徵引博洽，有益斯文，實非淺鮮。鎔與澤山相契莫逆，迺計付梓，公諸同好。適鐵嶺名士孫君丹階，澤山同盟也，牋札迭來，共襄斯舉，爰傭手民。從事字學，得此善本，行見嘉惠士林，先睹爲快，而先生之立言，於以不朽矣。謹敘梗概，以志景仰。民國十九年新秋，文登時可鎔朗軒氏序於威邸。

韻府注略序

于　燾

外祖岳公諱軌數，號槐園，家貧嗜學，於古今書無不讀，尤好研究，凡關於學問之道，必求得其精當而後已。滎邑縣試時，夢見案首爲“岳軌數”三字，因名焉。榜發，果取第一科。歲試屢取壹等，卒以第二名補增，未獲食餼，每以爲憾事。《東牟童試録》内載公府縣試、科歲試詩文數首，制藝時代，均目爲小試模範。丁艱後，遊學塞外，有塞外草課文三百餘篇。公之勤學於兹，已可概見。服闋，鄉試屢薦不售，因無志功名，設館課徒，從學者頗稱濟濟。課業以博而約爲宗旨，爲便於講讀起見，有《禮記選》《左傳選》諸手澤，門生多寶之。文尚清真，門下取入邑庠者，前後不下二三十人。感晚近學者多不講求字學，著有《韻府註略》四册，以備參攷而救時弊。凡字音字義字形之註解，悉以《康熙字典》《佩文韻府》爲根據，高明莫不稱爲善本，大有裨於後學。家藏《字典》《韻府》各一部，篇頁多破裂不完，殆不知翻閲幾千百遍而始告厥成功也。公一生心血，大都爲此書耗之殆盡。晚年得風疾，口苦於講，手憚於書，而從學者仍不乏人。享年五十有九，子三：長逢貞，棄儒就商；次逢乾、逢咸，光緒十三年科試同榜入泮。女一，即吾母也，亦稍知書，歸吾父，諱蓮孫。吾父從公讀有年，亦於是科與舅氏同入邑庠。燾生也晚，未及親聆公訓，爲外祖勉成宅相所述事略，皆得自吾母口授者也。兹值《韻府註略》發刊，諸前輩均弁以序言，燾學淺不能成文，謹將吾外祖生平事蹟，撮其要而記其略，以爲不忘血統之紀念云爾。中華民國十九年初伏，外孫文登于𤍠介眉氏謹述。

韻府注略序

岳逢咸

先父以晚近學者於字學一門多不講求，有志講求者又苦於無簡明之字書，於是耗數十年之光陰，編纂《韻府註略》四册，以備參考，前輩均稱爲善本。先兄六吉矢志刊行，以家貧，未果而卒。咸每以父能作而子不能述自責，只以刊費浩繁，需人贊助，遷延數載，徒唤奈何。玆幸金蘭契鐵嶺孫丹階、道義交文登時朗軒二君不惜傾囊，協力資助，獲付剞劂，以竟厥功。此書既出，先父之靈於以慰，不肖之愆於以蓋，而一般後學，或亦有所裨補焉，則皆二君之所賜也。咸愧喜交集，謹綴數語以誌感。中華民國十九年中伏，男逢咸謹識。

以上1930年石印本

兩周金石文韻讀

兩周金石文韻讀自序

王國維

自漢以後,學術之盛,無過於近三百年。此三百年中,經學、史學皆足陵駕前代,然其尤卓絶者,則在小學。小學之中,如高郵王氏、棲霞郝氏之於訓詁,歙縣程氏之於名物,金壇段氏之於《説文》,皆足以上掩前哲,然其尤卓絶者,則爲韻學。古韻之學,自崑山顧氏,而婺源江氏,而休甯戴氏,而金壇段氏,而曲阜孔氏,而高郵王氏,而歙縣江氏,作者不過七人,然古音廿二部之目,遂令後世無可增損。故訓詁、名物、文字之學,有待於後人者尚多,至古韻之學,則謂之前無古人、後無來者可也。原斯學所以能完密至此者,以其所治者不過三百篇及羣經諸子有韻之文,其治之之法不外因乎古人聲音之自然,其道甚簡,而其事有涯,以甚簡入有涯,故數傳而遂臻其極也。余比年讀三百篇,竊歎言韻至王、江二氏殆豪髮無遺憾,惟音分陰陽二類,當從戴、孔;而陽類有平無上去入,當從段氏。前哲所言,固已包舉靡遺,因不復有所論述,惟前哲言韻,皆以《詩》三百五篇爲主。余更蒐周世韻語見於金石文字者,得數十篇,中有杞、鄀、許、邾、徐、楚諸國之文,出商、魯二頌與十五國風之外,其時亦上起宗周,下訖戰國,亘五六百年,然其用韻,與三百篇無乎不合。故即王、江二家部目譜而讀之，雖金石文字用韻無多，不足以見古韻之全，然足證近世古韻學之精密。自其可徵者言之，其符合固已如斯矣。丁巳八月，海甯王國維。

1927年海寧王氏石印本

經籍舊音

經籍舊音題辭

章炳麟

承古音之緒而爲《唐韵》先笵者，其漢魏南北朝音邪？往時言古音者，獨取羣經傳記有韵之文爲例，足以明部類，未足以辨紐弄。自顧寧人爲《唐韵正》，稍取證於《經典釋文》，其後洪稚存集《漢魏音》，亦犕具矣。顧君考辨雖詳，不暇求思理；洪氏不知音，拘於漢法，獨箸直音，而反語俄空焉。夫所以審變遷，辨弇侈者，獨恃反語刻定之耳。凡出於脣吻者，作始也簡，而其末也緐，分韵固然也，雖分紐亦猶是也。漢世不見韵書，至魏晉乃有《聲類》《韵集》之流。顔之推偁《韵集》"以成、仍、宏、登、合成兩韵，爲、奇、益、石分作四章"，是上既不同於古，下又與《唐韵》小殊。部類既異，紐亦可知也。不盡取漢魏南北朝諸師所作反語，觀其會通，於道誠未備也。歙吴承仕檢齋素好聲韵之術，從余講論，欲紹明江、戴諸公舊蓺。余謂之曰："世以反語起孫叔然，蓋施於經典者耳。服子慎、應中遠訓説《漢書》，其反語已箸於篇，明其造端漢末，非叔然剏意爲之。且王子雍與孫叔然説經，相攻如仇讎，然子雍亦用反語，其不始叔然可知也。"檢齋由是刺取前代音讀，以爲《經籍舊音》，蓋以陸之《釋文》、顔之《漢書》、李之《文選》所引爲宗，其餘諸書有一音一讀者，率鉤致無所遺，分別部居，以《唐韵》爲經紀，取近古也。又以時有久近、生有南朔，復取諸師事狀爲作序傳。程以三年，而後成書。其審音攷事皆甚精，視寧人之疏、稚存之鈍，相去不可以度量校矣。明清諸彦，大抵能辨三代元音，亦時以是與《唐韵》相斠，中間代嬗之迹，闕而未宣。檢齋之書出，而後本末完具。非洽聞彊識、思辯過人者，其未足與語此也。民國十年十二月，章炳麟撰。

1921年刻本

漢魏六朝韻譜

漢魏六朝韻譜序

劉盼遂

滑縣于安瀾海晏都講燕京大學研究院，以三年日力專精勤劬，獨手成《漢魏六朝韻譜》一書，得二十餘萬言，參考群籍數十百種，人文之入選者無慮千餘家。於戲！可謂盛業矣。書成，因余粗涉古代聲韻之學，枉過問序。安瀾與余交遊有年，余亟佩其孟晉之未已也，爰爲之序曰：

勝朝之治古韻而著有成書者多矣，然求其資料周備，緝撰密察，而褎然鴻帙，蓋有未能如安瀾是書者也。古語云："後來者居上。"其弗信矣乎？今劢揚其勝處二端，冀與並世專門四聲八病者共研討焉。

自宋代吴才老撢求古韻，勒爲專書。降及有清，作者林起，蓋不下數十百家，然古韻之界説，訖未分明。誠以《唐韻》以前之古韻，有姬周之古音，有秦代之古音，有兩漢之古音，有魏晉之古音，抑復有南北朝之古音，各爲畺埸，各具沿革，未可遽以"古音"二字一槩而相量，清代錢、段諸儒固嘗言之矣。惟是周秦韻部之分，清人由《詩》《騷》羣籍，搜討甚備，而古韻二十六部之分配始已完全論定。余舊著《黄氏古音二十八部商兑》，詳其事。學士得借以徵周秦之蠱事，籍周秦之韻文，厥功褘矣。至于由漢迄隋，八百年間所用之韻，學人率攟於篇翰之富，頭緒之繁，從未聞有著手於此加之排比理董，俾就一有系統之韻書者。如王念孫著《古韻譜》，漢代止列數家。江有誥著《漢魏韻讀》，未刊，殆亦未成。是則中國整個音韻嬗遷史中惟有上下兩橛，而中段俄空焉，不謂爲一大缺典可乎？安瀾此書收漢魏六朝羣籍詩文中韻字，全行臚舉，分部就班，條理井井。上承古韻二十六部，下原《唐韻》二百零六部，而中國音韻全史途中於焉接軌。承學者得有所籍以考索，如肉貫弗，洵可謂文字學中參證之要術矣。

溯漢畢隋，《韻部》亦非一致，兩漢不同魏晉劉宋。魏晉劉宋又復異於齊梁陳隋，誠以漢丁秦火之餘，用韻最濫。至三國時，文人始漸覺有講求韻部之必需，如王仲宣、曹元首皆嘗精詣于此。讀《陸士龍集·與兄機書》云：李氏云：曹志君苗之婦翁，其婦及兒皆能作文。李氏云：雪與列韻，曹便不復用。人亦復云：曹不可用者，音自難得正。又一書云：音楚，兄便定之。兄音彥猷之屬，皆願仲宣須賦猷與服繁。依上二事，是機、雲用韻，以王仲宣、曹元首所用者爲埻，知曹、王實究心焉。故《聲類》《韻集》之書，適于此時告成。此魏晉、劉宋密于兩漢之機樞矣。蕭齊以降，中土文士深受善聲沙門影響，攷文審音日趨精緻。陳寅恪先生著《四聲三問》，第一問詳之矣。而韻部亦自應日臻嚴密，遞與陸法言《切韻》一百九十一部接矣。此齊梁陳隋密于魏晉劉宋之由來矣。本編於八百年總期内，又劃分爲三期，以兩漢爲弟一期，魏晉劉宋爲第二期，齊梁陳隋爲第三期。此實與當日聲韻嬗蟜軌跡由近，今所推定者全全脗合，信所謂"閉門造車，出而合轍"者矣。然則安瀾之思精力果，能利用科學方法之攷證法，蓋足起人驚異也非歟？乙亥季秋中旬，息縣劉盼遂敘于燕京大學之官舍。

漢魏六朝韻譜序

聞　宥

于君安瀾爲《漢魏六朝韻譜》,余向者旅平時曾共商討,今寫成授梓,書來索敘。余惟安瀾之爲此,其思周力果,有爲他人所不易逮者。章節之分合,韻部之出入,文字之異同,作者之真贗,研覈讎勘,辨論往復,藁草屢易,務當于心而後已。此其艱苦,讀者或不盡知之也。比年以來,音學日進,討論之資,寖以恢廓,向來所仞爲若干晚出之現象,今檢古籍,往往遇之。迺知聲韻移易,其繫於時者固多,而繫於地者更鉅。如今通語讀 –m 尾聲皆入 –n,説者每謂元以後始然。今檢君兩漢魏音諸譜,則班固、傅毅諸人已以侵韻字與真、臻通協,而晉皇甫謐所見尤多。是尾聲脣舌之混,遠自東漢已肇其耑矣。且固、毅家扶風,謐家朝那,地望皆在西北,今西北方音中,鼻尾聲皆僅存鼻化,友人羅莘田先生以敦煌所出漢藏對音諸卷,證知唐五代時 –ŋ 在開元音後已全消失。–n、–m 兩者亦已有其朕兆。果爾,則此侵真韻之通協或不第如今通語之并合,且正以示鼻尾聲之已不穩固,亦未可知也。又今通語塞尾聲已盡失,説者謂宋元以來始有此變,閩語雖未失,而 –p、–t 已盡成 –k,通常亦目爲《切韻》以後之現象。今檢君《兩漢譜》三十三葉,則班固已以法字與鐸、藥、錫通協,班昭亦有一例。此雖以法讀 P–P 之故,甚似 Gabelentz, Chinesische Grammatik 所述 Dissimilation 之現象,然同例尚有“業”字。又三十六葉所見,更以緝韻字與職、德同協,凡七見。傅毅、杜篤諸人皆有其例。是 –p 之變 –k,殆已與今閩語略同。而魏晉譜中，楊戲更以葉、業、屑、薛、職、德諸部通諧，此其所示塞尾聲之性質，果如閩語之 -k，抑如吴語之 -ʔ，或更僅存一種 abrupt tone，雖亦未易遽定，然三者之早淆混，則固已大白矣。凡斯之類，其足以理舊説，啟新知者，蓋更僕未能終。自君書出，而後上以證《詩》《騷》之遷流，下以驗韻書之離合，乃皆得一最要之憑藉。此其所貢獻於音學者，固不可以尋常尺寸計已。民國二十五年初夏，聞宥敘于青島寓廬。

漢魏六朝韻譜錢玄同書

錢玄同

安瀾先生：

春間承示大著《漢魏六朝韻譜》稾本，時值賤恙加劇，不能細讀，匆匆繙閲一過。覺大著不特蒐采豐富，且别擇謹嚴，分配適宜，欽佩無似！

弟嘗謂吴才老、毛大可諸公之治古音，不以先秦爲限而下逮唐宋，意非不是，所可議者，吴、毛諸公不明時代遷移，則聲音亦必隨之而有改變。至以先秦古音與唐宋古音併爲一談，此與今之舊派學者認《廣韻》爲今日之標準音同，一無歷史的眼光也。自陳季立、顧寧人、江慎修、段茂堂諸公專治三百篇之古音，旁及《易》《騷》及群經諸子，以先秦爲斷。至吾師章餘杭先生及亡友黄季剛君，積三百年之努力，先秦古音由是炳焉大明，如日中天。諸公之治古音，其斷限之謹嚴與方法之精密，超邁吴、毛諸公遠甚，固不待言，然專尊先秦，於漢魏以下不屑措意,偶有涉及,輒以“變音”一詞了之(王懷祖、江晉三、姚秋農諸公雖言及兩漢,然亦只看作先秦之附庸而已),是亦通人之蔽也。弟對於近代之古音學者,皆極致崇仰(苗仙麓、安古琴等除外)。然有三點,未敢謂然:一、尊經,認《詩》《易》之價值高於其他韻文;二、尊古,重視先秦,而輕視漢魏以下;三、無歷史的眼光,認漢魏之音同於先秦者爲正音,其異者則目爲變音,甚且斥爲誤音。然時代不同,見解自別,吾儕居今日而苛責前修,是亦無歷史的眼光也,惟今後治古音者不當再蹈前人之失耳。弟廿年來在各大學講述《國音沿革》一課,感到最無辦法者,即爲漢魏六朝之一段。此段材料之多,過於先秦遠甚,只因未經前人整理研究,故未知其與前之先秦及後之隋唐異同若何,且未知兩漢與晉宋以下當分兩期抑三期,更未知各期之部類若何。十年前嘗欲發憤研究此一段音,以校課緐多,又有義不容辭之工作(國音、國語),竟未能動手。近數年來,目覩國難洊至,而社會上腐化與惡化之現象亦日進無已,中心憤懣,無可告語,廿三年歲杪,忽患頭目眩暈,年餘以來,血壓增高,囟力大減,自念此後衰朽餘生,恐不能從事於繁冗之工作與深湛之思考,此一段古音,或將畢生不能明瞭矣。何圖衰年,忽覩大著,此國音史上最無辦法講述之一段,先生竟竭數載之力,一一爲之疏通證明,弟於是始知此段當分三期,兩漢猶近先秦,魏晉宋即入新時期,至齊梁以下乃與《切韻》大同矣。先生對於古音之貢獻,多發前人所未發,弟真歡喜贊歎,莫可名狀!辱承下問,謹就管見所及,約舉三點,是否有當,尚祈裁酌。

1. 韻部前之總綱排列。竊謂每部前所提出用韻之字,似宜依形聲字之“聲母”(今成稱“音符”)排列,如此,庶可見形聲字與《切韻》以下韻書列字分合之消息。又此類用韻之字，似宜一一注明《廣韻》反切（以用《廣韻》爲宜，因近來發現之唐寫本《切韻》《唐韻》等書，均爲殘卷，且多誤字，不若《廣韻》之完善與缺也；《廣韻》反切，什九爲隋唐之舊，用字或異，與音無關）。

2. 標目之字。鄙意《齊梁陳隋諡》標目之字，當然用《廣韻》（《切韻》標目雖尚可攷見，然亦以用《廣韻》標目爲宜，《廣韻》雖較《切韻》多十餘韻，然皆因開合洪細而分，無關弘恉）。《魏晉宋諡》亦宜用《廣韻》標目：一則此期之音與下期爲近，當與下期用同一之標目，以便比照；二則此期原有韻書，其書雖皆亡佚，而《切韻》實集此期韻書之大成者，東、冬、鍾、江等字，或即李、吕、夏侯以來之舊標，亦未可知。至《兩漢諡》標目之字，竊謂宜與先秦韻目相同。先秦韻目，自顧、江以逮章、黄，頗有不同，而以借用《廣韻》韻目者爲最多。弟以前亦主張此法，因《廣韻》韻目較爲習見也。但最近弟主張采張皋文、彦惟父子之法，用三百篇最先見韻之字爲先秦古韻韻目，而兩漢同之，其故因先秦及兩漢之音本與魏晉至唐宋之韻書多寡分合均大異，不宣用同一之標目，致滋淆混，如《廣韻》之東韻，合口爲古東韻，撮口爲古冬韻，今若依張氏之法，稱古東韻爲僮韻，古冬韻爲中韻，則明白易瞭。鄙意韻部標目，先秦兩漢，宜用三百篇中最先見韻之字；魏晉至唐宋，則用《廣韻》韻目；元明清至現代，則用《國音字母》之韻母。

3. 材料尚有可增補者。如《易林》即其一也。兩漢子書及散文尚沿先秦之體例，往往雜有韻語，皆可補入。又如《擊壤歌》《卿雲歌》《五子之歌》等，係漢晉間人所僞作，亦宜列入。

先生前曾告我：整理材料時，甚注意於地域之現象，及歸納結果,此現象實不顯著。弟以爲从時代及地域兩點上,研究音韻之異同,固是正辦;然地域之現象,實遠不逮時代之顯著。因唐以前人摹古,而用古人之韻者殆無之,故時代現象最爲顯著。至於地域則有異,疑自古以來即有如後世所謂"官音"者爲彼此交通之用,故三百篇用韻頗爲整齊統一,《周易·爻辭》亦與三百篇全同。先秦已然,則漢魏以來,一時代中之用韻不覺其有地域之差自意中事。況有韻書以後,用韻必漸遵韻書;以詩賦取士以後,功令之威權日大,人人皆奉韻書爲準繩,則欲求自然之音於韻文中,固極極不易得也。惟亦間有一二傑出之士根据自然而不甘就範圍者,如先生所舉之江文通,即是其一。又如白香山之《琵琶行》,以"住、部、妬、數、污、度、故、婦"爲韻,以《廣韻》攷之,則"妬、污、度、故"在去聲暮韻,"住、數"在去聲遇韻,暮與遇同用,可不論,而"部"則在上聲姥韻,"婦"則在上聲有韻,似乎上去混淆,尤虞雜亂矣,然以今音讀之,則"住、部、妬、數、污、度、故、婦"同爲ㄨ韻之去聲,音至諧也。蓋唐代方音中,至少總有一處讀此八字亦是同韻部同聲調,香山即據此方音以押韻耳。他人押韻不如此,獨香山如此者,乃是他人遵守韻書而香山根據自然也。此類現象,似宜略加説明。尊意以爲然否?

大著對於《廣韻》中某某數韻中字,在尊譜中某時代通用者,僅系聯于一處,而未即確定爲同部,此法甚爲矜慎;因往往有《廣韻》甲韻中僅某某一類字與乙韻通,而非全部字均可與乙韻通者,亦有甲韻中之某某數字,先秦兩漢時代本爲乙韻中字,而後世韻書轉入甲韻者,若遽合甲乙爲一韻,則不免與吴才老、毛大可同病矣。大著不即併合韻部,固見矜慎;然僅列林料,不定部類,則雖超於吴才老,尚未至於顧寧人也。竊願先生百尺竿頭再進一步,就此材料,用陳、顧、江以來之方法，分之合之，定某期爲若干部，《廣韻》某部宜分爲二爲三，某某等部宜合爲一，如此，則此一段之古音大明，大著真堪續顧、江以來未竟之業矣。先生其有意乎？

以先生下問之殷，故直陳鄙懷如右。頭脹，目眚，文辭支蔓，字跡歪斜，可勝慙悚！

書此，敬頌箸安。

弟錢玄同白。廿五年五月廿七日。

以上1936年中華書局鉛印本

四聲五音九弄反紐圖

四聲五音九弄反紐圖序

神　珙

夫文物之國,假以詩書,七步之才,五音爲首。聿興文字,反切爲初,一字有訛,餘音皆失。四聲之體,與天地而齊生;宮商角徵羽之音,與五嶽而同起。且天地生於混沌,不同混沌之初;君子生於嬰兒,豈與嬰兒同類?夫欲反字,先須紐弄爲初,一弄不調,則宮商靡次。昔有梁朝沈約,創立紐字之圖,皆以平書,碎尋難見。唐又有陽甯公、南陽釋處忠,此二公者,又撰《元和韻譜》,與文約義,詞理稍繁,淺劣之徒,尋求難顯。猶如"七匕、彡久"之字,寫人會有改張,紐字若不列圖,不肖再傳皆失。今此列圖曉示,義理易彰,爲於韻切之樞機,亦是詩人之鈐鍵也。譜曰:平聲者,哀而安;上聲者,厲而舉;去聲者,清而遠;入聲者,直而促。傍紐者皆是雙聲,正在一圖之中,傍出四時之外。傍正之目,自此而分清濁也。故列五箇圓圖者,即是五音之圖,每圖皆從五音字,行皆左轉,中有註說之。又列二箇方圖者,即是九弄之圖,圖中取一字爲頭,横列爲圖,首目題傍正之文以别之。

元延祐二年(1315)圓沙書院刻本

韻　鏡

韻鏡序

張麟之

讀書難字過，不知音切之病也。誠能依切以求音，即音而知字，故無載酒問人之勞，學者何以是爲緩而不急歟？余嘗有志斯學，獨恨無師承。既而得友人授《指微韻鏡》一編，“微”字避聖祖名，上一字。且教以大略，曰：反切之要，莫妙於此，不出四十三轉，而天下無遺音。其製以韻書，自一東以下各集四聲，列爲定位，實以《廣韻》《玉篇》之字，配以五音清濁之屬，其端又在於橫呼，雖未能立談以竟，若按字求音，如鏡映物，隨在現形，久久精熟，自然有得。於是蚤夜留心，未嘗去手。忽一夕頓悟，喜而曰：信如是哉！遂知每翻一字，用切母及助紐歸納，凡三折，總歸一律。即是以推，千聲萬音不離乎是。自是日有資益，深欲與衆共知，而或苦其難，因撰《字母括要圖》，復解數例，以爲沿流求源者之端。庶幾一遇知音，不惟此編得以不泯，余之有望於後來者亦非淺鮮。聊用鋟木，以廣其傳。紹興辛巳七月朔，三山張麟之子儀謹識。

韻鏡序作舊以翼祖諱“敬”,故爲《韻鑑》。今還祧廟,復從本名。

張麟之

《韻鏡》之作,其妙矣夫！余年二十,始得此學。字音往昔相傳,類曰洪韻,釋子之所撰也。有沙門神珙,“恭、拱”二音。號知音韻,嘗著《切韻圖》,載《玉篇》卷末。竊意是書作於此僧,世俗訛呼“珙”爲“洪”爾,然又無所據。自是研究,今五十載,竟莫知原於誰。近得故樞密楊侯倓淳熙間所撰《韻譜》,其自序云:“揭來當塗,得歷陽所刊《切韻心鑑》,因以舊書手加校定,刊之郡齋。”徐而諦之,即所謂洪韻,特小有不同。舊體以一紙列二十三字母爲行,以緯行於上,其下間附一十三字母,盡於三十六,一目無遺。楊變三十六分二紙肩行而繩引,至横調則淆亂不協,不知因之,則是變之非也。既而又得莆陽夫子鄭公樵進卷先朝,中有《七音序略》,其要語曰:七音之作,起自西域,流入諸夏。梵僧欲以此教傳天下,故爲此書。雖重百譯之遠,一字不通之處,而音義可傳。華僧從而定三十六爲之母,輕重清濁不失其倫,天地萬物之情備於此矣。雖鶴唳風聲,雞鳴狗吠,雷霆經耳,蚉寅過目,皆可譯也,況於人言乎？又云:臣初得《七音韻鑑》,一唱三嘆。胡僧有此妙義,而儒者未之聞。是知此書其用也博,其來也遠,不可得指名其人。故鄭先生但言梵僧傳之,華僧續之而已。學者惟即夫非天籟通乎造化者,不能造其閫而觀之庶有會於心。自“天籟”以下十三字,又鄭先生之語。嘉泰三年二月朔,東浦張麟之序。

韻鏡跋

清原宣賢

《韻鏡》之書行於本邦，久而未有刊者，故轉寫之訛“烏”而“焉”，“焉”而“馬”，覽者多困，彼此不一。泉南宗仲論師偶訂諸本，善不善者，且從且改，因命工鏤板，期其歸一，以便於覽者。且曰：“非敢擴之天下，聊備家訓而已。”於戲！今日家書，乃天下書也。學者思旃。享禄戊子孟冬初一日，正三位行侍從臣清原朝臣宣賢。

頃間求得宋慶元丁巳張氏所刊之的本，而重校正焉。永禄第七歲舍甲子王春壬子。

經籍訪古志·韻鏡一卷

森立之

《韻鏡》一卷，享禄戊子覆宋本。

首有紹興辛巳三山張麟之子儀識語，其略云：反切之要，莫妙於此，不出四十三轉，而天下無遺音。因撰《字母括要圖》，復解數例，以爲沿流求源者之端。又有嘉泰三年麟之序，云：《韻鏡》之作，其妙矣。余年二十，始得此字①。字音往昔相傳，類曰洪韻，釋子之所撰也。有沙門神珙，號知音韻，嘗

①字，當據張麟之序改作“學”。

著《切韻圖》,載《玉篇》卷末。竊意是書著於僧,世俗譌呼"珙"爲"洪"爾。次調韻指微,次三十六字母、歸納助紐字,以歸字例。次横呼韻、五音清濁、四聲定位、列圍,末題《韻鑑》序例,終次本文自内轉第一至第四十三。識語後有慶元丁巳重刊木記。卷末有享禄戊子清原朝臣宣賢跋,謂泉南宗仲論鏤梓始末。聞又有永禄刊本,未見。按享禄戊子,明世宗嘉靖七年。

以上清光緒十年(1884)遵義黎氏日本東京使署影刻永禄本

切韻指掌圖

切韻指掌圖自序

司馬光

仁宗皇帝詔翰林學士丁公度、李公淑增崇韻學，自許叔重而降，凡數十家，總爲《集韻》，而以賈公昌朝、王公洙爲之屬。治平四年，予得旨繼纂其職，書成上之，有詔頒焉。嘗因討究之暇，科别清濁，爲二十圖，以三十六字母列其上，推四聲相生之法，縱横上下，旁通曲暢，律度精密，最爲捷徑，名之曰《切韻指掌圖》。嗚呼！韻學之廢久矣，士溺於所習，讀書綴文，趣了目前，以至覽古篇奇字，往往有含糊囁嚅之狀。是殆天造神授，以便學者，予不敢祕也。涑水司馬光書。

切韻指掌圖後序

董南一

音韻之學尚矣。歒求古昔，若武玄之之《韻銓》，顔真卿之《韻海》，夏侯詠、陽休之之《韻畧》，陸慈、李舟之《切韻》，以至周研、李登、吕静、沈約、陸法言、顔之推等數十家，相繼裒類。國朝陳彭年、丘雍復刊益之。景祐中，詔丁公度、李公淑典領譔集。而宋公祁、賈公昌朝、王公洙咸以一時英彦爲之屬。近世吴棫《韻補》、程迥《韻式》,又能發明古人用韻之變,音韻之書亦備矣。然以要御詳,以一統萬,譜分昈别,旁通曲暢,未有若《切韻指掌圖》之精密者。圖蓋先正温國司馬文正公所述也。以三十六字母總三百八十四聲,列爲二十圖。辨闓闔以分輕重,審清濁以訂虚實,極五音六律之變,分四聲八轉之異。遞用則名音和,徒紅切"同"。傍求則名類隔,補微切"非"。同歸一母則爲雙聲,和會切"會"。同出一韻則爲疊韻。商量切"商"。同韻而分兩切者謂之憑切,乘人切"神"、丞真切"辰"。同音而分兩韻者謂之憑韻。巨宜切"其"、巨沂切"祈"。無字則點窠以足之,謂之寄聲。韻闕則引鄰以寓之,謂之寄韻。按圖以索二百六韻之字,雖有音無字者,猶且聲隨口出,而況有音有字者乎?經典載籍具有音訓,學者咸遵用之。然五方之人語音不類,故調切歸韻,舛常什二三,曩以爲病。暨得此編,瞭然在目,頓無"讀書難字過"之累,亦一快也。公嘗被命修纂《類篇》,古文奇字,蒐獵該盡,而留心音韻,尤有若斯圖者。道德名望,一世儒宗,顧於小學惓惓焉,豈一物不知,君子所耻耶?前輩云:"自從孟子知言後,唯有楊雄識字多。"公固雅好雄者,《潛虚》之作,寔擬《太玄》。雄號識奇字,而不能爲字著書,或者公以是成雄之志歟?雖然,草《太玄》、識奇字,雄所有者,公優爲之,事業著三朝,製作憲萬世,公所有者,政恐雄未能窺其涘耳。走於是書,有以識公致廣大、盡精微之學,因刻諸梓,與衆共之。嘉泰癸亥六月既望,番易董南一書。

書重刊切韻指掌圖後[1]

右先文正公《切韻指掌圖》，近印本於婺之麗澤書院，深有補學者，謹重刊于越之讀書堂，子孫紹定。庚寅三月朔，四世從孫敬書于卷末。

校刊宋本切韻指掌圖敘

熊羅宿

圖國家盛强，亟亟於教育之普及，可謂知本矣。抑知本之中，尤有本焉。觀夫科學繁興，殊方竝軌，假無文字，孰任言詮？但前輩云："讀書宜先識字。"又云："形聲爲識字之本。"愚則謂形緣義製，聲以天成，越在今兹，用途彌廣，嘗試言之。六朝以降，古韻蕩然，字有多音，衆家别讀，學者朱點四聲，爲之區别。岳氏校刻經傳，改用圈發凡，以音讀所關，豪釐千里，既相仍積習，改便驚俗，則一字數音，音隨義别，亦其便耳。通譯之學，盛於晉唐，式覽前徽，大氏《虚文演義》《實字還音》、内典諸書，是其例證。假若劉昌宗用"承"音"乘"，許叔重讀"皿"爲"猛"，土風是操，曾無一適，則金源諸史，既是轂音，休文四聲，更譏吴語，勢必各師成心，製作如面，同言異字，疑惑後生，豈其微哉？豈其微哉？又若佉盧梵

① 此篇作者待考。

體,左右旁行,起原不備。夫六書諧聲,自爲之一本,必欲據形聲之離合,定文字之短長,固非通論。而或者學昧《三蒼》,慮矜一得,信後來之疾讀,忘古人之韻緩,輒敢自誣其祖,盛稱拼合,改變字畫,依傍西文,不又傎歟? 且黄鍾所協,悉是中聲,上下相旋,轉爲喉鼻,下轉者屬喉音,上轉者成鼻韻。中西偏勝,各占一得,迻譯之窘,厥勢惟均。但若文字蓋闕,元音具存,義例所開,洪纖畢備,自可遠攷音圖,近徵已事,承點窠之乏,益形聲之字,補苴罅漏,斯足用耳。何必廢三百八十四聲,縮一切無窮諸法,始得語九重之譯,準四海而遥乎? 余少承家學,夙好審音,博訪周諮,載逾十稔。自《天傭家集》,以迄顧、江、段、戴、苗、姚、龍、夏諸書,靡不昕夕研覃,冀窺真要。然皆古訓是式,無裨習讀。惟孫炎翻語,遠承譬況,出切定音,斯爲典要。而《玉篇》所坿,等韻所傳,劉氏之《指南》,耿氏之《圖説》,抑又似密實疎,强人就已,徒亂耳目,難可據依。蓋其握古今之鈐鍵,闢紐弄之紛呶,易簡精深,未有如《切韻指掌圖》者。奈何傳本久稀,學者不能盡見,《大典》所收,已非舊帙,邵氏檢例,尤稱蛇足。宋本僅存,惟石印耳,而年來流傳亦尠,大懼俄空。爰爲手校重雕,冀夫舐沫一時,紹延絶學。其間窠列謬迷,文字譌敓,悉據例檢詳,徵文諒易,無徵不信,一仍舊貫,將來君子幸留心焉。嗚呼! 昔宣尼論治,首在正名,同文之盛,仍資德位。舉二十圖,科别音聲,等漢制九千字以上之諷,其勢甚捷,其效甚神。順風之呼,非登高莫能及。顧《記》有之:"山川出雲。""有開必先。"又曰:"智者創物,巧者述焉。"余夙崇信,好請事斯語矣。時宣統二年歲在庚戌三月既望,後學熊羅宿敘於京師之豐城南館。

以上1930年渭南嚴氏成都刊本,1957年彙印本

通志・七音略

元至治本通志七音略序

羅常培

宋元等韻圖之傳於今者,大别凡有三系:《通志·七音略》與《韻鏡》各分四十三轉,每轉縱以三十六字母爲二十三行,輕脣、舌上、正齒分附重脣、舌頭、齒頭之下;横以四聲統四等,入聲除《七音略》第二十五轉外,皆承陽韻。孫覿《内簡尺牘》謂楊中修《切韻類例》爲圖四十四,當亦與此爲近,此第一系也。《四聲等子》與《切韻指南》各分十六攝,而圖數則有二十與二十四之殊。其聲母排列與《七音略》同,惟横以四等統四聲,又以入聲兼承陰陽,均與前系有别,此第二系也。《切韻指掌圖》之圖數及入聲分配與《四聲等子》同,但削去攝名,以四聲統四等;分字母爲三十六行,以輕脣、舌上、正齒與重脣、舌頭、齒頭平列;又於第十八圖改列支之韻之齒頭音爲一等;皆自具特徵,不同前系。惟楊倓《韻譜》"變三十六分二紙肩行而繩引"張麟之《韻鏡序作》。"於舊有入者不改,舊無入者悉以入隸之",戴震《答段若膺論韻書》。其式蓋與此同,此第三系也。綜此三系,體製各殊,時序所關,未容軒輊。然求其盡括《廣韻》音紐,絶少漏遺,且推迹原型,足爲構擬隋唐舊音之參證者,則前一系固較後二系差勝也。

《七音略》所據之《七音韻鑑》與《韻鏡》同出一源，其著者爲誰，鄭樵、張麟之輩已謂："其來也遠，不可得指名其人。"《韻鏡序作》。《宋史·藝文志》有釋元沖《五音韻鏡》，明王圻《續文獻通考》有宋崔敦《詩韻鑑》及宋吴恭《七音韻鏡》等，其書是否與鄭、張所據爲同系，亦以散佚已久，無從考核。日人大矢透據藤原佐世《日本現在書目》所録《切韻圖》及釋安然、悉曇藏所引《韻詮》，謂《韻鏡》之原型夙成於隋代，《韻鏡考》第四章。其比附《韻詮》雖未盡協，然效法悉曇章之《韻圖》，自《切韻》成書後，即當繼之以生，而非刱自宋人，則固不容否認也。更舉數證，以實吾説：

張麟之《韻鏡序作》題下註云："舊以翼祖諱敬，故爲《韻鑑》。今遷祧廟，復從本名。"案翼祖爲宋太祖追封其祖之尊號，如《韻鏡》作于宋人，則宜自始避諱，何須復從本名？儻有本名，必當出于前代。此一證也。

《七音略》之轉次，自第三十一轉以下與《韻鏡》不同：前者升覃咸鹽添談銜嚴凡於陽唐之前，後者降此八韻於侵韻之後。案隋唐韻書部次，陸法言《切韻》與孫愐《唐韻》等爲一系，李舟《切韻》與宋陳彭年《廣韻》等爲一系。前系覃談在陽唐之前，是蒸登居鹽添之後；後系降覃談於侵後，升蒸登於尤前。參閲王國維《觀堂集林》八《李舟切韵考》。今《七音略》以覃談列陽唐之前，實沿陸、孫舊次，特以列圖方便，而升鹽添咸銜嚴凡與覃談爲伍。至於《韻鏡》轉次則顯依李舟一系重加排定，惟殿以蒸登，猶可窺見其原型本與《七音略》爲同源耳。此二證也。

敦煌唐寫本守温《韻學殘卷》所載《四等重輕例》，全文見劉復《燉煌掇瑣》下輯，今四聲各舉一例，餘俱從畧。云：

平聲

觀古桓反　關删　勬宣　涓先

上聲

滿莫伴反　彎潸　免選　緬獮

去聲

半布判反　扮襉　變線　遍線

入聲

特徒德反　宅陌　直職　狄錫

其分等與《七音略》及《韻鏡》悉合。降及北宋，邵雍（1011[①]～1077）作《皇極經世聲音圖》，分字音爲“開、發、收、閉”四類，除舌頭、齒頭、輕脣及舌上娘母與等韻微有參差外，餘則“開”爲一等，“發”爲二等，“收”爲三等，“閉”爲四等，參閲袁子讓《字學元元》卷一《四音開發收閉辯》。亦並與《七音略》合。是四等之分劃在守温以前蓋已流行，北宋之初亦爲治音韻者所沿用，則其起源必在唐代，殆無可疑。此三證也。

《七音略》於每轉圖末分標“重中重、重中輕、輕中輕、輕中重”等詞，其定名亦實本諸唐人。案日釋空海《文鏡秘府論·調聲》云：“律調其言，言無相妨，以字輕重清濁間之須穩。至如有‘輕、重’者，有‘輕中重、重中輕’，當韻之即見。且痖[②]側羊反。字全輕，霜字輕中重，瘡字重中輕，床[③]士应反[④]。字全重。”又《論文意》云：“夫用字有數般，有‘輕’有‘重’，有‘重中輕’，有‘輕中重’，有雖重濁可用，有輕清不可用者，事須細繹之。若用重字，即以輕拂之便快也。”空海精研悉曇，善解聲律，空海於唐德宗貞元二十年甲申（即日本桓武延曆二十三

①按阳曆當爲1012。

②痖，字當作“莊”。

③床，字當作“牀”。

④应，字當作“莊”。

年,公元 804 年)入唐留學,從不空三藏字子曇貞受悉曇。就其所舉“瘂[1]、霜、瘡、痳[2]”四字推之,蓋以“全清”塞聲爲“全輕”,“全清”擦聲爲“輕中重”,“次清”爲“重中輕”,“全濁”爲“全重”。其含義雖不與《七音略》悉符,見下文。然“重中輕、輕中重”之名稱必爲唐代等韻學家所習用,則顯然易見。此四證也。

昔戴東原謂:“呼等亦隋唐舊法。”“二百六韻實以此審定部分。”《聲韻考》卷二。錢竹汀亦云:“一二三四之等,開口合口之呼,法言分二百六部時,辯之甚細。”《潛研堂答問》十三。證以前説,蓋不甚遠。故等呼之名雖後人所定,而等呼之實則本諸舊音,至於經聲緯韻,分轉列圖,則唐代沙門師仿悉曇體製以總攝《切韻》音系者也。

論者或謂《七音略》第一轉匣母平聲三等“雄”字,《廣韻》爲“羽弓切”,應屬喻母,今列匣母下則從《集韻》“胡弓切”之音;第四轉脣音平聲三等有“陂、縻”二字,《廣韻》“陂,彼爲切”“縻,靡爲切”,依下字當列第五轉合口,今列開轉内,則從《集韻》“班縻切”與“忙皮切”之音。至其所收之字見於《集韻》而不見於《廣韻》者,尤不勝枚舉。此並可證明《七音略》與《韻鏡》之歸字從宋音而不從唐音。且《七音略》揭明三十六字母標目,而七音各以類從,均較唐人三十字母秩然有别。則此系韻圖縱有妙用,亦限於審正宋音,未可據以遠溯隋唐。此説似是而實非也。蓋兩書之歸字即使遷就宋音,而其原型則未必不出於前代。正猶《康熙字典》卷首之《等韻切音指南》歸字雖從清音,而劉鑑之《切韻指南》則固作于元末至元二年丙子,公元 1336。也。嘗對校兩書而揭其異點,則:

①瘂,字當作“莊”。
②痳,字當作“牀”。

一、韻攝次第不同:《切韻指南》以“通、江、止、遇、蟹、臻、山、效、果、假、宕、曾、梗、流、深、咸”爲序,《切音指南》以“果、假、梗、曾、通、止、蟹、遇、山、咸、深、臻、江、宕、效、流”爲序。且《切音指南》于曾攝合口三等見母下複列通攝之“恭”字,宕攝二等開口複列江攝牙音、脣音、喉音字,合口複列江攝舌音、齒音、半舌音字;又江攝見母下之“光、恇”二字,止攝合口見母下之“皆、傀”二字,咸攝第二圖見母下之“干”字,精母下之“尖”字,深攝見母下之“根”字,均爲《切韻指南》所無。此種修改,殆因清初之《字母切韻要法》併梗、曾通爲庚攝,江、宕爲岡攝,山、咸爲干攝,深、臻爲根攝,而欲比照删併者也。

二、各攝之開合口不同:《切韻指南》以止、蟹、臻、山、果、假、宕、曾、梗九攝各有開口合口二呼,以通、江、遇、效、流、深、咸七攝爲獨韻;《切音指南》於劉鑑所定之獨韻七攝,改江攝爲開合呼,效、流、深、咸爲開口呼,通、遇爲合口呼。

三、脣音開合口之配列不同:《切韻指南》梗攝合口三等“丙、皿”二字,曾攝合口三等“逼、堛、愎、䨮”四字,山攝合口二等“班、版、扮、攀、襻、蠻、轡”七字,四等“編、緬”二字,宕攝合口一等“幫、螃、髈、傍”四字,《切音指南》均改列開口;惟將宕攝開口三等之“方、昉、放、縛”等十六字改列合口。此種修改,亦與《字母切韻要法》同。

四、正齒音二三等之分劃不同:《切韻指南》通攝正齒音二等有“崇、剿”二字,宕攝正齒音二等有“莊、惴、壯、斮”等十三字,《切音指南》均降列三等,且自開轉合。此與《字母切韻要法》以“崇”等爲庚攝合口副韻,以“莊”等爲岡攝合口副韻之例適合。

五、止攝齒頭音及脣音之等第不同:止攝齒頭音“資、雌、慈、思、詞”等十九字,《切韻指南》原在四等,《切音指南》均改列一等,又《切韻指南》於脣音二等内複列三等之“陂、靡、彼、破、被、美”六字,《切音指南》更升爲一等而删去複見三等之字。

六、入聲之系統不同:《切韻指南》蟹攝合口三等屋韻之“竹、畜、逐、衄”,《切音指南》易以術韻之“怡、黜、术、貀”,足徵 –k、–t 兩尾已混而不分。又《切韻指南》通攝三等燭韻之“瘃、棟、躅、傉”,《切音指南》易以屋韻之“竹、畜、逐、衄”,復以三等燭韻之“辱”字改列一等,足徵屋燭兩韻亦洪細莫辨。他如《切音指南》以藥鐸承流攝,以德承止攝一等,亦皆受《字母切韻要法》之影響。

七、字母之標目不同:《切韻指南》之“羣、牀、孃”三母,《切音指南》改爲“郡、狀、娘”,與《字母切韻要法》同。此由當時讀第三位爲不送氣音,故易平爲仄以免誤會也。

然其所異者不過歸字之出入,而其不可易者則爲結構與系統。儻使劉鑑原書已佚,後人遂據《切音指南》之歸字而斷定此系韻圖不出於元季,寧非厚誣古人耶? 故據《七音略》與《韻鏡》之歸字而否認其原型作自唐代者,其失殆與是埒也。

《七音略》與《韻鏡》雖同出一源,而其内容則非契合無間。舉其大端,凡有七事:

一曰轉次不同:自第三十一轉以下,兩書次第頗有參差。兹臚舉韻目,列表於左:

轉次	《七音略》韻目	《韻鏡》韻目
第三十一轉	覃咸鹽添(重)	唐陽(開)
第三十二轉	談銜嚴鹽(重)	唐陽(合)

第三十三轉	凡(輕)	庚清(開)
第三十四轉	唐陽(重)	庚清(合)
第三十五轉	唐陽(輕)	耕清青(開)
第三十六轉	庚清(重)	耕青(合)
第三十七轉	庚清(輕)	侯尤幽(開)
第三十八轉	耕清青(重)	侵(合)
第三十九轉	耕青(輕)	覃咸鹽添(開)
第四十轉	侯尤幽(重)	談銜嚴鹽(合)
第四十一轉	侵(重)	凡(合)
第四十二轉	登蒸(重)	登蒸(開)
第四十三轉	登蒸(輕)	登(合)

由此可見《七音略》所據爲陸法言《切韻》系之韻次,《韻鏡》所據爲李舟《切韻》系之韻次,其異同所關,已於前文論之矣。

二曰重輕與開合名異而實同:《七音略》於四十三轉圖末標"重中重"者十七,第三十二、第三十六兩轉,元本作"重中輕",殿本及浙本作"重中重",今從元本。"輕中輕"者十四,"重中輕"者五,"輕中重"者二,"重中重、內重。重中重、內輕。重中輕、內重"及"重中輕內輕。"者各一。《韻鏡》則悉削"重、輕"之稱,而於圖首轉次下改標"開、合",凡《七音略》所謂"重中重、重中重、內重。重中重、內輕。重中輕內重。"及"重中輕"者,皆標爲開;所謂"輕中輕、輕中輕、內輕。輕中重"及"輕中重內輕。"者,皆標爲合。惟《韻鏡》以第二十六、第二十七、第三十八及第四十諸轉爲"合",以第二、第三、第四及第十二諸轉爲"開合",均於例微乖,則當據《七音略》之"重、輕"而加以是正。故夾漈所定"中重、內重、中輕、內輕"之辨,雖難質言,而其所謂"重、輕",適與《韻鏡》之"開、合"相當,殆無疑義也。參閱拙著《釋重輕》。

三曰内外不同：内外之辨，繫於元音之弇侈。内轉者，假定皆含有後高元音 [u][o]、中元音 [ə] 及前高元音 [i][ě] 之韻。外轉者，假定皆含有前元音 [e][ɛ][æ][a]，中低元音 [ɐ] 及後低元音 [ɑ][ɔ] 之韻。參閱拙著《釋内外轉》。今考《七音略》與《韻鏡》之“内、外”，惟有三轉不同：第十三轉咍皆齊祭夬諸韻及第三十七轉即《韻鏡》第三十四轉。庚清諸韻，《七音略》以爲“内”，而《韻鏡》以爲“外”；第二十九轉麻韻，《七音略》以爲“外”，而《韻鏡》以爲“内”；據例以求，第十三轉所含之元音爲 [ɑ][a][æ][e]，第三十七轉所含之元音爲 [ɐ][æ]，則《韻鏡》是而《七音略》非；第二十九轉所含之元音爲 [a]，則《七音略》是而《韻鏡》非。互有正訛，未可一概而論也。

四曰等列不同：分等之義，江慎修辨之最精，其言曰：“一等洪大，二等次大，三四皆細，而四尤細。”《音學辨微·辨等列》。惟謂“辨等之法，須於字母辨之”，同上。則不逮陳蘭甫所謂“等之云者，當主乎韻，不當主乎聲”，《東塾集》卷三《等韻通序》，尤能燭見等韻本法也。如以今語釋之，則一二等皆無 [i] 介音，故其音“大”；三四等皆有 [i] 介音，故其音“細”。同屬“大”音，而一等之元音較二等之元音略後略低，故有“洪大”與“次大”之别，如歌之與麻，咍之與皆，泰之與佳，豪之與肴，寒之與删，覃之與咸，談之與銜，皆以元音之後 [ɑ] 前 [a] 而異等。同屬“細”音，而三等之元音較四等之元音略後略低，故有“細”與“尤細”之别，如祭之與齊，宵之與蕭，仙之與先，鹽之與添，皆以元音之低 [æ] 高 [e] 而異等。然則四等之洪細，蓋指發元音時口腔共鳴間隙之大小言也。别詳拙著《釋等呼》。惟同在三等韻中，而正齒音之二三等以聲母之剛柔分；二等爲舌尖後音，三等爲舌面前音。喻母及脣音、牙音之三四等，以聲母有無附顎作用分；三等有 j，四等無 j。復以正齒與齒頭不能並列一行，而降精清從心邪於四等。此並由等韻立法未善，而使後人滋惑者也。今考《七音略》與《韻鏡》之等列大體相去不遠，惟以鈔刊屢易，難免各有乖互。若據上述分等之例訂之，則《七音略》誤而《韻鏡》不誤者，凡二十五條：

轉次	母及調	例字	《七音略》等列	《韻鏡》等列
1. 第三轉		（全轉）	平聲列二等上去入列三等	四聲均列二等
2. 第六轉	來平	梨	二	三
3. 第七轉	知去	轛（追萃切）	入一	去三
4. 同前	澄去	墜	四	三
5. 同前	見溪羣去	媿喟匱	四	三
6. 同前	見羣上	癸揆	去一	上四
7. 同前	見羣去	季悸	入一	去四
8. 第八轉	喻平	飴（與之切）	三	四
9. 第九轉	曉去	欷（許既切）	四（字作稀）	三
10. 同前	疑去寄入	刈（魚肺切）	一	三
11. 第十二轉	審上	數（所矩切）	三	二
12. 第十七轉	喻去	酳（羊晉切）	三	四
13.《韻鏡》第三十四轉，《七音略》第三十七轉	見溪上	礦（古猛切）界（苦猛切）	一	二
14. 同前	見上	璟（俱永切）	二	三
15. 同前	溪上	憬（《集韻》孔永切）	○	三
16. 同前	溪上	頃（去穎切）	三	四

17. 同前	曉上	克（許永切）	四	三
18. 同前	匣上	卝（胡猛切）	三	二
19.《韻鏡》第三十五轉，《七音略》三十八轉		（全轉）	一二三，無四等	二三四，無一等
20. 同前	端入	狄	〇	四
21. 同前	見上	剄（古挺切）	改列溪母三等	四
22. 同前	影上	巊（烟涬切）	一	四
23.《韻鏡》第三十九轉，《七音略》第三十一轉	明上	妥（明忝切）	三	四
24. 同前	疑上	顩（魚檢切）	四	三
25. 同前	匣平	嫌（户兼切）	三	四

《韻鏡》誤而《七音略》不誤者，亦有十四條：

轉次	母及調	例字	《韻鏡》等列	《七音略》等列
1. 第四轉	從平	疵	三	四
2. 第五轉	穿上	揣（初委切）	三	二
3. 第十一轉	喻平	余（以諸切）	三	四
4. 第十四轉	清去	毳（此芮切）	三	四
5. 第十七轉	曉去	衅（許覲切）	四	三
6. 第二十四轉	匣去	縣（黄練切）	三	四
7. 第二十五轉	疑平	堯（五聊切）	三	四
8. 同前	疑平	嶢（五聊切）	四	〇案嶢與

				堯同音
9.《韻鏡》第三十二轉,《七音略》第三十五轉	見羣上	䢮（俱往切） 俇（求往切）	二	三
10.《韻鏡》第三十三轉,《七音略》第三十六轉	疑平	迎（語京切）	四（寬永本不誤）	三
11.《韻鏡》第三十七轉,《七音略》第四十轉	滂平	颩（匹尤切）	四	三
12.《韻鏡》第三十九轉,《七音略》第三十一轉	匣上	鼸（胡忝切）	三（寬永本不誤）	四
13. 第四十二轉	審上	殑（色庱切）	三	二
14. 同前	喻去	孕（以證切）	三	四

若斯之類,並宜別白是非,各從其正者也。

五曰聲類標目不同:《韻鏡》各轉分聲母爲“脣、舌、牙、齒、喉、半舌、半齒”七音,每音更分“清、次清、濁、次濁”諸類,而不別標紐文。《七音略》則首列幫滂並明、端透定泥、見溪羣疑、精清從心邪、影曉匣喻、來日二十三母;次於端組下複列知徹澄娘,精組下複列照穿牀審禪,而輕脣非敷奉微四母則惟複見於第二、第二十、第二十二、第三十三、第三十四各轉幫組之下;又于第三行别立“羽、徵、角、商、宫、半徵、半商”七音,以代“脣、舌、牙、齒、喉、半舌、半齒”,此其異也。就標明紐目而論,則鄭漁仲改從宋代習尚者,實較張麟之爲多。至以“羽、徵”等七音代表聲母發音部位,則與序文所引鄭譯之言同一附會矣。

六曰廢韻所寄之轉不同:《韻鏡》以“廢、計、刈”三字寄第九轉微開。入三,案“廢”字與次轉重複,“計”字本屬霽韻。以“廢、吠、猤、簕、豲、穢、喙”七字寄第十轉微合。入三,“猤”丘吠切,“豲”呼吠切”,但《廣韻》寄于祭韻之末,乃後人竄入者。《七音略》留“刈”字於第九轉而改列一等,移置“廢、肺、吠、簕、穢、喙”六字於第十六轉佳輕。,而於第十五轉佳重。但存廢韻之目。今案廢韻之主要元音爲[ɐ],與佳韻同屬外轉,《七音略》以之寄第十六轉實較《韻鏡》合於音理,惟應移第九轉入一之“刈”字於第十五轉入三,則前後始能一貫耳。

七曰鐸、藥所寄之轉不同:案《韻鏡》通例,凡入聲皆承“陽韻”,《七音略》大體亦同;惟鐸、藥兩韻之開口,《七音略》複見於第二十五豪肴宵蕭。及第三十四唐陽,即《韻鏡》第三十一。兩轉,與《韻鏡》獨見於第三十一轉者同。蓋已露入聲兼承陰陽之兆矣。

右述七事,皆其犖犖大端。以轉次及廢韻所寄言,則《七音略》似古于《韻鏡》;以聲類不標紐目,及入聲專承陽韻言,則《韻鏡》又似古于《七音略》。要之,皆於原型有所損益,實未可强分先後也。至於兩書歸字之出入,别於《韻鏡》校釋中詳之,此不贅及。

此本乃元三山郡庠所刊,至治二年(公元1322)郡守吴繹捐廉摹印五十部,散之江北諸郡,故俗稱至治本,而其刊版實當在至治以前。入明，版入南京國子監，兹所據北平圖書館藏之蝶裝猶爲元印本，實傳世通志之最古者也。嘗以此本與清乾隆武英殿本及浙江局本對校，發見其足以正他本之誤者，凡二十七條：

轉次	母調等	至治本	武英殿本	浙江局本
1. 第三轉		外轉第三	外轉第三	内轉第三
2. 同前	滂去三	肨	肨	胖×
3. 第十轉	并上三	膹	膭×	膭×
4. 第十二轉	禪上三	豎	竪×	竪×
5. 第十七轉	審去二	阠	⿰阝凡×	⿰阝凡×
6. 第二十轉	見入三	豕	豕	亥×
7. 第二十一轉	明上二	䰰	䰰×	䰰×
8. 同前	徹上三	⿰口展	⿰目展×	⿰目展×
9. 同前	邪上四	⿰糹羨	繕×	繕×
10. 第二十三轉	泥入四	涅	逕×	逕×
11. 第二十四轉	明平一	瞞	⿰日㒼×	⿰日㒼×
12. 第二十八轉	溪去一	課	課	（缺）
13. 第二十九轉	明去二及韻目	禡	⿰衤馬×	⿰衤馬×
14. 第三十一轉	定上一	禫	禪×	禪×
15. 第三十二轉	心去四	（空格）	倕×	倕×
16. 同前	心入一	倕	婜×	婜×
17. 同前	審入二	婜	（空格）×	（空格）×
18. 同前	（圖末）	重中輕	重中重×	重中重×
19. 第三十四轉	疑去一	枊	枊	柳×
20. 同前	來上一	朗避宋朗字諱	郎×	郎×

21. 第三十六轉	審去二	士案敬韻有生字，所敬切，宜列此位。此字疑即生之破字。	（空格）×	（空格）×
22. 同前	（圖末）	重中輕	重中重×	重中重×
23. 第三十七轉	匣上三	卝	卄×	卄×
24. 第三十八轉	（上聲韻目）	迥	迥	逥×
25. 同前	從入一	賾	賾	頣×
26. 第四十一轉	精平四	祲	祲×	祲×
27. 第四十二轉	喻入四	弋	弋	戈×

此本與他本同誤者，除上文關於等列者外，尚有七十條：

轉次	母調等	誤字	應據《韻鏡》校正
1. 第一轉	曉入一	穀（胡谷切）	改列匣入一
2. 第五轉	見去四	諉（女恚切）	改列泥去三
3. 同前	溪去四	瞡（規恚切）	改列見去四，而於此位另補觖字（窺瑞切）
4. 第六轉	疑平三	示（神至切）	狋（牛飢切）
5. 同前	審平三	只（諸氏切）	尸（式脂切）
6. 第七轉	心平四	綾（儒佳切）	綏（息遺切）
7. 第十一轉	邪去四	屐（奇逆切）	屐（徐預切）
8. 同前	影上三	棜（依倨切，與飫同音）	淤（於許切）
9. 第十二轉	影上三	詡（羽況切）	改列曉上三，而於

			此位另補傴字（於武切）
10. 第十三轉	端平一	⿰虫臺	⿰黑臺（了來切）
11. 同前	見去二	誡（是征切）	誡（古拜切）
12. 同前	溪去一	漑（古代切）	慨（苦漑切）
13. 同前	影上一	欵（苦管切）	欸（於改切）
14. 同前	曉上二	駭（侯楷切）	改列匣上二
15. 同前	曉上四	徯（胡禮切）	改列匣上四
16. 第十四轉	曉去二	⿰豸舌	⿰豸舌（火怪切）
17. 第十五轉	定去一	太（他蓋切）	大（徒蓋切）
18. 同前	疑平二	崔（倉回切）	崖（五佳切）
19. 第十六轉	幫去二	派（匹卦切）	庍（方卦切）
20. 第十七轉	明入三四	蜜密	密（美筆切，三等） 蜜（彌畢切，四等）
21. 同前	徹入三	秩（直一切）	抶（丑栗切）
22. 同前	影上四	引（余忍切）	改列喻上四
23. 同前	曉平一	痕	痕（户恩切） 改列匣平一
24. 同前	匣上一	⿰犭辰	很（胡懇切）
25. 第十八轉	澄入三	述（食聿切）	朮（直律切）
26. 同前	見上三	窘（渠殞切）	改列羣上三
27. 同前	從平四	脣（沿上而訛）	鷷（昨旬切）
28. 第二十一轉	滂去四	騗	騗（匹戰切）
29. 同前	影入二	轏士限切，與棧同音，應併入床上二	⿰葛鳥（乙鎋切）
30. 同前	（韻目平一）	山	改列平二

31.	第二十二轉	微平三	㒼(《集韻》彌殄切)	樠(武元切)
32.	同前	見上三	孌(力兖切)	卷(《集韻》九遠切)
33.	第二十三轉	徹平三	脠	脡(丑延切)
34.	同前	照上三	瞎	膳(旨善切)
35.	同前	匣上四	現(胡甸切)	峴(胡典切)
36.	同前	日上三	蹨	蹨(人善切)
37.	第二十四轉	幫上一	叛(薄半切,與畔同音,應併入並去一)	粄(博管切)
38.	同前	溪去一	鏉	鏉(口换切)
39.	第二十五轉	知平二	凋(都聊切,與貂同音,應併入端平四)	啁(陟交切)
40.	同前	徹上三	䫂	䫂(丑小切)
41.	同前	澄平三	祧	朓(直交切)
42.	第二十六轉	羣平四	蹻(去遥切)	改列溪平四
43.	同前	疑平四	翹(渠遥切)	改列羣平四
44.	第二十七轉	透去四	椸(《集韻》余知切)	拖(吐邏切)
45.	同前	溪上一	何(胡歌切)	可(枯我切)
46.	第二十八轉	定去一	墮(徒果切)	惰(徒卧切)
47.	同前	來去三	蠃(蠃有落戈、郎果二切)	攎(魯過切)
48.	第二十九轉	從平四	查(鉏加切)	査(才邪切)
49.	第三十一轉	徹入二	盫	盫(丑図切)
50.	第三十二轉	透平一	蚺(《集韻》有	舑(他酣切)

		如占、他念二切）	
51. 同前	見去一	䶍	䶣（古覽切）
52. 同前	清上四	槧（有慈染、才敢、七豔諸切）	憸（七漸切）
53. 同前	從上一	蹔（子敢切）	槧（才敢切）
54. 第三十三轉	非上三	膠	䏡（府犯切）
55. 同前	溪上三	4	凵（丘犯切）
56. 第三十四轉	見去三	疆（居良切）	彊（居亮切）
57. 第三十六轉	滂入二	柏（博陌切，與伯同音）	拍（普伯切）
58. 同前	並入三	擗	欂（弼戟切）
59. 同前	明去二三	命孟	孟命孟在二等敬韻，命在三等勁韻
60. 同前	日入二	礐（力摘切）	改列來入二
61. 第三十八轉	並入二	擗（毗亦切，在昔韻四等）	繴（蒲革切，在麥韻二等）
62. 同前	端去四	叮（當經切）	矴（丁定切）
63. 同前	透上四	挺（徒鼎切）	侹（他鼎切）
64. 同前	定上四	（空格）	挺（徒鼎切）
65. 第四十轉	透上一	姓（息正切）	黈天口切，同紐有妵字
66. 第四十一轉	娘上三	栣（如甚切）	拰（尼凜切）
67. 第四十二轉	曉平一	恒（胡登切）	改列匣平一
68. 同前	匣平一	峘（胡登切）	與恒併爲一紐
69. 同前	匣平三	蠅（余陵切）	《韻鏡》亦誤列三等，應改列喻平四

70. 第四十三轉（韻目）　　蒸等拯嶝

證應删

此本與他本不同而實並誤者凡十條：

轉次	母調等	至治本	武英殿本	浙江局本	校改之字
1. 第十轉	曉上三	虺	虺	虺	虺
2. 第十一轉	清去四	覷	覷	覷	覷
3. 第十三轉	疑去二	睩	睩	睩	睩
4. 同前	匣去寄入二	歔	歔	歔	叡
5. 第十四轉	泥平一	慺	慺	慺	懮
6. 第二十四轉	定去一	叚	叚	叚	段
7. 同前	徹上三	睩	睩	睩	腞
8. 同前	曉入三	旻	旻	旻	旻
9. 第三十七轉	曉平四	眴	眴	眴	眴
10. 第三十九轉	曉入四	䘏	䘏	䘏	殈

此本誤而他本不誤者，凡十七條：

轉次	母調等	至治本	武英殿本	浙江局本
1. 第四轉	徹上三	褫×	褫×	褫
2. 第五轉	來平三	羸×	羸	羸
3. 第七轉	見上三	軌×	軌	軌
4. 同前	心去四	邃×	邃×	邃
5. 第十三轉	來平四	黎×	黎×	黎
6. 第十四轉	喻去三	衛×	衛	衛
7. 第十五轉	明去四	袂×	袂	袂
8. 同前	來去一	賴×	賴×	賴

9. 第二十一轉	澄去二	袓×	袓	袓
10. 同前	溪上三	言×	言（去偃切）	言×
11. 同前	羣去三	徤×	健	健
12. 同前	來上一	夘×	卵	卵
13. 第三十一轉	匣去二	陷×	陷	陷
14. 第三十五轉	溪上一	麕×	麕	麕
15. 第四十轉	見上三	乆×	久	久
16. 同前	從上一	鯫×	鯫	鯫
17. 第四十二轉	見入一	裓×	裓	裓

此外至治本凡从“員”者皆作“負”、“睘”作“睘”、“兑”作“兊”、“曷”作“曷”、“雋”作“雋”、“祭”作“祭”、“殳”作“旻”，“麥”作“麦”、“兮”作“兮”、“鼻”作“鼻”、“算”作“筭”、“夗”作“夗”、“册”作“冊”、“鬼”作“鬼”、“悤”作“怱”、“達”作“逹”、“贊”作“賛”、“闌”作“闌”、“番”作“畨”、“复”作“复”、“爽”作“爽”、“脊”作“脊”、“夸”作“夸”、“専”作“専”、“丈”作“丈”、“冘”作“冘”，則由沿襲當時之書寫體勢而然，或正或俗，宜分别觀之。凡此種種，或此本是而他本非，或他本是而此本非，或此本與他本並非，要當參證《韻鏡》，旁稽音理，正其所短，取其所長，斯可成爲定本。段懋堂曰：“校書之難，非照本改字、不譌不漏之難也，定其是非之難。”《經韻樓集》卷十二《與諸同志書論校書之難》。不其然歟？民國二十三年，北京大學既印行《韻鏡》《龍龕手鑑》及《西儒耳目資》以便學子研覽，馬幼漁先生更提議印行《通志》、六書、七音二《略》，俾後來治文字音韻學者，於夾漈在歷史上之貢獻有所認識。嗣承徐森玉、趙斐雲兩先生之贊助，乃由北平圖書館假得此本，景印流傳。其年秋，余自京來平，承乏母校語言學

及音韻學講席,適逢印行此書之會,因就曩日研習所得,略論宋元等韻源流,及《七音略》與《韻鏡》之異同,並對校諸本而判定其是非,聊供讀此書者之參考云爾。中華民國二十四年四月二十五日,羅常培序於北平北海静心齋歷史語言研究所。

1935年北京大學影印元至治刻本

經史正音切韻指南

經史正音切韻指南自序

劉　鑑

聲韻之學，其來尚矣。凡窮經博史，以聲求字，必得韻而後知，韻必得法而後明，法必得傳而後通，誠諸韻之總括、訂字之權衡也。雖五土之音，均同一致，孰不以韻爲則焉？但能歸韻母之横竪，審清濁之重輕，即知切脚皆有名派。聲音妙用，本乎自然，若以浮淺小法，一槩求切，而不究其源者，予亦未敢輕議其非，但恐施於誦讀之間，則習爲蔑裂矣。略如時忍切"腎"字，時掌切"上"字，同是濁音，皆當呼如去聲，卻將"上"字呼如清音"賞"字；其蹇切"件"字，其兩切"强"字，亦如去聲，又以"强"字呼如清音"磋"丘仰切字。然則亦以時忍切如"哂"字，其蹇切如"遣"字，可乎？倘因礙致思，而欲叩其詳者，止是清濁之分也。又如符羈切如"肥"字，本是"皮"字；都江切如"當"字，本是"樁"字；士魚切如"殊"字，本是"鋤"字；詳里切如"洗"字，本是"似"字，此乃門法之分也。如是誤者，豈勝道耶？其"雞"稱"齎"、"癸"稱"貴"、"菊"稱"韭"字之類，乃方言之不可憑者，則不得已而姑從其俗。至讀聖賢之書，首貴乎知音，其可不稽其本哉？其或稽者，非口授難明，幸得傳者歸正，隨謬者成風，以致天下之書不能同其音也。故僕於暇日，因其舊制，次成十六通攝，作檢韻之法，析繁補隙,詳分門類,并私述玄關六段,總括諸門,盡其蘊奧,名之曰《經史正音切韻指南》,與韓氏《五音集韻》互爲體用,諸韻字音,皆由此韻而出也。末兼附字音動静,願與朋友共之,庶爲斯文之一助云爾。至元二年歲在丙子良月,關中劉鑑士明自序。

大明正德十一年五月端陽日,金臺衍法寺後裔覺恒壽梓重刊。

經史正音切韻指南序

熊澤民

夫讀書必執韻,執韻須知切,乃爲學之急務,吾儒之不可闕者。古有《四聲等子》,爲傳流之正宗,然而中間分析尚有未明,不能曲盡其旨,又且溺於經堅仁然之法,而失其真者多矣。安西劉君士明,通儒也,特造書府來訪於余,出示其所編前賢千載不傳之秘,欲鋟諸梓,以廣其傳,名曰《經史正音切韻指南》。余嘉其能求古之道,以正今之失,俾四方學者得其全書,易求誨於先覺云。後至元丙子歲仲冬吉日,雲谷熊澤民序。

以上明正德十一年(1516)金臺衍華寺釋覺恒刻、嘉靖三十八年釋本贊重修

新刊篇韻貫珠集

新刊篇韻貫珠集序

劉　聰

字書之成舊矣。蓋自太一判而人物生，象形具而聲音出，凡天地之大、鬼神之幽、古今之變、事物之頤，以至道德性命之微，雖有精粗、小大、上下、顯微不一，而靡不各有名存。所謂字者，固已隱然于六區之間矣。維風昊氏作，仰觀俯察，畫一奇以象陽，画一耦以象陰，而字望之秘始泄，時則景龍有書，嘉禾有望。至蒼頡氏而六書之制立，凡天下後世作字書者率宗之。然字書肇於一而窮於萬，有一千五百二十之數，蓋有契于《乾》《坤》二篇之策也。而六書之義，一曰象形，繼以諧聲，良以理麗於事物，必有名而徵字，其辨字必象形立而後聲音出。形，母也；聲，子也。天下容有無母之子也？肆求子者必歸諸母，而後知所從出矣。于時篆隸行草之體出而天下無遺書，平上去入之聲形而天下無遺字，配以五音，弁以三十六母，而各隸諸部，則字之清濁輕重、反切死活之或分或合于是乎定，而天下無遺名。噫！此後世《篇》《韻》所由作也。自史籀以下諸家，皆以字書名，至漢楊雄採之爲《訓纂》，許慎兼采之爲《説文》，梁顧野王增加爲《玉篇》。而《説文》，宋李陽冰嘗崇尚之，修正筆法，自謂篆籀中興，似爲得乎象形、諧聲二義，但子母無別，識者病之。《切韻類譜》之分四聲，始於沈約，隋陸詞輩又增廣爲《韻略》，唐孫愐兼收雅俗，改《切韻》爲《唐韻》，或取其偏旁相同，或取其聲響相協，皆有功於字學者。《説文》舊無翻切，宋徐鉉校正，取孫愐《切韵》附益之。陳彭年校切《玉篇》，增《唐韻》爲《廣韻》，庶幾攷形聲者各有攸據矣。大抵類形者立母統子而不類聲，類聲者主子該母而不類形，未免擇而不精，缺而不備矣。景祐中，丁度加脩《廣韻》爲《集韻》，司馬光爲《類篇》，而《類韻》《書略》《韻會》諸作出。至金王與秘推廣《玉篇》，區其畫段爲《篇海》，荆楪取司馬母聲清濁之瀍添入《集韻》，隨母取切焉。韓孝彦以《玉篇》類形而不類聲也，歸之五音，亦隨母取切，復述論圖詞頌冠諸篇，庶檢閲甚便，而反切無恙矣。仲子道昭精於家授，乃於《篇》中形之相類雜在他部、聲之相協散在别音者，惡其部目太繁、門法多雜也，悉加改併，而於俗字仍增減於各母部下，其用力於《篇》《韻》，亦孔篤矣。我朝太祖高皇帝適埏垓甫定之餘，詔儒臣校徧韻書，删繁訂誤，命曰《洪武正韻》。是書一頒，舛謬者正，缺漏者全，非復劉氏之舊而用夏變夷皆知所從，至今百三十年來，凡拜命詩作，一如厥例，宜萬世不刊之典也。頃年沙門如戒璇輩亦嘗考訂芟補，詳校成書，名曰《五音集韻》[1]，六書之義至是無餘法矣。

僧録左街講經兼大慈仁寺住持旺祖庭嫡徒性淑真空，夙注心於《篇》《韻》者，懼其尚有遺錯，乃稽諸家《篇》《韻》，究其詳略同異，得失分合，字尋其巢穴，類提其綱領，求聲音以歸母，攷偏旁以入部。於經史子集之外，凡荒徼重譯，如象胥、天竺諸域；玄言梵典，如《雲笈》《楞嚴》諸經，華人學士或未徑目者，悉搜剔纂釋，族分類合，凡若干卷，而《篇》《韻》各

①《五音集韻》，指明代沙門戒璿所編《五音類聚四聲篇海》。

殊。猶以檢閱未快，又爲歌訣、詞法以槩諸首，而以雜法終之。故是篇之出，始弘治己酉上元，迄弘治戊午中元，脱稿遂綉諸梓。真空門人祖便，少有志韻學，亦嘗校正，書成，走予索敘。予以字書吾儒事也，間或聲音罔省，號入以平，點畫小譌，横目佯視，目爲没字碑者，累累皆是。而《篇》《韻》之作，顧出於淄門者，流居章逢者，不厚顔耶？大抵吾儒窘於科目，羈於冗務，有欲爲而不遑爲者，山藪巖林亦有欲爲者，而力或不逮。諸僧以梵經多出番譯，庸力考訂，以成是書。一檢閱餘，凡聱牙之聲，嵬眼之字，如科斗者，了無二異，非直爲釋子讀誦快，上而朝廷，下而官司，與凡吾人日用之言話誦詠，論譔著書，分以毫厘失千里者，率是焉資，其有功於吾儒，亦甚丕哉。故予於祖便之請，而嘆賞未已。因書顛末告之，亦子雲所謂進之之意云。時弘治歲次戊午仲秋南吕哉生明，賜進士出身太僕寺丞關臣劉聰達夫識。

明成化七年（1471）大隆福寺首座文儒重刊本

字學元元

五先堂字學元元自序

袁子讓

予生十歲，即常以書中切脚二字反覆求之，亦悟爲上審牙舌脣齒喉，下審平上去入，率意試之，十中其五，然初不知等之有母也，亦未知押之有韻也。十五歲乃得《詩韻》，盡叶其聲，始知下有分韻。繼得《古四聲等子》，盡概其切，始知上有分母。依法試之，十中其七。及遊馮、曾二老師之門，竊其謦咳，乃得解門瀍鑰匙，盡錯綜變化之神。是時于切腳，始十試而十中。又既而觀《皇極經世》，閲天聲地音唱和之妙，抑又進于字焉。而予因有歎于天地之元聲，其妙固至于此也。天地有元聲元音，不能自聲其妙，而人實代之，代固非其元矣。用聲百一十二，用音百五十二，相因至于萬七千二十四，而盡于三十六母、二十四攝、三千八百六十二聲中。以音求聲，即吕和律，隨其日月星辰水火土石，自然得妙。而古今作者已數百家，皆各有不盡之處，百家而不能盡，此字學之所以爲妙乎？文人多謂沈韻《四聲類譜》不宜分東冬、清青，爲其知縱有四聲，而不知衡有七音也。夫東冬、清青，于音固不宜裂，于聲亦不宜分，誠有如鄭樵所云者。然細玩《唐韻》作切，曾無失母，又未可盡訾其不知音也。予獨謂元、魂二韻宜分不宜合，似乎强異姓爲同室。《古四聲等子》以魂入臻，以元入山，固明此義。然齊與咍又何以共轉，而果與假又何以共攝也？既分其所不當合，乃復合其所當分乎？涑水《指掌圖》不出等子範圍，而徒强以四等字收爲一等，是知子上之同母，而未知母下之有異子，反失等子之倫，安取于指掌也？數書于字學，號稱聖作，而謬復如是，以是索天地之元，得乎？而又何怪乎後之妄作者，棼棼逐流而失元哉？夫所謂元聲、元音，元有闢翕，元有清濁，元無支離，元無牽合，不可誤分也，亦不可强同也，不可因此而混彼也，亦不可疑彼而戾此也。其元如此，以元調之，其元如此，而其流派誤析，不復如此，則元其元而還之彼。字學之誤，誤在失其元，而以己見成其是。夫吾之有聲，已恐不能得天地之無聲，況益以吾之有心，安能得天地之無心乎？元者，天地之心，所謂無心也。予作是《元元》，正見其無心之心，以宣其無聲之體，是故即《指南》《等子》而發揮訂正之。歌例每段之後，以愚意附焉，《等子》之後，註十三門法繼焉。門法有格子，以愚見表章附焉。門法外不盡之例，以愚臆補足附焉。《等子》一聲一子，苦不見其全，予全編其子以附焉。古人六書之概，邵子聲音之圖，不可令學者不知，則并録之，而以一斑之見附焉。《華嚴》字母及釋談調音，總之等子之學，則附載之，而以愚解附焉。合計一書之中，有定其是者，扶其元也；有辨其真者，窮其元也；有發其隱者，藏其元也；有正其譌者，清其元也。元既如是，予亦如如是，而予元無心也。使此書而得傳，或可爲字學正印，而于後學其有裨乎？諸知己有見拾者，遂爲予鋟之。或有執是書而訊予者曰："國朝《正韻》，于子有合耶？"予應之曰："元魂之分，東冬、清青之合，非先得我心乎？是集調元者也，而《正韻》固體元者也。"萬曆二十四年歲在涒灘冬長至之日，郴七十一峰主人袁子讓去惢識。

字學元元序

曾鳳儀

郴陽袁仲子仔肩父著《字學元元》成,其同年友汪濟卿氏序而傳之,博古之士,當有琺之爲談助者。不佞獲寓目焉,即未能覺仲子所獨詣,然六書之矩矱、音韻之鍵橐,固已章分字析,爛若指掌矣。至其神解英識,抉祕剖微,視休文、涑水,不啻過之,猶賈餘勇。考信於《皇極》,叶唱於《華嚴》,備字學所未備,以成一家之言,命之曰"元元",謂字有元音,元其元而還之,非以己意增損其間也。夫字不勝稽也,音不勝窮也,仲子羅海篇於胷中,調音和於舌上,綜核千古,斯亦勤已。然朔越之人,生而同音,及其長也,各因其俗,能一一返其初乎?無論中國以書易繩,乃窮髪之比,鑿齒之倫,莫不有魚鳥蟲穗之迹,以逮于中國。而中國有譯其語者,譯其字者乎?使情通意得,而不害爲同文之化,豈必西乾東震,斠若畫一,乃稱習古哉?而況字者畫也,非其所以畫也;諧者聲也,非其所以聲也。昔虙犧則河圖而畫卦,萬世文字之祖歸焉,是奇偶畫之始也;伶倫聽鳳鳴而截竹,黄鍾聲氣之元歸焉,是鷇音音之始也。藉令執奇偶以盡畫,局鷇音以盡聲,而曰:元在乎是,其孰能通之?仲子必有進於此矣。故有畫者,有畫畫者,有聲者,有聲聲者。由此言之,畫固有元而非元其畫之謂也,聲固有元而非元其聲之謂也。所貴乎識字者,識其元而可矣。識其元則畫心畫也,畫之外無心也。聲,心聲也。聲之外無心也。苟明其指則不必鉤隱爲奇,探賾爲博。於制字之義了然目前,又寧有讀書不識字之誚哉?李鄴侯讀書衡岳,聞懶瓚梵音，先極悽惋，後更歡悦，而知其爲諸謫墮之人，因造訪焉。是懶瓚爲無形之字，而鄴侯爲格外之識也，蓋進乎藝矣，仲子其有意乎？一切聲皆心聲，世有聞鍾而入理，擊竹而忘知者。彼蓋獨契乎元而度越乎聲音文字之外，即聲音文字不能擬其似而寫其真。是所謂元之元，而非特字之元也。仲子勉之，余爲之執鞭，所忻慕焉。南岳山長曾鳳儀舜徵父書。

字學元元序

汪　楫

古六藝，書居一焉。蓋太上貴德，故藝文學爾。今國家以文科士，書詎後耶？然予意古人亦按迹稱藝，若夫聲音竅于天地，則上滂河洛，下極蝴喬，道德所不能闚闟，何謂藝焉？史皇始以書易繩，天爲之雨血三日，其機可知。然上世六書，亦有諧聲之法，而從衡之妙，乃藏于等子，豈上古之書不傳歟？今人于等子讀者多，諳者尟，即令求門法，如亡燭行夜室，倀倀何之？所謂覓鍵反觸杙也。鄭夾祭言江左不知七音，後人率用口實。然梁唐詩韻作切，俱不盭本母，可云不知乎？獨後儒著書寖多，岐路寖甚。如《玉篇》《韻補》諸書，或溷疑于喻，或攝日以禪，或投梗于通，或互泝于遇，大綱既失，萬目皆非，惡知于音和中辨清濁、分闢翕上下邪？又惡知于音和外明類隔、别通偪内外邪？又惡知于千載後，訂沈、馬之僢，叩經世之扃，正《華嚴》之唱邪？郴陽袁仲子自髫丱時即得切字之神。及鄉舉，與予游，相資疑難，凡五經諸子難字，一訊之即能陳其切腳，或以翻切試之，隨其所發，罔不中叶，予以爲異人也。偕予四上公車，相處彌久，昕夕辨博，亦漸覘其一斑。舊年，仲子集所得而成帙，題曰《元元》，今年廣其傳，付諸梓。梓成睞予，予展而卒業，始得《元元》之妙。蓋疑處能決，是爲澄波見元；譌後反正，是爲遏流還元；溷中辨異，是爲析派分元；裂後尋合，是爲萬象同元。乃掩卷笑曰："嘻嘻！是何適四聲之劑，盡七音之妙，一至于此。"既又懥曰："咄咄！是何抉兩問之藏，泄千古之祕，又一至于此。"喜懥相乘，不覺爲袁仲絶倒。大抵咸韺之樂，鳥聞之獝，使延陵、萇弘過之，必爲之垂耳。今天下藝海灝瀚，詞客縱横，聲音之妙，具在人心，宜必有耳契之者。噫！是書傳矣，宣泄乾坤，相佐經史，天又當雨血矣。萬曆歲在丁酉孟秋朔日，年弟桂陽汪楫濟卿父書于峋嶁假館。

字學元元跋

袁子謙

《易》曰："大哉乾元，萬物資始。至哉坤元，萬物資生。"造化兩元合，萬資出焉；天地缺一官，索隻物之生，不可得也。天地元氣，付諸萬物，則爲元聲元音；聲叶諸天，音胚諸地，叶者爲父，胚者爲母，父母相因，切子于是乎生。豈非絪緼而化融之妙與？聲音出於人口，婦人穉子能道之，而叩其聲音之辨，雖高資博雅，猶然巧拙半焉。不别聲音，安知等子？如目不覩天地，而欲審化工；不識其父母，而欲知其子之姓氏也。予仲幼能識字，諳音切，及長，字之學益精。凡試以一字，則知其爲某母某轉中；試以一切，則知其某字某門法，叩其所得，則曰："自然之妙如此也。"試以等子，則衡誦縱誦，一字無差；試以《華嚴》字母，則一唱二唱，諸音不亂，叩其所得，則又曰："自然之妙如此也。"釋氏之言曰："數年之勤，乃可徹吟。"而吾仲則曰："一日之契，可以孰記。"釋氏之言曰："十年之學，乃知切腳。"而吾仲則曰："旬日之通，可以錯綜。"始予聞之不信，及漸持而味之妙，漸覺其有合。蓋字之學，於其萬者求之，雖遍識諸子，猶或亂其母；於其一者求之，則執一母而諸子之音可得也；執一韻而諸子之聲可得也；執一音以轉諸聲，執一聲以調諸音，而諸子之切腳並可得也。余仲子之作是書，初遊等子門瀿之外，患其少而晦。既入等子門法之中，覺其多而詳，卒相忘於等子門法之内，厭其煩而贅。蓋洞觀其元，則萬象糟粕，辟之魚有筌、兔有罟，其未得之也，若有待也。及其得之也，殊不知其所以得也。噫！余仲之於字學，深徹其淵，隱窮其窟。蓋既得魚與兔耶，是書其筌罟乎？萬曆二十五年歲次强圉作噩秋九月室玄重陽後一日，袁伯子子謙汝益父書于蝨輪斗室。

字學元元説貂

袁子訓

蓋不佞訓嘗心佩孔門一貫之旨，深惟道元天地，至一無二。若夫文字朕乎河洛，聲音竅于天地，道與偕來，其一貫孰大乎諟。字之學，爲聲内外八轉，爲音三十六母，彼唱此和，妙元如此。即令字出蒙古韃靼，險聱茁軋不可曉，而耳其切脚，聲音莫可祕也。蓋人心自有無聲之體，能常無以觀某竅，千變萬化,不出此中。《皇極經世》所謂聲音相因之數,兩間萬物,咸盡諟者以此。獨惜先哲以智鑿元,而往籍遂以訛傳訛,吾儒又以不察失元,而釋家遂以妄衍妄,令後世學者審音,如南北人對語,而字學竟成聖事。或又有非詆之者,謂字母舍利,等子觀音,非吾儒所宜究也,而聲音之道,遂陸沈矣。予仲自髫丱時輒能詩,輒能切腳,既長而嗜益深,字學日益進。今年冬餘,仲欲集其所得,以蒇造化之隱,于諟啟等子之櫝,開門灋鑰匙之扃。予竊覵其槩,始執門灋等子而疑,既疑悟半,越一宵而悟,旬日而槀趣成。曹溪所謂言下便悟,仲庶幾哉。已又取《經世圖》而衍其數,盡日月水土之妙,分清濁開翕之類。已又取《華嚴》四十二唱,釋談三十七字,悉爲之縱分其聲,横别其音,所謂元無牽合,元無支離者。譬之萬錢撒地,仲引一絲以繩之,無散亂之患,亦無假借之虞。仲殆善調天地之元,而一以貫之者虖? 嘗聞仲之言曰:"字學盈青,貫之惟一。夫一者聲音,貫者唱和。音中以一見求之,則公古恭居,各轉中無非見者。聲中以一通求之,則公恭紅雄各母下無非通者。以一見一通唱和而貫之,則古紅切公,居雄切恭,諸等中無非貫者。"訓領之,一寤而醒,復叩之曰:"道盡諟乎?"仲曰:"此音和之妙,其他門灋,錯綜變化,當更進而味之。"予曰:"艱哉!"趣奉諟編而卒業,所得亦竟止于音和。自維韓氏子弟,而且金根遺謬,用諟愈益懼。嗟嗟! 仲以頓而得之。訓幾之以漸而猶嗤嗤然故吾也,昔人之誚,其耐免乎? 敢因敘斯鍥而及之。若鍥中旨趣,輿蓋之間,自有審音知已在,不佞訓其又何贅焉? 萬曆歲在柔兆涒灘冬室宰之月既望,不佞弟袁子訓經翼父盥手拜書。

以上明萬曆二十五年(1597)郴陽袁氏原刊本

西儒耳目資

西儒耳目資自序

金尼閣

人具靈才，以理爲本，理静屬性，理動生意。意生於内而未表於外者，必不能通於外。但人心好通，不忍自圉於内，則其表於外之法必巧。以近用言，以遠用字，言擊耳鼓，字照目鏡，總出内意於我，外或響或現，進通於他人之内矣。惟内意於人有大同小異，外表於人有大異小同，何也？内意根於本理之自然，故大同；外表根於人定之偶然，故大異。設以自天者喻之，理如日，内意如照，言字如晷之類，日體一也，日照亦一也，惟各表所指之晷，其法不一矣。是以天下之言字，大都無不異而音韻之總籟無不通者，此理之本然。内意之當然，在余西庠，天人二學中，今不具論。惟是言字之所以然，乃文學之一旅，人童而習之，不敢以知爲不知，又豈敢强不知以爲知？幸至中華，朝夕講求，欲以言字通相同之理。但初聞新言，耳鼓則不聰，觀新字，目鏡則不明。恐不能觸理動之内意，欲救聾瞽，舍此藥法，其道無由，故表之曰“耳目資”也，然亦述而不作。敝會利西泰、郭仰鳳、龐順陽實始之，愚竊比於我老朋而已。或曰：“旅人聾瞽，用此藥法，則救其病可也。乃我聆本國之言，耳未嘗不聰，覽本國之字，目未嘗不明，奚必用此藥法爲？”余曰：“此非愚意也。”蓋景伯韓君之固請曰：

"藥法能救汝聾汝瞽,必不能害我聰我明,矧真聾而自爲聰,真瞽而自爲明,重其聾瞽之癖也。今先生字學,實千古所未發,若拒而不納,乃真聾瞽矣。"景伯之言如此,余未敢以爲然,亦不敢不欽其謙焉。況此書原以供旅人聾瞽之用耳,大方之家,雖無所用之,第譬之無疾者,時蓄醫書,恐亦未足爲累也,輙忘聾瞽。五閲月始成此書。書分二《譜》,首字總一萬四千有奇,點畫聲律,一稟《正韻》,見昭代同文之治。旅人聊述其便於我初學者云爾。天啟丙寅孟春望日,泰西耶蘇會士金尼閣撰。

釋引首譜小序

金尼閣

譯者資耳,引者資目,俱先傳行,用救不聰不明之癖。旅人聾瞽,故此作首。首譜有二:圖局、問答。圖局照現目鏡,問答擊響耳鼓,故表之曰《譯引首譜》。先目後耳何?學法有序,目必先明,耳後易聽故也。圖有二:首圖《萬國音韻元泉》,末圖《中華音韻宗派》,元泉音韻之所以然,宗派音韻之本然。首末兩圖俱活,西號相配相會,音韻生生之指掌也,每圖各有專説。局亦有二:首局爲總,末局爲全。每局音韻有父有母之字,經緯相羅處生字子,則萬音萬韻,中華所用盡矣。其形如奕之盤,故曰局。其曰總、曰全何?總者,未分輕重、平仄、甚次,全則一一細分之也。圖局之後,有問答二段,蓋中士問攷旅人之意。首段講音韻耳資之理,末段講邊正目資之理,其用各有專説,一覽易明。問答之後,另排切法四品之圖,以盡切法。四品圖後，續編正、沈、等《三韻兑攷》，既覽《兑攷》，則旅人五十字母不少不多之故自明。總之音韻、邊正二《譜》，可爲耳目藥袋，此《譜》乃其方書耳。方書，故不得不譜之首。

列音韻譜小序

金尼閣

人性外通於有形之身，内通於無形之神。神在内而未離身，則必拘係于身，以不能受身所未授之也。譬之囚者，獄門未開，所未受於牖，其能通於外乎？故外身有知覺之牖曰司，乃内神所以能通於外者也。司有五：耳所以能聞，目所以能觀，口所以能味，鼻所以能嗅，全身所以能摸是也。五司之中，言字每一屬一而已。蓋言字口不能味，鼻不能嗅，全身不能摸，獨耳能聞言，目亦不能觀之；目能觀字，耳亦不能聞之也。今音韻定有意者曰言，本譜列之。蓋雖用字以傳其意，然當其列字之初，第聞其音韻之聲，而不觀其點畫之形，後列邊正之譜則反是矣。總局一行，全局成五。至本譜每一每五開成一攝，故有五十攝。每攝如總全局，亦包括三品之字，曰“同鳴字父”，曰“自鳴字母”，曰“共生字子”。父常在每攝之初，從全有二十，則分輕重之别。父生有字之子，横行每音之上。父上母下何？父切字子，成其首也。無字之音不必切，故父有音。無字之子跳而過之，厭多空方故也。每攝之切，不移父字，故父二十之號，無不盡成字子之首，不拘音同與不同已。自鳴字母常在每聲之首，從全有二百六十五，則分清濁、甚次中之别。母生有字之子，横行每子音之上。母下父上何？母切字子成其末也。母有字者，本位記之；母無字者，本位空之，西號補焉。母有字者，根父爲切；母無字者，切借子代之。母位之上，不拘有字與否，容切者俱有切，不容切者俱無切。若母無字者，本位止曰無字；若母子俱無字者，本位直曰無。蓋母無字，子有字者曰無，不可。母音於其子之末，無不響，故也。母切在本位之首者，于子切大有不同。子切常用父母，母切不用之何？曰：母首無不自鳴，豈能首用同鳴字乎？故母切不用本父本母，在首者曰代父，在末者曰代母，見問答中，今不具贅。共生字子，常在本母之後，從全有一千四百零三，則分輕重、平仄、清濁、等類之别。曰共生者，指父母之切也，俱縱行父母之下，首有西號，同音之表也。子有字者，本位記之，無字不記。三品之字，其列如此。其必如此而列之者，好從音韻之便耳。蓋同切者俱同音也，同攝者俱同韻也。同音者，父母俱同；同韻者，父異母同。或問間有半圈在幾字上何？蓋因多字之音，古今不同。假如“似”字古音爲上，今讀爲去，音韻之書從古，愚亦不敢從今，故表以半圈指之，然此類多在上聲。本譜列字有大小何？大者本字，韻書爲首，小者俱係亦作、或作、同作之類，則多爲重，不必嫌也。若大字亦有重排列二三攝之中者，不必疑之。蓋有多音之字，又有爲自鳴，亦能讀爲同鳴，故記爲母，又記爲子。終有音韻極近似者，彼此兩排俱可。余欲從便用，不惜重之耳。甚次中之中字，列在末而不在中，何意？蓋甚次中之别最難明，甚次既明，中後易明故也。或疑本譜于作詩不便，夫詩余不盡解，但同音同韻之排，俱實得其所，于作詩何妨？真韻不害近似之韻，作詩者欲從其寬，我窄詎禁之哉？旅人排韻于本行，以便初學，故不敢曰定，而曰列云。

列邊正譜小序

金尼閣

靈神本性之光，在人軀形之内如燎，軀形外護如篝，篝本無光，燎光既在篝中，篝受光最切近，若篝且有光，而轉照于外焉者。故靈神内燎之光，雖藏在軀形之篝，而目明，而耳聰，而口味，而鼻嗅，而四體覺動，是則軀形之外篝無不先受靈神内燎之光矣。但軀形外篝之光大讓靈神内燎之元，何故？敝西性理之學所云“有本能生他本者，元本必盛”是也。何以見之？譬如太陽之光，本光也，自内發之則大；太陰之光，借太陽之光，他光也，自外受之則小。靈神内燎，正如太陽之光，軀形外篝，亦如太陰之借他光，則元光豈不盛乎哉？蓋靈神本性之光，造物主之像也，其本性之德雖相去甚遠，然實畧從而喜效之。主造物者，無不親在，其内無外焉。靈神雖親，獨在本身之中，而無主命，則不能出也。惟是靈神之意念，如燎光在篝，照通于外，誰能止之？蓋念意無所不照，天之所周，地之所鎮，奮奮迅迅，疾然通之，遠可如近，此可如彼，軀形之重，萬不能遲靈神之輕矣。若夫軀形之重，其内有外，其近有遠，在此必不能在彼，故靈神在身中者，嘗猶以軀形爲病。蓋其内意出于外者，雖有定言，能通于在近在此他人之内，然近未能至遠，此未能至彼也。故既定言以至其近，又宜定字以至其遠矣。今言韻定有號者曰字，本譜列之。固雖用音以傳其意，但其列之之初，第觀其點畫之形，而不聞其音韻之聲也。與前列音韻之譜正相反，何也？人聲浮于空中，一響易滅，譬之書字于水上者，旋書旋滅，豈能當來世之久，豈能至離地之遠哉？字則不然，來世之久，不能滅之；離地之遠，不能隔之。千古所傳聖哲之學，字也；帝王所平一統之大，字也；人心所結遠朋之情，字也。字者，記含之廩也，明悟之鑑也，愛欲之譯也。總之爲内理之使，内意之烽。脱使無字，本世易滅，本地易圍，于其先者不能取表，于其後者不能遺跡。靈神縱寬，徒囹圄于軀形之囿耳矣，其異於物類也，能幾何哉？靈神軀形内外之分别，既如是矣。但其内於人畧同，其外於人多異，故如言音出於同内之外者，普無不異；字號立于同内之表者，多亦不同。試觀一類同性之中，人面豈能一一相肖乎？今字不同之多，其法所從之路，總分兩端而已，從物之意一也，從口之音一也。從意者何？萬物之類，每有本號，像其意者是。從音者何？人籟之響，每有本號，效其聲者是。從意如繪，從音如奏，繪者先意後音，奏者先音後意也。中華一統，車書會同，其字從意。一統之外，隣近諸國，余還聞有幾國字皆從意，每號像之繪之，後加其音耳。天下餘土則不然，其字從音，每號效之奏之，後加其意焉。蓋雖元音之號，在在多不同者，大率皆從元音之籟焉耳。或問於余曰："定字之法，從意乎？寧從音乎？"余曰："未知從意之妙者，從音爲先；未知從音之便者，從意歸勝。至通知從意從音之妙之便者，不敢以本土從音之法，謂他國從意爲上。然旅人匪敢自足，亦匪敢諂諛。竊嘗平心而評，實讓從意之妙焉。"問者覆謂："先生所讓禮也，未知果當理否？蓋從音者，西字不幾字耳，易學易明，豈不大過我字從意幾萬之難？從音幾字能號萬國之音，書之更便，又豈不大過我字從意？尚未足盡筆本國之音哉？西字之便，多半如此。先生之禮，豈真理耶？"余曰："子知我長，未知我短；子知自短，未知自長。何也？字之妙，傳意爲主。傳意之寬，字妙之長也；傳意之窄，字妙之短也。今從意之字，不待其音，自能傳意；從音之字，未知其音，不能傳其意焉。故中華從意之字，隣國幸而用之，雖風氣之音，大不相通，但使中文如本地之文，即無不通之者。矧中華一統之内，多省如此，普天之下，人意所通，果一一用中文從意之字，同文之理，行且大通於天下矣，寧不深可幸哉？乃從音之字不然，必待其音，則傳其意，故不能通異鄉之談者，亦不能通異鄉之文。蓋雖所用同音之號者，字字之號，號號之音，每每可認，但其音音之意，未能通也，况又或用同音不同之號，未知其字，未知其音，更未知其意，豈不愈難知歟？然則從音之字，學之誠易，書之誠便，寧能不讓從意之妙，從意之寬乎哉？故余之所讓禮也，實理也，不懼敝土人之議余爲諂矣。”問者唯唯而退。

西儒耳目資敘

王　徵

蓋余讀《西儒耳目資》，而深有悟于庖羲氏畫前之《易》所以爲文字祖也。夫自龍馬初呈，點畫無義，聲響不傳，庖羲氏獨取一渾沌太極而中分之爲二儀，摩盪之爲象卦，引伸觸類而爲六十四，爲四千三百九十六，陰陽錯綜生焉，承乘比應備焉，時物變化行焉。使夫六書不製，書契不作，聚萬古之聰明于重交單拆中，相切而響傳，相比而義出，奇偶之外無邊傍，因重之外無損益，文字之禘祫，雖至今不祧可矣。無何而蒼帝之後，渾沌剖而衆喙争鳴，校點呈畫，分聲附韻，如休文之拘而不通，斌珙之衍而近雜，《等韻》之金砂未檢、樊然不精,何怪乎齒牙相阨、喉舌相詬、濁清相淆? 即如中國固天下文明之邦也,方言俚語已如蜾祝相似而不可得,安望夫刁刁之轡,大塊墮地之孩聲齊萬國哉? 夫天下一家也,一家之中,華梵侏儷,如鼻語角聽之不同類,將家必以爲怪,今重門而入,九譯而通,似皆絶徼異域之人乎? 自主天下眎之,猶就家之人耳,家之人而獨云文字之不相通也,忍乎哉? 金四表先生乃天下極西國人,慕我明崇文之化,梯航九萬里,作賓于王,其間閱歷不知幾百國,而覩識風俗文字之傳國又各數變焉,税駕于邸,急取中國聖賢典籍讀之,其義意之邃,不啻河漢。而先生一旦貫通,以西學二十五字母辨某某爲同鳴父、某某爲自鳴母,某某爲相生之母,分韻以五仄,如華音平則微分清濁焉。不期反而反,不期切而切,不體外增減一點畫,不瀍外借取一詮釋。第舉二十五字母,纔一因重摩盪,而中國文字之源、西學記載之派,畢盡於此。蓋二十五字母即太極中分之奇偶,而兩字相比成音,即奇偶相重而爲象也;三字相比,即奇偶再重而爲卦;四字相比,即八卦遞重而爲六十四;五字、六字相比,聲聲自然透現,即六十四卦重爻變化,舉天下之能事而爲四千三百九十六卦也。按其母而子自晰,切其音而韻自諧,清、濁、甚、次、中,櫛比黍累,無論足訂《等韻》、德珙[①]、休文之誤,凡蒼帝造書以還,中華無字之音,一旦肖其像貌,踴躍而出。更從萬國音韻總圖中,一參悟其二十五字母所處之次,即雁唳虫吟,都可爲文。古人有彈琴而游魚出聽、清商鼓而天地皆秋者,節宣政在此際。然則謂庖羲之易爲文字之祖,而先生是書即禰庖羲,稱字學之宗子可也。西儒之資云乎哉! 雖然,此猶先生之緒餘耳。

①德,當作"斌"。前有"斌珙之衍而近雜",斌指王斌,珙指神珙。

先生學本事天，與吾儒知天畏天，在帝左右之旨無二。同其儕入中國，幾三十年矣，名利婚宦事一切無染，獨嗜學窮理，不知老之將至。所刻《實義》《畸人》《天問》《表度》諸書，莫不各殫奧玅，而此特先生所獨剙。史稱蒼頡字成，天爲雨粟，鬼爲夜哭，説者謂洩天之靈，鬼神攸忌。余則謂天有全靈，人有全覺，覺亂無覺，全靈自含，人天共洽，忌于何有？庖羲氏之作《易》，露靈龍馬，奇偶無恙。而渾沌因不驚也。逮蒼帝纏渾沌而絲解之，天雨鬼泣，一若苦于捁鑿而失庖羲之祖意然，乃今于先生二十五字母，因重摩盪，恍有會焉。儻所謂準庖羲之一圈，補蒼帝七竅者非耶？昔我高皇帝定鼎之初，即取音韻百家，命諸儒臣翻校董正，以昭同文，著爲《洪武正韻》，精核典要，洵足跨軼前代，然時始御極耳。可攷證者一代之章程，一成之餘説。至于今日，職方九譯，莫不獻琛我明，誠萬國文字之宗國哉！異日者，天禄石渠采先生是書而更爲之表章，即命之爲萬國耳目資也，夫誰曰不可？其尚俟之知言君子。時天啟丙寅歲春月之吉，關中涇陽良甫王徵撰。

西儒耳目資序

韓　雲

字學有三：曰邊傍，曰音韻，曰訓詁。吾儕終身汩没於中者，西儒如吾周官小學，時了然于心于手于口，豈以楊子雲自域哉？西庠天學修身以事天，人學格物以窮理，字學乃文學之一，爲天人學之基。沈休文以四聲求之不得也，晉僧了義以三十六母求之不得也，鄭夾漈以二合三合求之不得也，未嘗謂吾儕字學知偶然不知當然，知當然不知自然，知自然不知所以然。西儒自利先生入中華，自淑淑人，一切學問，無不欲人直窮原原本本，而又不驕不吝不倦，弗止言語文字之資，又豈不立言語文字之比？憶十年前，吾師玄扈徐太史誨余曰："蚤畢舉業，問學無窮。"因循歲月，茫茫無得，深悔當日之易其言也。四表金先生，利先生之後進，哲人萎矣，尚有典刑，敦請至晉，朝夕論道，偶及字學，如剥葱皮，層層著裏，隱憂泣血，不覺見遺。因請爲書，凡三易稿始成之。聖人在上，下生蒼頡，天啟文明，乃有先生。安得通人，各出油素，以紀所聞，於以會中西之同，抉天人之秘矣，必郊麟岐鳳，始爲熙朝盛美哉？他所論字學肯綮，具問答中。天啟五年元日，汾泖後學韓雲書於明旦齋。

刻西儒耳目資序

張問達

字韻之學非雕蟲埒也，三才之蘊、性命道德之奧、禮樂刑政之原皆繫于此，宋司馬君實有云："備萬物之體用者，莫過于字；包衆字之形聲者，莫過于韻。"誠重之矣。蒼、昊之後，籀、篆代更，下逮斌珙，翻切益廣，然而字緣義棼，韻因方别。洎夫四聲八病，過爲拘礙，遂致經緯不交，馴失立韻之元。肆我太祖高皇帝定鼎之初，輒先稽古攷文，詔詞臣輩諧音比類，訂訛補偏，刊集《洪武正韻》一書，頒布天下，盡洗江左之夙臼[1]，丕定中原之正標，于是千載陋習，一朝頓改，太史景濂氏詳哉乎其言之矣。余山居卻掃，課兒之外，了無他事，間取《正韻》一莊誦之，未嘗不仰頌聖明之創著，節宣攷定，爲不刊也。第所論成文協音，不假勉强，彙東西南北之同調，剽疾遲重之異，總不出反切二法已耳。夫謂七音可定攝乎，舉攝而竄焉者且奈何？謂五聲可爲宫乎，舉宫而淆焉者且奈何？竊意子之弗應母，乃母之未真，顧安所得元音之母，而與之直通夫自然之韻。一日，友人良甫王子手一編過余而言曰："此新訂《西儒耳目資》也。蓋泰西金四表先生所著，其學淵而邃，博大而有要，僅僅以二十五字母衍而成文叶韻，直截簡易，絶無一毫勉强拘礙之弊，立總立全，分經分緯，才一縱横交羅，而萬字萬韻無不悉備于其中也者，倘先生所索元音之母、天地自然之元韻非歟？"余覽之而卒業焉，種種奥義，果如良甫所言，且多發前人之所未發、補諸家之所未補。至于聞音察母、檢畫知音之法，開卷便得其韻其字，恐從來無此奇捷。矧其書一遵《洪武正韻》，尤可以昭同文之化，可以采萬國之風，可以破多方拗澁附會之誤。其裨益我字韻之學，豈淺鮮哉？如曰此雕蟲藝耳而薄視之，則嚮者君實、景濂兩先生之推本，抑何其遠且大耶？爰命兒輩校而梓之，以廣其傳。時天啟六年丙寅夏五月癸亥日，谷口病夫張問達序。

---

①臼，當據文意改作"臼"。

刻西儒耳目資序

張縺芳

《西儒耳目資》者,泰西大儒四表金先生所作以資耳目者也。書分三《譜》,首《譯引》,次《音韻》,次《邊正》。蓋未覩字之面貌,而先聆厥聲音者,一稽《音韻譜》,則形象立現,是爲耳資;既覩字之面貌,而弗辨其誰何者,一稽《邊正譜》,則名姓昭然,是爲目資。而《譯引》首譜,則以圖例問答闡發音韻邊正之所以然,以爲耳目之先資者也。西儒入我中華,能徧閱此中文字,而輒洞曉其義意者,全資乎此。愚也心志昏庸,耳目多所窒礙,每遇奇書奇字,便同陌路之人不相認識,即能認識矣,而稱謂之間清濁混淆,又復冒甲以乙之名者不少,偶得是書而卒業焉,不但耳目若爲朗豁,即心志亦若藉以□發,則是書殆真愚之耳目也,夫寧獨資之云乎哉?因再三請之家君,捐貲亟刻以傳。刻成,敬識之若此。關中涇邑後學張縺芳撰。

西儒耳目資跋

劉　復

右明天啟間泰西耶穌會教士金尼閣所撰《西儒耳目資》,内分《譯引》《音韻》《邊正》三《譜》,《譯引譜》講述音理,《音韻譜》按音求字,《邊正譜》即字求音,實歐洲音韻學識輸入此土最早之一書。歐人論音，導源希臘，歷羅馬，中古以迄近古，但有繼成，未多創發，較之梵土，自欠精嚴，而文以音成，歷史悠久，自其所論，可取必多。苟吾國學人，早能虛心采納，恐三百年來，清儒論韻，造詣之深，當非今日所能意象。惜先儒於文字音韻之業，華夷之見過深，兼等音、門法，方喧呶而寡當，陰陽律吕，又羼入而增紛，坐是雖有佳編，遽歸抹殺。其知所取法者，前後只楊選杞、劉獻庭二家，然其書亦隱而不彰，未爲世重。今新興之語音學，既兼采希臘、印度之兩長，復助以算數、物理、生理之測驗，徵舌位於龍慬光中，察波紋於顯微鏡底，其爲精密，自已遠過當時。然就金氏書以求明季音讀之正，較之求諸反切，明捷倍之。又編制精審，離内容而言方術，亦尚足資楷模。是其書固未可即廢也。原書流布無多，併此土及朝鮮、日本，卷帙完好者數不及十，偶書賈得其殘卷，亦復居爲奇貨，學者購置無從，每以爲苦。北平圖書館藏有是書全帙，復因商之館長袁守和先生，又商之北京大學校長蔣夢麟先生，得由館校合印五百部，藉便學人。楮墨不取過精，但求無損原樣，書直力求低減，祇期能償印資。於是垂佚之書，得復重傳於世，凡吾同道，當所樂聞。民國廿二年十一月十日，江陰劉復識於北京大學研究院文史部。

以上1933年北京大學據明天啟六年王徵、張問達本影印

韻法直圖

韻法直圖序

梅膺祚

宣城梅膺祚誕生譔。

上古有音無字，中古以字通音，輓近又沿字而失其音，蓋以韻學未講而仍訛襲舛，莫知適從也。韻學自沈約始，而釋神珙繼以等韻，列爲三十六母，分爲平仄四聲，亦既攄性靈之奥，而洩造化之玄矣。顧通攝門繁，而膚淺莫測，予苦之。壬子春，從新安得是圖，迺知反切之學，人人可能者。圖有經有緯，經以切韻，緯以調聲，一切一調，彼此合湊。蓋有增之不得，減之不得，倒置之不得，出自天然，無容思索，稍一停思，竟無聲續矣。圖各三十二音，上下直貫，因曰《韻法直圖》。學者按圖誦之，庶音韻著明，一啟口即知，而通攝之法，可寘之矣。

切字法以上字定位，下字照位取音。如真奇切，先從巾韻讀至“真”字，是十八位，次從基韻讀至十八位，便是“知”字。又於琴切，先從居韻讀至“於”字，是二十五位，次從金韻讀至二十五位，便是“音”字。

韻繁難以徧讀，只熟讀前五韻，後各韻自能貫通，故撮五韻明顯者臚列于前。

讀韻須漢音，若任鄉語，便致差錯，若首差一音，後皆因之而差，不可忽也。

明末刻本

韻法橫圖

韻法橫圖自序

李世澤

上元李世澤嘉紹識。

等韻舊法，精妙至矣，但門法多端，初學難入。兹妄不揣，祖述其意，而爲此譜，與願學等韻者稍藉爲階。惟願高明夙德，賜之碱砭，正其譌謬，使不悖戾先賢、迷誤後學，是所望也。

韻法橫圖序

梅膺祚

宣城梅膺祚誕生譔。

是爲李嘉紹氏所作者也，曷爲而有是作也？等韻自音和門而下，其法繁，其旨祕，人每憚其難而棄之，曰："吾取青紫，奚籍是哉？"故世有窮經皓首之儒，而反切莫知，敝相仍也。嘉紹氏以四例該等韻之十三門，褫其繁以就於簡，闡其祕以趨於明，令人易知易能，不有功於後學哉？嘉紹，故如真先生子。先生曾爲《字母詩括》，家學淵源，所自來矣。余先是得

《韻法直圖》,其字從上而下也,是圖横列,則以横名,一直一横,互相脗合,猶《易》卦然,先天後天,其圖不同,而理同也,韻法二《圖》,蓋倣諸此。甲寅春,並屬之梓。

以上明末刻本

元韻譜

元韻譜自序

喬中和

聲韻之衜準諸《詩》,《詩》有分韻無分聲,天籟自鳴,天響自合,解愠、擊壤之遺也,今不可考而知耶,尼父之心,精在是矣。自四聲立而詩之不協十焉五,《補韻》成而不協猶十之三,抑未攷其音之元乎? 人具脣舌齒喉牙,自當以呼吸緩急會天地之元音,豈泥故轍哉? 夫元萬象咸羅,其森然列者,不得以髮爽,亦萬化靡窮,其紛然變者,不得以數計。抉其奥,不第協三百也。由三百以遡之前,歷歷以衡之今,凡名公碩彦之操觚、匹婦匹夫之率口,未見其有齟齬也。奚以明其然也? 觀天矣,房東昴西,星南虚北,定位也。乃四星之當其位者寧幾耶? 運於無方,禪於無盡,天地之所以成歲,人生於五方,各得其氣之偏以爲聲,而東西相舛,北南相乖,勢也。迭出正,迭出變,何怪諸? 恢以大觀,合以大元,則異正以盡同之變。今夫蟬自鳴也,馬自嘶也,收焉亦天聲之不相礙,況人也而戛戛然異彼仝此、是此非彼,夫亦未之思乎? 試思聲從性竅出,萬物一性,則萬舌同聲,同故一,一故萬,數之所不容已也。昔邵子以十聲十二音,分日月星辰、水火土石相唱和,用力精苦矣,而未免牽合。温公《指掌圖》取自僧神珙三十六母,昔人謂奪造化之巧矣,亦不無複且畧。蘭廷秀氏删之爲《早梅》二十字，似乎是然，而缺畧者如故，且注入聲之有無正相誤。余自垂髫讀諸家韻，覺未備天地之完音，而蓄疑久矣。歲戊申，邑友人玄洲崔氏論聲當爲五，與鄙意欣欣契焉。夫敝邑，十室邑也，而業有玄洲氏相然，胡乃敢外海内而私千古？遂稿創於是歲之春三月，迄六月而粗定，越辛亥之暮冬，而乃克成，謄本凡十二易，上下千餘日，其夢醒也於斯，其哀喜也於斯。始而苦，既而甘，終而忘，不知其然而然，果是耶非耶？韻魔之相依耶？嘗遡而憶之，或時而畏譏，或時而慮竭。玄洲誘焉策焉，彌搜彌遠，轉透而轉安，其功多，其識力洪也。《譜》既成，集五聲字各一卷，而名韻則五聲同籟不紊也。每韻標七十二母，雖無字聲，弗隱轉叶焉，或不忒也。殆所謂虚無用以待有用，非耶？是《譜》也，極知僭妄，聊以吾兩人之心暴諸世，然自有知音者，且旦暮遇也。萬曆三十九年辛亥冬十二月，内丘喬中和序。

元韻譜序

崔數仞

有生人，則有言語聲音以名事物，慮無以識之也，由是文字生焉。蓋其始也，因聲音以命文字，而其既也，緣文字以傳聲音。一創一因，舛誤之倪肇矣。況加以五方氣異，今古時移，傳寫遞更，音響殊授，形象名稱，紛然叢雜，夫何可會而一之耶？爰自戰國，上遡皇王，其區別聲韻之教，雖或未聞，而詠歌賦頌之遺，典籍備具，泝流窮源，道亦未盡泯也。乃兩漢之際，揚雄、許慎輩繼出，雖或類體述訓，闡發六書，而聲音之法，尚微而弗著。迄於梁之沈約，始因胡僧神珙之四聲以爲《類譜》，實開聲韻之先基矣。若陸詞、孫愐輩，韻編迭盛，要皆浸昌於末路者也。惟宋司馬氏按休文之遺訓，獨爲科别七音，分判清濁，爲圖二十，以三十六母列於其上，推四聲相生之法，立《指掌圖》，蓋即所謂四聲等韻也，幾不媿江左之忠臣乎？元安西劉士明因其成書，更加編纂，次爲十六通攝，共成二十四圖，名《切韻指南》，其間分門立類既無條貫，而造例作歌醜態種種，讀之令人口污，真司馬氏之辠人矣。余少慕聲韻之學，而未覩所謂《指掌圖》者。既於緇流處見《指南》二十四攝，或謂即司馬氏之遺，余遂力爲誦習，輒覺其支離複亂，而不能竟其業云。是誠劉氏之謬妄乎？亦始法之不善乎？既讀《經世》書，因論天聲地音之旨，别悟字有五聲，如天之有五行，地之有五方，人之有五常也。吾邑友人喬氏還一，夙習《指南》聲韻。戊申之歲，與余小飲，因以余説質之，則心信而口許之不置也，且曰："《指南圖》中有呼上女去、讀入如平者，余方心知其誤，得子之説，而其故可推，其失可證矣。"遂鋭意纂正《五聲韻譜》。余亦感其論議，潛心思維者數越月，計欲於五聲之字各分爲十二，而名例未定，且苦諸響繁雜，難於區畫。已而還一以所纂《五聲韻稿》一册示余，則十二之數頗合，且定體立規，兼分之以剛柔律吕。余捧讀之，而後喜可知也。蓋其聰明别具，夙慧殊哉！余既携其稿以歸，復加紬繹，且數數面相討論，互爲詮定，凡幾易寒暑，始克成編。而約其大旨，則增四聲爲五聲也，合衆韻爲十二也，分十二爲剛柔律吕也，列剛柔律吕以七音也，析七音清濁之響而各立字母也，且正入聲於本聲之下而咸歸於十二韻也。其間整綱辨目，若類繁嚴，而假彼叶此，道則無滯，蓋其體方用圓，理固誠如是耳。嘗稽之賡歌而下，若雅頌十五國之詠，以及諸經韻語,騷賦雜家,或恪守尺寸,或借字轉聲,要皆不昧其本音,兼之融通於類例者也。考古證今,區別同異,或可定千載聲韻之是於萬一云。若夫執意見以分疆立限,從寬假而弛法漫合,將使後人而復誤後人,亦何益於文字聲音之元耶?時萬曆三十八年歲次庚戌孟夏之吉,同邑崔數仞玄洲氏譔。

元韻譜序

黄雲師

壬寅夏四月作石鐘遊,文衣喬令君以其尊甫先生《韻譜》見示,予受而讀之,謂曰:"隱侯四聲,今增五,何也?"曰:"爲陽平設也。陰平宫,陽平徵,上聲商,去聲羽,入聲角也。""佸衆韻爲十二,何也?"曰:"樂有七音,韻有七音,律娶其妻而字歸其母,故韻之道通於樂,其元聲一也。""析柔、剛、清、濁以四響,何也?"曰:"邵子已前圖之矣。陰陽之根互藏其宅,其微渺不能無異也。""母三十有六,今爲十九,又别立光、倦、庚三母,而四響各用,何也?"曰:"律吕自然之音,如是已備,異其數,不異其元也。且舍利在唐,創字母三十,温首座又益以孃、床、幫、滂、微、奉六母,前既可增,今亦可省,要之無歉於七音,斯已矣。"蓋譜學之大指若此。予嘗謂古初因音以通其字,後世沿字而失其音。字者,形也;音者,名也。人識其眉目,不以其名呼者則不應;字摹其點畫,不以其音命者則不諧。雖然,音者,本天而域地者也,吴楚剽輕,燕趙沉重,秦隴去聲爲入,梁益平聲似去,抑孰從而正之乎?

賡歌遠矣，三百篇而下，暨於漢魏諸騷賦，緯以隱侯之譜，必不盡合。樂韻字多假借，而惟協其音。自神珙之術被于四聲，詞人奉爲玉律。然沈譜類皆吴音，不可以範世。迨乎唐代，此法益精。顧等子通攝，間亦有譌，則豈非字不容以强同，而華梵之音或異歟？宋涑水氏指掌立圖，自稱天授，然知横有七，而不知縱有四也，母之不孳其子也。猶夫沈譜，知縱有四，而不知横有七也，子之不腹于母也。識者蓋多疑焉。近代中州吕介孺《韻鑰》一書，其論清濁、翕闢、開發、收閉，亦精切不誣，而第謂上下二平初無分别，則猶有人之見者存也。今先生諸譜，縱横可誦，而首以二平分宫徵，既已悉掃隱侯之迹，又且增省韻母，以是爲中夏正音，而無過踵於西域之所製。蓋其分忖幼眇，亦可謂度越諸家矣。或曰先生趙人也，前此沈隱侯、劉文正、郭太史諸公，率皆以所長光史册，本朝聲音之學無絶殊者。先生既深明韻事，取元聲以定雅樂，必卓爾可觀，惜其終藴而不出也。然則闡先生未竟之業者，其在令君乎？時順治甲午仲冬，柴桑後學黄雲師敬書於匡盧之茹美堂。

元韻譜敘

蔣先庚

夫讀書貴於識字，識字先於辨韻。童子不識字，質之塾師，塾師不能應，想相疑似，教之偏旁而已。至今點畫矇矓，音韻循之，若吴楚剽輕，燕趙沉重，秦隴去聲爲入，梁益平聲似去，土音相承，不能出里，清濁莫辨，間同鳥語，而教與學者，咸習而安之。聲韻一差，不但平仄不叶，則義理舛謬，文字之道，患莫大焉。往稽古昔，《周官》保氏掌之以教國子，外史掌之以訓四方，司徒氏掌之以教萬民。迨漢興，大史試學童子，能識書九千以上得補爲郎，以六體課最，得爲尚書令史，吏民上書不正，舉劾隨之，上之董勵殊殷，則下之傳習惟嚴矣。中丘還一喬先生生於萬曆末禩，窮研經史，北方之學，未有或先，從之者衆。每以士人用字點畫形象、音切意義不明爲憂，與玄洲崔子互相問難，宗沈約四聲而五之，佸吴棫、毛晃、劉淵之韻而十二之，有五聲、四響、三籟、七音、十二佸、七十二母，切音陰陽，柔剛應律，清濁寄歸，轉叶蒙音，統十四類，清濁高下，盈虚輕重，朗如指掌，縱横可誦。而首以二平分宫徵，悉掃從前諸家之誤，以正塾師教訓之訛。窮天地之終終始始，而呼吸變化，萬彙形響盡此。昔邵堯夫先生之作《經世》也，以日月星辰象平上去入，以水火土石象開發收閉，而以陰陽剛柔相乘而用之，得一百一十二，得一百五十二，得一萬七千二十四，得二萬八千九百八十一萬六千五百七十六。今喬還一先生之作《元韻》也，循十二佸象紀一紀之數，得四千三百二十，是爲正聲，一聲而平仄相錯則得五，律吕相代則得十，十二佸相環則得一百二十，是爲變聲。計聲之數，一佸得四萬三千二百，合三佸得十二萬九千六百，而一元畢歷十二佸，得四元以象四季，而天地之元會盡此矣。然則邵子《經世》、喬子《元韻》，豈不並傳不朽哉？然書之行藏有數，顯晦有時，始作於萬曆庚戌，傳於令嗣文衣。至順治壬寅，文衣遊白門，余得是書而快讀之，珍秘三十餘年，不欲爲人見。至今康熙庚午春，栢年陳子、赤州朱子咸遊於先生之門，諷誦是書，不啻寶玉，遂勉力同梓，至今辛未冬，始獲成書。豈非如龍圖洛數應運而出，爲一代休隆之徵，文運喬興之兆，不獨開聾瞶而正俗習、翼經傳，爲多士之師範已也。時康熙辛未冬至前二日，句曲後學蔣先庚震青書於石渠閣。

以上清康熙三十年（1691）梅墅石渠閣刻本

同文鐸

同文鐸引言

吕維祺

《春秋》之義，大一統，尊天王。以今一統同文之世，而鉛槧之家置《正韻》弗省，惟休文《類譜》是尊是信。若曰尋常推敲，非館閣應制奏對磨勘埒也。夫同文云者，謂點畫形象、音切意義，皆有王制，班班可考，而反若存若亡，若信若不信，休文生平未足比數。若其權千古而下，亦尊於時王之上，豈不惑哉？或曰此非休文創也，上古本有二百六韻，休文特分合之耳。或曰我太祖高皇帝刊定《正韻》，韻行既久，復謂猶未盡善，及見劉三吾所進孫吾與《韻會定正》，稱善，賜名《洪武通韻》，詔刊行之。曰：固也。《正韻》《通韻》，正可並行不悖。以《正韻》爲之本，而以《通韻》分次之，雖存休文焉可也，然其點畫形象、音切意義，自有憲章，雖黜休文焉可也。休文有譌有複有掛漏，皆以《正韻》爲之本而訂之、删之、補之，雖用休文而不爲休文用焉可也。按《正韻》七十六，約字一萬二千六百有奇；休文韻一百有六，約字八千八百五十二；今韻仍一百六，約字一萬四百有四，此《正韻》《通韻》分合、參訂、删補之數也，所謂並行不悖者，此也。其以五聲七音分開合，核清濁，次開發收閉，而以母定等，以等定切，以切定音，以音定義，或析其形，或彙其義，或附以古韻古叶，或引《易》《詩》、古傳、詞賦,則以羽翼《正韻》而振其宣鐸云爾。語云:“孔鐸不宣,乾坤長夜。”夫我高皇帝之開聾聵而醒長夜已,金石爲昭矣。予雖不文,意在發明孔子以同文覺世之遺意,以常振高皇帝考文之鐸。即未敢自謂守待功臣,庶於《春秋》一統尊王之義,或有取焉。新安豫石吕維祺題於金陵之洗心亭。

同文鐸敘

楊文驄

竊聞之,自有書契以來,歷代聖王凡以崇教右文爲盛節,蓋莫先于書已。故《周官》保氏掌之以教國子,外史掌之以訓四方,司徒氏掌之以教萬民。漢興,太史試學童,能諷書九千以上得補爲郎,以六體課最,得爲尚書令史,吏民上書,不正隨劾。上之董勵殊殷,則下之研覃罔替。噫!綦重已。輓世詔令弗彰,妄庸相枕,有終身儔伍墨卿,而究不知八體六技爲何物者。夫古童子通《急就》《凡將》,而今之士人輒迷瞀于所未習,紊書而失義,失義而盭道,其所淪喪,豈輕眇也哉?我太祖高皇帝定鼎之初,首命大將軍收秘書監啚籍,復詔輶軒之使搜攬四方遺書。特《正韻》成,載諸太常,布諸寰海,煌煌一代同文之鉅典也。迺至今鉛槧之家浸淫沈韻,而置《正韻》于弗顧,既非所以翼經史、遵王制,如解詁之根,因反切之支裔,陋儒曲士,又未嘗過而問焉。聵沿聾襲,江河日甚,良足悲也!南大司馬新安豫翁老師以天民先覺之資,履斯文代興之任,綰髮授記,則百代忞其牢籠;綺歲登朝,則四維賴其支拄。紬繹之次,更于字學多所究心,謂攷韻者溺于方言,劣于典則，狃于株一，歉于該通，均于讀書識字無當也。于是取六書之精蘊而咀嚼之，因嶽降東垣，得中原之正音，去五方之啁雜，窮日編摩，劈分是正，極之原本性情，洞昭玄悟，越十稔而書始成。然撮其旨要，一以《正韻》爲宗，參駁沈韻，付以古叶，摘紕繆于休文，規中正于蒼頡，使上下數千載，晝櫛墨比，毫無漏掛，而始即安，命名曰《同文鐸》。余小子時從問業，會書告鐵，見夫删訂萬有餘言，井井章章，衮衮洋洋，如繭絲牛毛之猥細而弗雜也。臚以七聲，協以開合，如三鑾七萑之調合而適于口也。鑰以統音，母以生字，如河流并渠，千七百經中國放四海，而必本諸崑崙也。猗歟富哉！蓋吾師涵濡道德，游泳文章，風猷落落，掩宙合以孤騫；經濟班班，麗璣衡而罕媲。且也當主心嚮用之時，出其壯籌偉略，張九伐之天聲，厲五兵之神氣，于以汛翦天狼，廓清海甸，在一揮斥間耳。迺其所恃爲鞏固苞桑者，必兢兢以明經學、贊文教、一道同風爲首務。誠有見夫老成安攘之策，恒先于此而後于彼也。則是書也，當庋之石渠册府，使日近北辰之座，將天球弘璧争光，而未可與《訓纂》《玉篇》《説文》等帙同類而共觀之矣。余小子躬逢其盛，不足仰贊一詞，因聊述所頌，以附于識小之列云爾。崇禎癸酉八月，吉州門人楊文驄頓首書於白鷺川上。

以上明崇禎六年（1633）志清堂刻本

等　音

馬氏等音序

高奣映

未有天地,先有音聲。夫何以知未有天地,而先有音聲也?知天之爲天,一噫氣清之以上浮也;地之爲地,一噫氣濁之而下沈也。地之塊然,天之冥然,莫非此噫氣之清濁爲之,豈非未有天地,先有音聲乎?夫音者,聲之節也。聲之雜比以爲音,如鐘鎛鐲鐃金之器,節之以發音者也,亦猶絲之有琴瑟琵琶,竹之有笛籥簫管也。其爲節之器不僅是也,至匏之笙簧竽則三焉,土之塤缶,烏烏革之鼓鞉,木之柷敔則二矣。惟石之節則僅以磬,故磬之精詣入於耳,爲音之所獨至,故聲從磬從耳也。聲者,形氣之相軋而成者也。雷發谷響,則爲兩氣;鼓桴叩擊,則爲兩形。羽扇敲矢則形軋氣,人吹器應則氣軋形。要皆習以不察,感物之良能耳。使無聲音,則天之被於物者可以不風,地之受其氣者可以不竅。伶倫無勞取嶰竹,黄帝不事聽鳳鳴矣。知鳳之聲協陽有六,將思製之以爲律,凰之聲協陰亦有六,將思製以爲吕,由以知十二月之有律吕也。心知其故,而終焉測天地之氣之所以至,究莫得而知之。斯阮隃之陰,嶰谿之谷,斷節比□,□二筩之所由作矣[1]。

[1]"□,□"二字底本缺,據《吕氏春秋·古樂》當作"吹,十"。

嗣之候氣，□□以緹縵之室[①]，實之以葭管之□，□求聲乎律也[②]。自一黍之廣，以漸推之于分焉、寸焉，遂得爲長短高下清濁之宜。其譜之以傳聲音者，則又悉具于字。一字之有五音，而清濁高下備，則取音於舌以等□□，不外反切二法也。吾友馬子盤什精於字學，以六例明等字之法，爲《圖説》二卷當永訣，以訂余爲□□，余撫其腹以感之曰："喜怒哀樂之發音聲，乃獲天地之和。兹子誠樂而我則哀，能爲子忍傳此遺餘耶？"槃什曰："天地莫不遺餘，即遺餘傳其遺餘耳。"余三撫其腹，幾幾泣數行下。槃什則按其皤腹，揮笑若尋常。吾始與槃什交，異其腹巨，若容數斗也；異其指如錘，掌如巨靈之手，而彈琴弄柔，灑灑然而悉無所滯也；異其身大，無馬之足聽乘；異其巨目電行，闊口滑稽也。及知其學之有源，才之天賦，心之如雪，品之如山，而後結之以久要。槃什少余，余戲恒以小友呼，其實以孔融、李膺予之矣。迨交愈久，愈見其不窮，愈異其乳如囊乘，下可以藏硯，足容數杯。更異其行若飛不少喘，而杯硯挾之則甚堅，不落也。夫天之生是人，必有是人之建樹，胡以家禍，竟付族黨之一戮哉？禍之所逮，于法有當。惜聖明之未見其人，如見之，逆知其必予不次之赦矣。今槃什往矣，猶有此書在，傳其遺餘，足以見其人之一斑，不猶其一黍積一竹之候，斯可以見天地萬物之情也乎哉？是則音聲爲萬事之根本焉。王者之制事立法，推物度以合軌則，莫不於是乎出。余故曰未有天地，先有音聲也。然則天地之大，悉具一黍陰陽之微，盡歸節竹，天地無所逃，而況於人乎？若然，馬氏不以《等音》傳，而轉以一戮傳，其一戮傳，則讀馬氏之《等音》者，當笑歌而笑歌之，當悲聲烏烏而慷慨之。總

①"□□"二字底本缺，據《後漢書·律曆志》當作"布之"。

②"□，□"二字底本缺，據文意當作"灰，以"。

一音聲之道也，一音聲之微也，知此則聲音自然之妙得之矣，知此則範圍天地於一黍一竹中，莫不知八音之所自，十二律之繇來矣。姑藏是書，以徐圖刻之。古廬陵高奣映雪君撰。

1914年雲南叢書處刊本

聲　位

林氏聲位序

高奣映

聲何以言乎位？而林子之意，特在於中之一聲也，有中則位當也。位何以取夫聲？林子以平上去入聲中加以一聲，曰平上去入全也。加四以爲五，所以配五音，以成五聲，以備五行，斯所以有承轉縱闔開也。夫大易之爲道，欲其當位焉而已，若僅平上去入也，如玉爲玦，缺其中而不爲環也；如貞下之無元，自終而不始也。今加一以完金木水火土之數，此平上去入全之即可以開承轉縱闔矣。蓍之德圓乃神也，卦之德方乃知也。莫不於此悟聲之有其位，信口舉一字，作銜口以呼之，五聲莫不當其位，則五聲莫不始而終，終而始焉。林其先大夫光禄公曾六開省府，故其從之也，閲人多，故其交游也得人異，故其誦習也搜書廣，大而樹德樹勳，細而藻文柔翰，其又細也。他且盡乎技，況區區之字學云乎哉？雖然，聲之爲道微矣，審天地之氣，蓋聲生於日，律生於辰也，故聲以情質變，律以和恒極也，故八音協以聲和，五音分而聲變。和之變之，莫不以質以情。情之動，質之本，則位自素定已。遡光禄公開府南中時，余託在寀屬，暨公冢君來守姚，又重之以寅協之誼。迨雨雪載馳，又與公之季君結金蘭之契，謂世講深之以情好，而益以斷金之義者也。今冢君自江南如遼左，季君自滇之兄所，始出《聲位》，乞余爲序。余曰：刻玉紀盈虛，則五行之聲正，即五行之位定。范金均清濁，則八風之氣宜，即八風之位正矣。吾弟能以五行備聲位之道，顧太極函三爲一之祕，知不難浹元氣以葆元光。諺常謂："聾者善音聲。"以耳之氣閟，故以心當耳，而心之於聲音之理，爲益精也。吾弟殆天授之以聾，俾其精聲位之學歟？此疇昔之戲言。兹窻風梁月，想望有年，而春樹暮雲，時時結□□□於疇昔之戲笑，思而不愈□□□之深情也哉！家君諱本元□□□吾弟即益長，爲光禄公之第四子，其雁序之存者，或顯或否，人皆知之，不待吾之有言，今惟傳其箸述而已。古廬陵高奣映雪君甫撰。

1914年雲南叢書處刊本

新依皇極經世訂正韻書

新依皇極經世聲音圖訂正等韻序

張　森

余總丱時，讀經書字見有某某反及某某切者，不能解，數欲學之，苦於傳之無人。年二十，偶取《字彙》之直圖閱之，見其中有有音無字者，有有字不可識者，因反覆詳玩，廢寢忘食，數月之後，始覺有得，其於反切雖能不誤，而於神珙之《指南圖》上下四等猶未盡解也。庚戌歲，授徒於商丘侯氏之别墅，與劉子山蔚爲友，館課之暇則聚，聚即講究字學。壬子，山蔚移居郡城，因得搜集群書，與余詳加考訂。於時余有《五音便覽》一書，山蔚有《韻統》一書，皆一時告成，山蔚與余雖共爲斯事，而書則不同，余之書字多而例繁，山蔚之書字少而例簡，山蔚病余有屈己徇古之失，余亦病山蔚有驅古就我之意，因之二書並存，惜無精於字學者從而折衷焉。已而余書爲友人借去，竟失其稿，幸賴山蔚《韻統》尚存，猶冀他日同加修輯，或者彼此意見各化，共成一書，未可知也，無何而山蔚逝矣。噫！人亡書存，余何忍以一己之見，妄更亡友已成之書乎？辛未夏，江右熊西牧先生有邵子《聲音唱和圖》一册，註解頗詳，托簣山田夫子示余求正。余因妄出己見，詳爲答之。内有一韻四十聲，又有四十八聲，及開發收閉之説，然猶半信半疑，未敢以爲必然也。後數日，偶閲《皇極經世書》，有天聲之體數四十，地音之體數四十有八云云，與余所説之數適合。余自幸所見不謬，因拈出爲圖，分註於《聲音唱和圖》下，庶有心字學者，可一見了然也。又依《皇極經世正音圖》之開發收閉，訂爲《等韻》一書，一以發明邵子之圖，一以開字學簡便之門，庶不至如《韻法指南》之凡例冗雜，歌括浩煩，令學者畏難而不前也。是書也，非與《指南》有異也，但於《指南》中之彼此易位者一爲分晰，有許多簡便耳。書成，不獨與邵子《聲音圖》合，與《韻法直圖》合，且與《韻法指南》無不脗合矣。神珙有知，當必不以予言爲謬也，惜不能起山蔚而質之。康熙辛未七夕前三日，錦襄張森書。

新依皇極經世聲音圖訂正等韻序

田蘭芳

張生玉標，炤秉金水，貌侗而神志濬發，凡遇古人難讀書，必參伍錯綜，求研諸慮，以悦其心。至於用力之久，冰釋理解，無不旁通曲暢，以適乎其歸趣。而《等韻》一節，亦所究心，蓋嘗蒐羅諸家，考其得失，以折衷至當。謂惟神珙立法頗屬曉該，而亦有所未盡者，乃爲原其辭繁不殺、語徑意晦之由，而務通其蔽，自信可以傳矣。一旦聞南昌熊西牧言邵子《皇極經世書》中開發收閉，惜後無窺其祕者，於是取而反覆之，因契天之用聲、地之用音之故，遂恍然曰："聲音之源，其在斯乎！"隨筆之簡，以寫其胸中所得。從游之士，喜絶學復明，共謀梓而傳之，請序于余。余於此學，素未涉其涯畧，不能會作者深旨，然見生夙學聖人，每於其心得之妙，無言之隱，皆能微契而縷析之，出而爲言，確實灑落，故信此書爲必有合也。嗚呼！古人於天下之理融貫於心，凡可以開物成務，莫不備著爲書，以垂教萬世。無如後之人多束高閣，聽飽蠹魚，不復過而問焉。間有取而觀之者，未盡數行，輒已欠伸思睡，求如生之廢寢忘食，嘔血發病，逆探古人不傳之奥，而疏所未暢，以繼往聖而啟來學，無有也。此篇之傳，誠爲可貴矣，故爲序之如此。非敢謂余言足以禁後之不束高閣，不飽蠹魚，然冀有心者或因余言而哀生用心之苦，爲人之切，一取而紬繹焉。溯源而樂，食味而甘，津津然傳而播之，使千載絶學復明于世，則先覺俟百世之情，亦可少慰矣，余因而重有望焉。四聖之《易》，二百四十二年之《春秋》，或隱于圖象，或鑿以傳疏，聖人垂世立教，明白正大之情，久塞榛蕪。竊嘗有志研窮其義，冀還舊觀，而既困于聰明，復迫于遲暮，有志莫遂，徒增浩歎而已。聞生比者玩心羲畫，以彼心力，必能黜九師之紕陋，契先天之未剖。倘更沉潛默識，盡會仲尼是非之本，而發鑰啟關，使微言大義，炳若日星，則余年可假。俟書之成，吟諷玩悦，其爲手舞而足蹈者，自應百倍于今兹也云爾。甲戌陽月，友人田蘭芳序。

以上清康熙（1662～1722）間刻本

韻原表

韻原表訂説序

熊士伯

《韻原表》者,南豐劉子二至遡立韻之原,取《説文》形聲,彙編成書,訓義該博,又約舉其生生之序,釐而爲表,使層次行列,燦如指掌者也。夫古韻之失久矣,宋吴才老引據羣書,輯爲《韻補》,古韻始有所憑,朱子取之以叶《詩傳》。明陳季立又作毛詩、屈宋《古音考》,以謂古有定音,無所謂叶,義亦頗正,然俱引証他書,是猶循流而非遡原也。遡其原者,當自六書形聲始。爻侗云:文生於聲者也,有聲而後形之以文,故倉頡製字,雖有指事、象形、會意之不同,要之皆聲也。轉注,轉其聲;假借,借其聲也。《説文解字》有言聲者,有言亦聲者,有不言聲者。夫獨體之不言聲,宜也,既已合體成字,則聲之理,字字具之。特自轉注之後,多忘本始耳。考古者不遡制字之本,惟矜引證之煩,隨類轉音,迄無定見。間執一見,於古音不啻千里之差,庸有濟耶? 善乎徐藏之序《韻補》云:"音韻之正,本諸字之諧聲,有不可易者。雖無以他書爲證,可也。"又云:"《補音》引證初甚博,才老懼其繁重,不能行遠,於是稍削去,獨存三二條。其間或畧遠而舉近,非有所不知也。"韻本諧聲,于古篤論,惜無有究其説者。獨劉二至比《説文》于六經,著《韻原》,又著爲《表》,實能于韻學一道,探本星宿。但未審古無入聲與三聲通用之理，於古音所由來、方音所自轉，不能言其所以然。曾見予《等切元聲》，慨然曰："我精點畫，君嫺聲音，同文於此，乃爲完備。"舉合者如《字彙》及《正字通》，證及韓、柳，並證及歐、蘇，總緣不得其所以然之故，胸無成見，動引各書，妄隨字叶，一字幾至十數音，或七八音，迄無定論，徒亂人意耳。予素欲訂古詞賦音韻，以律古人之作，以一今人之趨，未能率成。姑取數韻，先爲考證，并列數説，於今北音多默契焉者，亦太史採風，商周著作，悉屬北音故也。淺見寡聞，雖未盡窺古人之奥，而有時文從韻順，覺千載以上之達人文士，詩書箴銘，不啻晤對一堂、歌吟一室者，則于韻學未必無小補云耳。康熙丙子歲夏五望後五日，南昌熊士伯自記，戊寅歲四月望前五日重訂。

民國曬藍紙印清康熙三十五年本

戚林八音合訂

戚林八音合訂本序

晉　安

《十三經》,治世之書,而《爾雅》與焉。其體詳於訓詁,蓋字學之權輿也。自時厥後,如許氏之《説文》精於形象,沈氏之《四聲譜》妙於音韻,以及《洪武正韻》,國朝《康熙字典》薈萃羣書,允稱翰府軌範。而求其優於齊民方言者,尤莫善於戚公之《八音》、林公之《字義》二書。顧是書也,歷時久遠,傳寫滋誤,彼此分行,搆覓維艱,識者憾之。今特重加校正,彙成一集,俾得互參便閲,不至傷於脱畧。其以開字學捷徑,而補《爾雅》所未備,或庶幾乎。至三十六字母與夫一字調出四聲十五聲,具載《例言》,兹不及詳也。是爲序。時乾隆十四年季春上浣,晉安題於嵩山書屋。

清乾隆十四年(1749)書蘭亭刻本

音學辨微

音學辨微自序

江　永

六書之學，有形有聲有義，而聲音在六書之先，形以寫之，義以寓之。夫聲出於口，自始生墜地，呷呷嚶嚶，萬國皆同，及其長而累譯不能相通。居平原者氣恒同，或千里百里而稍變，處山谷者氣彌異，或數里數十里而已殊，爲鴂舌爲嘵音，亦甚樊然淆亂矣。而自皇古以來，易象典謨，詩歌志乘，達之四裔，無閒遐荒，則聲音之道未嘗不歸諸大同，有所以同者在也。《周官》："象胥諭言語，協辭命。""瞽史諭書名，聽聲音。"當有其書，今不存。周秦兩漢閒人諷誦《詩》《書》，因其人人通曉之音，閒有疑難則假音之近似者比方之。至晉魏六朝以迄隋唐，音學大暢，立四聲以綜萬字之音，區二百六部以別四聲之韻，復審其音，呼出諸牙舌脣齒喉與半舌半齒，實有七音，分陰陽，辨清濁，異鴻殺，殊等列，括以三十六母，命曰等韻。雖五方水土有剛柔輕重，風氣有南北偏隅，吴越或失之剽，秦晉或失之濁，而以二合之音切定一字，則字有定音，能通直音之窮，能辨毫釐之差。而明者更因三十六位以檃括乎殊方之音，鄉曲里言，亦有至是，中原文獻，亦有習非，不止爲佔畢之用已也。夫人聲本出自然，等韻一事，非甚幽深隱賾不可探索者。余年近八十，遊轍稍及南北，接人不爲不多，何以談及音學者，如空谷足音，未易得而聞也。及門欲講此學者，質有敏有魯，大率囿於方隅，溺於習俗，齒牙有混而不知，脣舌有差而難易，辨濁辨清，辨呼辨等，能通徹了了者實亦難其人也。自唐以後，宋元明以迄於今，立言垂世者率皆淹貫古今，箸述等身，而言及音學，如霧裏看花、管中窺豹，又不肯循其故常，師心苟作，議減議增，併議增議易，斷鶴續鳧而不恤，失伍亂行而不知。甚者若張氏之《正字通》，全懵於音韻源流，自撰音切，迷誤後學，貽譏大方，則音學何可不講也？余有《四聲切韻表》四卷，以區別二百六部之韻；有《古韻標準》四卷，以考三百篇之古音。兹《音學辨微》一卷，略舉辨音之方，聊爲有志審音不得其門庭者導夫先路云爾。乾隆己卯仲春，婺源江永慎脩氏書於虹川書屋，時年七十有九。

音學辨微敘

向　楚

中夏名言，正讀準音，漢已𠷎用雙聲，服子昚、應中遠訓説《漢書》，乃有反語，而孫叔然以名其家。李唐叔季，神珙始言紐弄，守温爰立字母。至今日而有國音，箸在學官者，則爲文字之科，蓋古之所謂小學也。言經者恒以小學爲其坿庸，自晚明陳季立、顧寧人、黄扶孟推跡古音，乾嘉聲韵之學以是興起，三君攷古過𠷎人，而宷音以定古韵弇侈洪細之限，析今韵等子聲母之辨，别清濁，正疑誤，則自昚齋始。昚齋箸《古韵標準》，與東原勠力。《四聲切韻表》，則𡢃明等韵之書也。昔秦文恭公欲合古韵、等韵爲一，而造述未就。江氏始以等韵言古韵，而音學以是昭顯，晚年寫定《音學辨微》一卷，詔示宷音從入之涂，兹編其粲然者也。蓋江氏音學，聰察理解，獨其過泥二百六部之呼等以求古音，依違《唐韵》，而又自入其藩杝，此其失也。宋已來，楊中修挒置等韻，理董部居，大都無慮皆歌括耳。韓道昭分類就列，寖有條秩。方以智、梅膺祚、李汝珍輩刻定五聲，尚不能究了清濁。至若真空捫立門法，岐之中又有岐矣。時無眘齋淵原所自戴、段、孔、王宷音攷古之學，必不若斯之孟晉也。後生可畏，來者難誣。陳蘭甫、劉融齋最後起，辨母定呼，一就檃栝，有清三百年音學，謂自江氏開之可也。江氏年且八十，游轍及南北，而平生相接可與談音學者，深歎其寥寥。其弟子自戴震外，雖金榜通《三禮》，亦不以音學顯箸。今之學者，欲洞達古今聲韵之書，尋求宷紐辨音之始，江氏此書，信能闓發頭角，使受之者其思深也。十三年春，余解簿書之役，與成都講席，以是書授學子，既卒業，渭南嚴君穀孫適以鐫本請斠讎，中間紐類等列雖手寫本，不能無譌乙，思後生覞髩，用以勘正。君方搜輯《音韵叢書》，彙爲系統，以餉海内，驩憙贊歎，更縱臾之而爲之敘。巴縣向楚。

以上清宣統元年（1909）上海國學保存會石印原稿本

四聲切韻表

四聲切韻表記

嚴式誨

右《四聲切韻表》，婺源江氏音學書之一。余輯《音韻學叢書》，於江氏所箸《古韻標準》《音學辨微》皆已刊行，是書則以蜀中先有休寧趙君少咸刊本。趙君邃於小學，讎校詳審，故姑置之。頃得北平景印應雲堂本，後坿夏嗛父校正十餘事，取校趙本，則趙君所改正者，此本多不誤，間有似異而同者，如紙韻"掎，蹋綺切"，趙改"居綺"，此作"舉綺"之類。《凡例》字句亦有不同，而多以此本爲勝。羅臺山氏校語冗贅無當，此本無之，尤覺心目爲清。且趙君於表列諸字頗有删迻，所補者至四百餘字，雖皆考證精密，裨益來學，究不若此本爲江氏之舊，因據以重刻。其奪誤顯然者，竝據各本改正。惟表内山轄二等合口呼，"二"當作"一"；咍海代德一等開口呼注"正齒二等"四字衍；真軫震質三等開口呼注"喉音有三等字"，當作"脣音有四等字"，各本皆不誤，以改之，則與夏氏校正不應，故仍之。至趙君校本，學者以參觀可也。辛未小暑，渭南嚴式誨記。

四聲切韻表跋

汪　龍

右《四聲切韻表》，吾郡慎齋江先生之所編也。曩讀先生《音學辨微》，即知有是書，以區別二百六部之韻，又有《古韻標準》，以攷三百篇之古音，博求之不可得。去年冬，宗鈍齋喜得是書鈔本，出以示余，借歸録之，中以傳寫譌脱，如表所已用之上一字後母位用字中有失列者，若見母光，溪母克，疑母愚，透母天，定母杜，泥母努，徹母椿，澄母柱、持、除、澄，明母尨，精母作，心母新，匣母獲，喻母勇、雲、筠，來母憐，母位已列而表未用者，見母沽、各，溪母牽，疑母疑，定母堂，邦母邊，明母暮，微母望，從母牆，照母鄒、質，曉母翾、隳，影母屋、鬱，喻母越、翼，來母倫，又影母乙、一二字譌入喻母，凡此皆未敢删補。三等開口呼屋韻非母莌後兩列福字，後譌作匚。攷《説文》："匚，受物之器。讀若方。"《繫傳》府昌反，《玉篇》甫王切，《唐韻》府良切，《集韻》分房切，竝音方。其仄聲，《唐韻》《集韻》甫妄切，音舫。《廣韻》分兩切，《集韻》甫兩切，音昉，無方六切。匸字《説文》："衺徯，有所俠藏也。从乚，上有一覆之。讀若徯。"《繫傳》亦啟反，《玉篇》下體切，《廣韻》胡禮切，更非輕脣非母，審知其譌，質之金柘田先生，然後得據改正福字，繕寫成帙，鄭生德仕請而栞之。夫以求之數年不可得，一旦得之，遂克梓以行世，此則私心所竊幸矣。因述其緣起，并志所疑。至審音定位、分類辨等，則《凡例》具詳源委，無俟複説。特不知何日更得《古韻標準》讀之，以觀先生言韻之全也。乾隆戊申夏月，同郡後學汪龍識。

以上1932年渭南嚴氏成都刊，1957年彙印本

四聲切韻表補正

四聲切韻表補正後序

汪曰楨

婺源江氏作《四聲切韻表》,以明等韻之學,可謂精矣,然牽引古音,强配入聲,未免啟後學之疑。去其一非,適所以成其百,是《補正》之作,烏可已也? 此《補正》三卷,并首末各一卷,初屬稾於丁酉八月,至十二月編成。吾友董枯匏燿一見,即録本以去,戚友從枯匏處傳鈔者又數本。既而吾友蔣季卿壄見而喜之,並謂書中尚多疑譌之處,必宜改定重録,余諾之,而卒卒未暇也。至丙午秋冬閒及丁卯春,皆嘗修改,並爲俗事所阻,迄未卒業,稾本旋爲季卿攜去。每論及此書,輒以余未及改定爲憾。庚申春,遭粵寇之擾,季卿避地上海,又遷海門,倉皇轉徙,恒以自隨,竟得保以不失,知其愛我者深矣。其秋,季卿病卒於海門,余方僑寓湖濱之喬漊,繼至上海,萍蹤無定。又頻年大病,屢瀕於死,家藏書册已盡爲灰燼,此書存佚,幾不復省記矣。今春,季卿之兄厚軒維基招余同至崇明,寓居七滧小陰沙之陳家鎮,甕牖繩樞,仍得以讀書遣日。偶檢季卿遺篋,則此書宛然具存。因閱蔣氏行滕所挈書,中有《廣韻》《集韻》及字書各種,乃用以檢勘,復加修改,增補删易,視舊本加詳,手自繕寫,凡兩閱月,再易稾,始成定本,計去初屬稾時,已二十七年。回憶初稾草率缺謬,而傳録多本散在四方,不可復收,示人以璞,愧悔無及矣。同人中爲此學者,惟季卿用力最深,枯匏亦嘗究心於此,今雖改定,而季卿已不及見,枯匏又遠隔數百里,皆不得與之商榷。江氏之失,余能知之,余之失,不能自知也。江氏《古韻標準·例言》云:"崑山顧氏作《音學五書》,自謂五十年後當有知我者。"余匪云能知顧氏,然已傾倒其書而不肯苟同,是乃所以爲知,更俟後世子雲論定之。蓋江氏服膺顧氏,而不肯苟同如此,余之私淑江氏,亦猶是也。劉彦和有言:"茫茫往代,既洗予聞;渺渺來世,倘塵彼觀。"蓋凡古來著述之士,其有此志。今亂離未平,浮生靡託,此書能否傳留於世,亦難意必,俯仰今昔,能不爲之歎息彌襟也哉?同治二年癸亥夏四月丁丑朔,烏程汪曰楨識於觀養廬。

四聲切韻表補正序

顧廣譽

六書之於小學,其一端也,《切韻》之於書,又其細者耳。然古者聖人制書契而百官治、萬民察,其道與天地無終極,而《周官》外史寔掌達書名於四方,大行人又爲之九歲屬瞽史,諭書名,聽聲音。蓋辨書之法,形聲並重,由來久矣。惟是言形者,周秦以來相踵,而言聲者盛於魏晉以後,世之明哲,參酌古今以爲之書,聲隨時變而中有不變者存。及久而其説復將殽亂,所賴通儒者起,遞有以發明之,規正之,使前哲緒論不致終湮,此則聖經賢傳之始事,而大有補於國家同文之治者也。昔東漢許叔重纂《説文》,鄭康成詁六經,始爲譬況之語，以證明其聲音，而康成之徒孫叔然者，遂創爲翻語。自是王子邕、李宏範、徐仙民之釋經，競相承用，畧見於陸氏《經典釋文》，而未有專爲之書也。先是，佛書入中國，則已有字母之名，顧婆羅門書字母十四，《華嚴經》字母四十二，衹以譯梵書，不聞用以釋經典。迄唐沙門神珙爲《四聲五音九弄圖》，則爲儒家言矣，而未始名以字母也。今之所傳見溪羣疑三十六母，乃自唐季僧守温始，守温書出而天下之言等韻者歸於一，何也？蓋有李登《聲類》、吕静《韻集》及周彦倫《四聲切韻》、沈約《四聲譜》剖陳於前，顧希馮《玉篇》、陸法言《切韻》、孫愐《唐韻》臚列於後，守温總彙諸書，反切之音仿四方字母而爲之去取。其間字母之名雖本異域，而所載之清濁、輕重、疾徐、高下、先後次序秩然不紊，則猶是中國儒先相傳之舊法，因章章可攷而知也。夫經典非反切則用直音，直音有窮而易譌，反切從而通其變、别其微，自來鴻儒達士，未有舍反切而專用直音者，故字母不可不熟講也。明末迄國初，諸儒率變更字母舊法，去本益遠，江氏慎修病之，迺撰《四聲切韻表》，其言曰："凡欲增減移易三十六母，與夫更置牙舌脣齒喉七音者，舉皆妄作也。"余友汪君剛木著述等身，尤長於推步句股之學，間留意等韻之書，而深以江氏爲可據。然江氏每牽引古音，君則謂今音不可以律古音，古音亦不可以定今韻；江氏輒强配入聲，君則謂前人審音，平上去三聲既不誤，則入聲亦必無差，後人但當篤信謹守，不當亂以臆見。著《補正》五卷，於江氏之得失從違，詳明别白，務令學者一覽瞭如，惟其虚心觀理，而絶不以私智與乎其間，故能實事求是，如此識通而學贍，論覈而氣平，用以全江氏之是，還守温三十六母之觀，而孫叔然以來相傳之舊法，亦益以昭著，其有功音學何如？而凡君之著譔，雖未獲徧讀，亦可想見其大槩矣。是爲序。同治二年癸亥嘉平月丁亥望,平湖顧廣譽譔。

以上清光緒三年（1877）烏程汪氏刊本

聲類表

聲類表序

段玉裁

始余乾隆癸未請業戴東原師，師方與秦文恭公論韵，言江慎修先生有《古韵標準》，據《毛詩》用韵爲書，真至仙十四韵，宋鄭庠謂漢、魏、杜、韓合爲一者，《毛詩》實分爲二。余聞而異之，顧未得見江氏書也。丁亥，自都門歸里，取《毛詩》韵字比類書之，誠晝然分別。因又知蕭侯尤之爲三，真文之爲二，支脂之之必爲三，二百六韵之書，總之爲十七部，其入聲總爲八部，皆因《毛詩》之本然。已乃得崑山顧氏《音學五書》、婺源江氏《古韵標準》讀之，歎兩先生之勤至矣。後進所得，未敢自以爲是也。己丑，就正吾師於都門，師謂“支脂之分爲三者，恐不其然”。是年隨師至山西，明年作吏入黔，又二年入蜀。癸巳，師來札云：“大箸辨别五支、六脂、七之，如清真蒸三韵之不相通，能發自唐以來講韵者所未發。今春將古韵攷訂一番，斷從此説爲確。”蓋吾師詳審數年而後許可也，有如是。夫今音二百六部，分析至細，嚴於審音而已。古音之學，鄭庠僅分陽、支、先、虞、尤、覃六部，顧氏更析東、陽、庚、蒸而四，析魚、歌而二，故列十部。江氏於真已下十四韵，侵已下九韵，各析而二，蕭、宵、肴、豪及尤、侯、幽亦爲二，故列十三部。余書又廣爲十七部，吾師序之云：“歎始爲之之不易，後來加詳者之信足以補其未逮。”“始爲之”，謂顧氏也。“後來加詳者”，謂江氏及余也。余書刻於丙申四月，由富順寄都門，而師丁酉正月序之。丙申之春，師與余書，詳論韵事。將令及未刻參酌改正，而此札浮沈不達。先是，師於癸巳以入聲爲樞紐，以真以下十四韵與脂、微、齊、皆、灰，入聲質、術、櫛、物、迄、月、没、曷、末、點[①]、鎋、薛爲一類；蒸、登與之、咍，入聲職、悳爲一類；東、冬、鍾、江與尤、侯、幽，入聲屋、沃、燭、覺爲一類；陽、唐與蕭、宵、肴、豪，入聲藥爲一類；庚、耕、清、青與支、佳，入聲陌、麥、昔、錫爲一類；歌、戈、麻與魚、虞、模，入聲鐸爲一類；閉口音侵以下九韵，入聲緝以下九韵爲一類。以七類之平上去分十三部，及入聲七部，得二十部，既詳其説《聲韵攷》中，其中尤、侯不分，真、文不分，侵、覃不分，以及庚、支同入，歌、魚同入，與余書别異。而丙申春，命予參酌之，書又改七類者爲九類，真以下十四韵各爲二。真、臻、諄、文、欣、魂、痕、先，入聲質、術、櫛、物、迄、没、屑配之；元、寒、桓、删、山、仙，去聲祭、泰、夬、廢，入聲月、曷、末、點[②]、鎋、薛配之；又侵、鹽、添爲一類，覃、談、咸、銜、嚴、凡爲一類。侵、覃之分，同於江氏及余者也。質、月之分，又𢀖人及余所未議也。丁酉之五月，師又自箸書曰《聲類表》，以九類者譜之爲九卷：一曰歌、魚、鐸之類；二曰蒸、之、職之類；三曰東、尤、屋之類；四曰陽、蕭、藥之類；五曰庚、支、陌之類；六曰真、脂、質之類；七曰元、寒、桓、删、山、仙、祭、泰、夬、廢、月、曷、末、黠、鎋、薛之類；八曰侵、緝之類，九曰覃、合之類。每類中各詳其開口、合口、内轉、外轉、重聲、輕聲、呼等之緐瑣，今音、古音之轉移。綱領既張，纖悉畢舉。蓋江氏之論顧氏也，曰：“攷

①② 點，字當作“黠”。

古之功多，審音之功少。”吾師之論余亦云爾。江氏與師皆攷古、審音均詣其極，而師彙諸家大成，精研爛熟，故能五日而成此編，距易簀之期僅二十日，未及爲例言。孔誧伯户部刻之，取師丙申與余札六千言弁首。師作書之意，既大箸矣。誧伯又與余札云：“得足下序，自當言之詳諦。”余自丁酉至今三十有三年，蹉跎未及染翰，而師與誧伯墓木拱者久矣。披閱手翰如新，愧無以對師友地下。且師與余論韵，先後十五年，學與俱進。顧、江及余所未憭者，皆補其缺，詣其微，庶此事攷覈稱無憾。余既未能依九類之説成書，吾師制作之大，亦奚忍不述其原委耶？抑誧伯之猶子撝約太史又成《詩聲類》一書，謂陽聲有九，曰：元之屬，耕之屬，真之屬，陽之屬，東之屬，冬之屬，侵之屬，蒸之屬，談之屬。陰聲有九，曰：歌之屬，支之屬，脂之屬，魚之屬，侯之屬，幽之屬，宵之屬，之之屬，合之屬。元、歌同入，耕、支同入，真、脂同入，陽、魚同入，東、侯同入，冬、幽同入，侵、宵同入，蒸、之同入，談無同入，以平入相配。其書精心神解，又與師及余説不同。東、冬爲二，以配侯、幽，尤徵妙悟，儻師得見之，不知以爲何如也。今撝約又殁矣，余以爲後之人合五家之書觀之，古音、今音之祕，盡於是矣。遂敬書諸簡端，以復吾亡友，亦以質諸先師。嘉慶己巳四月，弟子段玉裁撰於蘇州閶門外之枝園。

聲類表跋

嚴式誨

古音之學，椎輪於崑山顧氏，而婺源江氏繼之，亭林攷古之密，慎修審音之精，皆足超越苒代。其後金壇段氏、曲阜孔氏，推究益以精密，而上承顧、江，下起段、孔，兼攷古、審音之長，則休寧戴氏也。東原於慎修爲弟子，於懋堂爲師，《古韵標準》《六書音韵表》皆與商定，自箸《聲韵攷》，述歷代韵書源流得失，明反切之瀍，非始於梵書。晚年又箸《聲類表》，分古音爲九類二十五部，與江、段之説互有異同。段氏亟稱其以脂、微去入分配真、文，元、寒爲二之説，而惜《音表》已刻成，不能追改，則其足有功韵學，洵非淺鮮。今顧、江、段、孔所箸，幾於家有其書，而戴氏書獨尠傳本。余以舊藏微波榭本重爲刊行，竝據《經韵樓㯶》補録段氏兩序冠於篇首，俾治聲韵之學者有所攷焉。歲在昭陽大淵獻相月朔三日，渭南嚴式誨謹識于時過學齋。

以上清嘉慶八年（1803）渭南嚴氏孝義家塾微波榭刻本

等切元聲

等切元聲自序

熊士伯

幼聞先君與家象克師切字，用經堅、人然等轉接，私識之。稍長，同倬弟閱章道常《韻學集成》，倬弟手指目註，覆舉多合，率用爲戲，因念此法初不異人。後見《字彙直圖》，外祖張公輔公誨人切法，即此，舅氏明止尚能按節高歌，遂三復其趣，記總目爲諸韻綱領，便可應聲得字，諸轉接俱省矣，然於等韻未聞也。李嘉紹横圖本等韻而顛倒錯亂，漫難省識。家藏唐荆川《稗編》載切法，又譌舛失次。弱冠讀書澧岡禪院，僧本普秘其師傳劉士明《指南》購録之，考正稗編譌舛，於等韻漸通，然未悉其義也。嗣是温公《切韻》、沈括《筆談》暨《字海》《篇海》《早梅詩》《聲韻會通》《字彙》《元韻》等書，無不搜括。康熙十九年遊邯鄲，見程元初《韻統全書》，載邵子《音韻》，較性理頗詳。逾年寓江省，見《嘯餘譜》，並載《祝秘鈐》。又三年遊宣府，見釋真空《貫珠集》，城隍祠道人藏。發明切法，源流最悉，然皆暫一寓目而已。反杭城，得《玉篇》及《廣韻》，於韻學粗有根據，間有考訂，未敢自定爲書。二十三年，諭南豐交湯子將、劉二至，得方宓山《切韻聲原》、趙凡夫《悉曇經傳》、《西儒耳目資》，再購《邵子全集》，互相校證，乃作《皇極經世聲音圖説》，正《祝鈐》之譌。閲七年，遊睢州，交田篔山，詢其門人張玉標《切韻》精研，因以《圖説》藉手相質，並倣徽傳朱子譜論開發收閉之義。雖其手復詳明，終慳晤對，疑義頗多。三十四年，再諭廣昌，昌人有自睢來者，張子寄所刻《皇極韻譜》相正，千里往復，略如朱、陸之於《太極圖》，其齟齬處益加詳求。又得吴才老《韻補》、吕介孺《日月燈》，同諸書静細體會，作諸辨説，訂定七音，序《等韻》《廣韻》平聲對考圖，閲釋氏、西儒、清字諸韻書，再訂《經世聲音圖説》。最後定《元聲全圖》，分輕重上下之等，俱五六易稿，一洗陳説，統名《等切元聲》。又念等韻傳久，不先考訂，則反切無憑，兹取《廣韻》詳校四聲，易名《合參圖》，置諸首，凡十卷。韻固小道，而千古元音、萬國同文之理，未嘗不具於此。哲人往矣，安得進張子而共質之？時歲在癸未仲秋月上丁日，南昌熊士伯記于廣昌之學署。

等切元聲後序

熊士伯

予以淺學，曩者教習正黄旗，一時阿大司成弘博凝重，達少司成文采風流，皆滿漢精邃者。雖間蒙禮遇，面試詩詞，惜工舉業文字，未暇究心清書，親求指示。然盛朝同文之治，中秘讀書之榮，非不心焉慕之。屢躓場屋，僅授一職，負米南歸，惟於攤肆所購音註滿文，粗通大意而已。自後改授寒氈，以當捧檄。山城僻陋，未有精通清書者，互相講求，時以私意分别字母，亦少有得，不無疎略。淹忽廿年，量移匡廬彭蠡之濱，饑餓窮愁，無復進取之望。講課餘閒，編次《元聲全韻》，已三易稿。因取向所閱清書字頭,重加整頓,漸有端緒。然郡無通顯,寡陋有加,乃以《西儒耳目資》參互考證。蓋我朝字頭首二句與彼不約而同,而《耳目資》中五十總母誰生誰及相通韻二段,頗爲精細,嘗一訂正,直追古始,取以分音,益信十二字頭首句三字爲開,次句三字爲合,首句第三字爲下音,餘俱上音,下音合少四五之合,當即從一二之開,次第求之,井井有條。乃知前此作字定音,原有精意存乎其間,未許淺人潦草讀過也。管見數條,未云窺其閫奥,但適有所會,恐久遺忘,隨筆登記。倘天假之年,獲與當代名公鉅卿精于音韻者朝夕左右,有所謬誤,尚能一一更訂之。時康熙四十八年歲在己丑夏五望前三日,南昌熊士伯西牧氏記。

等切元聲序

湯　爆

吾師熊西牧先生《等切元聲》書成,介示爆,且曰:"非子無可序我書者。韻書之始,晉吕静也,李登聲法也,音分五而聲未四也。周顒《四聲切韻》作也,南之有入也。沈約繼之,韻分而切母亟切,考於古未有成法也。以十四字貫一切音,沙門支法領始也。紐字圖作於沈約也,字母創於唐舍利,添於温首座也。沙門神珙之撰《九弄反紐圖》也,唐後人也。《唐韻》增於孫愐,等韻始於唐,表裏《唐韻》也。《廣韻》,陳彭年修也。《禮部》,宋時列之學官者也。《指掌圖》,司馬温公也。《經世聲音全圖》,邵子作也。《正韻》,洪武間宋濳溪奉勅序也。無母無等分五音最確者,梅誕生《字彙》《直圖》,得之新安也。

他書不具數。然切韻必宗《等子》，參互考訂，宜準《廣韻》。要開發收閉會其全，未有如《皇極經世》者。”又曰：“三十六母之重五母也，立母者之過也。内外八轉之合不當合、拆不當拆也，裁攝者之過也。發收錯於開閉之中，舌齒半之溷於舌齒也，亦《經世》書之遺議後人也。此吾書所爲作，子其發余意。”熑受而讀之。既數月，乃作而歎曰：“先於是書，一至於斯乎！”今夫十日十二子相配，而時日成；十聲十二音相配，清濁翕闢辨而切韻生，經緯縱横，律唱吕和，聲音之數具矣。然喉牙齒唇，古今年代，南北方言，溷淆參錯，牽合支離。今先生此書，舉一音而清濁全，舉一韻而五音備。音分五位，循初發以訖平呼，删重母，補陰陽，增三十六爲四十二，清濁正變，七音平列五十四位，於古人是非得失，同異偏全，無不辨其從生而推其終極。派入聲於三聲之中，合南北而主中音，正攝定等，即母類韻，一反天地自然之妙。吾豐劉二至先生著《六書文字夬》等千餘卷，稱字學空前絶後，見先生書，獨矍然曰：竭八七老翁，韻原學不逮也。昔張旭草書，喜怒、窘窮、憂悲、愉佚、怨恨、思慕、酣醉、無聊，皆於是發。横渠處處置筆硯中，夜起坐書正蒙。熑常侍先生，舉杯飲客，上官索文書，據几創稿，諸吏役聒耳絮稟。先生轉舌抵齶，復直舌抒喉，語熑曰：“此來、泥二音，自古未辨也。”乃越於今而書始成。先生於五經諸史持一見，每空千古蔀障。所著《四子書正義》，宗考亭而參以宋元諸儒，蒙存淺達。晚邨稼書數十家，辨微茫，示指趣，直契乎無言之妙。繼此告梓，尚將摇筆伸紙，道先生懇惻誨人之功于勿墜。熑分不敢辭，而厠名簡端，又其餘也。是爲序。康熙丙戌歲陽月望後一日，受業門人湯熑頓首拜序。

以上清康熙四十五年（1706）尚友堂刻本

建州八音字義便覽

建州八音字義便覽自敘

林端材

《十三經》，治世之書，而《爾雅》與焉，其體詳於訓詁，蓋字學之權輿也。厥後如許氏之《説文》精於形象，沈氏之《四聲譜》妙於音韻，以及《洪武正韻》，國朝《康熙字典》薈萃羣書，允稱翰府軌範。而求其易於齊民方言、將音覓字者，則莫便於閩中戚公之《八音》、碧翁之《字義》。顧是書也，吾輩雖同志趨向，惜建屬地異語殊，難以習學省音。今特因其音韻，倣其體格，將原譜"春花香秋山開"三十六字母改爲"時年穠梅兒黄"三十六字母，亦用以梓里鄉談彙成是集，俾得互參便閲，不至傷於脱略。其以開字學捷經，殆亦補《爾雅》所未備歟？至於三十六字母與夫一字調出上下各四聲，以及十五音韻，俱載《例言》，兹不及詳也。是爲序。時乾隆六十年季秋月題於芝山書屋。

清乾隆六十年（1795）刻本

李氏音鑑

音鑑題詞

李汝珍

踵事增華第幾回，於今字母用詩媒。須知春滿堯天句，即是東風破早梅。守温中音三十六字母見溪至來日是也，較《華嚴》之阿多波左似覺簡明，故後世奉爲圭臬，雖有挪移删改之處，總不出三十六字之外。至蘭廷秀《韻畧易通》字母詩始創"東風破早梅"二十字。今李松石倣《華嚴》體而增删之，定爲三十三字母。《行香子》詞一闋"春滿堯天"云云，工妙絶倫，自不以變换舊例爲嫌也。論到北音無入聲，菊居卜補記須清。越人生長幽燕地，此日觀書倍有情。越人，余自謂，余生長京都。試繙字母五聲圖，漫道縱横暗馬蕪。一樣傳聲兼切字，正宗遜爾費工夫。松石全書絶等倫，月南後序更精醇。拊膺我媿無他技，開卷差爲識字人。宋王洙《談録》："學者不可不知切音，苟不知之，終爲不識字人焉。"

甲戌冬，余在東海，得山陰俞子杏林刊行《傳聲正宗》。月南適在坐，相與展閲，歎其妙悟絶倫，簡而有要，真音學之津梁，甚恨相見之晚。卷後有《音鑑題詞》，極蒙推許，余愧不敢當。而詞旨清新，宜馮静軒序中以音學、詩學並稱也。《正宗》與《音鑑》繁簡雖異，理趣則一。即如《傳聲》之法習余書者，須熟讀"昌、瞋、充"二十二字一行，而能推之以得三十三行；習杏林書者，須熟讀"干、堪、犴"二十字一行，而能推之以得四十八行。蓋余法先横後縱,杏林法先縱後横,一縱一横,相爲經緯,更倡迭和,殊塗同歸。音學近少習者,余與月南竊喜數千里外,素昧平生,得此知音,不待後世子雲,吾書知免於覆瓿矣。爰取杏林題詞,續刊《音鑑》後,並贅數語,以志欣幸。丙子仲冬,汝珍又識。

李氏音鑑序

余　集

音與韻同出而異名。韻判古今,音分南北,韻統以四聲二百六部,千古守之,罔敢凌越。音隸乎韻,厥後始有字母等子呼法。辨及於脣齒喉舌、開合齊撮、清濁輕重之間,而後審音之學極盡精微矣。顧其説倡於梵僧,後則司馬温公、劉士明、僧訥菴、真空、止菴諸家,各有論著,言人人殊,不盡脗合。即所謂字母者,亦有繁簡、分併、複漏之不同。習其書者,或心通其故而呼之欲出,或已會於心而仍棘於口,此鄭夾漈所謂“學士大夫論及反切,便瞪目無語,以爲絶學”者,固不獨今人爲然也。大興李子松石少而穎異,讀書不屑屑章句帖括之學,以其暇,旁及雜流,如壬遁、星卜、象緯、篆隸之類,靡不日涉以博其趣。而於音韻之學,尤能窮源索隱,心領神悟。而又博證昔日之陳編,廣資朋好之講習,犂然當於心而筆之簡,猶慮其辭之未盡達也,故設爲問答之語,凡三十三篇,反覆辨難,如叩鐘,如攻木,響應而節解。自製三十三字字母詞以爲之經,而以二十二同母之字爲之緯,列陰陽二平以配五音,加翻切以實空聲之位。其於字母、五聲、陰陽、粗細發明其端，又推廣於迴環顛倒、自切雙翻、方音物名之屬，罄無餘藴。松石固北人，從兄宦游，長於江南，故於南北之分合異同得失，尤致詳焉，固非囿於一隅之見也。其所註反切，取其急呼即得，緩則二音，急成一字，悉遵仁祖御定《音韵闡微》之合聲，其説甚詳，有非《廣韵》《集韵》之所可擬者。昔人謂音學只宜口授，筆之於書，便難通曉。若此書一出，不啻口授，有何難曉之旨乎？初學之士循而習之，朝學暮能應，無不脱口而出矣，真百年來必傳之作也。使温公、士明諸君見之，得無畏此後生也哉？是爲序。時嘉慶十年九月，賜進士出身、日講起居注官、咸安宫總裁教習、庶吉士、前充四庫三通館纂修、翰林院侍讀學士、今補翰林院侍讀，世弟仁和余集書。

音鑑後序

許桂林

余年十三時，讀書馬陵山，雪夜聞折竹聲，得雙聲反切之義，因好其學。自《説文解字》下迄於《交泰韻》，近代則顧寧人、毛西河、毛馳黄、沈去矜、柴虎臣、蔣涑塍、江慎修、李太初之書，咸加研核，欲撰《許氏説音》，以薈衆説，未遑卒業也。松石姊夫博學多能，方在朐時，與余契好尤篤，嘗縱談音理，上下其説，座客目瞪舌撟，而兩人相視而笑，莫逆於心。今所著《音鑑》將出問世，遠以見寄，屬之參定。余讀其書，精而能詳，第恐世以爲疑者有三焉：曰增删字母，曰更定反切，曰分析韻部。夫字母有四十二，有五十一，初非定以三十六也。

即三十六母，舍利與守温亦自不同，其本非科律可知矣。吴草廬、張洪陽輩屢有增損，説者猶謂泥孃以上下等爲別，非敷以清濁之次爲別，未可妄改。余嘗思之，諧聲之字從其偏旁得音者，必無異音也。今觀《四聲等韻圖》，非母下則放弗匪等字，敷母下則芳拂誹等字，奉母下則防佛陫等字，非敷奉謂之有別，放芳防亦得謂之有別乎？至見母所屬，實有見幹慣卷四種，非敷奉必爲三，見幹慣卷何反合爲一乎？此不攻自破也。則字母增删，無可疑也。盧抱經先生《重雕經典釋文緣起》云：切音有音和，有類隔，陸氏或用類隔，未嘗不可得聲。疑其不諧，私爲改易，恐誤後人。此特爲妄改金根者戒耳。其實反切安得有類隔？類隔之説，起於宋世。彼於古人反切讀之而合者，則曰音和；其不合者，則曰類隔。不知古人反切，隨意取兩字爲之，各用其方音，故後人多所不合。古人豈有所謂類隔之法，而依以製反切哉？《史記正義》稱孫叔然始作反音，又未甚切。今叔然反切見《爾雅釋文》者，"葋"字，郭陟孝反，孫則都耗反；"頠"字，陸魚毁反，孫則五鬼反。諸家反切，孫較精矣，張守節猶議之，況其餘乎？夫不知古人之方音，而立艱難之説以就之，此公孫龍之論臧三耳，甚難而寔非者也。反切之更定，更無可疑也。韻部之分，似乎戾古，然如麻遮析爲二，嘗以古反切考之，"叉"初牙切，"沙"所加切，"誇"苦瓜切，"琶"蒲巴切爲一類；"車"尺遮切，"蛇"食遮切，"斜"似嗟切，"遮"主奢切爲一類，從無混用，則麻遮之分舊矣。是以西域四等法，加齣與結茄、相叉與遮車爲二列。《中原音韻》車蛇家麻分部，《正韻》瓜嗟分部，以此顧寧人言古無麻韻，半自歌戈韻誤入，半自魚模韻誤入。然則必欲從古，並麻韻亦可廢。若可隨時變通，麻嗟何妨爲二部乎？此三説者，即余向與松石上下其説，而足爲推波助瀾者也。謹次爲後序，以質海内之深於音者。嘉慶丁卯二月，愚弟海州許桂林書於琴想山房。

李氏音鑑序

石文煃

山之爲物也，莽莽蒼蒼，厓巘崛嵂，不知陂陀之幾千里也。及其層雲疊石，一邱一壑，則又細入無間焉。水之爲物也，浩浩淜淜，突怒犇放，不知委輸之幾千里也，及其鱗紋縠浪，九折九迴，則又曲有直體焉。才子之文，亦若是則已矣。松石先生忼爽遇物，肝膽照人，平生工篆隸，獵圖史，旁及星卜奕戲諸事，靡不觸手成趣。花間月下，對酒徵歌，興至則一飲百觥，揮霍如志。烏乎，何其豪與！乃嘗讀其《音鑑》一書，而不禁邮邮若有失也。其辨五聲也，則細析繭絲；其核反切也，則冥搜虚響。抑又聞之達心者，其言多略。乃其旁通曲諭，反覆誘人，則又如慈母之喃喃煦煦而諄復不勸也，如明師之懇懇懃懃而罕譬不窮也。嗟乎！聲音之道微矣。《釋文序録》云："古人音書，止爲譬況之説，孫叔然始爲反語。"《考古編》謂周彦倫始有反切。自梵學入中國，司馬公以三十六字母總三百八十四聲爲二十圖。鄭夾漈謂梵人長於音，所得從聞入；華人長於文，所得從見入。經陸法言《切韻》、孫愐《唐韻》，宋又重修《廣韻》，艱深晦澁，疑義闕文，學者童而習之，白首茫如矣。今此書之明白顯易，舉數千年口不能喻、手不能詔者，一旦而村夫爨嫗皆能信口諧聲，且合五方之鉤輈聱屈者，一旦而乳虎得登，並可和聲鳴盛。豈不猶山水之忽而莽蒼浩淠、忽而雲石紋縠也哉？今松石行將官中州矣，使以其慷慨磊落之節，槩任人所難爲之事，而益以其澄心渺慮之神明，周人於不見之隱，將大力而濟以小心，其所以黼黻皇猷、敦諭風俗者，又豈特詹詹小學利蓺林之呫嗶云爾哉？往歲余客燕關，先生遊淮北，迨余至淮北，先生又往淮南，聞名而不相識也。今來朐浹月，讀其書，接其言論風旨，然後知賢者不可測，而深人無淺語也。臨别屬序於余，不獲辭而志其景慕者如此。時嘉慶十年歲在乙丑長至前十日，賜進士出身、内閣中書加一級、候充文淵閣檢閲，玉峰愚弟石文煃拜題並書於郁洲書院。

音鑑序

李汝璜

顔黄門稱："古人音書，衹爲譬況之説，孫叔然始爲反語。"韋昭《國語注》亦間有反音。蓋秦景求經後，毘佉囉法漸入中土，自是小學家分爲四種：曰字體，曰字音，曰反切，曰書法。惟通知反切者，較尠其人。余早歲受書，頗闚門徑，九弄、十二攝、二十門、三百八十四聲，驚怖其言若河漢。去年子役西川，得李太初先生《音切譜》，最爲賅備，執簡竟月，茫如也。歸來，仲弟以所撰《音鑑》進，流覽浹日，洞見元本拈字得切，如響赴節，爲之狂喜。昔沈存中云："梵學入中國，其術漸密。"余以爲梵學入中國，其術漸奥可矣，以云乎密，仲弟所撰其庶幾與。夫以余譾固，猶得速寤，矧世之英雋者也。今付剞劂，將以就正海内士，余樂觀厥成焉。時嘉慶十年歲在乙丑孟冬月，大興李汝璜佛雲識。

李氏音鑑後序

吴振勷

松石世伯著《音鑑》成,將付剞劂氏,屬勷握管。勷粗知弄筆,有乖入木之術,固辭不獲命,遂寫成稿本。竊以小學家切字一門,周、沈書亡,而自隋迄今,代有論撰,矜奇吊詭,後學滋惑。《音鑑》破諸門户,謹遵國書合聲法,妙析豪芒,理致精確,如泰西談天、倒杖論地,真足爲啟秘鑰、導真源者矣。昔寧人先生《音學五書》,張力臣寔校録焉,《音鑑》之作,邁乎五書,而勷之譾陋,何敢與力臣同功?惟綴名簡末,是所榮幸耳。並賦《青玉案·字母詞》一闋奉贈,以志欽佩云。詞曰:"風流頻對書千卷,笑雌霓,何人辨?攜酒頗聽奇論展。斯文功業,百城南面,莫可争壇坫。"嘉慶十五年歲次庚午仲春上浣,世愚姪海州吴振勷拜識竝録於聽濤芸館。

以上清嘉慶十五年(1810)寶善堂刊,
同治七年木樨山房重修本

翻切簡可篇

翻切簡可篇自敘

張燮承

翻切固權輿西域，而經史音訓，自魏晉來莫不用之。朱子云:“讀書須精韻學，要熟反切，莫從俗讀半邊字，不辨形聲。”又《談録》云:“學者不可不知切音，苟不知之，終爲不識字人。”余有志舊矣，而同學鮮知者。乙未秋，獲見李氏《音鑑》，少少領悟，然其圖難於記誦，未能卒業。是冬竹均葛君出示此篇，潛心諷誦，崇朝乃畢。口授童子，三五日亦背誦了了。夫翻切之學所以置不講者，非以法難明，以圖難讀也。是圖易讀如此，洵爲初學津逮。爰稍正其譌誤，删其繁複，公諸同志。至譔於何人，竹均亦未詳。竹均名筠，句曲人。道光十有七年丁酉仲秋月，含山張燮承記。

《簡易篇》成，有慮其簡者，蓋不知所以然也。先是讀李氏《音鑑》，喜其言詳盡，嘗録其要，兹以之綴於篇後，並坿《咫商瑣言》，直名之曰《簡可篇》。所以然明，當然者應不復惑，庶共快其簡哉。道光十有八年戊戌孟冬月，燮承再書。

翻切簡可篇後序

張燮承

張浦山《畫徵録》云：張風有《楞嚴綱領》《一門反切》，其反切法甚簡，只用音和一門，爲生平最得意之作。案風，上元人，其學應流傳江上，況句容爲同郡耶？竹均之書，適用音和一門，或其遺也。“楞嚴”疑爲“華嚴”。咸豐四年九秋，師筠識。

周櫟園《讀畫録》亦云“張大風”。風，上元人，少爲諸生，甲申後，遂焚帖括。其詩詞外，有《楞嚴綱領》《一門反切》，病中付鄭汝器藏之。《一門反切》法甚簡，但用音和一門，使學者一調，音韻便得，可以不習等韻，而人通韻書，是大風生平最得意箸述。丁未秋，汝器欲梓之，會爲一令，累不果。後一友復攜去，失其半，至今惜之。

翻切簡可篇後序

張燮承

翻切之學，法不難明，圖難讀耳，故學者畏難，往往置而不講。此篇之圖，既用音和，而又三字爲句，較之它圖，最易成誦。是圖亦不難讀矣，而胡弗亟講之乎？此篇于戊戌冬閒曾刊版行之。癸丑金陵之亂，版遽失去，幸書有存本。避亂越東時，友人吴松水刊之州山四宜草堂。辛酉杭州亂後，越州旋亦被擾，重刊之版存否蓋不可知。敝篋中州山之本，僅有存者，勢同碩果，良深惴惴。日者長洲吴君慶餘見篋中本，慨然任重刊工費之半，良大令竹城顧君復佽益其半剞劂，乃復蕆事，藉廣流傳，伊可慶矣。嘗考櫟園、浦山二公之言，篇内圖式，決爲家大風遺製。圖分陰、陽、上、去、入五聲，自李松石始。松石爲嘉慶間人，大風爲崇禎末人，此篇圖列五聲，似不得謂爲大風之遺。然李太初《音切譜》已有純陰、純陽，分陰、分陽之説，是前人未嘗不知平分陰陽也，特未傳有五聲之圖耳。然則圖列五聲，又安知大風不先於松石？〇松石有云："山陰俞杏林刊行《傳聲正宗》，簡而有要，習其書者，須熟讀干堪犴二十字一行，而能推之以得四十八行。"又云："余法先横後縱，杏林法先縱後横，一縱一横，相爲經緯，殊塗同歸。"按此，則此圖與杏林圖正是一法。第松石謂杏林直圖二十字一行，而此圖乃二十一字一行，又有三字同母，恐不一律，須求得杏林書方悉。櫟園先生以鄭君失傳大風遺書之半，深致嘅惜，則此圖僅存，深可寶貴，不益信與？長洲陳碩甫徵君爲段氏若膺入室弟子，邃於音學，曾以此篇相質，稱爲不謬，予以弁言，今刊於卷首者，是太平夏君燠卯生明經之弟，經生家也。於余客江甯郡齋時，以獲見此篇，惠然左顧。歸去後復寄書千言，詳述曏所見聞，以相訂證。雖其書以遭亂遺棄，未得坿諸篇内，而是篇之爲良友揚搉，耆宿切劘，匪伊朝夕，抑亦差堪自信也。學者今日所讀經史，莫不載有反切，而今日弟子不之學，師亦不之教，幾若經史之載反切轉爲多事。不知翻切一事乃讀書識字之要，未有翻切以前，如許叔重之五經無雙，固不過稱曰讀若，而既有翻切，則僅曰讀若，究何如？標射之辨且覈也。朱子嘗曰："讀書須精韻學，要熟反切，莫從俗讀半邊字，不辨形聲。"又《答楊元範書》曰"音韻是經書中一事，但恨蚤衰，無精力整頓"云云。吕新吾《選社師要略》亦曰："凡選社師，務取四十以上，良心未喪、志向頗端之士。印官館之學宫，餼以日食，先教以講解《孝經》、小學及字學反切，一年之後，如果見識純正，音韻不差，印官考試之，然後撥發各社。”觀此，則宋明以來翻切之學固所不廢。何今日之棄置此學，賢不肖如一轍也？竊謂今日之不學，殆非甘於弇陋，大氐皆以圖難上口，遂致因循。今篇中之圖，簡便庸易至於如此，吾知師必樂以爲教，弟子必欣於來學，斷不復使吾此篇覆被醬瓿而已。然則顧、吴二君出貲重梓，其嘉惠後來，豈淺鮮也哉？同治十有一年夏五月，六三老筠再識。

翻切簡可篇敍

陳　奐

切音之法，肇於西域婆羅門十四音及《華嚴》四十二字母，而中土所行者，惟神珙《四聲九弄反紐圖》及守温《三十六字母圖》而已。第其法分晰脣齒喉舌、開合齊撮、清濁輕重之間，雖細極豪芒，而初學讀之，恍若河漢，茫無畔岸，鄭夾漈所謂“學士大夫論及反切，便瞪目無語”者，良有以也。近時大興李氏作《音鑑》六卷，始破除舊譜，别分字母三十有三，以同母二十二字爲訣，既别麤細，復分陰陽，統以同母，叶以本韻，隨字呼之，啟齒即得，於音韻之學，固詳且盡矣。惟所列春滿堯天等圖，尚覺繁重，一時未能領會。師筠張先生箸《簡可篇》二卷，僅數十餘紙，音韻奥旨已較若列眉，且併爲十九字母，作横、直三十三圖，比之《音鑑》，簡而易讀，不崇朝迺可背誦。而嚴謹精密之理，仍悉包藴於中，言簡意深，辭近旨遠,洵乎音學之金鍼、翻切之寶筏也,讀者珍之。時咸豐元年十一月十日,長洲陳奐拜序。

翻切簡可篇跋

周　基

讀書先識字,識字須先知翻切。試觀經史諸集,未有不用翻切者。此篇以至微之事而言之至顯,至繁之事而言之至簡,且習之不必師承,自能通曉,讀之不待三日,亦已卒業,真嫏嬛祕録也。書萬本,讀百回,願與學人共勉之。鳩兹周基拜識。

以上清同治十一年(1872)長洲吴氏刻本

四音定切

四音定切自敘

劉熙載

余幼讀《爾雅·釋詁》，至“卬、吾、台、予”四字，忽有所悟，以爲此四字能收一切之音。後證之諸韻書皆合，益自信，乃易以“欸、意、烏、于”四字，蓋“欸、意、烏、于”皆取聲音之名以爲名，其於“卬、吾、台、予”，則“欸”代“卬”，“意”代“台”，“烏”代“吾”，“于”代“予”也。前數年，客有問余以切字法者，余先問之曰：“子知開口正音、開口副音乎？”曰：“知之。”“子知合口正音、合口副音乎？”曰：“知之。”“開正一名開口，開副一名齊齒，合正一名合口，合副一名撮口，子知之乎？”曰：“知之。”曰：“吾有常言之四字，‘欸、意、烏、于’是也，子知之乎？”客曰：“將焉用此？”曰：“然則子之所謂知者，豈誠知乎？夫‘欸’字收聲者名開口音，‘意’字收聲者名齊齒音，以及收‘烏’名合口，收‘于’名撮口，自非先辨‘欸、意、烏、于’，何以能定開、齊、合、撮也？不能定開、齊、合、撮而欲切音，更何以能定上一字母、下一字韻也？吾試問子‘關、雎、河、洲’四字，於‘欸、意、烏、于’宜若何分屬？”客謝未能。余曰：“子試於‘關’字長其聲以讀之，‘雎、河、洲’三字皆長讀之。”客從余言。余曰：“子覺‘關’字下隱然有一‘彎’字乎？‘雎’字下隱然有一‘于’字乎？‘河’字下隱然有一‘阿’字、‘洲’

字下隱然有一‘優’字乎？”曰：“然。”曰：“‘彎’亦‘烏’也，‘阿’亦‘欸’也，‘優’亦‘意’也，‘于’則無俟復言。是則開、齊、合、撮不既定矣乎？推之，一切韻之收聲可知矣。”客悦曰：“此惜吾未前聞，然尤願論撰以貽後學，俾得與能也。”余時頗心許之。今余爲《圖説》既成，又因及門黄接三鑽研韻學，與之準《佩文詩韻》字數，輯爲《韻釋》四卷，事固有難已者。書名《四音定切》，蓋原其實，且使余向者之所以自悟與所以告客者胥統焉。光緒四年九月，興化劉熙載書。

清光緒四年（1878）古桐書屋刻本

切音蒙引

切音蒙引自序

陳　錦

讀書求識字也，不識字不足以讀書，但讀書仍不足以識字。朱子謂"學者苟不知切音，終爲不識字人"，古人如詔我哉！咸、同已來，大亂初平，典籍淪失，士大夫究心復古，講求六書，齗齗於點畫間，庶乎識字者衆而猶有憾焉者，則聲音之理微也。漢魏前無反切，自唐代梵釋衍譯創列字母，門法加詳要，亦合兩字而一之，令緩讀而分、急讀而合，自"何不"爲"盍"、"不可"爲"叵"、"不律"爲"筆"、"之乎"爲"諸"、"之焉"爲"旃"，已發後人反切之端，上疊韻而下雙聲，沖口而出，其學則人，其籟則天也。予幼習於是，以爲盡人可能。中年授徒，未暇深究。迨今頹老，歸里課孫，便質同志，尠有能神明於法者。因與老友陸善泉互相攷校，蒐輯諸家圖説，別求顯易之方，爲《切音蒙引》一書，存之家塾，未敢抗衡前哲也。會主講郡邑書院，與課諸生聞而興起，羣請出是書爲授受資，將付手民，以公同好。蓋講求紬繹，又閲一載，較舊法尤簡矣，而未必能臻無敝，然後知予向者亦未嘗識字也。嘻！愧甚已。光緒壬午冬，補勤氏自序於蕺山講舍。

清光緒九年（1883）會稽徐友蘭八杉齋刻本

切韻求蒙

切韻求蒙自敘

梁僧寶

聲音之道,本乎自然,方言雖歧,課誦必一。求諸切韻,具有指歸,幼而習之,易可明了。嶺外阻遠,顧尟師承,通邑大州,頗聞正讀,殊鄉僻里,遂絶言提。總丱沿譌,顥首未覺,退彰廣衆,招哂翐顔。僕睠彼虚勤,惻心匪處,不涯譾薄,觕舉綱條,訂成斯篇。庶便尋省,借曰弗急,蓋醬奚辭,聒以語人,非蒙求我。世有達者,鑑其意焉。光緒三年孟秋,寒白退士自敘。

清光緒十六年(1890)梁氏家塾刻本

四聲韻譜

四聲韻譜跋

梁僧寶

右《四聲韻譜》十六卷，初著筆，以目疾作輟，凡二年，艸麍就。嗣是畫格者半年，迻謄者半年，校覈者半年，刊版者二年，亦云久矣。刊斁緟校，目力益困，幾致偏盲，顧堅持弗罷，至年餘而竟。命工剜改，則又半年。於是出入八年，甫得印行。吁！其艱哉。見者乃匿笑曰："子爲此學於從古不屑爲之地，何太自苦？且沈隱侯已先有是譜，獨未聞乎？"曰："否也。四聲之説，不始隱侯，彼所作乃教人爲文句，迭用四聲取龤叶。觀《梁書》本傳武帝之問、周捨之對，知其所謂《四聲譜》者非韻書，焯然無疑。今僕以等韻法作此譜，自宜命曰《韻譜》，名實竝異，枷也非因。若夫知我皋我，固未暇計。回念總角時，欲學無書，推是心以及人云尔，其屑爲乎否安得知？且僕豈直爲訂鑾音計哉？《廣韻》《集韻》之殊略具於是，它年其或修韻者，殆將有取，抑此舉更有難焉。"瘽疾不行，羊城墨丈如天外，凡督促刊改，幸内姪王理卿積歲忘倦，乃底有成。其煩且勞，非意想所及。僕嘗自嘆，幾於竭人之忠，又不可以不記也，因拉雜書之。光緒十九年除夕鐙下，寒白退士倚醉漫題。

清光緒十六年（1890）梁氏家塾刻本

諧聲譜

諧聲譜自序

丁　顯

《周禮》大司徒之屬有保氏,教之六藝:曰五禮,曰六樂,曰五射,曰五馭,曰六書,曰九數。而“六書”注又分爲象形、會意、轉注、處事、假借、諧聲六法。夫象形、會意、轉注、假借,小學家類能舉其要,惟諧聲之説,迄今三千餘年,鮮有能發其藴者。或以“考、老”之類當之,不知“考、老”等字係轉注攝韻法,盡人矢口能説,與聲無關也。鄭注又謂“書有六體,形聲實多。江、河之類,左形右聲;鳩、鴿之類,右形左聲;苹、藻之類,上形下聲;婆、娑之類,下形上聲;圃、國,闤、闠,衙、衜之類,外形内聲”,謂爲諧聲字類。然形聲分爲二義,“日、月、黽、蟲”,體屬象形,《説文》辨别極精,而諧聲則未嘗别有發明。況“江、河、鳩、鴿”,僅可謂之音,不可謂之聲,即誤指爲聲,於諧之義亦無與也。惟漢儒注疏,於經傳聲之同者,謂爲聲相近,又曰一聲之轉,此乃諧聲之始,不名曰諧聲也。余謂聲者,謂脣、舌、喉、齒、齶之聲也;諧者,謂以脣、舌、喉、齒、齶之聲,各分其類,僅即一聲,悉心調攝,日久他母之聲,自能矢口而出也。惟李氏《音鑑》庶幾脗合。此書當名曰《聲鑑》,不當曰《音鑑》也。蘇州沈君學《盛世元音》亦謂諧聲失傳已久,書傳反切即諧聲之法,與余意極相合。李松石彙古今萬方萬類之聲，而分爲三十三類，統以二十一字母，每母又分爲二十二字，而配以《四聲韻譜》，蓋舉宇宙天地人物之聲響，舉萃於此。又教人熟讀一聲之字，而各母均能矢口調出，此即諧聲之説也。惟以“春、滿、堯、天”爲字母，而於齶、舌、脣、齒、喉不能區分其類，又因梵學“張、真、中、珠、遭、齋、知、遮”等字爲次序，而不能順衆韻綱，陰陽不分，清濁不辨，則於諧聲之法猶有未備也。余近作《雙聲疊韻一貫圖》，每聲仍遵循《音鑑》二十二字，而俱因韻綱爲次第。且於齶、舌、脣、齒、喉、半舌、半齒各歸一例，每例並分開、轉、合三聲，而遵用《康熙字典》等類字母，示遵王之意也。每母均統陰陽、清濁二行，横行均同韻之字，豎行均同聲之字。《雙聲疊韻一貫圖》，横豎均可接讀。又按母分爲古音同聲、一字數音同聲、北人入聲讀同聲，附以方言方音同聲、曁天地人物義類訓詁之同聲者，均條列另爲一册。且於各經子史百家之異字同聲者，約略摘記，綴於簡末，名曰《諧聲譜》。其於六書諧聲之學，是否有當，伏維博雅君子指示焉。光緒二十六年六月朔日，淮安山陽韻漁氏丁顯謹述。時年八十有二。

諧聲譜敘

李維翰

音韻，小學之先天也；六書，小學之後天也。三才既奠，必先有音韻，然後有六書，此先天後天之别也。是故治小學者，亦必先知音韻，乃足具通六書之得失；又必先知等韻，乃足具通音韻之得失。而近世治《説文》者，幾不知等韻爲何事，則其所謂六書者可知。此正小學家所宜憮然自省者，乃專僻之徒方且假記誦之雜駁，以奪音韻精微之席，此豈孫叔然、陸法言諸先生所及料哉？同年生丁君西圃經術通明，一鄉推祭酒，又博通音韻之學，箸書滿家，垂老不倦。余昔觀察淮揚時，嘗就君請益，輒以塵牘勞形，末由致力，不能窺其際也。及光緒癸卯夏，余再蒞淮揚，復見君於淮上。君時年逾八十，猶箸書不輟。間出所撰《諧聲譜》，屬爲參訂。其爲書創闢義例，顓以雙聲統一切文字，雖自言效法松石李氏，而條理精密，實非李氏所能企。且疏通證明，訓詁簡切。苟持是以啟迪後學，庶幾雙聲之義具明，由是旁通音韻之賾，殆無遺憾。惜余知其美而不知其所以美，無以贊君之筆削者猶昔，亦可愧已。然竊聞小學諸家流別至繁，或以爲音韻之弊在合而不在分，又曰正音之譜當以《廣韻》爲定，古音之譜當以江、段諸君子爲定。其説博辯縱横，迄莫能通曉，道不同不相爲謀，豈謂是邪？今輒因敘君之書，舉以爲質。君聆音識曲，不殊牙曠，諒必能相視而笑也。光緒三十年春二月，邵陽李維翰拜撰。

以上清光緒二十六年（1900）刻本

等韻一得

等韻一得自序

勞乃宣

有古韻之學，探源六經，旁徵諸子，下及屈、宋，以考唐虞三代秦漢之音是也；有今韻之學，以沈、陸爲宗，以《廣韻》《集韻》爲本，證以諸名家之詩與有韻之文，以考六朝唐宋以來之音是也；有等韻之學，辨字母之重輕清濁，别韻攝之開合正副，按等尋呼，據音定切，以考人聲自然之音是也。古韻、今韻以考據爲主，等韻以審音爲主，各有專家，不相謀也。然古今之韻，得反切而後易明，反切之理，得等韻而後易解，則等韻又古韻、今韻之階梯矣。聲音之道，隨世而變，是故自宋以來，迄於近代，言等韻之書，日新月異。然自司馬温公、邵康節、劉鑑諸家而外，類多師心自用，囿於一隅。江慎修《四聲切韻表》、戴東原《聲類表》博矣，而所明者古韻，欽定《音韻闡微》《同文韻統》精矣，而一以明今韻，一以明梵音，皆非專言等韻之書，故等韻迄無善本。乃宣七八歲時，習爲射字之戲，即明母韻之理，長而好之彌篤。涉獵羣籍，凡論韻之書，無不探討玩索，以窮其端委。往來四方，凡遇方音殊别者，無不訪問印證，以究其異同。雖國書梵經、俗曲稗官之言，窮鄉僻壤、殊方異域之語，苟有涉於音韻者，皆所不遺。博考周諮，冥心孤詣，積之三十餘年，竊謂於此事源流頗有心得。每與二三同志深論劇談，辨析毫芒，窮極幽渺，設譬奇詭，發聲侏儒，僮僕聞之，竊竊怪笑，所不顧也。累年參訂，定爲母韻諸譜，一本人聲之自然，雖婦人孺子，莫不入耳而能通，矢口而能道，而考之古法，仍復不差累黍，雖未敢如沈約《四聲譜》自謂入神之作，若所謂獨得胷襟、窮其妙旨者，亦庶幾於萬一焉。光緒癸未秋客天津，潘君笏南、洪君述軒以等韻見問，取所定《譜》示之，灑然領悟，亟勸筆之於書。因釐爲十譜，各系以説爲内篇，録平昔討論之語爲外篇，以俟知者。專重人聲而不尚考訂，所以别乎古韻、今韻也；專主時音而不悖舊法，所以通乎古韻、今韻也。夫等韻之於古今韻，猶真行之於篆隸、今樂之於古樂也。以真行之偏旁正斯邈之點畫，以今樂之工尺訂《韶》《濩》之宫商，固爲不可，然明乎真行之偏旁，今樂之工尺，其於篆隸、古樂也，不愈有所憑藉而易於講求乎？則是編或亦通儒之所不廢歟？十二月丁巳，勞乃宣自序。

等韻一得識

勞乃宣

是編作於癸未客天津時，羅稷臣觀察見之，謂通於中國音韻，於習學外國語言文字事半功倍，以此作爲有益於西學，勸付剞劂。乃宣未敢自信，覬所學稍進，勒爲定本，然後出而問世。忽忽十餘年，學殖荒落，迄未能有所成就。今歲權宰清苑，受代後，沈子封太史來主畿輔學堂講席，以時方講求西學，亦持羅君之論，力促梓行。會返任吴橋，下邑事簡，因以暇日尋繹舊聞，重加審訂，授諸手民。夫乃宣目不能識西文，口不能道西語，是編所論，專以中國同文之音爲斷，與西學無涉也。而兩君子皆謂有益於西學，誠不敢信其必然，然無問何地方音，舉不能無母與韻與聲，熟於母韻聲之條理，四海五洲莫能外也。兩君子皆神明於音韻之理者，而羅君於西學尤精，所言其不余欺乎？雖然，乃宣於是編，第知明吾中學而已，其於西學之離合遠近果何如，則非乃宣之譾陋所能知也。光緒戊戌八月，乃宣又識。

以上清光緒二十四年（1898）吴橋官廨刻本

等韻一得補篇

等韻一得補篇序

勞乃宣

《等韻一得》内、外篇作於癸未，刊於戊戌，自屬稿以逮殺青，固已再三改削而後定，然未敢自信其必無憾也。十餘年來，見聞之所積，思索之所濬，友朋討論之所啟發，時時有新意之萌，回視前作，未盡愜當。近人著述，每於再印時必有所更正，深有合於與時俱進之義。而吾書乃刊板重刻不易，因述此篇以補之，而前刻仍不廢，以待日久之論定。他日或又有所發明，此篇又爲筌蹄，不可知也。癸丑孟春，勞乃宣識。

1913年淶水寓齋刻本

反切上字解釋續編

反切上字解釋續編自序

施則敬

古人讀音，但據形聲、聲訓、通假、韵文，無佗術也。然或爲獨體，則形聲之法窮；雖有聲母，而音或訛舛，其法亦窮；聲訓、韵文，厪得其大齊耳，非可語纖毫無爽。通假專主同音，據以咨尋，似無乖牾。第經籍文字，通假殊尟，其用弗宏。雖漢有讀若、讀爲、直音諸法，持較往昔，誠爲便捷，若言應用，抑多扞格矣。要之讀音之不可分析者，其用自不得不窮耳。迄於漢末，始有反語，顔之推、陸德明諸人皆謂創於孫炎，然證之故記，尚有可疑。餘杭章師太炎曰：《經典釋文·序例》謂漢人不作音，而王肅《周易音》，則《序例》無疑辭，所録肅音用反語者十餘條。又《漢·地理志》廣漢郡“梓潼”下應劭注：“沓水所出[①]，南入墊江。墊音徒浹反。”遼東郡“沓氏”下應劭注：“潼水也[②]。音長答反。”是應劭時已有反語，則起于漢末無疑。反切既定，部類斯分，紐有所施，韵庸以析。厥後音韵蠭出，豈偶然哉？是以不諳反切，聲韵滋惑，韵書不理，何由通曉古今之音乎？反切者，以兩字定一字音，上字止取發聲，去其收韵；下字止取收韵，去其發聲。聲韵相合，自成一

①沓，據《漢書》當作“潼”。
②潼，據《漢書》當作“氏”。

音。法既簡捷,理亦闡明。惜乎作反切者,用字各不相謀,非有碻定,學者苦之。然自孫炎創《爾雅音義》,迄於今兹,悉沿用此法,未嘗更易。欲審字音,詎能捨是?番禺陳氏於《廣韻》中考得反切上字凡四百五十有二,蘄春黄氏據以列表解釋,命名《反切解釋上編》。則敬檢覈《廣韻》,綴拾遺漏,復得八十字,擬編《反切解釋補遺》,忽忽未就也。去歲秋撰《集韵表》,又得反切上字四百零一字,合《廣韻》所得,綜四百八十一字,踵黄氏體例,成《反切上字解釋續編》。俾學者後先卒讀,庶於反切上字瞭如指掌矣。至《反切下字解釋》,正在搜輯,尚未成書爾。雖然,今之學者,忽視古訓,多以反切爲祕奥,經師之所薪傳,非可概諸人人,膚淺者流且震泰西言文之契合,憎我中土情志之乖違,唾棄數千年來固有之文,創爲異域蟹形之字。噫!雖云標新,不亦陋哉?則敬愚昧,治聲韵之學十餘稔,自謂於古今音粗能闚其大意,而益信反切之不可廢。海内賢達,幸垂教焉。中華民國二十有三年夏四月,江寧施則敬。

1934年北平來薰閣鉛印本